AF300873

DEINE FREMDE TOCHTER

THOMAS FITZNER

ÜBER DEN AUTOR

Thomas Fitzner wurde 1960 in Bregenz (Österreich) geboren. In den 80er und 90er Jahren war er als UN-Offizier in Konfliktregionen in Nahost und Nordafrika stationiert. Danach arbeitete er zehn Jahre lang als freiberuflicher Werbetexter, Übersetzer und Dolmetscher in Spanien und danach als Redakteur bei der deutschsprachigen Mallorca-Zeitung. Ab 1998 war der Autor auch als freiberuflicher Werbetexter, Journalist, Übersetzer und Dolmetscher tätig. Seit 2012 ist Fitzner im Hauptberuf bei einem internationalen Steuerbüro in Palma de Mallorca tätig. Thomas Fitzner hat bislang fünf Romane und einen Anekdotenband veröffentlicht. Er lebt in einem kleinen Dorf in der Mitte Mallorcas.

Für Agata Nalborczyk

*Die Wahrheit zu wissen und davon zu sprechen
ist gut. Aber besser ist, sie zu wissen und über
Palmen zu sprechen.
(Arabisches Sprichwort)*

VORWORT DES AUTORS

Die Schauplätze dieser Geschichte habe ich aus zwei Perspektiven erlebt: Als Rucksacktourist in Marokko, danach als UN-Offizier in der Westsahara. Da ich Französisch, Spanisch und etwas Arabisch spreche, fand ich schnell Zugang zu den Menschen. Die Idee zum Roman entstand in Essaouira. Dort führte ich lange Gespräche mit Jugendlichen, die ihre einzige Zukunftsperspektive darin sahen, das Herz einer westlichen Touristin zu erobern.

Nicht die Kluft zwischen Nord und Süd ist die Kulisse. Vielmehr bilden die Abgründe beider Sphären eine gemeinsame Landschaft. Rassismus ist mir ebenso zuwider wie linke oder rechte Welterklärungsmärchen. Die Welt ist komplexer und interessanter.

Willkommen in der Welt von *Deine fremde Tochter*.

Palma de Mallorca, Juni 2023

1.

„Wir haben Fortschritte gemacht", sagte Doktor Peer und mimte Anerkennung.

Rita Kleefman antwortete nicht. Eine Woche hatte sie gebraucht, um zu begreifen, dass ein Kurhotel nichts für sie war. Dabei erfüllte sie alle Voraussetzungen. Seit sie im Nahen Osten einen Versicherungsbetrug aufgeklärt und dabei gewaltbereite Versicherungsbetrüger verärgert hatte, zog sie ein Bein nach, mal auffälliger, mal weniger, jedenfalls war sie die perfekte Kurbedürftige. Auch wenn sie in den Spiegel blickte, sah sie Probleme, die nach einer Therapie schrien, doch für die gab es keine Kur.

„Wenn man Ihre Krankheitsgeschichte berücksichtigt, ist es ein Wunder, dass Sie überhaupt noch gehen können", sagte Doktor Peer, den die meisten Patientinnen mit „lieber Doktor Peer" ansprachen. Rita hingegen sagte nur „Doktor". Die Illusion, er könne eine Sekunde mehr in sie investieren, als es seine Vertragspflicht verlangte, war schon am ersten Tag verflogen. Und Rita legte Wert auf Symmetrie in den Beziehungen.

„Übrig geblieben ist nur eine Steifheit im Hüft- und Kniegelenk."

Rita nickte und mimte ihrerseits Interesse an dem, was der „Doktor" sagte. „Nur."

„Die Sie aber geschickt kompensieren."

Ja, dachte Rita. Ich gehe einfach so selten wie möglich. Wenn das keine geschickte Kompensation eines doppelten Gelenksproblems war.

„Daran müssen wir arbeiten", sagte Doktor Peer und erhob sich. Die Sprechstunde war beendet.

Rita fühlte sich einmal mehr überwältigt von den Banalitäten, die der Kurarzt auf sie abgeladen hatte. Sie arbeitete sich aus dem Sessel hoch und lächelte. „Herzlichen Dank, Doktor. Ich spüre es, mit Ihrer kompetenten Hilfe werde ich in zwei Wochen zur Gazelle."

Doktor Peer starrte sie an. Wahrscheinlich dachte er darüber nach, ob Rita kokett wurde oder ihn gerade verarschte.

Manchmal zeigte der Kuraufenthalt Wirkung, und Rita fühlte sich besser. Dies war so ein Augenblick. Später kam ihr der absurde Gedanke, in der Hölle wäre ein Tor aufgegangen, als sie das Wort Gazelle aussprach. Wie anders war zu erklären, dass sie zwei Wochen später tatsächlich zur Gazelle wurde?

„Ich hätte es beinah vergessen", sagte Doktor Peer mechanisch, während er sich verärgert abwandte. „Ihre Firma bittet um Rückruf."

Genau damit begann es.

Ein Autobus, fünf Passagiere, eine Fernstraße an endlosen Waldrändern entlang, Tankstellen mit

Blockhütten voller Souvenirs und Sandwiches. Eigentlich stünde mir ein Mietwagen zu, dachte Rita Kleefman. Oder ein Flugticket. Doch sie brauchte Zeit, um das Geschehen der letzten Tage in der Reihenfolge seiner Verwunderlichkeit zu ordnen. Die Reise mit dem Überlandbus gab ihr diese Zeit. Vorgestern das Kurhotel in Valkenburg aan de Geul, wo Deutsche und Holländer in trügerischer Harmonie ihre Körper- und Seelenwunden leckten, heute Norwegen, ein friedliches Dahinbrummen Richtung Trondheim, einem Kunden entgegen, einem verzweifelten Elternpaar, Tochter spurlos verschwunden, Tochter hoch versichert, ein Fall für die Versicherung. Kein typischer Fall, aber auch kein wirklich verwunderlicher. Nicht, wenn man die Begleitumstände dieser Reise zum Maßstab nahm.

Der Anruf, der Rita aus ihrem Einzelzimmer im Kurhotel nach Norwegen katapultiert hatte, war nicht von Anna Loeken gekommen.

Das war verwunderlich.

Anna Loeken, die Leiterin des Büros für Auslandsermittlungen von Safee Securities, die Vorgesetzte und alte Vertraute, war über Nacht von ihrem Chefsessel auf die Straße befördert worden.

Rita, die abgebrühte Ermittlerin, machte eine Entdeckung: Das Büroleben war gefährlicher als Ermittlungen „draußen". Der kleinste Fehler wurde mit dem Leben bezahlt. Was tat Anna Loeken jetzt? Besäufnis im Lieblingspub, Affären zur Ablenkung, Rückkehr zur Scholle – da waren Kinder zu versorgen, mit Erklärungen zu beruhigen – oder Auflehnung wie im Film: Gefeuerte Ermittlungsleiterin macht sich auf eigene Faust daran, den wahren Schuldigen zu finden?

Die Frage, welchen Fehler Anna begangen hatte, war nebensächlich, wusste Rita. Dazu kannte sie ihre Firma zu gut. Viel bedeutsamer und auch verwunderlicher war der Umstand, dass der Anruf von Hanno de Mey gekommen war. Hanno de Mey, der heimliche Geliebte der ehemaligen Chefin, oder nunmehr womöglich ehemaliger Geliebter der ehemaligen Chefin … wie vergänglich war doch alles: Ein Wimpernschlag und das gesamte Umfeld hat sich neu formiert, faszinierend wie der Kulissenwechsel im Theater, ein Wald verschwindet, ein Wohnzimmer senkt sich herab, keine drei Wortwechsel und das Publikum hat sich an die neuen Konstellationen gewöhnt.

Ob sich Rita an einen Leiter der Abteilung für Auslandsermittlungen gewöhnen konnte, der Hanno de Mey hieß, blieb hingegen fraglich. Das war mehr als ein Kulissenwechsel. Denn es bedeutete, dass der Intimfeind nun an den Hebeln der Macht saß.

Rita bemühte sich, auch das Positive zu sehen. Vielleicht, dachte sie, war Anna Loeken nun endlich von ihrer unverständlichen Liebe geheilt. „Wo ist Anna?", hatte Rita gefragt, und Hanno hatte beiläufig erwidert: „Weiß ich nicht", und es hatte geklungen, als ob er diesmal nicht gelogen hätte.

Exgeliebter, entschied Rita, nachdem sie an mehreren Seen vorbei, durch mehrere Wälder hindurch an dieser Frage gekaut hatte. Safee war zu einem Tollhaus geworden, Caligula hatte die Macht an sich gerissen, die Versicherung war drauf und dran, sich ins alte Rom zurückzumodernisieren. Königsmord, Orgien und Harfenspiel vor den brennenden Trümmern der Abteilung. Betrug als Leidenschaftsdelikt. Wie sollte man *dagegen* ankämpfen?

Der Bus hielt, und ein Norweger stieg zu. Norwegen ist so dünn besiedelt und so ruhig und friedlich, dass es einem Tumult gleichkommt, wenn ein einzelner Norweger in einen Bus steigt. In Indien prügeln sich fünftausend Menschen um fünfhundert Sitzplätze in einem Zug, quellen aus den Fenstern, bevölkern die Waggondächer, verstopfen die Gänge, klammern sich zwischen die Achsen und finden das normal. In Norwegen steigt ein Norweger in einen Bus, zahlt in Ruhe seinen Fahrschein, auch der Busfahrer ist ruhig, ernst, konzentriert, sie raunen einander im lieblichen norwegischen Singsang knappe Sätze zu, die häufig aus einem einzigen Wort bestehen, „Hallo", „Jo", „Zwölf", „Danke".

Rita nutzte die Busfahrt, um ihre Gedanken zu sortieren, um mit Blick auf mehrere Millionen norwegische Laub- und Nadelbäume Ordnung in ihr Gefühlsleben zu bringen. Die Kollegen würden ihre Spesenrechnung belächeln, und das war ein Grund mehr, auf die Konventionen zu pfeifen. Mietauto, Flugticket, nur weil die Firma ohnehin zahlte? Schwachsinn. Sobald der Mensch aus dem Spielalter heraus ist, bedeutet Autofahren Arbeit. Im Bus konnte sie mit Norwegen auf Tuchfühlung gehen, konnte gefahrlos ihren eigenen Gedanken nachhängen, bevor sie den Eltern einer versicherten, sehr hoch versicherten, und spurlos verschwundenen Tochter vor die Augen trat.

Sechs Norweger, mittlerweile, in einem Bus, Rita saß ganz hinten, sah nur sechs Rücken. Ein Pärchen, ab und zu schwenkten zwei Zöpfe herum, sie sagte etwas, er machte nur „Jo", die anderen vier schwiegen und wandten nur dann die Köpfe, wenn der Bus stehen blieb und sich das Drama des Zusteigens eines Norwegers ankündigte oder das Spektakel des Aussteigens eines solchen. „Jo", „Hallo", „Zwölf", „Danke", „Jojo".

Sie hatten wohl alle etwas in Ordnung zu bringen in ihren Köpfen, diese Passagiere, und nahmen sich Zeit dafür. Alle wirkten konzentriert, gedankenverloren. Vielleicht war dieses Volk deshalb so ausgeglichen. Alle suchten im Fernen Osten nach Techniken zur Förderung des Seelenfriedens, dabei war der norwegische Lebensstil pure Meditation. Angesichts dieser Entdeckung hatte Rita Mühe, sich auf die Verwunderlichkeiten ihres eigenen Daseins zu konzentrieren. Norwegen hypnotisierte sie. Kilometerweise grüner Tann, gelegentlich huschte ein Auto vorbei, links und rechts erhoben sich Hügel und Berge, und alle zwei- oder dreitausend Kilometer stand ein Holzhaus auf einer Wiese, alle zehntausend Kilometer spazierte ein Kind mit leuchtfarbenem Schulranzen am Straßenrand, alle hunderttausend Kilometer passierten sie so etwas wie eine Siedlung und alle drei, vier Lichtjahre so etwas wie eine Stadt mit zwölf, dreizehn Fußgängern darin, während das Ziel, die Großstadt Trondheim, in einem anderen Sonnensystem lag, ganz am Ende dieser tannenbestandenen, dramatisch friedlichen Galaxis namens Norwegen.

Gauklia hieß der Planet der Gundersons. Wieder staunte Rita. Es gab also Millionäre in Norwegen. Trotz des Ölreichtums waren sie jedoch keine Ölscheichs wie in anderen, trockeneren Ländern, wo sich der öffentliche Reichtum ganz unkompliziert in privaten verwandelte, sondern Unternehmer, Firmengründer, Firmensammler, und Leif Gunderson war einer von ihnen. „Du brauchst keine Details“, hatte de Mey ihr gesagt. „Du hörst ihnen einfach zu, dann kommst du zurück nach Amsterdam und kriegst die Akte.“ Rita hatte um ein „Briefing“ gefleht, sie wollte wenigstens wissen, a) wer die Leute sind und b) ein paar Details des Vertrags. Und de Mey hatte geantwortet: „A) Millionäre, b) Millionen, das sind alle Details, die du im Moment brauchst. Lass sie einfach reden. Sie sind verzweifelt und brauchen jemanden, der ihnen zuhört.“

Die seelsorgerische Komponente ihres Berufs. Versicherungsdetektivin und Landpfarrerin Rita Kleefman auf dem Weg zu einem verzweifelten Millionär. Die Spezialistin für anderer Menschen Probleme, die ihre eigenen unerledigten Schwierigkeiten mit sich herumschleppte wie dieses Bein, das sie seit ihrem größten Ermittlungserfolg nachzog.

Der Privatsekretär der Gundersons wunderte sich am Telefon über Ritas späte Ankunft, immerhin sei dies ein dringlicher Fall – dringlich also, dachte Rita, ein erstes, aufschlussreiches Detail. Danke, Hanno, für das exzellente Briefing, ich werde aussehen wie ein Idiot –, und die wertvolle Zeit mit einer Busreise zu verplempern sei nicht opportun, wozu gäbe es heutzutage Flugzeuge. Das war verwunderlich, denn wenn sie, die Versicherungsdetektivin, eingeschaltet wurde, bedeutete dies, dass die Suche nach dem Mädchen erfolglos geblieben war und sie, die Detektivin, nun lediglich zu untersuchen hatte, ob irgendein Grund bestand, die Versicherungssumme nicht auszubezahlen. Warum es dabei auf Tage oder Stunden ankam, konnte Rita sich nicht anders erklären als mit der empirisch erwiesenen Ungeduld von Millionären, die daran gewöhnt waren, dass für sie alles schnell erledigt wurde.

Ohne Rita nach eventuellen persönlichen Dispositionen zu fragen, kündigte der Privatsekretär der Gundersons an, dass morgen früh um 7 Uhr 30 ein dunkelblauer Audi vor der Hoteltür warten würde. „Bitte seien Sie pünktlich."

Rita hängte grußlos auf und säuselte: „Du mich auch." Dann bat sie die Rezeption des Hotels in Trondheim um einen Weckruf, stellte zur Sicherheit auch ihren Reisewecker und legte sich ins Bett, ohne einen Spaziergang durch die verregnete Stadt unternommen zu haben, ohne Abendessen, ohne sich mit diesem unbekannten Territorium wirklich angefreundet zu haben und im Bewusstsein, dass ihre Spesenrechnung wieder ein Stück seltsamer wurde. Kein Abendessen in einem guten Restaurant? Gute Frau, Norwegen, Lachs, Wein, stinkteuer, und die Firma zahlt!

Präzise um sechs Uhr läutete das Telefon und eine weibliche Stimme, die klang wie frisch gebumst unter einem norwegischen Wasserfall, jodelte „Morn, Morn" in den verregneten Tagesanbruch hinein und setzte die besten Wünsche für den Tagesverlauf hinzu.

Der Frühstücksraum bot Berge von Eierspeisen und Milchprodukten und Blick auf den Nidelva-Fluss, den der sanfte Regen mit einem Punktmuster überzog. Das ganze Hotel schien bereits versammelt, als Rita eintrat, fünf Minuten nach sieben, ihr blieben knappe 25 Minuten für einen Kaffee und ein winziges Glas Hotel-Orangensaft, der schmeckte, als sei er von spanischen Obsträubern gepresst und auf Schmugglerpfaden nach Norwegen gebracht worden. Die Gäste tuschelten wie bei einer Leichenaufbahrung, nur die Frühstückskellnerin strahlte, als machte das Leben in Trondheim einen Riesenspaß. Und obwohl Rita wiederholt die Uhrzeit kontrollierte – als einziger Schmuck im Frühstücksraum hing eine rechteckige Uhr, Modernität der Siebzigerjahre, und so riesig, als würden täglich Hotelgäste von Millionärssekretären zu Pünktlichkeit ermahnt –, verbummelte sie das Frühstück. Der Magen, ums Abendessen betrogen, forderte seine Rechte, und mitten in einem dicken Marmeladebrot erkannte Rita, dass es 7 Uhr 32 war.

Der dunkelblaue Audi wartete draußen im Regen, Warnblinker eingeschaltet, ein Chauffeur ohne Uniform am Steuer, runder Kerl mit schwarzem Haar und einer runden Glatze wie ein Heliport auf dem Schädel. Er sah auf die Uhr und musterte den Eingang mit einer Andeutung von Ungeduld in den Mundwinkeln. Er stieg nicht aus, er eilte nicht mit aufgespanntem Regenschirm zum Vordach, um die Detektivin – eben nur eine Detektivin, eine Dienstleisterin – durch den Regen zur Limousine zu geleiten, sondern blickte erneut auf seine Uhr, als ob er sich fragte, ob sie falsch ging, denn es konnte wohl kaum sein, dass ein von Gunderson Gerufener dermaßen verspätet aufkreuzte.

Ritas „Guten Morgen" löste ein beidseitiges Mundwinkelzucken aus, was sie als Erwiderung ihres Grußes interpretierte. Der Audi brummte nobel, und die wimmernden Scheibenwischer waren der fröhlichste Aspekt der Fahrt durch Trondheim.

„Wie war der Flug?", bellte der Chauffeur mit überraschend lauter Stimme, als sie nach zehn Minuten bei einer Ampel hielten. Er hatte ihr das späte Erscheinen vergeben. Er sprach mit ihr.

„Ich bin mit dem Bus gekommen", erwiderte Rita und bereitete sich auf einen abfälligen Kommentar vor.

Doch da kam nur ein „Ah". Weiter ging es ohne Konversation, durch die Außenbezirke von Trondheim, auf eine Überlandstraße, ein, zwei, drei Abzweigungen, Rita fühlte sich verloren.

„Meine Frau", bellte der Chauffeur nach weiteren zehn Minuten und machte eine kreisförmige Geste mit seiner Rechten.

„Ja?", fragte Rita.

„Besuch in Amsterdam", schrie der Mann in überflüssiger Lautstärke, als sei er normalerweise mit Fahrzeugen unterwegs, die weit mehr Lärm machten als eine Audi-Limousine, möglicherweise mit Traktoren oder Rasenmähern. Er winkte mit der Rechten nach rückwärts. „Tulpen. Haus von Anne Frank. T-Shirts für meine Söhne. Kanäle. Tolle Stadt."

Rita zuckte die Achseln und lehnte sich wieder zurück, allein gelassen mit der Frage, warum sie das

Anne-Frank-Haus nie besucht hatte und ob sie Schuldgefühle entwickeln sollte, weil sie ihr Nazi-Hasser-Diplom noch nicht abgeholt, sondern ihre dahingehenden Gefühle ausschließlich privat betrieben hatte.

Im Verlauf der Fahrt, die rund eine Stunde dauerte, bellte der Mann noch dreimal fragmentarische Konversation à la Trondheim, abgehackte, nordische Geschwätzigkeit, doch Rita versank nahezu ungestört in der Umgebung. Es ging einen Fjord entlang, der um die halbe Welt zu führen schien, die Häuser wurden seltener, dann waren sie in einem Waldgebiet, schließlich endete der Asphalt, und der Audi bretterte über einen sorgsam mit einem Kieselkleid aufgedonnerten Güterweg tiefer in die Wildnis hinein, kilometerweit, bis sich der Wald öffnete und den Blick auf eine Wasserfläche freigab, eingerahmt von kilometerhohen Felsufern, eine Landzunge, ein paar Bäume darauf, eine riesige Villa aus Stein und Holz, davor parkten ein Luxus-Geländewagen, ein schmutziger Land Rover, ein quietschgelber Kleinwagen, ein Minibus und nun auch der Audi, weit weg von der eleganten Auffahrt zum eleganten Eingang.

Der Regen hatte nachgelassen. Der Chauffeur stellte den Motor ab und sagte: „Gauklia", als erklärte das alles. Dienstboteneingang, dachte Rita, als der Mann sie vom Parkplatz zu einem Anbau führte. Kein Vordach.

Sie traten durch einen Gang ein, in dem Kisten herumstanden, leere Flaschen, ein paar volle Plastiksäcke, wahrscheinlich Müll, betriebiges Ambiente wie im Servicetrakt eines Hotels. Der Chauffeur führte sie

in einen Raum mit ein paar Stoffsesseln, von einem
kleinen Regal auf Kopfhöhe drohten Bildbände über
Norwegen, ansonsten waren die Wände mit Familienfotos der Gundersons tapeziert, er ein blonder, hagerer
Nordmann mit Polarforscherblick, sie eine blonde,
hagere Fliegengewichtwalküre mit Ich-bin-Millionärs-
gattin-Gesicht, die Augen meist hinter riesigen Sonnenbrillen verborgen. Szenen aus einem Millionärsle-
ben: die Gundersons beim Segeln, die Gundersons in
Disney World, die Gundersons mit dem Privatflug-
zeug, die Gundersons beim Motorbootfahren, beim
Angeln in Fjorden, beim Bummel durch unzählige
Städte, an der Kapitänstafel eines Kreuzfahrers, bei
der Königsaudienz in Oslo, Schnappschüsse aus dem
Alltag. Rita fühlte sich wie ein Eindringling, ungebühr-
lich nahe an den kleinen Geheimnissen dieser Familie,
die aus winzigen Gesten, den Mienen ihrer Gesichter,
der Häufigkeit bestimmter Abbildungen sprachen.

Die verschwundene Tochter war bald entdeckt, ein
blondes, hübsches Mädchen, das widerwillig für die
Kamera posierte, während hinter dem immer selben,
widerborstigen Gesicht, der immer selben, sich vom
hageren Mädchen zur hübschen Frau formenden Figur die ganze Welt vorüberzog, als seien die Bilder
gestellt, in Wahrheit in einem Trondheimer Studio
angefertigt, mit großen Tourismuspostern von China,
USA, Israel, Chile als Hintergrund.

Rita hatte Zeit, das indiskrete Familienalbum zu studieren, denn die Gundersons ließen sie warten. Nach
einer halben Stunde – auch den Sohn hatte sie identifiziert, ein Siegfried mit blondem Wuschelhaar, gut
aussehend, mit einem breiten Grinsen stets wie er-

tappt in die Kamera blickend – machte die Neugier
verhaltenem Ärger Platz. Weit davon entfernt, Vor-
zugsbehandlung zu erwarten, wäre sie doch gerne mit
ein wenig Gastfreundlichkeit in Berührung gekommen.

Rita setzte sich und starrte die Gunderson-Collage
aus der Ferne an, versuchte, aus der Anordnung der
Fotos ein Muster zu lesen, ein Gefühl für das Leben
dieser Familie zu entwickeln. Wer wo hing, war nie
ganz Zufall. Hier das flotte Leben des Ehepaars Gunderson. Dort der verschmitzte Sohn. Da eine Zone mit
viel Tochter. Eine Segler- und Anglerecke. Sohn und
Tochter waren nur als Kinder gemeinsam abgebildet,
ihre Wege hatten sich offenbar bald getrennt. Rita
begann das Wer-mit-wem zu analysieren und machte
eine weitere erstaunliche Entdeckung. Sie erhob sich
und betrachtete eine Reihe von Fotos aus der Nähe.
Dann setzte sie sich wieder und schüttelte den Kopf.
Man muss nur lange genug hinsehen, dann beginnen
Fotos zu sprechen, eine Geschichte zu erzählen. Hier,
entdeckte Rita, erzählten alle Fotos, so unterschiedlich
sie auch waren, immer dieselbe Geschichte über die
Personen, die abgebildet waren.

Ein Mann trat ein, um die fünfzig, graues Haar,
Buchhaltergesicht, also nicht Gunderson. „Mein Name
ist Bugge“, sagte der Mann und streckte die Hand aus.
Rita erkannte die Stimme: der Privatsekretär. „Verzeihen Sie, dass wir Sie warten ließen. Frau Gunderson
hatte eine unerwartete Angelegenheit zu erledigen.“

Nach einer präzise dosierten Pause schüttelte Rita
dem Privatsekretär die Hand, sagte nichts, blickte ihn
nur aufmerksam an und unterdrückte ein Lächeln,

das ihr die Gewohnheit auf die Lippen zwingen wollte. Zu viele Menschen blickten auch noch freundlich drein, wenn man sie misshandelte. Nicht sie. Nicht mehr.

„Es wird noch ein paar Minuten dauern", sagte Bugge. „Hatten Sie eine angenehme Reise?"

Rita, erstaunt, dass der Bus diesmal keine Erwähnung fand, nickte. „Durchaus."

Bugge versuchte sich in höflicher Konversation. „Das Anwesen heisst Gauklia", erklärte er. „Das heißt ‚Eulenwald'. Weil es eine Menge Eulen hier gibt."

Rita blickte ihn unbewegt an und sagte: „Das ist ja hochinteressant."

Bugge räusperte sich. Rita kam zu dem Schluss, dass er ihre Verärgerung wahrgenommen hatte.

„Frau Gunderson ist es sehr wichtig, Sie persönlich kennenzulernen", sagte der Sekretär, wohl um das Selbstwertgefühl der Besucherin zu heben. „Die Affäre hat sie sehr mitgenommen."

„Und Herr Gunderson?"

Bugge machte eine hilflose Handbewegung. „Es ist furchtbar. Der Mann ist nicht mehr er selbst. Seit das Mädchen verschwunden ist ... aber ich denke, das sollten Sie von Frau Gunderson erfahren."

„Sie führt jetzt die Geschäfte?"

„Die Reederei, ja. Die anderen ...", er vollführte mit beiden Händen einen Tanz, als ob Geschäfte überall in der Luft herumschwirrten, „Beteiligungen, internationale Gesellschaften und auch die Medienfirmen, das macht ein Aufsichtsrat."

„Und Herr Gunderson?"

„Entsetzlich. Schrecklich. Aber das soll Ihnen Frau ..."

„Schon gut."

Bugge erhob sich. „Möchten Sie ein Glas Milch?"

„Nein danke."

„Vielleicht einen Tee?"

„Nein."

Rita hustete in das beklommene Schweigen hinein.

Der Sekretär verharrte, sein Hinterteil über dem Sessel schwebend, die Hände dienstbeflissen Richtung Ausgang gestreckt. „Eine heiße Schokolade?"

Rita winkte ab und verschränkte die Arme. Der Sekretär setzte sich wieder.

Ein elektrisches Lärmgerät schnarrte. Bugge federte aus seinem Stuhl und hatte es sehr eilig, Rita durch einen weiteren Gang und ein Fernsehzimmer mit einer Wand aus mehreren Tausend akribisch geordneten Videokassetten Richtung Audienz zu scheuchen.

„Frau Gunderson ist sehr beschäftigt", versicherte Bugge, öffnete eine weitere massive Holztür und winkte Rita hindurch wie ein Verkehrspolizist. „Der Frühstückssalon, bitte schön."

2.

Verzehrte ein Mitglied der Familie Gunderson ein Frühstücksbrot, so geschah dies mit Panoramablick auf den Fjord. Riesige Fenster holten die grandiose Landschaft in den Frühstückssalon, während ebenso riesige, mehrfach gefaltete Holzläden mit eingebauten kleineren Fenstern, die ihrerseits von kleinen Läden verschlossen waren, an die Dunkelheit und Kälte des nordischen Winters erinnerten, wenn sich Gauklia wie eine Festung abriegelte, um dem Frost, dem Wind, der langen norwegischen Nacht zu trotzen.

Mit wenigen Änderungen konnte der Frühstückssalon einem Hotel mittlerer Größe als Restaurant dienen. Man musste nur die unzähligen Sofas, Sitzgruppen, Bücherregale und Schränke rausschmeißen und durch zwei Dutzend Tische, hundert Stühle und einen Flambierwagen ersetzen.

Gefrühstückt wurde erhöht, auf einer Art Galerie, wo sich ein Holztisch erstreckte, auf dem drei Paare Walzer tanzen konnten, ohne einander in die Quere zu kommen. In der Mitte dieses Mega-Tisches heischte eine blumenlose Vase nach Aufmerksamkeit, mit krampfhafter Eleganz, wie ein Athlet mit verrenktem Rücken, der Ausschau nach einem Arzt hält. Am wichtigeren Ende des Tisches, klar ausgewiesen durch eine Wand voller Hirschgeweihe und ausgestopfter Raubvögel, stand fern und verloren das Frühstücksgedeck der Millionärin Gunderson, eine Ansammlung silberblitzender Filigrankuppeln, -teller und -schüsseln, die wie das Modell einer Märchenstadt wirkte. Inmitten dieser von Ordnung und Gediegenheit geprägten Umgebung lagen die Reste eines Frühstücks. Niemand hatte abgeräumt. Die Millionärin hatte ihr Frühstück gerade erst beendet. Offenbar war also dieses Frühstück die „unerwartete Angelegenheit" gewesen, mit der Frau Gunderson an diesem Morgen konfrontiert gewesen war. Ein kulinarischer Hinterhalt, ein unerwartetes Frühstücksei, begleitet von einem überraschenden Kaffee, dazu ein hinterrücks verabreichter Orangensaft.

Rita, von Bugge allein gelassen, hatte Mühe, die Millionärin in der Möbellandschaft unterhalb der Frühstücksgalerie zu orten, denn die Frau saß reglos auf einem der Ledersofas. Nur eine dünne Rauchsäule verriet sie, ausgesandt von einer Zigarette, die von einem aufgestützten Arm spitz in die Höhe stach. Frau Gunderson, Vorname noch immer unbekannt, hatte sich eine neue Frisur zurechtcoiffieren lassen, sie sah den Fotos des Familienalbumzimmers nur entfernt ähnlich, hatte einen ersten Schritt Richtung Löwenmähne getan, nicht ganz passend zum eckigen, strengen Gesicht, das sich nun der Detektivin zuwandte und eine federleicht amüsierte Neugierde ausdrückte: So sieht also eine Versicherungsdetektivin aus, war in ihrer Miene zu lesen. Nun, von irgendetwas muss der Pöbel ja leben.

Die Millionärin Gunderson war eine schöne Frau gewesen und wäre es immer noch, hätten sich zu den steilen Linien im Gesicht ein paar Lachfalten gesellt. Stattdessen ein vertikales Geflecht zwischen Stirn und Mundwinkeln, eingerahmt von dieser blonden Mähne, die eine nirgendwo sonst reflektierte Lebensfreude simulierte. Sie wirkte wie eine Leichenbestatterin mit Clownperücke. Aber man soll nicht ungerecht sein, dachte Rita. Diese Frau durchlebte den Albtraum jeder Mutter, das mochte die vertikalen Falten erklären, den strengen Mund, die offene Überheblichkeit. Arroganz war am Ende Schwäche. Frau Gunderson war schwach und durfte es nicht zeigen, denn der Ehegatte war vor ihr in Ohnmacht gefallen.

„Willkommen in Gauklia", deklamierte sie mit überraschend tiefer Stimme, deren durchdringend britischer Akzent nach Aufzucht und Hege in imperialen Privatschulen roch. „Sie sind Rita Kleefman."

Rita nickte und fand das Zusammentreffen mit einem Mal absurd. Weder konnte sie Fragen stellen, ohne ihre profunde Unkenntnis über den Fall zu offenbaren, noch hilfreiche Antworten geben. Sie wusste nicht einmal, ob sie nur hierhergeschickt worden war, um mit dem Kunden Kontakt aufzunehmen, oder ob sie die Ermittlungen führen sollte. Zu spät. Die meditative Busfahrt hatte nichts genutzt.

„Hatten Sie eine gute Reise?"

„Sehr gut, danke."

„Sie sind mit dem Bus gekommen." Gunderson wandte und hob den Kopf in zwei sauber getrennten Bewegungen und fixierte Rita.

Die seufzte innerlich. Es ging wieder los. Der Bus. „Richtig."

Die Millionärin Gunderson ließ einen Augenblick verstreichen, musterte Rita noch immer mit erhobenem Kopf und sagte mit einer angesichts ihrer Worte nahezu komischen Ruhe: „Wir sind verzweifelt."

„Verständlich."

„Verständlich?" Gunderson lächelte bitter. „Haben Sie Kinder?"

„Nein, ich habe keine Kinder." Ob leider oder Gott sei Dank, das wollte sie im ersten Austausch mit einer Fremden nicht einmal mit dem Tonfall suggerieren.

Gunderson nickte und sagte mit einer mikroskopischen Geste ihrer Zigarettenhand: „Nehmen Sie bitte Platz."

Rita ließ sich auf einem Ledersofa nieder, dessen Knirschen die heilige Stille brach, und nahm ein Notizbuch aus ihrer Tasche.

„Ich mache mir keine Illusionen über Ihre Art Verständnis", erklärte die Millionärin. „Eva ist für mich eine geliebte Tochter, für Sie ein Vertrag. Ihr Verschwinden ist für uns eine menschliche Katastrophe, für Sie eine finanzielle. Das Kind ist hoch versichert. Sehr hoch."

Rita schluckte trocken, einigermaßen sicher, dass sie diese Art von Zurechtweisung nicht verdiente, doch unsicher darüber, was sie dagegen unternehmen wollte. Die Millionärin hatte im Prinzip recht: Für Rita unterschied sich das Verschwinden der Gunderson-

Tochter vom Verschwinden Tausender anderer Töchter nur durch den Umstand, dass ein Versicherungsvertrag bestand, der die Detektivin aus ihrem Kuraufenthalt gerissen und direkt in dieses Millionärs-Frühstückszimmer katapultiert hatte. Sie brauchte lediglich die Zeitung aufzuschlagen und konnte täglich saftigere Tragödien zum Beweinen finden, nur hat niemand wirklich genügend Tränen dafür. Die reserviert man sich für persönliche Fälle. Eva Gunderson – ein erstes Detail: Die verschwundene Tochter hieß Eva – war kein persönlicher Fall. Rita hatte nie eine Tochter gehabt und nie eine verloren. Die Millionärsziege hatte recht. Sie hätte sich nur anders ausdrücken können, doch Frau Gunderson wirkte nicht empfänglich für Kritik an ihrer Art, sich auszudrücken. Auch das war verständlich. Sie war Millionärin, und sie war die Mutter eines verschwundenen Mädchens. Das verlieh gewisse Rechte.

„Wir haben *selbstverständlich* die zuständigen Behörden eingeschaltet, und wir haben *selbstverständlich* eine private Detektivkanzlei mit Nachforschungen beauftragt", sagte Gunderson. „Das war Anfang Oktober letzten Jahres, ungefähr einen Monat nach ihrem letzten Lebenszeichen."

„Einen Monat?"

„Eva befand sich auf einer Weltreise. Ansichtskarten brauchen zuweilen länger. Wir hofften, das Problem sei postalischer Natur, doch nach einem Monat begannen wir uns Sorgen zu machen." Gunderson warf Rita einen stahlblauen Blick zu. Mutterliebe in Ritterrüstung. „Wir geben *selbstverständlich* die Hoffnung nicht auf."

Die Millionärin machte eine Pause und ließ ihren Blick mechanisch über die Landschaft schweifen, als amortisiere sie zwischendurch die Investition in die großen Fenster.

„Man sagte mir, Sie seien eine gute Detektivin."

„Ach so? Wer hat das gesagt?"

Frau Gunderson wandte sich wieder Rita zu, die sich bewusst wurde, dass sie verkrampft auf der Sesselkante gesessen hatte, wie auf den Befehl zum Aufspringen wartend. Rita unternahm eine Anstrengung, sich zu entspannen, und lehnte sich zurück. Langsam bekam sie ein Gefühl dafür, woher der Wind wehte und wohin die Reise ging.

„Herr de Mey." Die Millionärin dämpfte ihre Zigarette in einem Kristallaschenbecher aus, der so groß war, dass man ihn nach geringfügigem Umschleifen als Linse für ein astronomisches Teleskop hätte verwenden können. „Er war so freundlich, uns die beste Ermittlerin zu empfehlen."

Rita hob die Augenbrauen. In ihrem Kopf heulten simultan hundert Warnsirenen los. De Meys erster wichtiger Fall als Abteilungsleiter, und er empfahl seine Lieblingsfeindin Rita Kleefman als beste Ermittlerin?

„Wir haben Ihre Ferien unterbrochen, das tut mir leid", sagte die Millionärin in einem Ton, als wäre es das Letzte, was ihr jemals leidtun würde. „Doch Sie verstehen die Dringlichkeit. Wurden Sie finanziell entschädigt?"

Rita wusste nicht recht, was sie antworten sollte. War tatsächlich Hanno de Mey der neue Abteilungsleiter oder war das Team für Auslandsermittlungen nun in den Händen der Millionärin Gunderson? Und sollte sie die Kundin darauf aufmerksam machen, dass sie nicht einen „Ferienaufenthalt" abgebrochen hatte, sondern eine Kur, um die Narben zu behandeln, die ein beinahe tödlich verlaufener Ermittlungsjob hinterlassen hatte?

„Machen Sie sich keine Sorgen", erwiderte Rita. „Administrative Details. Hier bin ich."

„Sie werden", sagte die Millionärin und erhob sich, trat an eines der Panoramafenster und musterte die Steilhänge des Fjords, „die Reise meiner Tochter nachvollziehen. Wir werden Ihnen sämtliche Ermittlungsergebnisse der privaten Detektivkanzlei aushändigen. Sie können Spesen machen, so viel Sie wollen. Sie erhalten eine Prämie in Höhe Ihres Jahresgehalts, wenn Sie das Schicksal meiner Tochter aufklären können. Steuerfrei, in einem Kuvert." Sie wandte sich kurz um und musterte Rita spöttisch. „Wenn Sie es denn wollen", setzte Gunderson hinzu wie jemand, der wenig Verständnis für ehrliche Steuerzahler aufbrachte.

Rita antwortete nicht, Gunderson blickte wieder auf den Fjord hinaus. „Sie halten mich wöchentlich über den Fortgang der Ermittlungen auf dem Laufenden. Wichtige Ergebnisse derselben teilen Sie mir umgehend mit."

Rita gab ihre Entspannungsübung auf. Kurz erwog sie, die Millionärin darüber aufzuklären, dass Kunden in Versicherungsfällen keine Anweisungen zu geben hatten, denn die Versicherung ermittelte eventuell ja auch gegen sie, verzichtete aber darauf. Rita würde schlichtweg tun, was sie für richtig hielt. Die Detektivin beschloss, das Thema zu wechseln.

„Erzählen Sie mir von Eva."

Frau Gunderson zuckte die Achseln, als hielte sie das Thema für nicht sehr ausgiebig. „Was soll ich Ihnen denn erzählen?"

Deine Theorie, dachte Rita. Ist sie verschwunden oder ist sie ausgebüchst? Ist sie Opfer oder Täter?

„Wusste Eva über die Versicherung Bescheid?"

Frau Gunderson zuckte erneut die Achseln, belustigt fast. „Ist das für Ihre Arbeit von Bedeutung?"

„Ich will lediglich so viel wie möglich über Ihre Tochter wissen. Das hilft beim Ermitteln."

Der ironische Nachsatz handelte Rita einen langen prüfenden Blick ihres Gegenübers ein. Gunderson beschloss jedoch, darüber hinwegzusehen, und erklärte: „Eva hatte keinen ausgeprägten Sinn für Verantwortung. Sie war unreif."

War.

„Weshalb sprechen Sie in der Vergangenheit?"

„Sie kann sich geändert haben. Neun Monate. Das ist eine lange Zeit."

Tochter verschwindet und reift. Eine interessante Theorie.

„Wie alt ist sie?"

„Zwanzig. Im vergangenen November geworden. Steht alles in Ihrem Dossier."

Rita seufzte innerlich. Danke, Hanno, für das hervorragende Briefing.

„Und wie unreif?"

„Sehr."

„Ich meine: Wie drückte sich das aus?"

„In allem. In ihren Plänen, ihrem Verhalten, ihren Finanzen. Glauben Sie nicht, wir hätten sie verwöhnt. Sie hatte ihr Taschengeld und gab immer zu viel aus."

„Schulden?"

„Das weiß ich nicht. Mädchen in ihrem Alter erzählen ihren Eltern nicht alles."

„Glauben Sie, dass Eva Schulden hatte?"

Gunderson zuckte wieder die Achseln. „Bis jetzt haben sich keine Gläubiger gemeldet. Aber es wäre ohnehin kein Grund, einfach zu verschwinden. Damit löst sie ja die Probleme nicht."

„Haben Sie sich gut verstanden?"

„Eva und ich? Ja. Ja."

Das doppelte Ja kreiste in Ritas Kopf, während Gunderson relativierte, mit einer leichten Handbewegung: „Es gibt natürlich immer Konflikte zwischen Mutter und Tochter. Das werden Sie verstehen. Wie war das zwischen Ihnen und Ihrer Mutter?"

„Genauso", wich Rita aus.

„Sehen Sie", sagte Gunderson. „Normal."

„War sie eine Rebellin?"

„Eine Rebellin gegen die Vernunft, aber auch das ist in diesem Alter bis zu einem gewissen Grad normal."

„War sie denn nichts Besonderes?"

„Natürlich war sie das." Jede Tochter ist besonders, sagte ihr Schweigen.

„In welcher Hinsicht?"

„Eva war besonders naiv. Sie glaubte Männern alles."

„Hatte sie einen festen Freund?"

„Natürlich nicht. Mädchen wie Eva werfen sich nur problematischen Männern an den Hals. Zuerst erfinden sie den idealen Mann in ihrem Kopf und glauben, der Erstbeste, der Interesse zeigt, ist es schon. Und wenn sich herausstellt, dass er es doch nicht ist, erfinden sie Erklärungen dafür. Schuld hat immer etwas anderes. Also lassen sie sich demütigen, betrügen, lächerlich machen, sie lassen sich schlagen, ausnutzen, alles in der Hoffnung, der erfundene ideale Mann käme doch irgendwann zum Vorschein, man müsse nur Geduld haben und alles ertragen. Es ist wie ein Kreuzzug, wie die Suche nach dem Gral." Zug aus der Zigarette, langes Ausblasen. „Der natürlich nicht existiert."

Gunderson war in Fahrt gekommen, ihr Gesicht hatte Farbe angenommen, der Fjord exisiterte nicht mehr, Eva hatte den Raum betreten, in ihrer ganzen Unvollkommenheit, das zickige Mädchen, das nicht auf den Rat ihrer Mutter hört und Freunde nach eigenem Gutdünken wählt, und nun ist Eva weg, es war ja abzusehen. Und plötzlich war da eine Theorie: die Suche nach dem Gral.

„Sie wissen, was mit den Narren passiert, die nach dem Gral suchen, als sei er etwas Materielles, versteckt in irgendeiner Höhle, die man nur finden muss, und schon ist alles gelöst. Den Gral muss man in sich selbst schaffen. Erst wenn man das verstanden hat, besteht Hoffnung."

Gunderson ballte die Rechte zur Faust und schlug im Takt ihrer Worte auf die Armlehne des Sofas. „Die Suche nach dem Paradies. Die vollkommene Negation der Realität."

Rita verstand, dass Gunderson in diesem Augenblick mit Eva sprach, mütterliche Strenge in der Stimme, das entnervte Timbre von Das-hab-ich-dir-schon-tausendmal-gesagt.

„Eine Träumerin?", unterbrach Rita die Tirade.

Gunderson schien sich wieder daran zu erinnern, dass Rita vor ihr saß, nicht Eva, und ließ eine Freundlichkeit aufblitzen, die nach Komplizenschaft trachtete. „Sie sagen es. Eine Träumerin."

„Wo ist sie verschwunden?"

Gunderson lächelte. „Im Land der Träume natürlich, was haben Sie erwartet?"

„Amerika? Die Vereinigten Staaten?"

„Unsinn." Die Millionärin lächelte geringschätzig, als hätte Rita einen Intelligenztest nicht bestanden. „Amerika ist das Land, das Träume zu einer Handelsware macht. Zu Geld. Amerika ist kein Land der Träume, Amerika ist das Land, in dem die Träume gnadenlos von der Realität getestet werden. Kein Land für Eva."

„Wo wurde Eva zuletzt gesehen?" Rita setzte mit weiter Geste ihren Kugelschreiber an, um der Millionärin eine konkrete Information zu entlocken.

„In Marokko."

Rita klappte reflexhaft ihr Notizbuch zu. Das erste Rätsel des Falles war gelöst. Deshalb also hatte ihr Intimfeind sie als beste Ermittlerin angepriesen. Um sie nach Marokko zu schicken.

Nicht ihr Fall, herzlichen Dank.

„Wir werden wahrscheinlich einen Kollegen entsenden", sagte sie. „Für solche Länder ist das besser. Einen Mann, meine ich."

„Herr de Mey will Sie entsenden."

Herr de Mey will. Herr de Mey überschätzt seine Befugnisse. Herr de Mey ist noch nicht lange im Amt. Auch er ist ein Träumer, Frau Gunderson. Auch er macht Geld damit. „Wir werden das diskutieren.“

„Ich verstehe nicht.“ Gunderson runzelte die Stirn. „Ist Herr de Mey nicht Ihr Vorgesetzter?“

„Oh, sicher“, erwiderte Rita, noch immer verblüfft darüber. „Ja, das ist er.“

„Er hat mir versichert, Sie seien die beste Ermittlerin für diesen Fall. Darum hat er Sie aus dem Urlaub geholt.“

Beim Wort „Urlaub“ zuckte Rita zusammen. Sie begann sich nun ernsthaft zu ärgern. Hanno musste von der Abmachung zwischen ihr und Anna Loeken wissen, aber vielleicht wusste er zu wenig über diesen Fall, wusste nicht, dass es um Marokko ging. Er wusste, dass sie in *diesen Ländern* nicht mehr arbeitete. Er wusste nicht, warum. Vielleicht sollte sie es ihm erzählen. Vielleicht war genau das Teil seines Spiels: Er setzte Rita mit diesem Auftrag unter Druck, damit sie endlich erzählte.

Mit Mühe fand die Detektivin nach Norwegen, nach Gauklia zurück. Sie zwang sich zur Ruhe. „Schön. Fahren wir fort. Wo in Marokko wurde Eva zum letzten Mal gesehen?“ Beinahe hätte sie hinzugefügt: lebend.

„Rabat, glaube ich.“ Gunderson zündete sich wieder eine Zigarette an. Als hätte sie von dem Gespräch momentan genug, langte sie nach einem elektrischen Schalter auf dem Tischchen neben ihr und drückte dreimal darauf, den Blick herausfordernd auf Rita gerichtet. Keine zehn Sekunden später ging die Tür auf und eine junge Frau mit einem leeren Tablett trat ein. Ohne die Millionärin zu beachten, ging sie zu der kleinen orientalischen Stadt aus silbernen Kuppeln und Tassen und Tellern und räumte ab.

„Wir haben Freunde in Rabat", erklärte Gunderson. „Eine angesehene Familie. Geschäftspartner. Eva war angewiesen, sich in deren Schutz zu begeben. Marokko ist kein Land, das man als Frau allein bereisen sollte."

Das Dienstmädchen, den Kopf wie ein Roboter reglos geradeaus gerichtet, nahm das volle Tablett auf und verließ grußlos den Frühstückssalon.

„Meinen Sie nicht auch, das Personal sollte Uniform tragen?", sagte Gunderson, die Ritas Blick gefolgt war. „Das ist praktisch fürs Personal, die beschmutzen sich ihre Privatkleidung nicht, und unsere Gäste wissen sofort, wer zur Familie gehört und wer nicht. Sie hätten das Dienstmädchen für meine Tochter halten können. Oder meine Tochter, solange sie noch hier war, für ein Dienstmädchen. Uniformen vermeiden peinliche Situationen."

Gunderson nahm einen Zug aus ihrer Zigarette und ließ Rita für einen Moment mit der Frage allein, warum das Personal in Gauklia keine Uniformen trug.

„Mein Mann", erläuterte sie schließlich mit einer Geste, als sei das Erklärung genug. Nach einer Pause führte sie aus: „Allergisch gegen Uniformen. Von seinem Vater geerbt. Widerstandskämpfer. Zur falschen Zeit am falschen Ort. Telavag. Davon gehört? Egal. Ein Massaker. Eines von vielen, mit Glück überlebt, aber seine Freunde haben daran glauben müssen. Alle miteinander. Seither kann er keine Uniformen mehr sehen. Leif musste sich umziehen, sobald er vom Militärdienst nach Hause kam, und mittlerweile kann er Uniformen selbst nicht mehr ausstehen. Ein wenig lächerlich, denn ich frage Sie: Was hat ein adrettes Dienstmädchenkleid mit dem Feldgrau der Deutschen gemein? Oder dem Schwarz der SS?"

„Ich habe mich noch nie mit dieser Frage beschäftigt", gestand Rita abwesend.

Verstehe, sagte Gundersons Achselzucken. „Mit Leif kann man darüber nicht diskutieren. Und sein Vater? Ein wunderbarer Mensch, bemerkenswert fit für sein Alter, schwimmt in den Fjorden herum, bis ihm Eisschollen den Weg versperren, klettert Berge hoch, läuft Ski, aufgeklärt, flexibel, aber wenn Sie das Thema Uniformen erwähnen, macht er sofort sein Widerstandskämpfergesicht", sie schob das Kinn vor und entblößte die Zähne, „und Gnade Gott dem Deutschen, der dann in der Nähe ist."

„In Rabat ...", versuchte Rita anzuknüpfen.

„Dort haben sie Uniformen", rief Gunderson mit plötzlichem Entzücken in der Stimme aus. „Mein Gott, ist das Personal schick gekleidet. Der Chauffeur weiß wie ein Admiral, der Gärtner beige wie ein Soldat, die Dienstmädchen in Rotweiß wie Stewardessen, einzig die Leibwächter tragen Zivil, aber das ...", sie hob beide Hände mit einer anerkennenden Geste, „... tipptopp, maßgeschneidert. Abdelaziz duldet keine schlecht gekleideten Menschen in seiner Nähe."

„Hat Abdelaziz Ihre Tochter kennengelernt?"

„Leider, muss ich sagen. Sie ist bestimmt in verschlissenen Jeans aufgetaucht, trotz meiner präzisen Anweisungen. Ich will gar nicht daran denken, welchen Eindruck sie hinterlassen hat. Waren Sie jemals in Rabat? Ein Traum. So etwas von elegant gibt es in Europa nicht mehr. Das Personal aufmerksam, dienstbereit. Bei uns laufen alle mit Revolutionsgesichtern herum und fassen jede Anweisung als Angriff auf ihre Menschenwürde auf. Dienen ist nicht mehr gefragt. Ich diene jeden Tag. Ich arbeite sechzehn Stunden täglich und beschwere mich bei niemandem."

„Ihre Tochter …"

„Genau dasselbe. Will sich selbstverwirklichen, möglichst rasch, möglichst ohne allzu große Mühe und möglichst auf Kosten anderer. Alles andere interessiert sie nicht."

„Dieser Abdelaziz …"

„Rahmani. Abdelaziz Rahmani. Eine sehr gute Familie. Beziehungen, so was glauben Sie gar nicht."

„Er hat sich Ihrer Tochter angenommen?"

„Hat sich verliebt, um genau zu sein. Aber das war typisch Eva. Die glaubt, Marokkaner seien dunkel angemalte Europäer. Dann kommt sie an, mit ihren eng anliegenden Jeans, ihrem blonden Haar, und lächelt von Morgengrauen bis Abendrot, als ob fünfhundert Jahre sozialer Entwicklung mit ein paar erklärenden Worten überbrückbar wären, und zerstört mit ihrem verantwortungslosen Benehmen beinahe das Familienglück eines der angesehensten Männer von Marokko." Gunderson hob beide Arme in einer dramatischen Geste der Hilflosigkeit. „Und beschwert sich auch noch!"

Rita blieb der Mund offen stehen.

„Wir mussten uns bei ihm entschuldigen, und ich schwöre Ihnen: Das war nicht einfach. Kein aufgeklärter Europäer versteht das, aber ‚aufgeklärt' war schon immer ein Adjektiv, mit dem ich meine Probleme habe. Ein sogenannter aufgeklärter Europäer hätte dreitausend Arbeitsplätze – das sind dreitausend menschliche Existenzen, nur zur Erinnerung – in den Gully gejagt, nur damit sich eine kleine, dumme Europäerin weiterhin aufführen kann, als halte sie alle Marokkaner für Vollidioten.“

„Das hat sie getan?“, fragte Rita leise.

„Ich würde es so sagen“, bekräftigte die Millionärin und setzte ein „Absolut!“ hinzu. „Denken Sie nicht, es sei angenehm, von der eigenen Tochter vor die Wahl gestellt zu werden. Wir standen ja da wie Rabeneltern.“

„Was hätten marokkanische Eltern getan?“

„Die hätten ein so unbedarftes Ding wie Eva Gunderson gar nicht aus dem Haus gelassen. Aber das sind die feinen Unterschiede.“

„Können wir mit Rahmani sprechen?“

„Wer wir?“

„Die ermittelnde Person unserer Versicherung.“

„Verwenden Sie in Ihrer Branche den majestätischen Plural aus strategischen Gründen oder ist das ein Trick, um Ihr Selbstbewusstsein zu stärken?“

Nun wandte sich die Feindseligkeit der Millionärin gegen beide: Eva und Rita. Die Detektivin hatte plötzlich das Gefühl, mit der verschwundenen Tochter auf der Anklagebank zu sitzen. Und mit jedem Wort, das die strenge Mutter der Detektivin entgegenschleuderte, wuchs die Vertrautheit zwischen den beiden Angeklagten.

„Der Mann hat nichts zu verbergen“, beantwortete Gunderson die Frage, als Rita auf ihre Spitze nicht eingegangen war. „Sie werden sich wundern, welchen Stil der hat. Allerdings wäre ich Ihnen dankbar, wenn Sie bei erster Gelegenheit darauf hinweisen würden, dass Sie von der Versicherung geschickt wurden, nicht von uns."

War das der wahre Grund, warum sich Gunderson solche Hoffnungen auf die Ermittlungen der Versicherung machte? Weil nun endlich Rahmani befragt werden konnte, ohne die Geschäftsbeziehungen zu trüben?

„Keine Sorge, ich werde auf diese Nuance hinweisen."

„Sie werden selbstredend mit dem gebührenden Takt vorgehen. Abdelaziz Rahmani ist eine Person von Rang und Ansehen, und wer das nicht berücksichtigt, findet sich schneller auf der Straße wieder, als er ‚Kulturschock' sagen kann."

Die Millionärin fixierte Rita mit kalten Augen. „Ich verabscheue Drohungen, doch wenn Sie durch Ihr Verhalten die Beziehungen zwischen Rahmani und meinen Firmen beschädigen, hat Safee eine Schadenersatzklage am Hals, dass Ihnen Hören und Sehen vergeht. Wenn es um Arbeitsplätze geht, werde ich zur Löwin."

Irgendwie wirken sie komisch, Millionäre, die die rote Fahne schwenken, dachte Rita und fragte: „Wann haben Sie zum letzten Mal mit Ihrer Tochter gesprochen?"

Die Millionärin lächelte. „In der Nacht vom 29. auf den 30. August 1990, so gegen zwei Uhr morgens."

„Wo befand sich Eva?"

„In einem Luxushotel in Rabat. Hyatt Regency. Sie hatte gerade Rahmanis Haus verlassen."

„War sie verstört?"

„Verstört? Ich würde eher sagen hysterisch. Sie vertrat die Ansicht, eine Mutter würde ihre Tochter verteidigen, selbst wenn sie im Unrecht ist."

„War es dramatisch?"

„Alles ist dramatisch, wenn es nicht nach Evas Vorstellungen läuft. Da brechen pausenlos Welten zusammen." Die Millionärin wandte sich wieder dem Fjord-Panorama zu, ihre Stimme wurde leise, brüchig. „Denken Sie nicht, ich fühlte mich nicht schuldig. Ich wusste, dass Eva ein wirklichkeitsfremdes, aufsässiges Mädchen war, aber ich dachte nie, dass sie das Haus unserer guten Freunde noch in derselben Nacht verlassen und alleine durch Marokko reisen würde. Man fragt sich immer, ob man die Situation nicht hätte besser bewältigen können."

„Haben Sie Abdelaziz gebeten, nach Ihrer Tochter zu suchen?"

Gunderson ließ ein bitteres Auflachen hören. „Nach dieser Geschichte? Eher hätte ich mich vierteilen lassen. Nein. Ich dachte, Eva würde nach ein paar Tagen zur Vernunft kommen und die Rückreise antreten. Eva war noch nie wirklich allein gewesen. In jedem Land, das sie bereist hat, kümmerten sich Freunde unserer Familie um sie. Ich dachte nie, dass sie ausgerechnet in Marokko auf diesen Schutz verzichten würde. Ich unterschätzte ihren Mangel an Reife. In diesem Sinne bekenne ich mich schuldig."

Sie wandte ihren Blick wieder Rita zu. „Aber das sind persönliche Gefühle, und die sind ausschließlich mein

Problem. Für die Versicherung macht das keinen Unterschied. Sollten Sie Eva nicht finden, werden zwei Millionen Dollar Versicherungssumme fällig, egal, ob ich mich persönlich verantwortlich fühle oder nicht."

Gunderson schickte ihren Worten einen warnenden Blick hinterher, als machte sie Rita persönlich haftbar. In einer Anwandlung von primitivem Trotz, den sie sich bewusst leistete wie andere den Nikotingenuss, zuckte die Detektivin die Achseln. Um die Geste zu überspielen, fragte sie rasch: „Wie wird der Rest der Familie mit Evas Verschwinden fertig?"

„Das ist eine sehr persönliche Frage. Aber sie gibt mir Gelegenheit zu einer notwendigen Klarstellung. Mein Gatte ist aufgrund der Ereignisse nicht mehr in der Lage, seine Verantwortlichkeiten als Familienoberhaupt und Geschäftsmann wahrzunehmen. Evas Bruder studiert in Oslo, und ich bin eisern entschlossen, diese unangenehme Affäre von ihm fernzuhalten, um ihm das Schicksal meines Gatten zu ersparen."

Erbliche Nervenschwäche unter den männlichen Gundersons? Rita wollte nachstoßen, doch Gunderson hob die Hand. Geduld, sagte ihre Geste. Das Dickste kommt erst.

„Mein Gatte leidet unter einer gravierenden Depression. Ich schließe nicht aus, dass Rob ähnlich heftig reagieren könnte."

„Und Eva ...?", begann die Detektivin, die eine mögliche Erklärung für die Instabilität der Millionärstochter zu ahnen begann.

„Ist anders", wischte Gunderson die Theorie vom Tisch, bevor sie noch Gestalt annehmen konnte. „Ganz anders. Wäre sie halb so empfindsam wie Rob, sie hätte sich in Marokko anders verhalten. Sie hätte sich in ihrem ganzen Leben anders verhalten. Empfindsame Menschen haben einen ausgeprägten Gerechtigkeitssinn. Einen hohen moralischen Anspruch an sich selbst und an andere." Gunderson drückte mit viel Kraft ihre Zigarette in dem monströsen Kristallaschenbecher aus. „Nichts, womit Eva gesegnet wäre."

Aber finden soll ich sie doch?, richtete Rita eine stumme Frage an den Fjord, der sich an ein paar Sonnenstrahlen wärmte. Die Wolkendecke war aufgerissen, ein pulsierendes Stück blauer Himmel tanzte über Gauklia, und die Millionärin griff nach einer neuen Zigarette.

3.

Eva Gunderson war ein bildhübscher Fehlschlag von einem Menschen. Sie stand mit beiden Beinen fest in den Wolken und erwartete ernsthaft, dass sich die Welt ihren Vorstellungen angleichen würde, wenn sie, Eva, nur geduldig war. Aus dem Elternhaus strömte ein nie versiegender Fluss von Taschengeldern, um die Wartezeit zu finanzieren. Die Welt anschauen, meinen die Eltern – sagt Birte Gunderson, die mittlerweile ihren kleinen Vornamen vor Rita ausgebreitet hat wie ein Händler, der einen Bettvorleger als Orientteppich anpreist –, die Welt ansehen würde helfen, und mit der Welt waren zuerst die Fjords und Wälder rund um Trondheim gemeint, dann reichte diese Welt nicht mehr, und mehr Welt wurde Eva eingetrichtert, zunächst in homöopathischen Dosen – ein wenig Oslo, ein bisschen Island, ein Krümchen Dänemark –, dann Welt, sprich: Realität, in immer größeren Mengen, damit sie endlich einen Bezug entwickelt, mit dem Träumen aufhört: Ein Jahr in Frankreich. Ein Jahr in den Vereinigten Staaten. Ein Sommer in Israel. Ein Winter in Österreich. Eine Saison in Großbritannien.

Doch – Birte schlägt die Hände über dem Kopf zusammen, eine seltene plebejische Geste in diesem Patrizier-Frühstückszimmer – alles wird stattdessen nur schlimmer, Träume – sagt Birte – werden Evas Religion, sie geht den Eltern verloren, als schlösse sie sich einer lebensfremden Sekte an, Eva Gunderson, eine wahre Gläubige, die Einzigen, denen sie nicht glaubte, sind die Einzigen, die ihr die Wahrheit sagen: Leif und Birte Gunderson, verzweifelte Eltern, in steter Erwartung schlechter Nachrichten von Eva, die immer schlechter werden und in die schlechteste Nachricht münden, dass es mittlerweile keine Nachrichten mehr gibt.

Das Gespräch mit Birte verlief wie eine Bergwanderung – mal ging es mühsam bergauf, wenn die Millionärin mauerte und jede Frage wie eine unverschämte Verletzung ihrer Intimsphäre behandelte, mal hurtig bergab, wenn Rita keine Fragen mehr zu stellen brauchte, weil Birte dahinsprudelte wie eine Quelle, eine Weisheit nach der anderen ausspuckte, freilich alles sehr subjektiv, sehr persönlich, und die nackte Information musste Rita aus diesem Gesprudel erst herausfiltern, denn Birte präzisierte *ihr* Bild von Eva, als ob sie sicherstellen wollte, dass Rita nicht auf den kühnen Gedanken kam, ein eigenes, ein anderes zu entwerfen.

Eine Mission zeichnete sich ab, die wesentlich mehr enthielt als das bloße Auffinden der verschwundenen – oder entschwundenen – Tochter. Wenn Rita sie dann gefunden hätte – und Birte ließ keinen Zweifel daran, dass sie etwas sehen wollte, wenn schon kein

Geld, und redete dabei den Unterschied zwischen einer Versicherungsdetektivin und einem angeheuerten Privatermittler buchstäblich unter den Boden –, wenn Rita also Eva aufgestöbert hätte, dann wäre eine mütterliche Backpfeife zu verabreichen, in der sich Besorgnis und Wut mit einem Knall vereinten, mütterliche Energie unmittelbar in kinetische umgesetzt würde, die Fortsetzung der Liebe mit anderen Mitteln. „Geben Sie ihr eine Ohrfeige", befahl Birte Gunderson auf einer der Bergab-Passagen des Gesprächs, wo es besonders hurtig dahinging. „Das Kind hat so viel kaputt gemacht und hat *keine* Ahnung."

Die Anweisungen für die Zeit nach der Ohrfeige waren weniger klar. In ein Flugzeug setzen, zurückfliegen – Gundersons Fantasie eilte weit vor Ritas nüchterner Einschätzung der Lage. Falls das Kind noch am Leben war, dachte die Detektivin, war entweder mit einer Lösegeldforderung zu rechnen (unwahrscheinlich, die hätte bereits stattfinden müssen), oder die blonde, hübsche Norwegerin, die unverantwortliche Träumerin, hatte sich heimlich mit einem charmanten Nordafrikaner verheiratet und Rita käme keinen Meter über die Ohrfeige hinaus, zu der sie wahrscheinlich ohnehin keine Lust haben würde oder erst gar keine Gelegenheit.

Oder aber Eva war nicht mehr am Leben und Rita würde sich mit der Suche nach ihrer Leiche begnügen müssen, um den Fall abzuschließen. Dachte Rita, die eine wichtige Passage des Versicherungsvertrags noch nicht kannte.

Und schon ging es wieder bergauf, mühsam, als Rita die Möglichkeit eines freiwilligen Untertauchens andeutete. „Seien Sie nicht naiv“, schnappte die Millionärin, und Rita fühlte sich blitzartig auf eine Stufe gestellt mit der wirklichkeitsfremden, verlorenen Träumerin Eva. „Niemand kann ihr das bieten.“ Mit einer eleganten Handbewegung präsentierte Birte Gunderson das Luxusanwesen und den Fjord, wie ein Immobilienagent, der sein schönstes Stück anpreist.

„Kontobewegungen?“, schob Rita das Thema weiter bergauf.

„Das lesen Sie im Bericht.“

„Enthält der Bericht alle Kontoauszüge?“

„Die relevanten Daten.“

Die würden nur enthüllen, was Birte und ihre Privatschnüffler für relevant hielten, und der Erfolg war bekannt: sechs Monate ergebnisloser Suche. Die Gunderson-Mauer war wieder hochgezogen. Rita suchte geduldig nach Durchgängen.

„Sagen Sie mir, wann die letzte Kontobewegung stattgefunden hat.“

Rita ging es nicht um die Fakten, sie wollte Feeling. Was sagte die Millionärin, wenn es ums „Taschengeld“ ging? Verfügte Eva über unerschöpfliche Vorräte, transferiert auf ein anonymes Konto in der Schweiz oder in Österreich, jeder elterlichen und detektivischen Kontrolle entzogen? Oder wurde das Mädchen kurzgehalten, versuchte die Familie auch hier, die Träumerin mit einer unangenehmen Wahrheit vertraut zu machen? Nämlich dass Geld nicht auf Bäumen wuchs, dass man dafür arbeiten musste, dass Geld immer die Frucht einer Anstrengung war, dass es nicht genügte, Töchterlein zu sein, dass sogar ein

Bankräuber mehr Anrecht auf Geld hatte, denn der riskierte wenigstens etwas.

Dann fragte sich Rita, inwieweit diese schmerzhafte Realität dem auf allen Fotos breit grinsenden Sohn und Bruder Rob unter die Studentennase gerieben wurde. Im Familienalbum schien Eva von der sogenannten Realität, oder von irgendeiner der zahlreich zur Verfügung stehenden Realitäten, deutlich tiefer beeindruckt als Rob. Sie wirkte skeptisch, zweifelnd, wie jemand auf der Suche. Er hingegen wirkte wie jemand, der schon mit seiner Geburt in der Realität angekommen war und sich dort sauwohl fühlte.

„Wie war die Reise organisiert?", versuchte Rita, eine Hintertür zur Wahrheit der Gundersons zu öffnen.

„Organisiert?", hustete Gunderson abschätzig. „Ein Blick auf die Weltkarte – worauf hätten wir denn Lust? – und los ging die Fahrt. Alles war stets eine Frage ihrer momentanen Wünsche. Der gute Leif musste buchstäblich hinter ihr herorganisieren. Wo bist du, kleine Maus? Brauchst du Geld?" Birte imitierte das gluckenhafte Benehmen ihres Gatten, sein – das war wohl das Wort – Bemuttern. Rita hatte das Gefühl, auf eine erste, wichtige Wahrheit gestoßen zu sein, und fühlte sich ermuntert, um eine Unterredung mit Herrn Gunderson zu bitten.

„Ausgeschlossen", erwiderte Birte und ihre Zigarette zeichnete eine quicke Barriere in die Luft. „Leif braucht Ruhe. Er muss auf andere Gedanken kommen. Im Übrigen finden Sie alle relevanten Daten im Bericht."

„Es könnte ihm doch guttun, jemanden zu sehen, der sich auf die Suche nach seiner Tochter macht", sagte

Rita und verfluchte sich im selben Augenblick für die leichtfertige Zusage zwischen den Zeilen. „Denken Sie nicht?"

„Nein", blockte die Millionärin und fügte keine Erklärung hinzu. Niemand hatte von ihr Erklärungen zu verlangen, sagten ihr Schweigen und ihr Blick.

„Darf ich ihm wenigstens Guten Tag sagen?", beharrte Rita. „Ihn kennenlernen. Ohne Fragen."

Birte zuckte die Achseln. „Ich habe nichts dagegen. Erwähnen Sie mit keinem Wort Eva, denn Leif ist zwar ein gebrochener Mann, aber geistig hellwach. Er glaubt nicht mehr daran, seine Tochter lebend wiederzusehen. Sie werden also Guten Tag sagen und sich einen Eindruck vom Ausmaß der Tragödie machen, für die Eva verantwortlich ist."

Rita nickte. Die Tochter würde wohl vor ein Gericht gezerrt, sollte sie unvermutet doch noch auftauchen. Klägerin: Birte Gunderson. Schadenersatz für erlittene seelische Qualen würde eingefordert, Millionenhöhe – Millionärsschmerzen waren teuer –, ein Leben lang würde das enterbte Kind Leifs väterliche Depression und Birtes mütterlichen Zorn abarbeiten.

Birte erhob sich und ging voran durch einen Korridor, drückte ihre Zigarette an einem der strategisch positionierten Standaschenbecher aus, Rita folgsam hinterher. Sie gelangten in einen dunklen Bereich des Hauses, und als Birte eine Tür öffnete, ohne anzuklopfen, flutete kein Licht in den Gang, stattdessen erkannte Rita einen kleinen Raum, beinahe ein Kämmerchen, in dessen geschlossenen Vorhängen das Tageslicht stecken blieb. Eine rötliche Dunkelheit offenbarte eine Mischung aus Arbeits- und Wohnzimmer mit einem Schreibtisch, Wänden voller Bücherregalen, einem Aktenschrank, einem klobigen Safe und drei Fauteuils rund um einen winzigen Tisch.

„Leif“, schnitt Birtes Stimme durch die verdunkelte Stille des Raumes, und Rita erkannte eine reglose Gestalt in einem der Fauteuils, beide Arme auf den Armlehnen, der Kopf kerzengerade auf dem Hals, eine Brille lag auf dem winzigen Tisch, kein Buch, keine Zeitschrift, nur das rötliche, baumwollene Halbdunkel, darin, wie Leuchtwürmer verstreut, die roten Stand-by-Lichter elektronischer Apparate. „Leif, wir haben eine Besucherin, sie will dir Guten Tag sagen.“

Rita räusperte sich und sagte beklommen: „Guten Tag, Herr Gunderson.“

„Geben Sie ihm die Hand“, befahl Birte.

Rita näherte sich dem Sessel und streckte ihre Hand aus. Langsam hob sich die Rechte des alten Mannes und schloss sich mit überraschender Kraft um die Hand der Detektivin. Ein schmales Gesicht blickte sie an, nicht unfreundlich, bitter vielleicht, verhärmt wahrscheinlich, das Licht reichte nicht aus, um es wirklich zu erkennen. Sie hörte Leif mit leiser Stimme antworten: „Guten Tag, guten Tag.“ Sein Kopf nickte, zwei Augen waren starr auf sie gerichtet.

Rita wollte ihre Hand zurückziehen, doch der Alte hielt sie mit eisernem Griff umklammert. Die Detektivin wollte sich Hilfe suchend nach Birte umwenden, da flüsterte der Alte: „Finden Sie meine Tochter. Finden Sie Eva.“

„Frau Kleefman ist in Eile“, detonierte Birtes Stimme wie eine Granate im Raum.

„Finden Sie Eva", wiederholte der alte Mann und legte nun auch seine Linke auf Ritas Hand. „Sie schaffen das."

Birte sprach kein Wort, als sie Rita durch den dunklen Gang zurück ins Dämmerlicht führte und von dort an den Ausgang, den Hauptausgang diesmal, quer durch eine Vorhalle mit kristallklaren Fjordgewässern und saftigem Tann in wuchtig gerahmtem Öl, eine Garderobe aus Wurzelholz, ein Spiegel wie in Kasernen, um vor dem Ausgang den richtigen Sitz der Krawatte, die präzise Neigung des Kopfschmuckes, die horizontale Ausrichtung der Orden überprüfen zu können, und Rita erkannte, dass Birte Uniformen nicht nur für nützlich hielt, sondern wahrscheinlich *liebte*. Abwesend drückte die Millionärin wieder einen Klingelknopf und streckte ohne hinzusehen ihren Arm aus, um Asche von ihrer Zigarette in einen schmiedeeisernen Standaschenbecher flocken zu lassen. Vermutlich hatte Birte einen Lageplan aller Aschenbecher im Kopf und vermochte das Haus mit einer glimmenden Zigarette in absoluter Dunkelheit zu durchschreiten, ohne dass ein einziges Ascheflöckchen den Parkettboden und die wuscheligen Ziegenfellteppiche versengte. Birtes Blick war für die wichtigen Dinge im Leben reserviert, und dieser Blick war nun mit geradezu sanfter Nachdenklichkeit auf Rita gerichtet.

„Wissen Sie, Frau Kleefman", sagte Birte, „Es kümmert mich ganz offen gestanden – und Sie verzeihen bitte schön den harten Ausdruck – einen Scheißdreck (*I give a shit*), was Sie persönlich von mir halten. Doch als jemand, der eine sehr wichtige Aufgabe zu erfüllen hat, verdienen Sie sich allen Respekt der Welt. Ganz offenbar ist in diesem Haus nicht jeder mit meiner Handhabung dieser Affäre einverstanden, und das schließt Leute ein, die hier nur ihren Job zu erledigen haben, die hier nur ihr Geld verdienen und die Klappe halten sollen. Aber das tun sie natürlich nicht. Das ewige Dilemma mit dem Hauspersonal. Man hat kein Privatleben mehr. Irgendjemand hat gegen meine spezifische Anweisung Leif von Ihrer Ankunft und Ihrer Mission erzählt. Ich hatte meine Gründe, diese Information von ihm fernzuhalten. Ich stehe in täglichem telefonischem Kontakt mit einem der besten Psychiater Oslos, und das Einzige, was ich versuche, ist …"

Birte machte ein verkniffenes Gesicht, Rita wartete mehr neugierig als betroffen auf eine Fortsetzung ihrer Erklärung – oder war es eine Ansprache, eine Rechtfertigung? –, doch als die Detektivin verstand, dass Birte weinte, war der beinahe zärtliche Augenblick schon verstrichen. Die Millionärin hatte weder die Hände vors Gesicht genommen, um ihre Tränen zu verbergen, noch ihren Blick von Rita gewandt. Sie stand da, die Zigarette achtlos in der herabhängenden Rechten, die Linke neben der Sprechanlage an die Wand gestützt, und weinte.

„Manchmal weiß man nicht mehr, was richtig und was falsch ist", schluchzte sie. „Die Fachleute sagen eines, der Instinkt sagt etwas anderes, dann geben dir Freunde Ratschläge, und am Ende kommt noch das eigene Hauspersonal daher, Idioten, die mit Mühe eine Einkaufsliste lesen können, und geben ungefragt ihren Senf dazu. Man kommt sich vor wie der Hauptdarsteller einer Seifenoper, nur dass die verdammte Show dein eigenes Leben ist, und in der Küche, in den Gängen, im Garten draußen diskutiert das Publikum die Episoden. Es ist so furchtbar."

Das Drama der Reichen. Hastig wischte sich Birte die Tränen ab, die über ihre Wangen geströmt waren, und wandte sich exakt in dem Moment um, als Bugge in die Vorhalle trat. Ein exaktes Uhrwerk, dieser Landsitz, und die Frau, die den Rhythmus vorgab, hatte nichts Weinerliches mehr an sich, als sie dem Privatsekretär mitteilte, Knut würde Frau Kleefman zurück ins Hotel bringen, mit dem Land Rover, denn sie bräuchte den Audi jetzt selbst, Gunnar solle sich bereit machen.

Mitten in diese Traurigkeit hinein, deren Zeugin Rita wurde, machte Birte Gunderson auf eine Klausel des Versicherungsvertrages aufmerksam, der die Versicherung zu äußerster Diskretion verpflichtete. „Wir wollen nicht zur Zielscheibe von Erpressern und Hochstaplern werden", erklärte sie. „Das dürfte auch im Sinne Ihrer Ermittlungen sein."

Zum Abschied entschuldigte sich die Millionärin. Für den verspäteten Empfang, für ihre schlechte Laune, für die Szene mit Leif, für die Szene im Eingang, für gewisse politisch inkorrekte Bemerkungen über das Hauspersonal, für die Unterbrechung des „Urlaubs", für alle Unannehmlichkeiten, die sie verursacht hatte und die dieser Fall noch verursachen würde, um alles bat die Millionärin um Verzeihung, wenn Rita nur die dumme, kleine Eva auftreiben könnte. Und Rita erwiderte, sie würde ihr Bestes geben, und fragte sich, warum sie schon wieder zusagte, denn im tiefsten Inneren feilte sie seit ihrer Ankunft in Gauklia an einem Mega-Pack von Argumenten, die sie Hanno de Mey zum Auftakt ihres Vorgesetzten-Untergebenen-Verhältnisses auf den Schreibtisch knallen wollte und die nur einen Zweck hatten: Rita den Ausflug nach Marokko zu ersparen.

Gauklia verschwand in der Staubwolke des schmutzigen Land Rovers, an dessen Steuer der von Birte als Fahrer eingeteilte Gunnar saß, ein unangemessen fröhlicher Dreißiger, vom Typ her eine sehr norwegische Mischung aus Stadtmensch und Rustico, Brille und Strickpullover, amüsiertes, nahezu intellektuelles Grinsen und klobige Waldschuhe, aus denen waldfarbene Wollsocken quollen. Während der ganzen Fahrt tat er, als könnte er sich nur mit Mühe davon abhalten, alle Geheimnisse der Familie Gunderson zu verraten, doch Rita erkannte bald, dass es nur seine Art war, sich interessant zu machen, vielleicht zu flirten. Als sei die Detektivin ohnehin eine Eingeweihte, stieß er die Namen der Familienmitglieder hervor und schüttelte dazu lachend den Kopf. „Diese Eva!“, rief er aus. „Diese Eva!“ Und nicht einmal Ritas bohrendster Zuhörerblick konnte Gunnar Konkreteres entlocken, nicht bei „Dieser Rob!“, nicht bei „Diese Birte!“, nicht bei „Dieser Leif!“, wo er sich nur das alberne Wortspiel *„Such is Leif!“* erlaubte und kilometerweit dazu lachte.
Sie waren bereits in Trondheim, die ersten mehrstöckigen Gebäude stülpten der Natur bereits den Zementcharme der Urbanität über, als Gunnar doch ein wenig konkreter wurde, und sein theatralisch ängstli-

cher Blick verriet den Verrat als eingeplant. „Eva ist eine Zuckerpuppe", sagte er leise, „und Rob ...", er schaltete einen Gang runter und ließ den Motor aufheulen, „ein Riesenarschloch."

Aber das hatte Rita bereits von den Wänden Gauklias abgelesen.

4.

Hanno de Mey tat sein Bestes, sich seinen Triumph nicht anmerken zu lassen, doch wie so oft war das Beste, das er zu bieten hatte, nicht gut genug, sobald Rita Kleefman den Raum betrat. Ein Grund mehr, sie nach Marokko zu schicken.

„Ich bin mir absolut bewusst", sagte Hanno und zündete sich eine Zigarre an, vermutlich die zweite oder dritte in seinem Leben, weil er nun ein Recht auf dieses Machtsymbol hatte, „dass zwischen dir und Frau Loeken ...", *Frau Loeken*, spricht man so über die ehemalige Abteilungsleiterin und Geliebte?, „... ein Abkommen bestand. Keine Mafia und kein Knoblauch. Gebranntes Kind, sagte mir Anna."

Warum auf einmal wieder *Anna*?

„Ich könnte jetzt ein paar originelle Argumente hervorholen, semantische, du weißt schon."

Rita legte den Kopf schräg, womit sie Hanno einlud, seine originellen semantischen Argumente denn doch hervorzuholen.

„In Marokko gibt es keine Mafia. Königreich, totale Kontrolle. Und wenn du ein wenig die einschlägige

Kochliteratur studierst ...", Hannos zuckende Mundwinkel verrieten, dass er sich nun ernsthaft amüsant fand, „... dann wird dir bald klar, dass Knoblauch keine vorrangige Zutat der marokkanischen Küche ist."

Hanno suchte nach einem Zettel, er hatte tatsächlich Nachforschungen angestellt. Rita legte den Kopf in die andere Richtung schräg und versuchte, ihren bockigen Gesichtsausdruck zu wahren. Bald hatte sie Hanno dort, wo sie ihn haben wollte.

„Couscous, Tajine, Harira", las Hanno ab, mit einer Lesebrille, die auf seiner Nase balancierte. Zigarre, Lesebrille – alles neu, fehlte nur noch die lässig auf den Konferenztisch geworfene Golfausrüstung. Hanno räusperte sich trocken, reiner Effekt. „Gewürze: Muskat, Zimt, Nelken, Ingwer, Safran ...", er sah Rita mit vorgetäuschtem Bedauern an, „... nirgendwo Knoblauch. Streng betrachtet fällt Marokko also nicht in die Rita-Kleefman-Ausschlusszone."

„Das war der semantische, originelle Teil", sagte Rita.

„Der unsemantische, unoriginelle Teil", sagte Hanno, die Strenge des Abteilungsleiters in der Stimme, „ist rasch abgehandelt. Niemand, absolut niemand hat in diesem Büro ein ähnliches Privileg genossen. Die Fälle werden zugeteilt, du allein hast sie dir jahrelang aussuchen können. Wenngleich ich mir vorstellen kann, dass Frau Loeken" – nun wieder *Frau Loeken* – „ihre Gründe hatte, dir ein solches Privileg zuzugestehen, würde ich das gerne nachvollziehen und neu beurteilen. Am Ende muss das jetzt *ich* verantworten, gegenüber denen da oben und gegenüber den eigenen Mitarbeitern. Du weißt, wie das ist mit unerklärlichen Privilegien. Plötzlich tauchen dumme Gerüchte auf ..."

„Dass wir etwas miteinander haben oder so", ergänzte Rita.

„So weit muss das gar nicht gehen", erwiderte Hanno todernst und hatte momentan den Faden verloren.

„Der unoriginelle Teil", half Rita weiter.

„Ach ja." Hanno ließ sich in die Lehne seines Abteilungsleitersessels zurücksinken und betrachtete seine Zigarre, runzelte die Stirn und sagte: „Jetzt bist du dran. Erzähl mir deine Geschichte. Libanon vor zwölf Jahren, so viel weiß ich. Du bist den Knoblauchbrüdern in eine Falle gegangen. Passiert jedem mal. Glückling haben sie letzte Woche beinahe von der Autobahn abgedrängt. Untersucht einen Versicherungsbetrug in Spanien. Immobilien. Berufsrisiko, wenn du mich fragst. Aber überzeug mich. Es gibt immer Sonderfälle."

„Wovon soll ich dich überzeugen?"

Hanno lächelte. „Stell dich nicht an, Rita. Wir wissen beide Bescheid. Was Anna macht, weiß ich nicht, die findet bestimmt einen Posten. Du könntest eine private Agentur aufmachen, ‚Glasauge und Partner'."

„Warum soll ich eine private Agentur aufmachen?"

„Lilly Schroeder hat das gemacht. Allerdings glücklos. Sie verkauft jetzt Hotdogs im Oosterpark. Frag sie, was sie falsch gemacht hat, bevor du loslegst. Oder probier's in einer anderen Branche. Werbetexte. Buchhandel."

Rita runzelte die Stirn und neigte ihren Kopf wieder in die andere Richtung. „Ich komme und komme nicht dahinter, worauf du hinauswillst."

„Ritalein", seufzte Hanno und paffte an seiner Zigarre. „Warum machst du es mir so schwer? Aber gut. Du willst deine Geschichte für dich behalten, fein, jeder hat Anspruch auf sein Privatleben. Nur hat diese Firma Anspruch auf deine Dienstleistungen, solange sie dir jeden Monat ein respektables Gehalt aufs Konto schiebt. Im Klartext: kein Marokko, kein Gehalt. ‚Glasauge und Partner‘ oder Hotdogs im Oosterpark. Du hast die Wahl."

„Jetzt bin ich wirklich verwirrt", sagte Rita. „Habe ich den Eindruck erweckt, ich wollte nicht nach Marokko?"

Hanno blickte sie starr an. „Was hast du sonst gemeint mit deinem Gequatsche von der ‚Basis für meinen Auftrag‘? Worüber wolltest du mit mir so dringend reden?"

„Ich will die Spielregeln wissen, Hanno. Nicht die des Lebens, die kenne ich."

„Spielregeln?"

Hanno erkannte, dass Rita ihn aufs Glatteis geführt hatte. Sein Pulver war verschossen, der komplette Vorrat, abgefeuert auf eine Fata Morgana. Wer konnte auch ahnen, dass sie sich widerstandslos nach Marokko schicken lassen würde? Die Zigarre lag unbeachtet im Aschenbecher, die rauchenden Trümmer seiner Triumphsäule.

Die teuflische Idee, ohne Widerrede nach Marokko zu gehen, war Rita beim Start vom Flughafen Oslo gekommen. Als die Triebwerke das Flugzeug anschoben, gingen ihr Betrachtungen zum Thema „Kraft" durch den Kopf. Hanno de Mey war in diesem Moment der Stärkere, und je eher sie das akzeptierte und sich darauf einstellte, umso weniger würde sie ihre

Kräfte in sinnlosen Scharmützeln vergeuden. Im Krieg gegen Hanno de Mey musste sie auf einen Augenblick der Schwäche warten und bis dahin mit der weißen Fahne wedeln, auch wenn das ihren Stolz verletzte. Hanno de Mey sah sich am Ausgangspunkt einer glänzenden Karriere und würde sich absichern wie ein Siedlertreck beim Marsch durch Indianerterritorium. Vor allem zu Beginn. Ein schlechter Augenblick, mit ihm zu streiten.

Der zweite Grund für ihren Sinneswandel war Eva Gunderson. Rita spürte nach ihrer Begegnung mit der Millionärin ein ehrliches Bedürfnis, das Mädchen kennenzulernen.

Die Idee hingegen, Hanno de Mey den Eindruck zu vermitteln, sie sträube sich gegen den Auftrag, kam ihr bei der Landung in Amsterdam. Sie stellte sich vor, was wohl passieren würde, wenn der Jet vor dem Ende der Landebahn nicht rechtzeitig zum Stehen kam. Keine Katastrophe, vermutlich, aber peinlich für den Piloten. Wie wär's mit einer kleinen Bruchlandung, Hanno? Nur so zur Einstimmung.

Hanno wirkte, als machte ihm das Gespräch auf einmal keinen Spaß mehr. Misstrauisch senkte er die Augenbrauen.

„Du hast mich nach Norwegen geschickt", erklärte Rita betont sachlich. „Wichtiger Kunde. Chefsache. Gibt es gar keine Spielregeln?"

Hanno zuckte die Achseln. „Nicht dass ich wüsste."

„Und warum hat man diesen Fall der bearbeitenden Person weggenommen? Wer war eigentlich die bearbeitende Person?"

Dem neuen Abteilungsleiter kam die neue Behaglichkeit – Ledersofa, eigenes Büro, eigene Sekretärin, drei Telefone – endgültig abhanden. An diesem wundervollen Schreibtisch waren Fragen zu beantworten. Unangenehme Fragen. Umso unangenehmer, wenn man die Antworten entweder nicht kannte oder nicht geben wollte. Es wurde Zeit, dass Rita nach Marokko kam. Dort gehen sie mit Fragestellern anders um. Dort hat man noch Respekt, wo man Respekt haben muss. Jan Smit wartet auf dich, mit einem Flugticket, zweiter Stock, dritte Türe links, aber du kennst den Weg, bist ihn oft genug gegangen. Erinnerst du dich an Mexiko? Miese Tricks. Und jetzt diese Fragen. Du änderst dich nie, Rita, und deshalb kommst du nicht von der Stelle.

„Wie kommst du darauf, dass vor dir jemand diesen Fall bearbeitet hat?"

Rita zuckte die Achseln und hob die Akte, einen blauen Ordner mit einem Deckblatt, über den sich, umzingelt von liebevoller Computergrafik, der Name *Eva Gunderson* erstreckte. „Ich kann lesen."

„Toll. Und?"

„Du kennst die Akte, nehme ich an." Rita wedelte mit dem Ordner in der Luft. „Das ist der Inhalt unseres Gesprächs. Du willst mich formal auf den Fall ansetzen. Mich einweisen. Mich erleuchten."

„Spar dir das Gewäsch, Rita. Hier geht es um prinzipielle Fragen, nicht um Details."

„Dann würde mich prinzipiell interessieren, warum ich mit solcher Eile aus dem Kuraufenthalt geholt worden bin, obwohl der Fall schon seit drei Wochen *unser* Fall ist."

„Den restlichen Kuraufenthalt kannst du nachholen,
wenn dich das interessiert. Die Tage bleiben dir erhalten. Ich habe mit Steen gesprochen.“

Urlaubsregelungen, die Lieblingsmaterie des Abteilungsleiters. Da kannte er sich aus. Rita überlegte, ob
sie weiter auf seinem Selbstwertgefühl herumtrampeln sollte, und entschied sich dagegen. „Machen wir’s
kurz“, seufzte sie. „Dein neuer Vize weiß Bescheid?“

„Worüber?“

„Über die Details. Wenn der Fall jemandem weggenommen worden ist, gab es Gründe. Die würde ich
gerne kennen, bevor ich mich in die Nesseln setze.“
Und mit einer theatralisch-ängstlichen Geste fügte sie
hinzu: „Ich will ja nicht im Oosterpark landen.“

„So beflissen? So respektvoll?“

„Nur neugierig, Hanno“, sagte Rita und erhob sich.
„Ich will nur Bescheid wissen. Du kennst mich. Ich
gebe keine Ruhe, bis ich Bescheid weiß. Der Fall gehört mir?“

„Wenn du mich darum anflehst ...“ Er machte eine
elegante Handbewegung. Caligula setzte seine Truppen in Marsch. Komm mit reichlich Beute zurück und
wirble keinen Staub auf.

Früher nannte man sie „die Füchsin“. Bis sie einer
Meute bissiger Hunde vor die Mäuler lief, vor zwölf
Jahren im Libanon. Rita schüttelte entzückt den Kopf:
Anna Loeken hatte dichtgehalten. Sie war die Einzige,
die ihre Geschichte im Detail kannte, und das Geheimnis hatte Annas Liebesaffäre mit Hanno de Mey
unbeschadet überstanden. Anna war in Wahrheit
immer *ihre* Freundin gewesen, nie seine.

Aus der Füchsin Rita war seit dem Libanon Oma Chatterley geworden, eine alleinstehende, in ihrem fraulichen Privatleben chronisch erfolglose Veteranin der Abteilung zur Betrugsbekämpfung, der James-Bond-Sektion von Safee Securities, einer internationalen Versicherungsgesellschaft, die auf riskante Operationen spezialisiert war. Die Sektion hatte sich in den Jahren vor der Monolithenaffäre in Mexiko zu einer wahren Cabaretnummer entwickelt. Seit Mexiko ging es wieder bergauf, dank Rita, die von einigen nun wieder „Füchsin" genannt wurde. Einigen wenigen.

Die Trägerin dieses stolzen *Nom de Guerre* machte es nicht mehr stolz. Es war, als sei plötzlich ein Spitzname aus der Grundschule wieder aufgetaucht. Erinnerte sie an die Zeit, bevor sie endgültig erwachsen wurde, dank einer Meute bissiger Hunde. Das Ende der Sorglosigkeit ist das Ende der Jugend, und ihr Neubeginn ist der Beginn der Altersweisheit. Dazwischen ist man erwachsen und werktätig und Freiwild für Neurosen. Manche waren nie jung, manche werden nie alt und weise. Manche sind zeit ihres Lebens erwachsen. Arme Schweine.

Die Abteilung für Auslandsermittlungen – das war wohl ihr Dilemma – hatte nie die ideale Mischung aus Jungen, Erwachsenen und weisen Alten erreicht. Als Rita eintrat, war sie ein Haufen wilder Kids, intelligent, neugierig bis über die Halskrause, idealistisch, sorglos und schamlos erfolgreich, Rita, „die Füchsin", an ihrer Spitze. Eine Magenkrankheit des alten Alten und die frivolen Spesenexzesse einiger wilder Idioten der Abteilung machten dem Höhenrausch ein Ende. Plötzlich bestand der Laden nur noch aus Erwachsenen, und jahrelang hatte die Abteilung keinen anderen Erfolg aufzuweisen als ihre blendend korrekt ausgefüllten Spesenrechnungen und zu Tode bürokratisierten Ermittlungsaktionen, deren Scheitern jeweils in akribisch verfasste, luxuriös gebundene Abschlussberichte mündete. Die ganze Abteilung tippte von morgens bis abends Berichte, die Boten pendelten unermüdlich zwischen der Kopieranstalt und dem Hauptquartier, der „Burg", wie der altbürgerliche Bau von seinen Insassen je nach Laune stolz oder abschätzig genannt wurde. Nicht einmal die brillante Anna Loeken hatte dem bürokratischen Eifer der Ermittler Einhalt bieten und deren Energien in andere Tätigkeiten – zum Beispiel Ermitteln – lenken können.

Bis Mexiko. Ritas Erfolg in Mexiko war der Urknall einer neuen Ära, und Hanno de Mey war diesem Urknall nahe genug gewesen, um sich – aus reiner Blödheit natürlich – dabei den Hintern zu versengen und, schon weniger blöde, die Wunden daheim als Kriegsverletzungen zu präsentieren. Nun kassierte er die Belohnung für sein jahrelanges Hegen der richtigen Kontakte, sein Bemühen um Image. Und Rita, die am versengten Hintern des Kriegshelden ihren Anteil hatte, wie Hanno sehr wohl ahnte, doch nie beweisen konnte, war wieder in die Vergessenheit abgetaucht.

Freilich: Genau dort fühlte sie sich wohl.

„Herzlichen Glückwunsch", sagte Rita beim Eintreten.

„Ich habe sehr wenig Zeit", sagte Rembrandt, ohne von seiner Arbeit aufzublicken. Er hatte ein junges Gesicht unter grauem Haar, sein Schreibtisch war voller Akten, auf einem Computerbildschirm flimmerten hundert kleine Symbole, von denen vermutlich jedes eine unbearbeitete Akte darstellte. Hans Rembrandt war neu bei Safee, Hanno hatte ihm noch zu Annas Zeiten den Weg frei gemacht, und hartnäckig hielt sich das Gerücht, Rembrandts bildhübsche Frau sei der wahre Grund dafür gewesen. Die Vergangenheit des neuen Vize-Abteilungsleiters war ein Geheimnis, doch das störte Rita nicht, sie hatte ja auch ihres.

„Gleichfalls", erwiderte Rita und hob den blauen Ordner mit dem liebevoll dekorierten Deckblatt in die Höhe. Das kunstvolle Ausschmücken der Deckblätter mithilfe eines neuen Grafikprogramms gehörte zu den aktuellen Lieblingsbeschäftigungen der Abteilung. Dutzende Überstunden gingen auf das Konto dieses visuellen Booms, sogar Zwischenblätter wurden nun, je nach Charakter des Verfassers, mit lustigen Figuren, originellen Motiven oder ästhetischen Rahmen versehen. Die Abteilung verwandelte sich langsam in ein Grafikstudio, die Ermittler entdeckten ihre künstlerische Berufung, die Papierkörbe füllten sich mit Probedrucken. Image war alles. Ein professionell und originell gestaltetes Deckblatt ließ die kümmerlichste Akte in neuem Licht erstrahlen, sagten die einen. Andere, und Rita gehörte zu dieser unterdrückten Minderheit, neigten zu der Ansicht, ein Übermaß an Verpackung wecke Zweifel daran, ob auch dem Inhalt die gebührende Aufmerksamkeit geschenkt worden war.

Doch momentan kämpfte sie um die Aufmerksamkeit des in Akten ersaufenden Neuankömmlings und „Aufsteigers der Woche" Hans Rembrandt, der sich am

Applaus für seine Beförderung nicht recht erfreuen konnte.

„Kannst du mir ein bisschen Hintergrund geben?“

„Eva Gunderson“, las Rembrandt widerwillig das prächtige Akten-Deckblatt. „Da ist es wohl an mir, zu gratulieren. Jackpot. Bull's Eye. Der wichtigste Fall. Du bist hiemit zum Star der Abteilung befördert worden.“

„Ist das der ganze Background?“

„Was willst du noch?“

„Mich setzen zum Beispiel.“

Rembrandt machte eine Geste mit seinem Kopf. Auf dem einzigen Besucherstuhl türmte sich ein Berg alter Akten. Rita legte ihren blauen Ordner ab und räumte den Stuhl frei. „Wohin damit?“

„Zünde es an. Irgendwohin, egal, ich kenne mich sowieso nicht mehr aus.“

„Warum stellt ihr nicht Frederick Loos wieder ein? Ein Archivar könnte dir eine Menge Arbeit abnehmen. Das macht er sicher gern.“

„Wir hatten einen Archivar? Fantastische Idee.“ Rembrandt machte sich mit ernstem Gesicht eine Notiz auf einem seiner vielen bunten Post-it-Blöcke.

„Ich brauche deinen Rat“, sagte Rita und wies auf den Ordner.

Der Vize wandte sich wieder seinem Papierhaufen zu. „Meinen Rat? Kauf keine Teppiche und preise den König.“ Er schwang zu seinem Computer herum und ließ den Cursor in Suchkreisen über den Bildschirm flitzen.

Rita seufzte laut. „Jeder will heute witzig sein. Zum Kotzen.“

„Hanno war witzig? Mein Mitgefühl.“

Rita pochte auf den Ordner. „Rembrandt, bit-te!"

Der Vize hielt inne und wandte sich nun ganz der entnervten Rita zu. „Du verschwendest deine Zeit und, nebenbei gesagt, meine. Eva Gunderson war Chefsache, von Beginn an."

„Willst du damit sagen, die Akte hat die ganze Zeit bei Hanno gelegen und plötzlich kam er auf die Idee, mich mitten in meinem Kuraufenthalt anzurufen und nach Norwegen zu schicken?"

„Im Gegensatz zu dem, was das Volk murmelt", sagte Rembrandt, „bin ich nicht der Lordschlüsselbewahrer für die zahlreichen Mysterien des Chefbüros. Ich bin seit zwei Monaten hier und war gerade dabei, mich in meinen ersten Fall einzuarbeiten. Der, ich schwöre es feierlich, *nicht* der Fall Gunderson war. Plötzlich dringt eine Hand aus den göttlichen Wolken, fasst mich am Kragen und lässt mich über einer Aktendeponie wieder fallen. Seither komme ich mir vor wie ein Grubenarbeiter. Aber das wird sich legen. Hanno verspricht es mir seit meinem ersten Tag als Vize. Nur: Ich weiß absolut *nichts* über den Fall Gunderson."

Rita streckte ihm den Ordner hin. „Willst du es lesen?"

Rembrandt lächelte. „Neiner als nein, altes Mädchen. Aber du könntest mir einen großen Gefallen tun und ein Resümee schreiben. Angeblich soll ich über alle Fälle Bescheid wissen. Sagt der Chef."

„Wo ist Anna?"

„Verschwunden. Hoffentlich ist nicht auch sie bei uns versichert, sonst können wir eine eigene Abteilung für vermisste Frauen aufmachen."

„Im Ernst, Rembrandt!"

„Im Ernst, Rita. Keine Abschiedsfeier, keine goldene Uhr. Eines Abends ging die Tür auf und sie schüttelte denen, die um diese Zeit noch im Büro waren, das Pfötchen. Ziemlich hastig. Keine Tränen, aber sie stand sichtlich unter Dampf.“

„Du warst hier?“

Rembrandt machte eine ungeduldige Geste. „Blöde Frage, natürlich war ich hier. ‚Überstunden‘ ist mein Künstlername.“

„Sie hat keine Post hinterlassen? Nichts für mich?“

„Dein Vertrauen in meine Allwissenheit ehrt mich, Rita.“ Rembrandt klang gereizt, er wollte sie loswerden und weiter in seiner Aktengrube baggern.

„Schon gut“, sagte sie.

„Du hast doch ihre Telefonnummer.“

Rita nickte.

„Na also. Ruf sie an.“

Das hatte sie getan. Keine Spur von ihrer alten Chefin und Freundin.

„Danke, Rembrandt. Ich lade dich bei Gelegenheit auf einen Kaffee ein. Wenn du Lust hast.“

Der Vize blickte Rita erstaunt an. „Warum will plötzlich jeder mit mir Kaffeetrinken gehen? Versprichst du dir Vorteile davon? Vergiss es. Ich bin Hanno de Meys Peitsche, sein Henker, sein Exekutor.“ Er zeigte ihr die Faust.

„Danke, Rembrandt.“ Rita erhob sich und zeigte ihm zum Abschied den Mittelfinger.

„Raus!“ schrie er. „An die Arbeit!“

5.

In der spanischen Hafenstadt Algeciras kommen sie alle zusammen. Marokkanische Gastarbeiter mit ihren Familien aus ganz Europa, in klappernden Gebrauchtlimousinen, überladen mit Nachwuchs und Geschenken für die Zurückgebliebenen. Der Brauch will es so, seit Urzeiten versorgen die reichen Familienmitglieder die armen mit, verschaffen jene mit guten Posten ihren Cousins, Neffen und der gesamten Schwiegerschaft ungeachtet ihrer Eignung oder Nichteignung Jobs – Patentrezept für den permanenten Zusammenhalt der Familie und den permanenten ökonomischen Zusammenbruch des Landes, alles eine Frage der Prioritäten, wozu haben wir die Entwicklungshilfe? Daneben europäische Erlebnisurlauber, aus Ländern, wo weder die Vetternwirtschaft noch die Familien so richtig funktionieren (wozu haben wir Psychiater?) – wer kann es ihnen verübeln, dass sie dem Charme der Dritten Welt erliegen, solange ihnen westliche Kaufkraft die Schattenseiten vom Leibe hält? Sie reisen in blitzblanken Geländewagen, die Ausrüstung eine Verheißung romantischer Abenteuer

– Schaufeln, Wasserkanister, Furtschnorchel –, und in den Mienen ist neben freudiger Erwartung nervöse Anspannung zu lesen, weil man so viele Geschichten gehört hat über das Land, dessen Küste am Horizont sichtbar ist, nur zweieinhalb Fährenstunden von Algeciras und dem stur britischen Felsen von Gibraltar entfernt.

Am Rande dieser merkwürdigen Ansammlung, dieser bunten Invasionsarmee aus Erster und Dritter Welt, die sich vor dem Schlund der Fähre südhungrig zu einer Kolonne formiert, betrachten das Gebrodel mit der Geduld des urbanen Fußgängers spanische Tagesausflügler, Routiniers also, die nur ein wenig in Tanger herumschlendern wollen, denn Marokko, der ferne Planet, das exotische Tollhaus, das geheimnisvolle Königreich, ist die Alternative zu Wochenendvergnügen wie Museum, Rummelplatz und Kino.

Dann die Gruppen der Rucksackreisenden, im Gesicht der Stress durchwachter Nächte in Bahnhöfen, Zügen, Autobussen, die Angst um das mitgeschleppte Geld, die mitgeschleppte Habe, ihre Köpfe randvoll mit klugen Ratschlägen kluger Bücher, wie man Marokko überlebt, ohne von Haschischhändlern in eine Falle, von Teppichhändlern in einen ruinösen Kauf, von betrügerischen „Guides" in die Labyrinthe der Souks, von einem marokkanischen Bakterium in ein Dritte-Welt-Spital, von einem charmanten Beau in eine Sozialversicherungsehe gelockt zu werden.

Abenteuer, wohin man blickt. Und gleich zum Auftakt Tanger, die ehemalige Hehler-Hauptstadt des Mittelmeers, Metropole des Drogenhandels, Waffenhandels, Mädchenhandels, *ehemalige* Metropole, ver-

sichern die Reisebücher heute, nur die Haschisch-
händler sind den arglosen Touristen noch immer auf
den Fersen, der Rif will seine Produkte loswerden.

Eva Gunderson überwand diese erste wichtige Hür-
de des Marokko-Urlaubers mühelos. Das Tagebuch
ihrer Reisegefährtin – eine Kopie ist Beilage 7 der Akte
Eva Gunderson – berichtet von einer Überfahrt ohne
Zwischenfälle und einem Aufenthalt in Tanger ohne
nennenswerte Zwischenfälle.

Doch wie vollständig ist das Tagebuch wiedergege-
ben, und wer hat entschieden, was nennenswert ist?
War es Julia Amundson, die Jugendfreundin, Tochter
eines Trondheimer Anwalts, Jusstudentin und Reisegefährtin auf jener ersten Etappe, die so wenig *Nen-
nenswertes* aufzuweisen hatte? Oder waren es die
Detektive der Osloer „Kanzlei Nordli für diskrete Ermittlungen"

Zwei Tage vorher, Granada, ein Mittelklassehotel.

Rita erwacht gegen drei Uhr nachts und versucht zum
sanften Flap-Flap des Deckenventilators in ihren Erinnerungen einen der Widerhaken zu erkennen, die
ihr das Weiterdenken erschweren. Sie wälzt sich aus
dem Bett, tappt im Dämmerlicht, das die Straßenla-
ternen durch die Fensterläden werfen, quer durchs
Zimmer, knipst die Schreibtischlampe an und durch-
blättert erneut die dreimal schon gelesene Akte Eva
Gunderson (deren hübsches Deckblatt sie in Madrid-
Barajas einem Papierkorb zur Aufbewahrung anver-

traut hat, um nicht ständig an die merkwürdigen Prioritäten ihrer Abteilung erinnert zu werden).

„Auf dem Schiff betrachteten wir lange den Felsen von Gibraltar. Es war das letzte Stück Europa, meine Augen klammerten sich daran fest. Adios Zivilisation, adios saubere Klos. Nur Eva konnte es nicht erwarten, in Marokko anzukommen", schreibt Julia, die den Enthusiasmus ihrer Reisegefährtin offenbar nicht teilt. „Für Eva ist Marokko nicht Marokko. Für sie ist Marokko Afrika, ein anderer Kontinent."

Viele Marokkaner wären damit einverstanden, ebenso viele beleidigt. Marokko würde ja gerne Mitglied der Europäischen Gemeinschaft werden, über Geografie lässt sich neuerdings wieder diskutieren. „Auf dem Schiff lernten wir einen Marokkaner kennen. Er war sehr müde, aber dennoch sehr freundlich. Er hatte bis drei Uhr nachts in einem Restaurant auf dem Felsen gearbeitet." *Felsen* bezog sich wohl auf Gibraltar. „Er machte sich Sorgen um uns. Wir sollten mit niemandem sprechen, uns von niemandem zu irgendetwas überreden lassen. Eva fragt, ob wir uns im Zimmer einschließen sollen. Mahmoud, so heißt der nette Mann, sagt, wir sollen um Himmels willen vorsichtig sein, in Tanger laufen eine Menge Banditen herum, die es auf Touristen abgesehen haben. Er bietet sich an, uns ein Hotelzimmer in einer sicheren Gegend zu besorgen. Eva und ich ziehen uns zur Beratung zurück. Draußen ist es heiß, aber wir haben Sonnenhüte dabei und es geht auch ein frischer Wind."

Klassischer Auftakt einer Reise: Freundlicher Einheimischer bietet seine Hilfe an. So beginnen die Probleme, sagt der Reiseführer. So beginnt das Desaster der siegesgewohnten Detektivin im Libanon. Doch Eva sagt: Kein Problem, vertrauen wir ihm.

Hat sie nicht recht, die gestrenge Birte? War das nicht genau jene Eva, die sie beschrieben hat: vertrauensselig, idealistisch, naiv, ein wenig dumm fast?

„Wir diskutierten lange", schreibt Julia Amundson laut Beilage 7 der Akte Eva Gunderson, englische Übersetzung einer norwegischen Tagebuch-Abschrift, „Dann sagte sie, wir könnten Mahmoud vertrauen. Ich frage mich, wo sie trotz allem diese Sicherheit hernimmt. Ganz wohl war mir nicht bei der Sache."

Rita überfliegt die Zeilen vor und nach dieser Textstelle. Das Tagebuch beginnt mit dem Abflug der beiden Freundinnen von Oslo nach Madrid, die erste Eintragung stammt vom 2. August 1990, Abflughalle Oslo, Bestandsaufnahme. Danach drei Tage Madrid und eine Woche Granada.

Rita kann es nicht finden. Sie macht sich eine Notiz in ein eigenes Heft, das sie mit einem großen Fragezeichen versehen hat. Sie hat es vorn und hinten zu füllen begonnen. Der von vorn begonnene Teil ist schlicht „Marokko" betitelt, der hintere „Norwegen". Und dort schreibt sie in Großbuchstaben „TROTZ AL-LEM", zieht einen Pfeil und kritzelt an dessen Ende: *Tagebuch Julia Amundson, Eintragung 18. August, Abklärung.*

Rita lehnt sich zurück. Nirgendwo ein Hinweis, worauf sich dieses „trotz allem" bezieht. Eine stilistische Unreinheit der ungeübten Tagebuchschreiberin? Nicht bei einer Jusstudentin im fünften Semester.

„Im Hafen von Tanger stürzten sich Hunderte Marokkaner auf die Touristen. Die Arbeitslosen der gesamten Stadt schienen sich versammelt zu haben, ihre letzte Hoffnung auf einen Tageslohn war ein reicher Tourist. Doch wir folgten Mahmoud und man ließ uns in Ruhe. Er brachte uns im Taxi zu einem wunderschönen Hotel und lehnte ab, als wir für die Fahrt bezahlen wollten. Eva und ich waren ein wenig besorgt. Wir hatten uns solche Mühe gegeben, nicht reich auszusehen. Hatte Mahmoud uns durchschaut? Er befahl uns, nein, riet uns, im Hotel zu bleiben, bis er zurückkäme. Er sagte, er wolle nur rasch seine Familie grüßen. Ich dachte: Was tut er in Wirklichkeit?"

Der alte Zauber von Tanger wirkt noch immer, denkt Rita. Doch die Zeiten des Mädchenhandels sind vorbei und die „Affäre Mahmoud" entpuppt sich als nennenswerter Glücks-, nicht Zwischenfall.

„Später erfuhren wir, dass er seine Familie seit drei Monaten nicht mehr gesehen hatte. Das Hotel ist verrückt, ein Traum aus Tausendundeiner Nacht. Im Speisesaal ist ein luxuriöses Büfett aufgebaut, alles ist wunderschön dekoriert, aber wir sehen keinen einzigen Gast. An der Rezeption fragen wir nach den Preisen und vermuten zunächst, dass wir beim Umrechnen einen Fehler machen. Es ist billiger als das mittelmäßige Hotel in Algeciras, wo wir die letzte Nacht in Spanien verbracht haben."

„Wir lassen unsere Rucksäcke aufs Zimmer bringen, setzen uns auf die Terrasse und genießen den Blick auf die Meerenge von Gibraltar. Wir reden. Gott sei Dank taucht Mahmoud auf und bietet uns eine Rundfahrt durch Tanger an. Er hat seine kleine Tochter mitgebracht. Sie sieht aus wie eine winzige Puppe und heißt Fatima. Sie starrt uns die ganze Zeit mit riesigen, dunklen Augen an. Vor dem Hotel steht ein verbeultes Taxi, der Fahrer ist Mahmouds Freund. Er sieht aus wie ein Haschischverkäufer aus dem Krimi: schlecht rasiert, Zahnlücken, ungekämmt, und Deo benutzt er offensichtlich auch nicht. Wir machen gleich mal die Fenster auf, obwohl es staubt wie verrückt. Eva flüstert mir zu, dass uns die beiden zum Schluss eine gesalzene Rechnung präsentieren werden. Einen ganzen Nachmittag im Taxi – ich stelle mir vor, was das in Oslo kostet."

Endlich kommt sie den kleinen Widerhaken auf die Spur. Warum sind die dunkelsten Momente – es ist mittlerweile halb vier Uhr morgens – oft ihre hellsten? Rita zieht einen roten Filzstift aus ihrer Reisetasche und markiert die Worte „Gott sei Dank". Dann notiert sie sie in ihrer Liste für Norwegen. Warum Gott sei Dank? War das „Gerede" auf dem Balkon mit Blick auf die Meerenge von Gibraltar so schrecklich? Und warum hegt Julia Amundson zuerst den Verdacht, Mahmoud arrangiere in Wahrheit einen infamen Hinterhalt, statt seine Familie zu besuchen, und ruft dann „Gott sei Dank!" in ihrem Tagebuch, wenn derselbe hochverdächtige Mahmoud im Hotel auftaucht, um seine Opfer abzuholen?

Keine Hinweise in der folgenden Reiseschilderung. Die beiden Marokkaner sind „vollkommen verblüfft" über das gepflegte Französisch der beiden Norwegerinnen. Eine populäre Sprache am Polarkreis? In Millionärszirkeln vielleicht, denkt Rita. Und der Zufall will es, dass Mahmouds Freund, der Taxifahrer, zuerst das Millionärsviertel ansteuert, wo saudische Prinzen und Prinzessinnen ihre Ferienpaläste unterhalten, weil Marokko einer der wenigen Staaten der Welt ist, wo man nicht vor Langeweile stirbt und als Millionär trotzdem komfortabel und sicher leben kann, Hassan II. sei Dank, und eine Moschee ist auch immer in der Nähe.

Zurück geht es ins Gewimmel der Altstadt. Die beiden Norwegerinnen sind fasziniert von den „intensiven Blicken der Marokkaner". Aber intensiv angeblickt zu werden, gehört für Ausländer dazu, und *Ausländerinnen* sind der intensivste Intensivblickfang überhaupt. Wer kann es den Marokkanern verdenken: Unabhängige Mädchen, deren uneheliche Beglückung nicht direkt dolchschwingende Verwandte auf den Plan ruft, sind eine Seltenheit in Nordafrika. Man muss nehmen, was sich eben bietet. Wie in so vielem, helfen auch hier westliche Importe den Einwohnern des Drittweltlandes aus einer Situation der Unterversorgung. Leider kann die marokkanische Weiblichkeit nicht am Genuss der Importe teilhaben, dafür sorgen die Wächter der Moral, devot und dolchschwingend – was tut man nicht alles, um Klischees gerecht zu werden?

Mahmoud und sein Freund, der Taxifahrer, lehnen jede Entlohnung entrüstet ab. Auch die Einladung in ein Restaurant zum gemeinsamen Abendessen fruchtet nicht, Mahmoud will nach Hause, die Frau wartet mit vollen Töpfen, man erinnert sich: seit zwei Monaten, er will sie nicht warten lassen.

Glückstrunken – all diese lächerlichen Geschichten über marokkanische Touristenfallen! – betreten die beiden Freundinnen das Hotel und bemerken eine seltsame Verwandlung:

„Das Luxusbüfett, die Dekoration, alles verschwunden. Wir fragten den Rezeptionisten, wo das Abendessen serviert werde, und er drückte uns mit vertraulichem Zwinkern eine Karte in die Hand. Es war die Karte eines Restaurants in der Altstadt. Wir protestierten und bestanden darauf, im Hotel zu essen. ‚Kein Restaurant‘, sagte der Mann. Wir verstanden nichts mehr. ‚Aber das Büfett!‘, schrien wir. ‚Für den Film‘, sagte er. ‚Nicht für die Gäste.‘ Das Restaurant hingegen, das er uns empfahl, sei gut, noch niemand habe sich beklagt.“

„Wir fühlten uns echt idiotisch. Wir waren einer Dekoration für Dreharbeiten zu einem Film auf den Leim gegangen und mussten nun feststellen, dass der vorher für so billig erachtete Übernachtungspreis durchaus der gebotenen Kategorie entsprach.“

„Als wir unser Zimmer betraten, entzauberte sich das Hotel endgültig. Die Betten rochen komisch und ich versprühte die Hälfte meines Duftwasservorrates an diesem ersten Abend in Marokko. Das Bad war dreckig. Keine Seife, nur zwei kleine Handtücher, und das Klopapier war so rau und schäbig, dass ich mich fragte, wer so was aushält.“

Die Marokkaner, dachte Rita. Tag für Tag. Abgehärtete Ärsche, ganz unböse gedacht. Vorbei der Traum, Ankunft in der Wirklichkeit. Abendessen im empfohlenen Restaurant – ein schwerer Fehler. Die gefürchtete Touristenfalle hat zugeschnappt und am folgenden Tag müssen die beiden blonden Prinzessinnen Imodium-Tabletten aus Evas Weltreise-Vorrat schlucken.

Den ersten Bummel durch die Altstadt mit ihrem berüchtigtsten aller berüchtigten Plätze, dem *Petit Socco*, überstehen sie hingegen unversehrt. Keine Frage: eine Menge Anmache, Pfiffe, haufenweise „Studenten, die ihr Englisch praktizieren wollen", Heerscharen von „Reiseführern", das eine oder andere diskrete Haschisch-Angebot, aber kein wirklich „nennenswerter Zwischenfall". Am Abend des zweiten Tages ruft Eva zu Hause an. Und an diesem Punkt bricht die Schilderung des Tanger-Aufenthaltes ab. Am 20. August sitzen die beiden bereits im Zug nach Meknès und Fès.

Rita liest die Eintragungen zum folgenden 19. August mehrmals. Und fragt sich: Wo zum Teufel habt ihr den Abend verbracht? Und warum Meknès, Fès? Wartet nicht Abdelaziz in Rabat auf den blonden Import aus Europa?

Und warum erwähnt Julia Amundson mit keinem Wort jenen Abu Ahmed, der in Beilage 9 – Ermittlungsberichte der marokkanischen Polizei – Erwähnung findet? Ein Mann, der am 19. und 20. August mehrmals das Hotel aufsucht und nach den beiden Mädchen fragt. War das nicht nennenswert oder waren so viele Marokkaner hinter den beiden Prinzessinnen her, dass sich Julia die Aufzählung ersparte?

Rita lernt auf ihrer Überfahrt keinen freundlichen Mahmoud kennen. Dafür übergibt sich neben ihr ein Kleinkind, das Schiff rollt und schlingert, die Strömungen der Straße von Gibraltar spielen ihr grausames Spiel nicht allein mit marokkanischen Wetbacks, die das Meer in rostigen Kähnen oder verschlissenen

Schlauchbooten überqueren, um den Anschluss Marokkos an die Europäische Gemeinschaft auf individuellem Wege vorwegzunehmen, und dabei oft, in Sichtweite des gelobten, gehassten Kontinents, ihren letzten Atemzug tun.

Die Ankunft in Tanger. Kein freundlicher Mahmoud, der das Empfangskomitee in Schach hält. Zu wenige Mahmouds für die vielen Hundert Europäer. Kofferträger zerren verbissen am Gepäck der Ankommenden, Schreiber nehmen verdatterten Touristen die Reisepässe aus der Hand, arrogante Zöllner knallen wütend Stempel in die Papiere, ein einsames freundliches Lächeln aus dem Schalterfenster der Touristeninformation zieht das Heer der verwirrten Ankömmlinge magisch an.

Ein Taxifahrer schnappt Ritas Tasche, wuselt voran und murmelt dabei „No problem, no problem“. Rita kann seit dem letzten Mal, als man ihr in diesen Breitengraden von morgens bis abends „No problem“ versicherte, nicht mehr wirklich schnell gehen, weil man ab einem bestimmten Alter vierzehn Knochenbrüche nicht mehr so leicht wegsteckt. Kurz quillt Panik hoch, als sie den Mann aus den Augen verliert, doch der Taxifahrer ist zwar aufdringlich, aber kein Dieb – er will nur sicherstellen, dass seine Fuhre nicht aus Marokkanern besteht.

Dafür wird er von seinen Kollegen auch hinreichend beschimpft, doch der Taxifahrer wuchtet Ritas Tasche in den Kofferraum und öffnet ihr unter dem wütenden Gebell, im rasenden Getümmel aus Ratlosen, Verwirrten, Verlorenen, Verstörten, Eingeschüchterten und Ratgebern, Verwirrern, Verlierern, Verstörern und Einschüchterern mit höflicher Geste die Tür, und keine zwei Minuten später sind sie durch ein Nadelöhr voller Gehupe und Staub und streng blickender Polizisten aus dem Hafenareal in den Stadtverkehr gelangt, einer Welt aus Hupen, Staubwolken und kreativ ausgelegten Verkehrsregeln.

Das Hotel „Cinq Etoiles" hatte trotz seines Namens nur noch drei Sterne, und auch diese Kategorisierung war ein Akt der Großzügigkeit, aber es war das Hotel, in dem die beiden norwegischen Prinzessinnen einen kurzen Nachmittag aus Tausendundeiner Nacht erlebten, bevor die Filmcrew die Dekoration abräumte und die Sterne vom Himmel fielen, bis nur noch drei übrig waren. Es hatte bessere Zeiten gesehen, darin lag sein Charme. Rita hatte reserviert, doch selbst jetzt, im Hochsommer und zur Hauptreisezeit, verirrte sich kaum jemand in den charmanten Bau außerhalb der Altstadt, der mehr wie ein privater Sommerpalast wirkte, dessen Besitzer schon lange nicht mehr nach dem Rechten gesehen hatte und dessen Personal sich zwischenzeitlich mit der Unterbringung verirrter Touristen vergnügte.

In der Tat schien der ganze Hotelbetrieb auf Hobby-Basis zu funktionieren. Der Rezeptionist suchte trotz der gähnenden Leere des Etablissements mit großer Hingabe in allen auffindbaren Listen nach Ritas Namen, und am Ende stellte sich heraus, dass sie wohl die ominöse „Madeleine Ritamann" war, für die ein besonders schönes Zimmer mit Meerblick bereitstand, leider noch nicht fertig, denn das Zimmermädchen hatte noch keine Lust verspürt, seinem gelegentlichen Steckenpferd „Bettwäschewechseln" nachzugehen.

Rita – irgendwie froh, dass sie nicht unter touristischem Leistungsdruck stand und deshalb nicht zum raschen Aufbruch Richtung Altstadt gezwungen war – versicherte dem sehr freundlichen Rezeptionisten, es spiele absolut keine Rolle und ob er sich auf einen Tee einladen lasse, sie habe ein paar Fragen, nein, sie sei nicht zum Vergnügen hier, nein, sie sei keine Polizistin.

„*Non, non, Madame*", erwiderte der Mann, ein klein gewachsener Schnauzbartträger, der mit viel, viel Würde über den Rezeptionstresen spähte und gelegentlich unerklärliche Gesten vollführte, als grüßte er hohe Gäste, obwohl weit und breit niemand zu sehen war. „*Ich* lade ein, nur bitte ich Sie um ein wenig Geduld, denn die Arbeit hat Vorrang, Sie verstehen, *on est professionnel ici, Inshallah.*"

Mit großem Brimborium schaufelte er seine vier, fünf Listen durch und verbrachte dann eine halbe Stunde damit, ein Zimmermädchen aufzutreiben, damit *Madame Ritamanns* Zimmer endlich zum Einzug bereitstand. Am Ende seines Arbeitsanfalls sandte er mit sehr streng ausgestrecktem Zeigefinger einen Jungen los, um Tee zu bringen. Leider sei ihnen momentan das Gas ausgegangen, darum könne man kein Wasser wärmen, und offenes Feuer sei *viel* zu gefährlich bei all dem alten Holz, „*on est responsable ici, Inshallah*", aber ein Café nicht weit von hier mache den besten marokkanischen Tee Nordafrikas, und nur das Beste sei gut genug für die Gäste des „Cinq Etoiles".

Bald kam der Junge angerannt, atemlos, auf einem Blechtablett zwei Gläser voller Minzblätter, zwischen denen Zuckerkristalle im Tee schwammen wie Schwärme mikroskopischer Fische in einem Aquarium. Der Rezepetionist eilte aus seinem Verschlag heraus und wies auf ein plüschiges Möbelensemble, aus dem durch faustgroße Löcher der Schaumstoff auf einen zerfransten Teppich flockte. „Bitte sehr", lud er Rita ein, sich zu setzen. Mit eleganter Geste servierte er das Teeglas, weniger elegant machte er dem Jungen klar, dass Tee und Trinkgeld später bezahlt würden, er solle sich gefälligst aus dem Staub machen und nicht blöde herumstehen und gaffen.

„Mein Name ist Ali-Auguste", stellte sich der Mann vor und wirbelte den Blechlöffel mit der Geschwindigkeit eines Elektroquirls in seinem Teeglas herum. „Und ich heiße Sie im Namen der Direktion des Hauses und des marokkanischen Volkes herzlich willkommen."

„Das ist sehr freundlich."

Ali-Auguste hielt seinen tropfenden Löffel, an dem Fetzen der verquirlten Minzblätter klebten, in die Höhe. „*On est poli ici, Inshallah.*"

Rita nahm vorsichtig einen Schluck. Eine Mischung aus Klebrig-süß und Grasbitter machte ihrem Gaumen klar, dass Europa weit hinter ihr lag.

„Darf ich fragen, wie lange Sie schon in diesem Haus arbeiten?"

„Zwanzig Jahre", erwiderte Ali-Auguste, ohne nachzudenken. Dann dachte er doch nach, machte eine unbestimmte Geste und korrigierte sich: „Oder zehn."

„Sie waren im vergangenen Jahr hier?"

„Ich bin immer hier. Keinen Urlaub, nie. *On est serieux ici, Inshallah.* Nur im Winter machen wir fünf Wochen zu, dann besuche ich meine Familie in Casablanca."

„Ihre Familie lebt in Casablanca?"

„Eine Frau, drei Kinder." Eine flache Hand deutete Körpergrößen an. „Mohammad, neun Jahre. Aischa, sieben. Und Yahia." Die Hand fuhr fast bis zum Boden runter, und seine Stimme ging in einen verzückten Singsang über: „Eineinhalb Jährchen."

Ali-Auguste lächelte verträumt und erklärte: „Das Hotel gehört einem Verwandten meiner Frau." Kurze Konzentration, seine Zeigefinger malten ein Familiendiagramm in die Luft. „Schwager einer Schwägerin." Dann fühlte er sich verpflichtet, nach Ritas Familie zu fragen.

„Kein Ehemann, keine Kinder. Leider", Rita zuckte die Achseln, verlegen, weil ein Leben ohne Familie für einen Ali-Auguste undenkbar war, auch ein wenig verwundert über das hinzugefügte „Leider".

„Man nimmt sich Zeit heutzutage", räumte der Rezeptionist ein, voller Verständnis für alle Verrücktheiten, mit denen sich Europäer unglücklich machen. „Sie werden sicher einen Haufen Kinder kriegen. Die Medizin macht ja rasende Fortschritte."

Rita wechselte rasch das Thema. „Können Sie sich an zwei junge Mädchen erinnern, vergangenes Jahr, im August?"

„Junge Mädchen?" Ali-Auguste mimte derart scharfes Nachdenken, dass offensichtlich war: Er konnte sich ganz genau an die beiden blonden Prinzessinnen erinnern.

„Zwei Tage", half Rita weiter, um den Schein zu wahren. „Aus Norwegen. Eva und Julia."

„Eva und Julia." Ali-Auguste nickte langsam, und ein Lächeln kroch auf seine verkniffenen Züge. „Im Sommer, sagen Sie? Merkwürdig, nach denen hat man schon einmal gefragt."

Die Schlapphüte von der „Kanzlei Nordli", dachte Rita. Die diskreten Ermittler.

„Nur zwei Tage", bestätigte der Rezeptionist und wies einladend auf das Gästebuch, das auf dem Rezeptionstisch vor sich hin staubte.

„Später vielleicht", winkte Rita ab. „Können Sie sich daran erinnern, was die beiden während ihres Aufenthaltes gemacht haben?"

Nun winkte Ali-Auguste ab. „Geredet. Die ganze Zeit. Ich habe noch nie zwei Menschen gesehen, die so viel geredet haben. Blablablih-blablabluh-blablablah." Seine beiden Hände tanzten wie Schnäbel vor Ritas Augen.

„Waren sie viel unterwegs?"

„Nur zwei Tage."

„Gewiss. Und wo?"

„Tourismus", sagte der Rezeptionist. „Was jeder sich ansieht."

„Am ersten Abend gingen sie in ein Restaurant", zitierte Rita Julia Amundsons Tagebuch.

„Le Coq du Rif", sagte Ali-Auguste und legte die Fingerspitzen zusammen. „*Su-perbe.* Wenn Sie ein gutes Restaurant suchen ..."

„Das ist sehr freundlich." Es erinnert Rita daran, dass sie keine Durchfalltabletten mitgenommen hatte.

„Können Sie sich an einen Mann namens Abu Ahmed
erinnern?“

„Nicht sehr genau.“ Der Rezeptionist langte nach
seinem Teeglas und nahm einen Schluck. Dann quirlte
er heftig. Er wirkte plötzlich verlegen.

Rita fragte unbeirrt weiter: „Können Sie sich daran
erinnern, wann er das erste Mal hier aufgetaucht ist?“

„Nein.“

„Er war mehrmals hier, nicht wahr? Haben Sie ihn
gesehen? Können Sie ihn beschreiben?“

„Mademoiselle“, Ali-Auguste legte bedächtig die Fingerspitzen beider Hände zusammen. „Ich würde dieser
Figur nicht allzu viel Aufmerksamkeit schenken. Er
war nur irgendein Kerl, der die beiden Damen kennenlernen wollte. Wir haben ihn abgewimmelt. *On est
loyal ici, Inshallah.*“

„Sie haben die beiden nie mit Abu Ahmed zusammen gesehen?“

„Nie.“

Rita nickte. Das würde erklären, warum Abu Ahmed
in Julia Amundsons Tagebuch fehlte. Doch irgendwo
musste er die Mädchen gesehen haben. Rita beschloss,
das Thema nicht weiter auszureizen. Ali-Auguste
wirkte kooperativ, am besten ließ sie ihn reden, worüber er wollte. Irgendwann würde Abu Ahmed in
seinem Redefluss wieder auftauchen.

„Können Sie sich daran erinnern, wo die beiden den
Abend des zweiten Tages verbracht haben?“ Jener
Abend, der im Tagebuch der Julia Amundson fehlte.

Ali-Auguste fuhr sich durchs Haar. „Hier“, sagte er.
„Glaube ich. Ja, in der Tat. Die beiden blieben im Hotel.

Sie hatten sich ein paar Kleinigkeiten zum Essen gekauft."

„Sie blieben auf ihrem Zimmer?"

„Uff, meine verehrte Mademoiselle Ritamann, das ist so lange her. Aber ich sage Ihnen ganz offen, woran ich mich erinnern kann. Lassen Sie mich erklären: Wir Angestellten haben einen kleinen Raum für uns, mit einem Fernseher und einer kleinen Teeküche, die nur heute, bedauerlicherweise, aufgrund der Verspätung der Anlieferung der Gasflaschen ... um es kurz zu machen, Mademoiselle, wir versammeln uns am Abend vor dem Fernseher und sehen ein wenig fern, trinken Tee und plaudern, vier oder fünf Leute, und wenn wir Gäste sympathisch finden, laden wir sie dazu ein und servieren ihnen ein wenig Tee, nur, bedauerlicherweise, dieses dumme Gas heute ..."

„Die beiden Mädchen haben den Abend mit Ihnen verbracht."

„Jetzt", Ali-Auguste richtete sich steif auf, „muss ich eines klarstellen, Mademoiselle: Dies ist ein sauberes Hotel, und wir sind anständige Leute."

„Ich hätte nie etwas anderes vermutet."

Der Rezeptionist machte eine abwehrende Geste. „Man muss sehr, sehr vorsichtig sein. Ich erzähle Ihnen das alles, weil ich Ihnen vertraue. Sie sind eine anständige Frau, auch wenn Sie keine Familie haben, bitte, man lässt sich heutzutage Zeit, vor allem in Europa, wo Frauen zuerst noch schnell Karriere machen und Konzernchef oder Verteidigungsminister werden wollen, bevor sie ihrer biologischen Bestimmung nachgehen ..."

„Wollen Sie mir die Details einvertrauen?“, fragte Rita.

„Unser Koch hat einen Wagen.“

„Koch? Sie haben also doch ein Restaurant?“

„Momentan nicht. Er ist der Frühstückskoch. Bruno der Berber. Verheiratet, zwei Kinder, treu wie ich-weiß-nicht-wer. Ein hochanständiger Mann. Bitte haben Sie keine Zweifel daran.“

„Nicht im Traum.“

„Darf ich Sie etwas sehr Persönliches fragen, Mademoiselle Ritamann?“

„Vertrauen gegen Vertrauen.“

„Warum wollen Sie das alles wissen? Sind Sie ...?“ Seine beiden Zeigefinger fuhren parallel hin und her.

„Ich bin Detektivin. Eines der beiden Mädchen ist verschwunden.“

Ali-Auguste stemmte die Fäuste in seine Hüften und machte ein empörtes Gesicht. „In Marokko?“

„Das ist zu klären. Vermutlich ja.“

„Aber nicht hier in Tanger!?“

„Vermutlich nein.“

Ali-Auguste fiel sichtbar ein Stein vom Herzen. Er hielt sich die Brust wie ein Operntenor beim Bühnentod und flüsterte: „Mademoiselle, Sie haben mir einen Schrecken eingejagt. Furchtbar genug, dass Eva verschwunden ist ...“

Rita blieb der Mund offen stehen.

Der Rezeptionist blieb ruhig, er fühlte sich nicht ertappt. „Es war Eva, habe ich recht?“, sagte er mit traurigem Lächeln.

„Woher wissen Sie das?“

„Wissen?" Er hob beide Hände. „Ich weiß gar nichts. Ich habe nur geraten."

„Das interessiert mich jetzt, Monsieur Ali-Auguste. *Wie* haben Sie das erraten?"

„Mademoiselle." Ali-Auguste legte den Zeigefinger an sein rechtes Auge. „*On n'est pas aveugle ici, Inshallah.*"

Dass die Marokkaner nicht blind waren, blieb die einzige Erklärung, die Rita dem quirligen Rezeptionisten zu entlocken vermochte. Vielleicht hatte Eva unglücklich gewirkt, verloren, instabil. Oder schlichtweg unvorsichtig. Eine weitere Bestätigung der Birte-Thesen?

Ganz am Ende des Gesprächs, als sich Ali-Auguste bereits erhoben hatte und mit routinierter Geste das über dem Schlüsselkasten hängende, riesige Porträt von Hassan II. abstaubte und dessen präzise horizontale und vertikale Ausrichtung mehrmals aus der Ferne und Nähe überprüfte, während ein herbeigeklingelter Bellboy fortgeschrittenen Alters mit skeptischer Miene Ritas Reisetasche umkreiste, als wirkte die bissig, gab sich der Rezeptionist einen Ruck und vertraute der Mademoiselle ein kleines Geheimnis an: Lalla Jamila.

6.

Nirgendwo im Bericht der diskreten Ermittler Nordlis war von Lalla Jamila die Rede. Ein unwichtiges Detail vielleicht, und möglicherweise war es deshalb durch das diskrete Ermittlersieb gerieselt. Doch Rita hatte eine Schwäche für unwichtige Details. Vor allem, wenn sie in den Akten einer erfolglosen Ermittlung auftauchten.

Bruno der Berber machte ein ziemlich erschrockenes Gesicht, als Rita ihr Wissen offenbarte. Dann warf er Ali-Auguste einen Blick zu, der, wenn Blicke töten könnten, genau das getan hätte.

Rita gelangte zu dem Schluss, dass Nordlis diskrete Ermittler nie von dem unwichtigen Detail erfahren hatten. Sie versuchte sich die Szene vorzustellen: Ankunft zweier freundlicher Norweger – Jörg Brenner und Ragnar Rippenkroeger, die Unterzeichner der Ermittlungsprotokolle vor Ort. Wieder wundert sich Ali-Auguste darüber, wie viel diese angeblich so wortkargen Nordländer reden. Über alles wollen sie Bescheid wissen. Der Herr auf dem Foto? *„Sa Majesté"*, antwortet ihnen Ali-Auguste mit leicht indigniertem

Schnauzbart-Zurechtstreichen. „*Hassan Deux,* Sohn von *Mohammed Cinq,* König von Marokko und Kommandeur der Gläubigen. Was kann ich für Sie tun, meine Herren?"

Bemerkungen über das herrliche Hotel, Blicke in jeden Blumentopf – die Blumen sind längst vertrocknet, dafür häufen sich in den Töpfen Brunos Zigarrettenstümpfe, einmal jährlich wird entleert –, Ali-Auguste meint schon, da sei wieder ein Filmteam am Kundschaften. „Unser Hotel wird häufig als Kulisse benutzt", erklärt ihr der Rezeptionist und schildert, wie Monsieur Brenner und Monsieur Rippenkroeger *alles* wissen wollen, um dann endlich – die Pässe sind eingereicht, die ausführlichen Anmeldeformulare ausgefüllt, nach Rashid, dem widerborstigen Uralt-Bellboy, war schon dreimal geklingelt worden – zum Thema zu kommen, nach langen Umwegen über die Wetterlage, Fußball, das beste Restaurant (Le Coq du Rif, keine Frage) und die Situation im Tourismus. Monsieur Rippenkroeger nimmt Ali-Auguste zur Seite und bittet ihn um vertrauliche Auskünfte. Dabei kramt der Norweger mit dem kantigen Ermittlerkinn ein Bündel Dollarscheine aus der Tasche und knistert vor den Augen und Ohren des Rezeptionisten ein wenig damit herum.

Alle rund um Ali-Auguste und Rita lauschen amüsiert, niemand hört auf den Nachrichtensprecher, der wie jeden Abend zuallererst das Tagesprogramm des Königs verlesen muss und wer dem Monarchen heute wieder wozu gratuliert hat. Bellboy Rashid grinst verschmitzt, Fatima, das Zimmermädchen, hat vor Lachen schon einen Schluckauf, nur Bruno der Berber bemüht sich um eine grimmige Miene, er hat Ali-Auguste die Indiskretion noch nicht verziehen. So sitzen sie im Fernsehzimmer der Angestellten des „Cinq Etoiles" um Ehrengast Rita herum, jemand hat einen Elektrokocher gebracht, also wird Tee gemacht, Kekse werden herumgereicht und Ali-Auguste kramt die Details jenes Ermittlerbesuchs hervor.

„Das ist gefährlich, dachte ich." Ali-Augustes Stimme war leise geworden. „Ein Mann mit einem Bündel Dollar kann eine Menge kaufen. Er kann sich Informationen beschaffen, aber er kann auch unangenehm werden. Ich dachte nur: Aufpassen, um Himmels willen nicht zu viel sagen. Ich hätte denen *niemals* von Lalla Jamila erzählt."

„Das will ich hoffen", knurrte Bruno der Berber. Er war ein junger, dunkler Kerl mit tief liegenden Augenbrauen und ernstem Blick. Er schien niemandem recht zu trauen. Wenn er fallweise Ausnahmen machte, kam es einer Preisverleihung gleich.

Ob Rita prämiert würde, stand noch nicht fest. Hie und da beäugte er sie, während Ali-Auguste das Thema Lalla Jamila sorgfältig aussparte. Bruno der Berber sollte selbst entscheiden.

Lalla Jamila war, der Legende zufolge, eine Jungfrau mit sieben Brüdern. Als sie keine Jungfrau mehr sein wollte, wurde sie von ihren Brüdern auf landesübliche Art bestraft: mit dem Tod. Die sieben Brüder, die ohne Schwester, auf die aufzupassen wäre, nicht mehr so recht wussten, was tun, bewachen seither Tanger. Eine schöne Legende für eine Stadt, die sich bis vor

Kurzem rühmte, das größte Bordell der Welt zu besitzen.

Lalla Jamila ist nur noch ein Fels in der Brandung, eine versteinerte Jungfrau, der wundersames Wirken nachgesagt wurde. Marokkanische Frauen und Jungfrauen pilgern an den Strand, um einen direkten Draht zu den Kräften des Schicksals herzustellen. Sie beten um Entjungferung, sie beten um die große Liebe, sie beten um Nachwuchs, sie beten um ihr Leben. Lalla Jamila hat allen Frauen mit Problemen etwas zu bieten. Die Frauen zünden Kerzen an und bieten Opfergaben dar, von einem Fläschchen Orangenwasser bis zur Monatsbinde, getränkt mit Menstrusationsblut und Hoffnung.

Eva Gunderson gab an jenem Abend keine Ruhe, bis Bruno der Berber zu später Stunde seinen rostigen Peugeot anwarf und mit ihr zu Lalla Jamila an den Strand fuhr. Nur die beiden, ganz allein.

Auch marokkanische Polizisten hatten sich nach den beiden Mädchen erkundigt, allerdings ohne jemals zu verraten, wozu diese Nachforschungen dienten. Fünf Männer in Zivil, die auf Gegenfragen mit brüsker Zurückweisung reagierten. Niemand fiel gerne der marokkanischen Polizei in die Hände, am allerwenigsten Marokkaner. Man gab also höflich Auskunft und machte um das Thema Lalla Jamila einen weiten Bogen. Auch als die Polizisten auf ihre zwanglose Art begannen, das Hotel auf den Kopf zu stellen, standen Ali-Auguste und seine Leute brav daneben und antworteten nach bestem Wissen und Gewissen, im Sinne von: Wir wollen keine Probleme mit der Polizei, also kein Wort über Lalla Jamila.

Das Grinsen verschwand aus den Gesichtern rund um Rita, und als Ali-Auguste zu jener Stelle kam, als der Chefinspektor in der Lobby das schief hängende Bild von Hassan II. bemerkte – „Wir hatten dahinter ein Stromkabel verlegt, Mademoiselle, und niemandem war aufgefallen, dass *Sa Majesté* nicht mehr vertikal hing" –, hielt die Belegschaft den Atem an. Der Inspektor betrachtete das Bild einige Minuten lang und fragte dann leise, ob denn jemand in diesem Hause die Strafe für Majestätsbeleidigung kenne, während der alte Rashid schnaufend und ungeschickt versuchte, das Gemälde gerade zu hängen, aber da war dieses verdammte Stromkabel, schlecht isoliert überdies, und des Inspektors scharfer Blick, der sich in Ali-Augustes Augen bohrte, flackerte nur einmal kurz zur Seite, als etwas aufblitzte und Rashid mit einem Schrei – er war an den nackten Teil des Kabels geraten – vom Stuhl stürzte.

„Wir mussten dem Inspektor etwas bieten, so viel war klar", erinnerte sich Ali-Auguste mit Gram. „Die Kasse war leer, der Chef wie üblich in Casablanca, die Verantwortung lastete einmal mehr auf meinen Schultern. Also erfanden wir einen Mann, der den beiden Mädchen nachgestellt hatte: Abu Ahmed."

Details prasselten auf den Inspektor ein, dessen strenger Zeigefinger einen Assistenten zum Mitschreiben aufforderte. Die Fantasie der Angestellten entzündete sich, jeder wollte Ali-Auguste und dem Hotel aus der Patsche helfen, und am Ende konnte der Inspektor zwischen vier oder fünf Abu Ahmeds auswählen, die zu Fuß, mit dem Fahrrad, mit dem Moped und mit Autos verschiedener Marken und Farben das Hotel aufgesucht und nach zwei blonden Norwegerinnen gefragt und sogar Geld für einen Kontakt geboten hatten.

Der Chefinspektor war zufrieden, er hatte Material für seinen Bericht, und das laute Gezanke des Personals über die widersprüchlichen Versionen von Abu Ahmed bewies nur, dass das Volk zu blöde war, um sich einigermaßen genau an einen Vorgang zu erinnern, der nur wenige Monate zurücklag. Großzügig blickte der Gesetzeshüter über die Majestäts-Schräglage hinweg, „aber das wird repariert, ich schicke morgen jemanden zur Kontrolle vorbei, *compris?*"

„Vermutlich", fügte Ali-Auguste mit schuldbewusster Miene hinzu, „haben die Polizisten später einen Abu Ahmed gefunden und so lange befragt, bis er gestand. Tanger ist groß, die Polizei hartnäckig. Wir beten jeden Tag für den armen Teufel." Rashid, Bruno der Berber und Fatima nickten ernst.

Es war also ein Tauschhandel gewesen. Abu Ahmed gegen Lalla Jamila. Nun hatte Bruno der Berber das Wort. Doch der zierte sich noch, obwohl Rita mittlerweile genug wusste, um die gesamte Belegschaft des „Cinq Etoiles" auf unbestimmte Zeit in den Kerkerzellen der marokkanischen Polizei verschwinden zu lassen. In deren Augen würde der nächtliche Geheimausflug zum Auftakt eines raffinierten Planes, um die Norwegerin später in eine Falle zu locken und der unterversorgten Männerwelt Nordafrikas zuzuführen. Eine zweifelhafte Gestalt unter den Hotelgästen würde reichen, um die Verbindung herzustellen. Bruno hatte Gründe zu zaudern. Aufmunternde Blicke aus der Runde. Alle kannten sie Brunos Geschichte, und aus einem Grund, der wohl mehr atmosphärisch als logisch war, hatten sie alle das Gefühl, man könne dieser Fremden aus Holland trauen. *„Allez-hop!"* sagte Ali-Auguste. „Mademoiselle Ritamann gehört zur Familie."

„Sie wird Berichte schreiben", sträubte sich Bruno. „Dafür wird sie bezahlt. Und was dann?"

Rita fühlte sich in ihrer Entscheidung, ohne Notizblock und Kugelschreiber zu erscheinen, bestätigt. Sie wusste: Die Leute reden freier, wenn niemand mitschreibt. Sie würde später ein Gedächtnisprotokoll anfertigen, wie so oft. Und manches auch aussparen, nur für den Fall, dass ihre Notizen in falsche Hände gerieten. Ihre Informationsquellen waren ihr heilig, und das schienen dieselben zu spüren. „Ich schreibe, worüber ich schreiben will", konnte Rita deshalb sagen, ohne sich verstellen zu müssen. „Lalla Jamila bleibt unter uns, wenn das die Bedingung ist."

„Das ist die Bedingung."

„Einverstanden."

„Allez-hop!" rief Ali-Auguste erneut, fröhlich wie ein Zirkusdirektor, der seine Hauptattraktion in die Manege rief.

Bruno räusperte sich und die Umsitzenden machten mit respektvollem Schweigen Platz für seine Worte.

„Wir erzählten den beiden Mädchen von Lalla Jamila", sagte Bruno, ohne Rita anzublicken. „Fatima war dabei. Stimmt's, Fatima?"

„*Waha*", bestätigte die. „Wir alle waren dabei."

Bruno rückte auf seinem Sessel herum, als müsste er seine Antennen ausrichten, um diese Szene aus der Vergangenheit heraufzubeschwören.

„Die Ernste der beiden war plötzlich wie verhext. ‚Ich will Lalla Jamila sehen. Ich muss Lalla Jamila sehen. Bring mich zu Lalla Jamila. Ich zahle jeden Preis'. Die andere wollte nicht mitkommen. Es war spät, beinahe Mitternacht. Ich bot an, beide am nächsten Tag zu Lalla Jamila zu bringen, doch da wollten sie mit dem Zug nach Fes reisen und würden keine Zeit dafür haben. Julia sagte: ‚Ich stelle nicht nur wegen eines blöden Felsens den Reiseplan auf den Kopf.' Sie hielt das Ganze für einen Scherz. Aber die Ernste ...“

„*La petite Eve*“, half der Rezeptionist.

„... Eva ließ nicht locker. Also erklärte ich mich bereit, sie hinzufahren. Julia wollte sie davon abbringen, und Ali-Auguste warnte mich vor den Straßensperren. Aber ich kenne die Polizeikontrollen und ich kenne die Nebenstraßen. Also fuhren wir los.“

„Hatte Eva getrunken?“, fragte Rita.

Bruno schnitt mit der flachen Hand durch die Luft. „Eva trank nicht.“

Schweigen. Alle warteten darauf, dass Bruno fortfuhr. Düstere Erwartung lag in der Luft.

Bruno atmete tief ein, zuckte die Achseln und sagte: „Dann kamen wir an. Um diese Uhrzeit waren natürlich keine betenden Frauen dort. Ich sagte Eva, wir sollten nicht lange bleiben. Manchmal treiben sich dort seltsame Leute herum. Aber es war Sonntagabend und wir sahen nur einige Liebespaare. Eva wirkte wie hypnotisiert. Der Felsen lag vor uns, und sie zog sich die Schuhe aus und ging zum Strand. Ich blieb beim

Wagen und beobachtete die Umgebung. Mir war nicht wohl."

„Und ist etwas passiert?", fragte Rita.

„Na ja. Ein Typ hat zu schreien begonnen."

„Zu schreien?"

Bruno winkte ab. „Ein Verrückter."

„Erzähl es ihr", sagte Ali-Auguste. „Erzähl ihr alle Details. Es macht keinen Unterschied mehr."

Bruno nickte und sagte: „Aisha Quandisha."

Auch diese Szene war unschwer vorstellbar. Gegen Mitternacht taucht an einem Strand bei Tanger die blasse Eva Gunderson mit ihren langen blonden Haaren auf und jagt einem abergläubischen Marokkaner den Schrecken seines Lebens ein. Wie eine Fee musste sie gewirkt haben, und Bruno der Berber bestand darauf, dass Eva dieser Zwischenfall keine Angst machen konnte, vielleicht, weil sie dem Frühstückskoch mit seinen ernsten, ehrlichen Augen vertraute, der an seinem Wagen lehnte und auf die Fee wartete. Beim ersten Schrei „Aisha Quandisha!" rannte er los. Und kam zu spät, natürlich, denn alles ging viel zu rasch.

Wen wollte es überraschen, dass der Ort des Zaubers alle möglichen Hexereien zur Verwirklichung einlud? Nur dass Aisha Quandisha keine gesteinigte Liebessünderin war, die nun als magischer Fels die Gebete ihrer Leidensgenossinnen an die Kräfte des Schicksals weiterleitete, sondern das gefährlichste Luder der gesamten nordafrikanischen Zaubergalerie, ein Geist, der zuweilen als bildhübsches Mädchen, zuweilen als krumme Greisin auftauchte. Und der Mann, der nicht rechtzeitig das einzig Richtige tat, um den Fluch abzuwenden, nämlich vor ihr ein Messer in den Boden zu rammen, wurde seines Liebeslebens nie mehr froh.

Ganz ohne Schrecksekunde für Eva war die Szene schwer vorstellbar: Eine Gestalt löst sich aus dem Dunkel, kommt näher, zwei Augen blitzen weiß auf, ein Mann, der mit zitterndem Mund zu schreien beginnt, und plötzlich wird in seiner Hand ein Messer sichtbar. Es muss Eva wie ein Wunder erscheinen, dass die kalte Klinge nicht ihre Kehle aufschlitzt oder in ihren Leib dringt, sondern vor ihr im Sand steckt, während sich der Schreihals mit lauten Rufen und Beschwörungsformeln davonmacht.

„Ich wäre zu spät gekommen", gestand Bruno, der diesen Umstand noch nicht überwunden hatte. „Wenn er es auf sie abgesehen hätte – Zack!" Er führte die Hand an seiner Kehle vorbei und blickte Rita mit großen Augen an, in denen noch immer Verwunderung zu lesen war. „Da stand sie, vollkommen ruhig. Ich dachte zuerst, sie sei starr vor Angst. Aber sie lächelte mich nur an und sagte: ‚Es hat nicht sein wollen'. Dann nahm sie mich an der Hand und führte mich zum Wagen zurück." Bruno lachte nervös. „Mademoiselle, wer am ganzen Leib gezittert hat, war *ich*."

Im Wagen hat Eva ihrem verstörten Beschützer erklärt, warum sie keinen Augenblick Angst hatte. Stundenlang saßen sie in Brunos Peugeot, erst in den frühen Morgenstunden kehrten sie zurück, und im Fernsehzimmer der Angestellten des „Cinq Etoiles" erhob sich Bruno der Berber von seinem Sitz, so abrupt, dass er fast die Teekanne umstieß, und deklamierte: „Ich schwöre beim Propheten, wir haben nur geredet. Ich habe Eva nicht ein einziges Mal berührt. Und ich muss Sie um Verständnis bitte, Mademoiselle, dass ich Ihnen über den Inhalt unseres Gesprächs keine Auskunft geben kann. Ich habe es Eva versprochen."

„Wir glauben dir auch im Sitzen", versicherte Ali-Auguste augenzwinkernd.

„Eva ist verschwunden", sagte Rita. „Ich suche nach ihr. Können Sie sich vorstellen, was passiert ist?"

Bruno, der sich wieder gesetzt hatte, dachte nach und schüttelte den Kopf.

„Ich will Ihnen keine Vertraulichkeiten entlocken", sagte Rita. „Ich will herausfinden, was mit ihr geschehen ist. Ich will sie finden. Das ist alles."

„Es erfüllt mich mit großer Traurigkeit, dass Mademoiselle Eva in Schwierigkeiten geraten ist", erklärte Bruno förmlich.

„Überrascht es Sie?"

„Nicht wirklich."

Rita seufzte und erhob sich zum Gehen. „Ich darf also weiterraten."

Bruno zuckte die Achseln. „Es tut mir sehr leid. Ich habe mein Wort gegeben." Er legte die Rechte auf seine Brust und verbeugte sich.

„Denken Sie nicht, Sie könnten Eva helfen, indem Sie mir helfen?"

„Schwer. Ich konnte ihr nicht mal am Strand helfen, als ein Kerl mit einem Messer auf sie losging."

„Was meinen Sie? Werde ich sie finden?" Rita lächelte den ernsten Bruno aufmunternd an. „Worauf wetten Sie?"

Bruno hob in einer resignierenden Geste die Arme. „Allah wird entscheiden."

„Nehmen Sie ihm sein Misstrauen nicht übel", sagte Ali-Auguste, als er Rita zu ihrem Zimmer begleitete. „Hier entlang, Mademoiselle."

„Misstrauen? Der Kerl hat mir sein Herz ausgeschüttet, soweit es seine Ehre erlaubte."

„Bruno hatte schon einmal Probleme mit der Polizei. Was geschehen ist, kann sehr schwerwiegend sein. Stellen Sie sich vor, das Mädchen wird in der Nähe von Tanger tot aufgefunden. Er wäre der Hauptverdächtige. Und er muss an seine Familie denken. Ein Prozess würde sie ruinieren. Freisprüche kommen teuer in Marokko. Da ist es ganz egal, ob man schuldig ist oder nicht."

„Ich verstehe." Sie waren an ihre Zimmertür gelangt. Rita wandte sich um und lächelte dem müden Ali-Auguste zu, dessen Gesicht von einem freundlichen Lächeln und gleichzeitigem Gähnen zerknautscht wurde. „Lassen Sie mich eine Frage stellen, die mir seit meiner Ankunft nicht aus dem Kopf geht: Warum vertrauen Sie mir?"

„Mademoiselle." Ali-Auguste legte seinen Zeigefinger ans rechte Auge. „*On n'est pas aveugle ici, Inshallah.*"

7.

Tanger barg keine Geheimnisse mehr, Eva Gunderson hatte sie alle mitgenommen. Zurück blieb eine Mischung aus Marokko und angeschwemmten Mediterranern, ein strategisches Städtchen, Eingang Afrikas, Sprungschanze nach Europa, Wachmann des Mittelmeers, jedoch kein Triumphbogen mehr, nur noch Hintertür. Und Haschisch und die Geister der Beat-Generation, angelsächsische Grauhaarhippies, die, mit einem Fuß im nicht allzu afrikanischen Tanger und mit dem Kopf ganz woanders, dem Sinn des Lebens hinterherschrieben und -kifften, ohne jemals dort anzukommen, wo sie geografisch schon waren: Marokko ist kein Fall für halbe Gemüter.

Rita ließ sich von Bruno dem Berber mit Schauergeschichten einnebeln und lernte eine Stadt kennen, die den beiden Norwegerinnen den Abschied leicht gemacht haben musste: Das theatralische „Willkommen in Marokko" war von subtiler Drohung durchsetzt, hier rieb sich Afrika direkt an Europa, zu viel wollte man voneinander, zu wenig hatte Tanger, anders als die Königsstädte mit ihrem Märchenflair, zu bieten.

Lediglich Autobusse, Züge, Flugzeuge und Schiffe, die in alle Richtungen davonstoben, und eine Menge drittklassiger Hotels, in denen man sich bis zum Davonstieben verbarrikadieren konnte.

Das Ruchlose hat freilich auch seine Reize, und nichts ist exotischer als der Ort einer Ankunft. Rita liebte den Souk, die zu formschönen Hügeln modellierten Gewürze, duftende Marslandschaften, und das gestenreiche Theaterstück, das jedem Kaufhandel zwischen zwei Marokkanern vorausging. Sie konnte auch dem modernen Tanger etwas abgewinnen, elegante Geschäfte unter bröckelnden Arkaden, Schaufensterbummler auf brüchigen Gehsteigen, nirgendwo, mit Ausnahme der Millionärsvillen und Saudi-Prinzen-Paläste, schienen die Erbauer die richtige Mischung aus Zement, Sand und Wasser erwischt zu haben, überall waren rostige Armierungsdrähte sichtbar, überall schien sich korrodierendes Meersalz in die Mauern geschlichen zu haben, doch die Eleganz hinter den staubigen Schaufenstern und die Arroganz der sich westlich gebärdenden Verkäuferinnen waren unübertrefflich. Hier wurden Europa und Amerika aufs Trefflichste parodiert und die Kabarettisten bekamen es selbst gar nicht mit – war das vielleicht ein Gradmesser für Unterentwicklung?

Bruno war Ritas Schutzengel, sie spürte dasselbe Vertrauen, das auch Eva Gunderson gespürt haben musste, doch es war nicht genug, um die Szene am Strand zu erklären. War die Norwegerin nach Afrika gekommen, um hier einen romantischen Tod zu sterben, etwas, womit man den Grabstein würdig dekorieren konnte: geboren Trondheim 1970, gestorben Tanger 1990? Oder war sie von zu Hause davongerannt, um in der Ferne ungestört rebellieren zu können? Diese Vorstellung hatte etwas Lächerliches und Erschreckendes zugleich. Klar war Rita nur geworden, dass mit Eva Gunderson kein nichtssagendes Allerweltsmädchen verschwunden war, sondern eine junge Frau, die Spuren hinterlassen hatte bei ihren Begegnungen. Für diese Erkenntnis hatte Bruno der Berber Kopf und Kragen riskiert. Eine magere Ausbeute, vielleicht, doch Rita wusste nun wenigstens, wo sie *nicht* zu suchen brauchte.

Das Tagebuch der Julia Amundson war Ritas Reiseführer an jenem Tag nach ihrer Ankunft, und mit Bruno dem Berber hatte sie ihren Mahmoud gefunden. Auch er lehnte stolz jede Bezahlung ab, doch wenigstens akzeptierte er, dass der schnaufende, um jeden Kilometer kämpfende Peugeot auf ihre – auf Safees – Kosten mit Sprit gefüllt wurde.

Rembrandt wirkte nicht überrascht, nur ein wenig überarbeitet. „Hanno hat mich zum Operationsdirektor ernannt", berichtete er ohne jeden Stolz in der Stimme, machte aber eine Pause, als ob er trotzdem Applaus erwartete.

„Jeder hat seine Probleme", erwiderte Rita gefühllos und kam, um Rembrandts Loyalität nicht auf eine allzu frühe Probe zu stellen, ohne Umschweife zum Thema: „Meines heißt Norwegen."

„Norwegen ein Problem?", staunte Rembrandt. „Das klingt böse. Wein dich aus, Mädchen. Dafür ist ein Operationsdirektor da."

Rita streckte sich auf ihrem Bett aus und betrachtete den Mittelmeerhimmel durch ein Fenster, auf dem ein Angriff mit Putzlappen und chemischer Brühe ein weißliches Kurvenmuster hinterlassen hatte. Der altmodische Telefonhörer in ihrer Hand war schwer wie eine Hantel. „Niemand weint", erwiderte sie. „Ich will nur vermeiden, dass die Buchhaltung weint, wenn sie meine Reisespesen sieht."

„Du kaufst also *doch* Teppiche. Rita, ich habe dich gewarnt!"

„Ich dachte, ich könnte von Casablanca direkt nach Norwegen fliegen."

„Warum Casablanca?"

„Dort wurde Eva zum letzten Mal gesehen."

„Und warum Norwegen?"

„Abklärungen."

Rita hörte Rembrandts Gekritzel auf einem seiner Post-it-Blöcke. „Notiert, Mädchen", sagte er. „Ich hole das Okay ein und sage dir beim nächsten Mal Bescheid. Gib mir nur eine wirklich gute Begründung für Norwegen."

„Eine *wirklich gute* Begründung?" Rita zuckte die Achseln. „Begründung wie immer: Ich will mit ein paar Leuten reden."

„Sehr gut", höhnte der frischbestellte Operationsdirektor. „Das wird überzeugen. Lass mich notieren: Rita-will-mit-Leuten-reden."

„Was ist los mit euch? Habe ich jemals in Disneyworld recherchiert?"

„Vorsicht", warnte Rembrandt. „Heikles Thema."

Trotz ihrer Verärgerung konnte sich die Detektivin ein Grinsen nicht verbeißen. Rembrandt war erst seit zwei Monaten dabei, doch offensichtlich bereits über die prachtvollsten Geschichten der Abteilung aufgeklärt. Hanno de Meys Trip nach Florida und seine Verrechnung eines Disney-World-Besuchs als Ermittlungsspesen gehörten zu den Kronjuwelen der Safee-Episoden-Schatztruhe.

„Vergnüge dich in Marokko, gib mir einen guten Grund für Norwegen und ich verspreche dir eine positive Antwort", beschwichtigte Rembrandt. „Der Chef möchte mehr Kontrolle und ich bin verantwortlich."

„Vielleicht hilft die Millionärin", sagte Rita. „Sie hat mir persönlich grünes Licht gegeben, so viel Spesen zu machen, wie ich will."

„Die Versicherungsnehmerin hat dir ...?" Rembrandt lachte verblüfft. „Seit wann beteiligen sich unsere Kunden an den Ermittlungsspesen?"

„Seit Neuestem. Frag Hanno, er steht mit ihr in Kontakt. Möglicherweise besteht ein Abkommen."

Rembrandt schnalzte mit der Zunge. „Interessant. Ich werde ihn fragen. Wann bekomme ich mein Resümee?"

„Wenn der Fall abgeschlossen ist. Mit einem frischen Lichtbild von Eva, hoffe ich."

„Das hoffen wir alle. Viel Glück und nimm dich vor den Teppichhändlern in Acht."

Rita legte auf und blätterte in ihrem Notizblock. Sie verspürte Lust auf eine offizielle Version des Falls. Auf eine marokkanische Version. Sie verbrachte die nächsten zwei Stunden damit, einem gewissen Inspektor Abdellah Yezaa nachzutelefonieren, der offenbar in einem der wichtigeren Büros des Sûreté-Hauptquartiers in der Hauptstadt Rabat Hof hielt, denn sie musste einer weiblichen und drei männlichen Stimmen unterschiedlicher Freundlichkeit ihr Anliegen schildern, bis ein rauchiges Männertimbre nach einem kurzen Pingpong aus Fragen und Gegenfragen gestand – als sei dies ein Staatsgeheimnis –, dass der genannte Abdellah Yezaa höchstselbst am Apparat war.

„Wir haben Sie in Casablanca erwartet", sagte Abdellah mit leisem Vorwurf in der Stimme. „Was tun Sie in Tanger?"

„Ermitteln", erklärte Rita und biss sich auf die Lippen, während sie einer Antwort harrte.

„Sie sollten das mit uns koordinieren, Madame Kleefman", erklärte der offenbar hochgestellte Gesetzeshüter nicht sehr überraschend. „Aber das ist ein Angebot, keine Warnung. Alleinreisende Frauen haben es schwer in diesem Land. Wir würden es vorziehen, wenn Sie Ihre Ermittlungen unter unserem Schutz vornehmen würden. Wobei ich gleich hinzufüge, dass diese sogenannten Ermittlungen nur inoffizieller Natur sein können. Für uns sind Sie eine Touristin, die Fragen stellt. Aber das ist kein Problem. Wollen wir uns treffen?"

„Mit Vergnügen. Wann, wo?"

„Ihre Wahl, Madame. Wo sind Sie morgen?"

„In Meknès. Ich fahre mit dem Zug. Später werde ich nach Rabat kommen, wir könnten uns auch dort sehen."

Eine ewige Weile verstrich. Abdellah machte entweder Notizen oder extrem kunstvolle Strichmännchen, wobei er leise ins Telefon grunzte, vermutlich ohne Absicht. „Später? Wann später?"

„Ein paar Tage.“

„Ich würde es vorziehen, Sie in Meknès zu treffen. Wahrscheinlich kommen Sie am Abend dort an. Gehen wir doch gemeinsam essen. In welchem Hotel steigen Sie ab?“

„Maison d'Orphée.“

„Kommt mir bekannt vor.“ Abdellah grunzte wieder ein Weilchen, dann rief er: „*Waha!*“, und sie hörte eine Hand auf einen Tisch knallen. „Natürlich, jetzt verstehe ich. Sie rekonstruieren die Reise von Mademoiselle Eve!“ Der Inspektor kicherte rauchig ins Telefon und sagte: „Wie Sie meinen, Madame, wie Sie meinen. Großartig ist die Bude nicht, und Zettelchen hat Mademoiselle Eve auch keine hinterlassen. Wir haben alles abgesucht. Aber Sie sind vermutlich eine Anhängerin der Psychomethode.“

„Pardon?“

„Sie wollen Eva kennenlernen und am Ende Ihrer Reise stehen Sie in Casablanca auf dem Marktplatz und fahren Ihre Antennen aus, um das Kind zu orten. Oder haben Sie ein Pendel dabei? Egal. Verzweifelte Eltern versuchen eben alles.“

Ein sonniger Morgen, ein letztes „Vorhang auf“ des täglichen Theaterstücks, das Tanger heißt. Ali-Auguste überschüttet Rita mit guten Wünschen für die Reise, für die Suche, für ihr ganzes Leben. Fatima winkt mit ihrem Staubwedel aus einem Fenster im ersten Stock, die Holländerin sieht sie zum ersten Mal mit einem Arbeitsgerät. Bruno der Berber wuchtet Ritas Tasche in den Kofferraum seines Peugeots, während Bellboy Rashid um Tringeld bettelt, indem er mit winselndem

Singsang abwechselnd Allah und Rita beschwört und dabei die eine Hand aufhält und mit der anderen an Ritas Ärmel zerrt.

Noch einmal betreten die Schauspieler für Rita die Bühne. Alte Männer in pyjamaartigen Djellabas schnaufen die Rue de la Plage hinauf. Sandalen auf schmutzigen Gehsteigen, zehnjährige Orangenverkäufer und ihre Väter mit Schlägergesichtern, Beamte in teuren Anzügen, das Schielen auf ihren Prozentsatz hinter eleganten Sonnenbrillen verbergend, und buckelige Schuhputzer, die anklagend mit ihren Bürsten auf die staubigen Imitate italienischer Nobelmarken zeigen. Mädchen mit Jeans und mit Schleier, ihr Blick sucht die Menge nach möglichen Gatten ab. Und natürlich die Händler, phlegmatisch wie Muränen in ihren Höhlen, ab und zu schnappen sie sich einen Kunden und flößen ihm Tee ein, dann feilschen sie, perfekte Schauspieler, die Marokkaner, Schmierenkomödianten, die Touristen, man macht ihnen die Freude – *Soyez bienvenu au Maroc* – und haut sie doppelt übers Ohr, für jedes Theater wird schließlich Eintritt verlangt, und wen schmerzt es schon?

Bruno der Berber steuerte seinen von der Meeresluft zerfressenen Peugeot vorsichtig um die größeren Schlaglöcher herum – Place de France, Rue du Portugal, Avenue d'Espagne –, die alten Kolonialmächte waren nur noch Straßen und Plätze, auf denen man nach Belieben herumtrat, obwohl ihnen Tanger weit mehr als seinen schlechten Ruf zu danken hat.

„Warum haben Sie nie geheiratet, Madame?", fragte Bruno. Er spielte die sympathische „Mademoiselle"-Heuchelei von Ali-Auguste nicht mit, er hatte sein

Herz ausgeschüttet und ein Anrecht auf ihre Geheimnisse.

Rita hatte sich die Frage selbst oft genug gestellt, allerdings zu spät. Für Leute wie Bruno den Berber hatte sie freilich eine Antwort bereit. „Kein Talent fürs Privatleben." Das traf es vermutlich auch.

„Braucht man dazu Talent?"

„Bei uns schon."

„Ich glaube, Sie werden Eva finden."

„Ach ja?" Rita betrachtete ihn amüsiert, den jungen Mann mit den tief liegenden Augenbrauen, dem stets ernsten Blick, den ehrlichen Augen und dem plakativen Misstrauen, hinter dem sich eine allzu noble Seele verbarg. „Wie kommen Sie darauf?"

„Sie sind eine Frau mit Problemen, Madame", erklärte Bruno. „Eva ist eine Frau mit Problemen." Für einen Augenblick ließ er das Lenkrad los und rieb beide Zeigefinger aneinander. „*Waha!*"

Problem gelöst. Der Peugeot bretterte in ein Schlagloch.

Da saß sie, eingezwängt auf ihrem reservierten Platz, und erwiderte den Abschiedsgruß des Berbers, während sich der Zug unter dramatischer Anstrengung aus dem Bahnhof herausarbeitete, mit großem Gebimmel, ein Kompromiss zwischen norwegischem Bus und indischer Eisenbahn, kein einziger freier Platz, aber auch keine Passagiere, die sich an Achsen klammerten oder auf dem Waggondach Tunnels, Brücken und querenden Stromleitungen entgegenbangten.

Rita rieb sich den Schlaf aus den Augen, es war noch früh am Morgen, es war, in der Tat, derselbe Zug, den neun Monate zuvor Eva Gunderson und Julia Amundson genommen hatten. Linker Hand der Strand, Fußball spielende Halbwüchsige und spazierende Mädchen, die sich sehr genau überlegen mussten, wie viel Bein der Öffentlichkeit zumutbar war. Dahinter im Dunst der Felsen von Gibraltar wie ein letzter Gruß Europas.

„Wir fanden ein Abteil, in dem nur Frauen saßen", schrieb Julia Amundson in ihr Reisetagebuch. „In den anderen Abteilen saß unvermeidlich zumindest ein Marokkaner, der die Luft mit einer billigen Zigarette verpestete. Die Rauchverbotstafeln galten wahrscheinlich nur für Europäer. Wir tauschten den Qualm der Männlichkeit gegen das subtile Parfüm reisender Marokkanerinnen, die ganz offensichtlich an all den Parfümläden im Souk vorbeigelatscht waren, ohne ein einziges Fläschchen zu kaufen."

Die Obsession der Trondheimer Anwaltstochter mit den Düften Nordafrikas ließ keinen Platz für Evas nächtlichen Ausflug zu Lalla Jamila. Eine spätere Stelle im Text ließ vermuten, dass den beiden Mädchen ganz plötzlich der Gesprächsstoff ausgegangen war, denn „Eva starrte aus dem Fenster und ich las einen Roman, den ich in einem nach tausend ewigen Ladenhütern stinkenden Buchladen in Tanger erstanden hatte. *La Civilisation, ma Mère!* Mütter, das ewige Thema. Doch bis Meknès sprach Eva kein einziges Wort und als wir in den Bahnhof einfuhren, fehlten mir nur noch drei Seiten. Eine Mutter und Marokkos Kampf um die Unabhängigkeit. Ich machte einen Witz darüber, doch Eva war heute definitiv nicht zum Lachen aufgelegt."

Bruno der Berber hatte entweder unsagbares Glück gehabt oder jemand hatte seine schützende Hand über ihn gehalten. Wären er und sein nächtlicher Ausflug mit Eva in Julias Tagebuch erwähnt worden, wäre die Nebelwand namens Abu Ahmed vollkommen wirkungslos geblieben und Bruno der Berber hätte mit dem herben Charme eines marokkanischen Polizeiinspektors Bekanntschaft gemacht – Suche nach einer verschwundenen Ausländerin, der Ruf des Reiselandes Marokko steht auf dem Spiel, nach Bruno dem Berber hingegen kräht kein Hahn. Ungünstige Aussichten.

Mehrere Möglichkeiten boten sich an: Julia selbst hatte in weiser Voraussicht eine frisierte Version ihres Tagebuchs herausgerückt. Oder die Kanzlei Nordli für diskrete Ermittlungen war tatsächlich diskreter vorgegangen, als man es ihr zutrauen konnte.

Oder, viel banaler noch, das Dossier war bereits eine Art Resümee. Am Ende ist jedes Dossier eine unvollständige Darstellung der Realität, überall wird gesiebt, sortiert, gewertet, verworfen.

Tatsache blieb, dass Julia Amundsons Reisetagebuch zensiert worden war. Tatsache blieb, dass nirgendwo in den Ermittlungsprotokollen der Herren Rippenkroeger und Brenner die nämliche Episode aufschien.

Von ihren Reisegenossen argwöhnisch beobachtet, blätterte Rita weiter in dem blauen Ordner und gelangte zu Beilage 5 der Akte Eva Gunderson: Aussage der Julia Amundson „im freundschaftlichen Gespräch mit Privatermittler Ragnar Rippenkroeger im Beisein des Vaters der Befragten, des Rechtsanwaltes Asulf

Amundson". Wann und wo haben Sie Eva Gunderson zum letzten Mal gesehen?

Antwort: 27. August 1990, Flughafen Mohammed V. in Casablanca.

Was waren die letzten Worte der Eva Gunderson?

Antwort: „Mach dir keine Sorgen."

Zu diesem Zeitpunkt befand sich Eva Gunderson bereits unter dem Schutz der Familie des hoch angesehenen Abdelaziz in Rabat. Julia Amundson hatte zusammen mit Eva eine Nacht in der luxuriösen Villa des marokkanischen Geschäftsmanns verbracht und kehrte nach Norwegen zurück, um ihre Studien fortzusetzen, während Eva ihre Weltreise fortsetzen wollte. Warum sich Sorgen machen?

Frage Rippenkroeger: Hat Ihnen Eva Amundson irgendeinen Hinweis auf ihre künftigen Absichten gegeben – Reiseroute, Orte, die sie kennenlernen wollte, Menschen, die sie treffen wollte?

Rita erinnerte sich an die Fotos in Gauklia und konnte sich das nicht ganz verträumte, nicht ganz bittere Lächeln der Millionärstochter vorstellen, als sie ihrer Freundin mit einer knappen Geste bodenwärts mitteilte: „Süden, Julia. Immer Richtung Süden."

8.

Meknès erwies sich als ein Ort voller Überraschungen. Die erste erwartete sie am Bahnhof, hieß Brahim und fuhr sie in einem Sûreté-Dienstwagen mit Chauffeur zum „Maison d'Orphée", wo die Angestellten dermaßen nervös wurden, dass dem Rezeptionisten, einem Jungchen mit Wuschelkopf und schrägem Nicken, mehrmals der Kugelschreiber aus der Hand fiel.

Im Wagen hatte Rita scherzhaft gefragt, ob sie nun verhaftet sei, und Brahim hatte sehr ernst geantwortet, dass kein Haftbefehl vorliege, aber er könne ja noch mal in der Zentrale nachfragen. Bis dahin könne sie sich *complètement* frei bewegen, er sei nur zu ihrem Schutz und Transport abgestellt, aber wenn sie sich allein ins Getümmel stürzen wolle, sei ihm das *complètement* egal, nur solle sie sich nachher nicht beschweren, wenn sie dabei ebenfalls verschwinde.

Brahim war ein Kompakt-Kleiderschrank, er wirkte von Kopf bis Fuß rechteckig, vor allem Brustkorb, Stirn und die beiden haarigen Hände, deren rechte bei jedem *„complètement"* wie ein schlampiger Soldatengruß ans rechte Ohr ging. Sie fragte ihn nach seiner

Funktion und er erklärte knapp: Verbrecher fangen, lang lebe der König. Rita kam zu dem Schluss, dass Brahim Humor hatte, wenn auch knorrigen, und dass sein Wagen in der Stadt bekannt war, denn die anderen Autofahrer wichen ihm mit einer fein ausgewogenen Mischung aus Respekt und Panik aus.

Das „Maison d'Orphée" war ein kleines Hotel im neuen Teil der Stadt. Drei abgestorbene Bäume vor der Fassade stimmten den Gast auf die Freuden des Interieurs ein. In der winzigen Lobby, in der ein ehemals roter Teppich seine letzten Fasern von sich gab, schmirgelte gerade ein Zimmermädchen mit zwei Dosen Pif-Paf-Kakerlakenkiller die Treppe hoch, als Rita mit ihrem Begleiter eintrat und dem Rezeptionisten beim Anblick von Brahim zum ersten Mal der Kugelschreiber aus der Hand fiel. Wir kennen einander, raunte Brahim der Holländerin eine überflüssige Erklärung zu und schüttelte dem dünnen Jüngling mit seiner Quadratpranke die Hand und dabei den ganzen Jüngling. Dann schnippte er mit dem Finger und sagte: „Zimmer." Und zu Rita: „Die Formalitäten erledige ich für Sie." Seine offene Hand verlangte nach ihrem Reisepass. „Um acht Uhr hole ich Sie ab. Inspektor Yezaa freut sich auf die Ehre, mit Ihnen zu Abend zu essen."

Rita dankte und musterte das vergilbte Porträt des Königs, das die wichtigste Wand der Lobby schmückte. Hing es wirklich gerade?

Die Hotelrechnung in Tanger hatte in Rita eine vollkommen irrationale Sparsamkeit geweckt. Sie beschimpfte sich selbst, nannte sich eine dumme Kuh, eine Idiotin, eine Gans. Andere, sagte sie sich, denken über so etwas nicht einmal nach. Und du?

Rita unternahm einen Spaziergang durch den modern überbauten Stadthügel von Meknès, ihr Blick schlug eine hastige Brücke zum alten Teil, ebenfalls auf einem Hügel, getrennt durch ein Tal, eine gewundene Straße und eine unglaublich idyllische, ja surrealistische Szene: Da hockte ein Bauernhaus zwischen den beiden Stadtteilen und der Bauer bestellte das Land, als existierte Meknès nur als Fata Morgana irgendwo am Horizont.

Nach einigem Fragen gelangte sie zu einer „Teleboutique". Nicht die Angst vor Abhörwanzen trieb sie zu diesem öffentlichen Telefonschuppen, sondern die Hotelrechnung des „Cinq Etoiles" in Tanger. Händeringend hatte ihr Ali-Auguste erklärt, dass jene exorbitante Summe, die das Doppelte ihrer Übernachtungskosten ausmachte, auf die beiden Telefonate zurückzuführen sei. Telefonieren im Hotelzimmer sei eben teuer in Marokko, doch er sei davon ausgegangen, dass die Firma bezahle, nicht Mademoiselle Ritamann, sonst hätte er sie gewarnt.

Von wo aus hatte die Millionärstochter Eva Gunderson ihre Telefonate geführt? Wie viel Geld hatte sie tatsächlich zur Verfügung gehabt?

Rembrandt war ausnahmsweise nicht im Büro, also zog Rita eine Warteschleife durch den neuen Teil der Stadt, wagte sich in ein Café voller Männer, schlürfte ihren Minztee unter dem Bombardement neugieriger Blicke und suchte dann die Teleboutique erneut auf. Eine fette, junge Frau, die den Job offenbar nur angenommen hatte, um stundenlang mit einer Freundin telefonieren zu können, wies ihr mit achtloser Geste eine Kabine zu.

Dort erlebte Rita die zweite Überraschung an diesem sonnigen Tag in der Königsstadt Meknès.

„Schlechte Neuigkeiten", meldete sich Rembrandt. „Norwegen ist negativ."

„Das ist wohl ein Witz."

„Mädchen, im Dienst mache ich keine Witze. Und glaube mir, ich habe dein Anliegen mit Nachdruck vertreten, obwohl ich offen gestanden selbst nicht verstehe, was du in Oslo willst. Das Kind wurde in Casablanca zum letzten Mal gesehen, wenn ich mich recht erinnere."

Rita schluckte trocken. „Kannst du mir das ein wenig genauer erklären?"

„Mit morbidem Vergnügen, Rita. Der Chef hat mir drei Gründe für seine Ablehnung genannt. Erstens steht ihm Paris wegen der Ausgabenpolitik auf den Zehen. Deshalb hat er strikte Kostenkontrolle verfügt. Er verlangt eine klare Begründung und vor allem: Entscheiden kann nicht mehr der Ermittler vor Ort, sondern nur mehr die Zentrale. Bist du noch dran?"

„Ich bin dran. Nur zu, du kannst alles abladen."

„Zweitens: Norwegen ist abgedeckt, wir haben das gesamte Material, und es macht keinen Sinn, nur zum Wiederkäuen eine 4.000-Kilometer-Flugreise anzutreten und teuren norwegischen Lachs gegen billiges, nahrhaftes, marokkanisches Couscous einzutauschen."

„Was für ein sagenhafter Blödsinn."

„Drittens: Du sollst deine Energien auf die Suche konzentrieren. Solange du keine konkreten Hinweise darauf vorlegen kannst, dass Eva Gunderson sich aus obskuren Gründen nach Oslo geflüchtet hat und dort als U-Boot ein merkwürdiges Dasein fristet, hast du gefälligst ihrer Spur zu folgen. Aber jetzt kommt die gute Nachricht."

„Ich bin auf alles gefasst, Rembrandt."

„Solange du dem Kind konkret auf der Spur bist, darfst du Spesen machen, als wären wir eine saudi-arabische Prinzenfamilie. Denn mit unserer Kundin existiert tatsächlich ein finanzielles Abkommen. Sollten wir die Prämie nach einem Jahr auszahlen müssen, dürfen wir die Ermittlungsspesen abziehen. Hanno verwahrt in seinem Panzerschrank eine notarielle Niederschrift über diesen Deal."

„Bist du fertig? Darf ich jetzt meine Fragen stellen?"

Rembrandt lachte laut. „Hanno hat recht: Du ermittelst gegen alles und jeden."

„Ich will nur verstehen", erwiderte Rita gereizt. Diese Anspielung auf eine Komplizenschaft zwischen Hanno und Rembrandt gefiel ihr nicht. Weil ihr, eigentlich, Rembrandt gefiel. „Wie rechtfertigt Hanno meine Reise nach Trondheim? All der teure norwegische Lachs, von dem ich im Übrigen kein Gramm gekostet habe, nur um mit Mutter Gunderson ein Gespräch zu führen, das weder aufschlussreich noch angenehm war?!"

„Auch das hat Madame Gunderson bezahlt. Indirekt. Du weißt schon: der Deal. Wird nachher von der Prämie abgezogen."

„Sehe ich Gespenster oder hat sich Madame Gunderson ein Vetorecht auf meine Reiseroute erwirkt?"

Rembrandt räuperte sich unbehaglich. „Das ist eine allzu radikale Sichtweise, glaubst du nicht? Ich meine: Das Veto für deinen Trip nach Norwegen kommt eigentlich aus Paris."

„Aber auch nur indirekt, weil sich unser oberster Spesensparer profilieren möchte. Das Problem dabei ist: Die Versicherungssumme wird uns weit mehr kosten."

„Zweifelsohne, Rita. Aber wenn du die Karten auf den Tisch legst und Hanno sieht, dass du in Norwegen *tatsächlich* neue Erkenntnisse gewinnen kannst ..."

Das war es. Rita sah den Zweck dieser neuen Direktiven glasklar vor ihren Augen: Hanno zwang sie, die Karten auf den Tisch zu legen. Er zwang sie, Rechenschaft abzulegen. Es war die logische Rache für Mexiko, wo Rita ihren damaligen Co-Ermittler Hanno de Mey gnadenlos im Unklaren gelassen hatte. Damit hatte er es umso schwerer gehabt, an ihrem Erfolg mitzunaschen.

Doch Rita hielt sich nicht lange mit Jammern auf. De Mey war stärker, und dass er es auskosten würde, war abzusehen gewesen. Sie musste aus der Situation das Beste machen. Und wenn sie es recht bedachte, hatte sich noch jedes Mal eine Gelegenheit geboten, Hannos Schlägen auszuweichen.

„Das mit den Karten ...", sagte Rita gedankenverloren. „Rembrandt, du bist ein Genie, auf deine Art."

„Herzlichen Dank. Was gibt es sonst aus Marokko zu berichten?"

„Nichts. Ich treffe heute den verantwortlichen Polizeiinspektor. Zum Wiederkäuen. Die Reise war ange-

nehm, aber die Telefonrechnungen in den Hotels ..."
Rita stockte.

„Kein Problem für eine saudi-arabische Prinzenfamilie", bemerkte der Vize vergnügt.

„Richtig. Sag, lieber, guter Freund, könntest du mir in aller Heimlichkeit einen Gefallen tun?"

Rembrandt seufzte. „Ich gehe davon aus, dass jetzt gleich das Wort Norwegen fällt."

„Es muss unter uns bleiben."

„Gefährliches Spiel, Rita. Du stellst meine Loyalität auf die Probe."

„Gefährlicher, Rembrandt: deinen Charakter."

Kurze Stille. Dann Rembrandt, leise: „Das war hart."

„Ein Operationsdirektor muss so was aushalten. Ich hätte gerne eine Telefonnummer. Die kannst du problemlos herausfinden. Julia Amundson, Tochter eines Rechtsanwaltes namens Asulf Amundson in Trondheim. Studiert Rechtswissenschaften in Oslo. Ich brauche die private Telefonnummer in Trondheim und, wenn das möglich ist, die Nummer ihrer Absteige in Oslo. Nur solltest du diskret vorgehen. Ich will keinen Staub aufwirbeln. Ich will nicht den Deal zwischen Safee und dem Haus Gunderson gefährden. Verstehst du?"

„Ich bin mir nicht ganz sicher. Deutest du zwischen den Zeilen an, dass du gegen die Familie Gunderson ermittelst?"

„Nichts liegt mir ferner. Ich habe nur ein Problem mit dem Dossier. Das ist ein dermaßen gründlich und subjektiv vorsortierter Haufen von Informationen, dass ich gerne an die Quellen gegangen wäre."

„Na schön. Für eine Ermittlung gegen die Gundersons musst du nämlich knallharte Indizien auf den Tisch legen."

„Das kannst du vergessen, es gibt kein einziges. Hast du Angst, ich könnte Amok laufen?"

„Mädchen, wäre es das erste Mal, dass du dich in eine Idee verrennst, die sich nachher als Humbug herausstellt?"

„Rembrandt, ich weiß nicht, was sie dir über mich erzählt haben. Und ich will dich nicht belehren oder einen Werbespot über Rita Kleefman abspielen. Aber es wäre das erste Mal, dass ich nicht allen Unklarheiten nachgehe, die bei mir einen mentalen Juckreiz auslösen. Das hat nichts mit Logik zu tun. Es ist ..."

„Weibliche Intuition."

„Du kannst es von mir aus Geisteskrankheit oder neurotische Neugierde nennen, aber meinen Ermittlungen hat es bis jetzt nicht geschadet. Mach dir keine Sorgen, ich will nur diskret nachhaken. Immerhin war die junge Dame Evas Reisegefährtin bis wenige Tage vor deren Verschwinden. Das Dossier enthält ein Reisetagebuch, und da wittere ich Gesprächsstoff. Ach ja, noch was."

„*Noch* was? Rita, ich bitte dich."

„Nur ein praktischer Hinweis: Ich vermute, der gute Asulf ist der persönliche Rechtsanwalt der Millionärsfamilie. Wir wollen also wirklich, wirklich diskret vorgehen, damit nicht plötzlich dumme Gerüchte in Umlauf geraten."

„Wie zum Beispiel welches?"

„Zum Beispiel das Gerücht, ich würde gegen die Familie Gunderson ermitteln. Das wäre schlecht für die Geschäfte, schlecht fürs Prestige ...“

„Jetzt verstehe ich“, rief Rembrandt aus. „*Deshalb* ist die Gunderson so zickig!“

... und schlecht für die Ermittlungen, dachte Rita.

9.

Abdellah Yezaa hatte den grünlich blassen Teint eines dunkelhäutigen Menschen, der jahrzehntelang nicht an die Sonne gekommen war. Seine Lippen waren afrikanisch. Meist presste er sie zusammen, damit man seine schlechten, gelben Zähne nicht sah, zwischen denen goldener Ersatz funkelte. Er war stark und athletisch gebaut, und trotzdem hatte sein Gang etwas Invalides. Zog er tatsächlich ein Bein nach? Auch er? Rita wollte ihm nicht nachstarren, als er aufstand und das Lokal durchquerte, um ein paar Worte mit Brahim zu wechseln, doch da war etwas Asymmetrisches in seiner Art, sich fortzubewegen, das sie faszinierte.

Er trug einen Anzug, der vornehmer wirkte als Yezaa selbst. Die Krawatte war mit einigem Geschmack ausgesucht, hing jedoch unwillig an seinem Kragen. Yezaas Rechte tastete oft nach dem Krawattenknopf. Prüfte er nach, ob sein Stecknadel-Mikrofon noch am rechten Platz war? Doch die Geste hatte nichts Kontrollierendes, eher etwas Unbehagliches.

Yezaa hatte sie im Restaurant erwartet. Zwei Tische weiter nahm Brahim Platz und vertrieb sich die Zeit mit dem Besitzer des Lokals, der sehr erpicht darauf schien, den Mann von der Sûreté bei Laune zu halten. Immer wieder schoss er aus der Küche heraus und sein grinsendes, leuchtend rotes Gesicht tanzte um Brahims Tisch wie ein Halloween-Lampion. Zu Yezaas Tisch kam er nur einmal, überschüttete ihn und Rita mit einem Schwall gutturaler Höflichkeiten und zündete mit weiten Gesten zwei Kerzen an.

Rita war überrascht von Yezaas Wahl. Es war kein Luxusrestaurant und nicht einmal volkstümlich, dafür mit verblüffendem Dekor ausgestattet: Mannsgroße Karikaturen im Stil der Jahrhundertwende bedeckten die Wände, grotesk verzerrte Fratzen starrten den Gästen auf die Teller. Gegen die Straße hin stand der Raum offen wie eine Garage, nur einige Topfpflanzen markierten die Linie, wo der Gehsteig aufhörte und der Speiseplatz begann.

Nach ihrem Telefongespräch mit dem marokkanischen Ermittlungsleiter erwartete sich Rita zumindest milden Spott – da kam sie angebraust, die holländische Versicherungsdetektivin, und wollte erreichen, was weder der diskreten Nordli-Kanzlei noch dem mächtigen marokkanischen Sicherheitsapparat in vielen Monaten gelungen war. Sie legte sich eine kühle Verteidigungslinie zurecht: Es ging um Geld, es war eine formale Geschichte. Sie hoffte nicht wirklich, die Millionärstochter zu finden, sie wollte nur ihren Job erledigen. Ein bürokratischer Vorgang. Die übliche Tour: Unterschätzt zu werden war ihr Schutz, ihre Tarnung.

Dabei vergaß Rita eine wichtige Maxime: Wer sich zu sehr an ein Schema klammert, gerät früher oder später in eine Situation, in der es nicht funktioniert. Und wichtiger noch: Bei manchen Menschen funktionieren Schemata überhaupt nicht. Im Gegenteil, sie verraten.

Als Yezaa die erwartete Frage stellte, wie die Holländerin all die vorhergehenden Ermittler beschämen wollte, tat er das auf eine Art, als sei der Spott nur vorgeschoben, unvermeidlich quasi, eine formale Verteidigung der Berufsehre. Doch was verbarg sich dahinter? Rita, geschult in der Annahme des schlimmsten Falles, war verwirrt.

Yezaa zündete sich eine Zigarette an. Im Aschenbecher lag ein halbes Dutzend zerdrückter Stummel, er hatte entweder sehr lange gewartet oder in kurzer Zeit sehr viel geraucht. Oder ein vorhergehendes Rendezvous?

„Wie wird man bei Ihnen Detektiv?", war die merkwürdige zweite Frage, und Rita registrierte, wie Yezaa freundlich lächelte und die Lippen eisern zusammengepresst hielt, um ihr den Anblick seiner dentalen Ruinenlandschaft zu ersparen.

„Verschlungene Wege", gab Rita eine defensive Antwort, weil sie die Frage als persönlich missverstand. Obwohl sie es auf Geringschätzung anlegte, ging ihr der Erfolg solcher Bemühungen auf die Nerven.

„Ich meine: Gibt es bei Ihnen Schulen dafür? Oder kommen Ihre Leute von der Polizei?"

„Ein paar", log Rita, weil es logisch klang. Nur arbeitete bei Safee kein einziger ehemaliger Polizist. Nicht dass sie wüsste. Rembrandt vielleicht. Interessanter Gedanke, sie würde ihn fragen.

„Sie wirken nachdenklich“, sagte Yezaa. „Ich versichere Ihnen, dass meine Frage auf pure professionelle Neugier zurückzuführen ist.“

Rita lauschte dem geschliffenen Französisch seiner marokkanischen Reibeisenstimme mit einigem Vergnügen. „Es gibt in unseren Ländern“, erklärte sie bewusst förmlich, „noch einige Berufe, die keiner Ausbildungsregelung unterliegen. Jeder darf sich Journalist nennen. Oder Geistheiler. Oder Versicherungsdetektiv. Das sind Funktionen, keine Studientitel.“

„Aber ich nehme an, Sie studieren ein wenig Theorie und besuchen gelegentlich Fortbildungskurse.“

Bei Safee?, dachte Rita und sie spürte, wie sich ihr Mund zu einem hämischen Grinsen verzog.

„Wenn es die Arbeit erlaubt, meine ich“, setzte Yezaa hinzu, mildes Verständnis in seinen Augen. „Sie haben viel Arbeit, nehme ich an.“

„Es gibt Fernkurse für Detektive“, klärte sie den Polizisten auf. „Häufig organisiert von Leuten, die in ihrem Beruf keinen Erfolg hatten und deshalb auf andere Weise ihr Geld verdienen müssen.“ Rita suchte nach einem Satz, mit dem sie den Gesetzeshüter verstören konnte, und fügte mit kokettem Tonfall hinzu: „Wir gehören einer sehr anarchistischen Profession an, Monsieur Yezaa.“

„Ich stelle keinesfalls Ihre Qualifikation infrage“, sagte Yezaa, ohne die erwünschte Verstörung zu zeigen, drückte seine Zigarette aus und fingerte in seinem Sakko nach dem Päckchen. „Ich bin nur neugierig. Vergangenes Jahr besuchte ich einen Kurs in Quantico. Fortgeschrittenes Ermittlungswesen. Am Ende hatte ich das Gefühl, als hätte ich dort in zwei Wochen mehr gelernt als während meiner gesamten Ausbildung in Marokko." Yezaa lächelte wieder mit geschlossenem Mund und ließ die Zigarette mit seinen Gesten kreisen. „Das ist natürlich blanker Unsinn. Nur ein subjektiver Eindruck, wenn man mit ungewohnten Methoden konfrontiert wird. Aber ich liebe es, dazuzulernen. Das FBI funktioniert wie eine Wissenschaft, hier in Marokko dagegen setzen wir mehr auf Intuition, auf natürlichen Instinkt. Ich dachte, auch Sie hätten vielleicht eine interessante Methode auf Lager, die ich noch nicht kenne."

„Wie die Psychomethode."

Yezaas Gesicht verzog sich zu einer Grimasse. „Das war ein unangebrachter Scherz meinerseits. Ist mir herausgerutscht. Da hat sich mein Ärger entladen."

„Ärger worüber?"

„Über mich selbst. Darüber, dass wir Mademoiselle Eva Gunderson nicht gefunden haben. Auf dem Marktplatz der Altstadt von Casablanca endet die Spur. Monatelange Nachforschungen, ein paar angebliche Sichtungen, aber nichts Substanzielles. Verraten Sie mir doch, Madame Kleefman: Wie wollen *Sie* vorgehen? Das interessiert mich wirklich."

„Ich will vor allem meinen Papierkram erledigen", hielt sich Rita stur an die beschlossene Marschroute, bemerkte aber sofort, dass ihre Antwort zu platt ausgefallen war.

„Papierkram? Sie sind Bürokratin?“ Endlich wirkte Yezaa verstört. „Sie wollen das Mädchen also gar nicht wirklich suchen?“

„Natürlich will ich das Mädchen suchen, das ist Teil meines Auftrags.“ Rita hob die Hände. „Aber nicht mit der Psychomethode.“ Und als Yezaa stumm blieb, setzte sie hinzu: „Enttäuscht?“ Und fragte sich, warum sie mit dem braven Mann derart zynisch und defensiv umging. Vielleicht, weil sie ihn nicht auf den ersten Blick durchschaute. Vielleicht, weil sie sich dagegen wehrte, ihn sympathisch zu finden. Vielleicht, weil auch er – vielleicht – hinkte. Und dann war ja immer noch zu klären, ob er wirklich der brave Mann war, den er hier so gekonnt mimte.

Yezaa runzelte die Stirn und sagte: „Ich kenne Leute, die sich sehr ernsthaft damit beschäftigen. Es gibt natürlich eine Grauzone, wo das Ganze in Parapsychologie umschlägt – frag den Toten, wer ihn ermordet hat, und solchen Nonsens. Aber darüber spreche ich nicht. Ich spreche von Profilerstellung, zum Beispiel.“

„Quantico“, sagte Rita, um zu beweisen, dass sie zumindest oberflächlich wusste, wovon Yezaa sprach.

„Genau“, sagte der. „Und ich habe mich gefragt, ob wir im Fall der veschwundenen Mademoiselle nicht umgekehrt vorgehen sollten. Statt Täterprofil ein Opferprofil.“

„Sie sprechen immer von Täter“, sagte Rita und versuchte eine elegante Geste, als hätte sie Yezaa ertappt.

„Falsch“, sagte Yezaa und drückte zur Bekräftigung und viel zu früh seine Zigarette im Aschenbecher aus. „Ich spreche von Opfer.“

„Das setzt ein Verbrechen voraus.“

„Wieder falsch", sagte Yezaa und seine Stimme nahm Härte an, wie die eines Lehrers. „Auch Unfälle erzeugen Opfer. Manche werden unter gewissen Umständen sogar zum Opfer ihrer selbst."

Rita stieg das Blut ins Gesicht. Sie spürte, dass ihre Methode nicht funktionierte, obwohl sie plangemäß jeden Anschein von Kompetenz in den ersten Minuten ihres Gesprächs verspielt hatte. Ihr wurde klar, dass sie einem intelligenten und gebildeten Mann gegenübersaß, der komischerweise Polizist war und offenbar nicht die geringste Lust hatte, seinen Triumph über die Detektivin aus dem reichen und wohlorganisierten Norden auszukosten. Sie spürte nur seine Enttäuschung, und das schmerzte sie wesentlich mehr. Entweder war sie das Opfer einer meisterhaften Finte oder sie war drauf und dran, einen möglichen Verbündeten zu verlieren. Rita erkannte, dass sie im Spiel bleiben musste, um das herauszufinden. Obwohl er vielleicht genau damit spekulierte. Obwohl vielleicht genau das *sein* Spiel war.

„Wollen wir essen?", fragte Yezaa mit einem halbherzigen und vollkommen appetitlosen Lächeln. Rita hatte den Eindruck, dass er nur das Thema wechseln wollte.

Sie studierten schweigend ihre Speisekarten. Rita ging mechanisch die Namen der Gerichte durch, ohne wirklich zu lesen. Sie wurde das Gefühl nicht los, dass sie etwas gutzumachen hatte, doch war ihr schleierhaft, wie sie das anstellen wollte. Der Mann konnte sie mit einem Hinweis auf den offiziellen Ermittlungsbericht der marokkanischen Sûreté abspeisen – Beilage 2 der Akte Eva Gunderson –, ohne dass ihm dafür irgendetwas vorzuwerfen war. Schließlich wollte sie ja „nur ihren Papierkram erledigen“. Was für ein idiotischer Patzer! Wenn Yezaa ihrer Suche minimal nützlich werden konnte, musste sie sein Vertrauen erringen.

Doch warum hatte er so viel Interesse daran gezeigt, sie persönlich kennenzulernen? Weil er sich ein interessantes europäisches Mädchen erwartet hatte? Warum legte er permanent Köder aus? Warum wirkte er so unglaublich glaubwürdig?

Doch das Schattenbild von Abdellah Yezaa, das in ihrem Hirn herumspukte, weigerte sich, Konturen anzunehmen. Er saß vor ihr, den Blick in die Speisekarte vertieft, und tat nichts, um den verwirrenden ersten Eindruck, den er bei Rita hinterlassen hatte, zu klären.

„Wollen Sie mir etwas empfehlen?“, fragte Rita, ohne von der Speisekarte aufzublicken.

Yezaa legte seine Karte auf den Tisch und wartete, bis er sich der Aufmerksamkeit seiner störrischen Dinnergesellin sicher war.

„Sie werden sich vielleicht gefragt haben, warum ich Sie in dieses einfache Restaurant gebeten habe“, sagte er mit schüchterner Geste, als hätte sie sich gerade beschwert. „Und die Erklärung ist einfach: Besser als hier isst man vielleicht im Königspalast von Rabat, aber nirgendwo in Meknès.“

„Wundervoll“, sagte Rita kühl.

Yezaa hob die Augenbrauen. „Wollen Sie wissen, warum das so ist?“

Ich habe ihn wieder enttäuscht, dachte Rita. Keine Neugier, kein Kombinationsvermögen, nur ein blödes

„wundervoll", um die Bemühungen des Polizisten zu Small Talk zu degradieren. Dabei hatte der Mann eine Geschichte zu erzählen. Die war ihm möglicherweise deshalb so wichtig, weil er nicht mehr über Eva Gunderson sprechen wollte.

Rita erklärte die Runde für verloren und ermunterte Yezaa, seine Geschichte über das Lokal zu erzählen.

„Wissen Sie, was ,Dada' bedeutet?"

„Vater", riet sie. „Oder so etwas Ähnliches." Sofort verfluchte sich Rita für ihre schnelle und wahrscheinlich vollkommen danebenliegende Antwort.

„Dada", erwiderte Yezaa, Ritas Antwort gnädig ignorierend, „ist die Bezeichnung für schwarze Sklavinnen, die in reichen Familien für Kinder und Küche verantwortlich waren."

Der Marokkaner legte eine Pause ein für eine Zwischenfrage, einen Kommentar oder was auch immer. Rita sah sich plötzlich als Objekt einer Charakterprüfung, dabei hatte sie genau das Gegenteil vorgehabt. Sie schwieg beharrlich und wartete darauf, dass Yezaa fortfuhr.

„König Moulay Ismail hat sie zu Tausenden ins Land gebracht, aus dem Sudan. Die Männer wurden Militärsklaven, die Frauen – die Dadas – wurden Köchinnen und Konkubinen. In beiden Bereichen waren die Dadas äußerst erfolgreich."

Yezaas Blick wanderte für einen Moment zu dem unvermeidlichen Porträt von König Hassan II., dann zwinkerte er Rita zu. Sie verstand nicht. Sie verstand überhaupt nichts mehr. Ein Zeichen? Wo zum Teufel hatte sie ihre Auffassungsgabe gelassen an diesem verdammten Abend in Meknès? Sie hatte die Dumme nur *spielen* wollen.

„Die Dadas sind die besten Köchinnen Marokkos. Nur in den privaten Häusern natürlich, denn außerhalb – in den Restaurants und Palästen – kochen immer die Männer. Bis auf wenige Ausnahmen." Er pochte mit dem Zeigefinger auf die Tischplatte. „Dieses Lokal ist eine. Hier kocht eine authentische Dada. Das finden Sie fast nirgendwo in Marokko."

„Eine Sklavin?"

„Eine schwarze Frau, die von den sudanesischen Sklaven des Moulay Ismail abstammt. Die Sklaverei ist natürlich abgeschafft. Offiziell, meine ich."

Während Rita erstaunt über Yezaas letzten Satz nachgrübelte, fingerte er an seiner Speisekarte herum und räusperte sich.

„Ich hätte", sagte er leise, „kein Problem damit, wenn eine Frau einen Job besser erledigen würde als ein Mann."

„Wie zum Beispiel Kochen", verschoss sich ein Pfeil aus Ritas feministischem Giftköcher ganz von selbst.

„Oder eine verschwundene Frau zu finden", fügte Yezaa unbeirrt hinzu. „Ich war ein wenig überrascht, als diese beiden Norweger ankamen. Wie hießen Sie noch ...?"

„Brenner und Rippenkroeger."

„Genau. Haben Sie die beiden kennengelernt?" Yezaas Gesicht hatte sich aufgehellt, er schien zu schmunzeln.

„Nein."

„Ah. Kuriose Typen. Aber jedenfalls Männer. Die ganze Zeit schon habe ich darauf gewartet, dass mal eine Frau hier auftaucht und der Sache nachgeht. Dieselbe Kultur, dasselbe Geschlecht – ich dachte, für die Erstellung eines Opferprofils wäre das ideal."

„Haben Sie keine Frauen bei der marokkanischen Polizei?"

„Wir sind ein sehr traditionelles Land, Mademoiselle, auch im negativen Sinn. Die Modernität hat uns noch nicht überzeugt. Und wir *haben* Frauen bei der Polizei, nur reichen die nicht ganz an Miss Marple heran."

„Vielleicht sollten Sie es mit einer dieser fabelhaften Dadas probieren. Haben die nicht übersinnliche Fähigkeiten?"

„Möglich", quittierte Yezaa ihren matten Scherz ohne Lächeln. Dann fuhr er fort, als spräche er mehr mit sich selbst: „Das Problem ist die Kultur, die Abstammung. Wer sollte eine Eva Gunderson besser verstehen als eine Frau aus ihrer eigenen Kultur?"

Er fuhr hoch wie aus einem Traum und ließ seine Linke auf den Tisch fallen, während die Rechte samt Zigarette in die Höhe ging. „Aber ich will Sie nicht länger mit meinem Faible für neue Methoden langweilen. Die Kollegen in Rabat werfen mir vor, ich wäre seit diesem Kurs in Quantico nicht mehr ganz richtig im Kopf. Ich kann schon keine Coca-Cola mehr trinken, ohne mich schuldig und unangemessen verwestlicht zu fühlen. Ich beneide Sie, Madame, Sie können so westlich sein, wie Sie wollen, und niemand wirft Ihnen Verrat vor. Aber genug der Klagelieder – worauf hätte Ihr Gaumen Lust?"

„Wenn ich jetzt Couscous sage, klingt das wahnsinnig banal, oder?"

„Das hängt davon ab, ob Sie Couscous sagen, weil Ihnen der Sinn tatsächlich nach Couscous steht, oder weil Sie die anderen Speisen nicht kennen."

„Ich fühle mich wie ein kompletter Idiot."

Yezaa blickte sie an, als wollte er sagen: Da kann ich Ihnen nicht helfen, Madame, und sagte dann, als hätte er den gleichen Eindruck: „Es ist nicht einfach, in einem fremden Land als Detektiv zu arbeiten."

Rita verspürte einen Stich im Magen. Du gehst zu weit, Couscousfresser, und ich habe von Marokko die Nase voll, bevor ich noch richtig angekommen bin.

„Es ist schon schwierig genug im eigenen Land", setzte Yezaa beschwichtigend hinzu, als habe er Ritas Gedanken gelesen. „Unser Versagen in diesem Fall liegt mir schwer im Magen. Ich brauche eine Dada-Köchin, sonst kriege ich nichts runter." Er lächelte Rita an und kurz öffneten sich seine Lippen, gaben den Blick frei auf ein furchtbares Schlachtfeld, wo Karies und Fäulnis Triumphe feierten. „Das ist der wahre Grund, warum ich mit Ihnen hier speisen wollte: Ich brauche meine Dada-Köchin."

Rita ließ sich auf etwas moderat Exotisches ein, „Bastilla", ein runder Kuchen mit Taubenfleischfüllung, Mandelpastete und Zuckerglasierung. „Eine Spezialität aus Fès, aber niemand macht eine so gute Bastilla wie unsere Dada hier", versicherte Yezaa, der eine simple Harira schlürfte, mit geschlossenen Zahnreihen, wie Rita zu bemerken glaubte, als ob die dickflüssige Gemüsesuppe durch die dentalen Lücken ihren Weg fände und als ob dies Teil des Vergnügens wäre. Sie bemerkte die kontrollierenden Blicke ihres Gegenübers. Offenbar versuchte Yezaa abzuschätzen, ob er zu laut war. Irgendwann sagte er „Pardon, Madame" und stellte seine Speisetechnik um. Er hatte ihre verstohlenen Seitenblicke bemerkt.

„Sind Sie jemals diesem Abu Ahmed aus Tanger auf die Spur gekommen?", fragte Rita, um ihre Verlegenheit zu überspielen. Yezaa wirkte auf einmal verletzlich. In seinen Essgewohnheiten war etwas Animalisches, Gieriges, überlagert von einer mühsam aufrechterhaltenen Selbstkontrolle und einer nicht dazu passenden Eleganz. Ein Sohn armer Eltern, aufgewachsen in einem elenden Dorf? Doch woher kam dann sein geschliffenes Französisch, woher diese natürliche Selbstsicherheit?

Yezaa verschluckte sich fast. Er fuhr sich mit einer Papierserviette über den Mund, seine Zunge fuhr reinigend innen herum, und erst als das letzte Gemüsepartikel in der Speiseröhre verschwunden war, erwiderte der Polizist: „Denken Sie, Abu Ahmed sei wichtig?"

„Ich weiß es nicht." Rita zuckte die Achseln. „Was denken Sie?"

Auch er zuckte die Achseln, seine Stirn lag plötzlich in nachdenklichen Falten. So saß er da und dachte über die Wichtigkeit des Abu Ahmed nach, von dem nur Rita wusste, dass er in Wahrheit die Schöpfung einer nervösen Hotelequipe war.

„Tanger", sagte Yezaa dann und hielt den linken Zeigefinger weit nach links, „und Casablanca". Die Rechte fuhr nach rechts. Er maß die Distanz zwischen beiden Zeigefingern und schüttelte den Kopf. „Ich sehe keinen Zusammenhang. Sehen Sie einen?"

„Ich sehe keine Bedeutung in geografischen Entfernungen“, sagte Rita. „Ein Mann, der offenbar hinter den beiden Mädchen her war – das klingt doch interessant.“

„Warum sind Sie dann nicht in Tanger geblieben?“, fragte Yezaa rasch. „Warum sind Sie dem nicht nachgegangen?“

Rita spürte die aggressive Intelligenz des Verhörspezialisten. Eine harmlose Frage und Sekunden später stand sie in einer Sackgasse und wusste sich nur mit einer verlegenen Geste zu helfen und einer wenig überzeugenden Antwort: „Vielleicht tu ich das noch.“

Yezaa blickte sie prüfend an. „Sie haben den Bericht gelesen. Was denken Sie über Abu Ahmed? Ist er eine Reise nach Tanger wirklich wert?“

„Ich weiß es nicht“, erwiderte Rita. „Ich habe noch nicht genügend Informationen, um eine Theorie zu begründen.“

„Arbeiten Sie nur mit Informationen oder auch mit Intuition?“

„Meine Intuition sagt mir, dass Abu Ahmed nur einer von vielen Marokkanern war, die sich für die beiden Norwegerinnen interessiert haben.“

„Dem stimme ich zu“, sagte Yezaa nickend. „Meine Kollegen in Tanger haben Abu Ahmed gefunden. Sie haben ihn überprüft und verhört. Er war harmlos. Keine Mädchenleichen im Keller, keine blonden Haare in seinem Bett.“

Rita blieb der Mund offen stehen. Ali-Auguste hatte recht gehabt: Die marokkanische Polizei fand sogar Leute, die gar nicht existierten.

„Jetzt", rief Yezaa aus und zeigte vergnügt auf ihre verblüffte Miene, „zeigen Sie Ihr wahres Gesicht. Wie schmeckt Ihre Bastilla?"

„Verrückt", erwiderte sie leise.

„Da steckt Wahrheit drin." Yezaa zeigte auf den halb gegessenen Taubenkuchen. „Sie werden das bestätigt finden: Die echte, marokkanische Küche lockt die Wahrheit aus ihrem Schlupfwinkel. Sie versetzt den Gast in eine Trance des Wohlgefühls, des Vertrauens. Die Schutzmechanismen fallen langsam von ihm ab, er merkt es gar nicht. Und plötzlich", er hob die gespreizten Hände wie ein Zauberkünstler bei einem Trick, „gibt es keine Geheimnisse mehr."

Endlich hast auch du dich in eine Sackgasse geredet, dachte Rita und sagte: „So also entlocken Sie Ihren Häftlingen Geständnisse! Ein himmlisches Couscous, eine köstliche Bastilla, und schon plaudert Abu Ahmed. Ich nehme an, Sie haben in Quantico über diese Verhörmethode berichtet."

Yezaa schüttelte lachend den Kopf, doch seine Heiterkeit wirkte aufgesetzt. „*Inshallah*, schön wär's. Doch wir verhören ohne Bastilla. Nein, ich spreche nicht von Verhören. Ich spreche von Begegnungen wie der unseren. Glauben Sie, dieser Abu Ahmed existiert tatsächlich?"

„Sie sagten mir gerade, Ihre Kollegen hätten ihn gefunden."

„Meine Kollegen", er senkte die Stimme und blickte ihr direkt in die Augen. „*Ils sont des idiots.*"

Yezaas Miene hatte sich versteinert. Rita saß wie angewurzelt, fühlte Nervosität wie bei der entscheidenden Frage eines Examens.

„Was wollen Sie mir sagen?"

„Ich will sagen, dass die spezifischen Methoden der marokkanischen Polizei bei Kriminalfällen nicht immer zum korrekten Ergebnis führen, selbst wenn ein Geständnis vorliegt."

„Das klingt nicht sehr loyal."

„Oh, wir sind loyal. Alle. Es gibt nur einen Gott, Allah, nur einen Propheten, Mohammed, und nur einen König, dessen direkte Abstammung vom Propheten ein Faktum ist." Yezaas lebhafte Diktion nahm das Einschläfernde eines Leierkastens an. „Wer das anzweifelt, wandert direkt ins Zuchthaus. Nein, Madame, wir sind loyal. Hassan II. kann auf uns zählen. Er ist unser Vater, unser Architekt, unser höchster Priester. Und unser Polizeidirektor. Doch sprechen wir über Eva Gunderson – dies ist ein Abendessen auf Kosten des Königs, wir sollten uns auf unsere Arbeit konzentrieren."

„Sagen Sie", Rita faltete die Hände über den Resten ihrer Bastilla, „wie viele 20-Millimeter-Geschosse verträgt eine Boeing 727, ohne abzustürzen?"

Yezaa verzog das Gesicht. Rita hatte das Gefühl, als sei es im ganzen Lokal stiller geworden.

Der Marokkaner räusperte sich, den Blick auf Rita gerichtet, ob prüfend oder warnend, sie konnte es nicht sagen, sie hatte noch immer kein Gefühl für ihr Gegenüber entwickelt. Ihr war, als sparte Yezaa den eigentlichen Kern seiner Botschaft ständig aus. Als führte ihr Gespräch immer wieder auf einen neuen Pfad, dessen Ende und wahren Zweck sie nie zu sehen bekam. Es tat gut, selbst mal einen neuen Pfad zu wählen.

Nach einer Weile sagte Yezaa mit leiser, anerkennender Stimme: „*Touché.*" Punkt für Rita. Und setzte betont beiläufig hinzu: „Aber um Ihre Frage zu beantworten: Das kommt ganz darauf an, wer in dieser Boeing 727 sitzt."

„Dachte ich mir."

„Das ist fast zwanzig Jahre her, Madame Kleefman. In zwei Jahrzehnten hat sich eine Menge getan."

„Bestimmt. War auch nur eine Frage."

„Reden wir über Eva Gunderson?"

Rita nickte. „Reden wir über Mademoiselle Eve, Monsieur Yezaa."

10.

Es war wie ein Waffenstillstand. Beide hatten festgestellt, dass sie mit ihrem hartnäckigen Sondieren aus sicherer Deckung nicht weiterkamen, dass sie damit in Wahrheit mehr über sich selbst verrieten als über den anderen erfuhren. Also sprachen sie über Eva Gunderson.

Yezaa, der sich mit mühsam kontrolliertem Heißhunger über eine Tagine hermachte, ließ seine Ermittlungen Revue passieren, wie sie schon im Bericht standen, doch mit Zwischentönen, für die Rita dankbar war.

„Das Kind“, erklärte er – und bezog sich ab dann auf Eva Gunderson nur noch als *l'enfant*, das Kind –, „kommt mit ihrer Freundin in Tanger an. Ein Tag und zwei Nächte Tourismus, die Spur Abu Ahmed führt kerzengerade ins Nichts, sowohl was die Ermittlungen als auch was die analytischen Fähigkeiten meines energischen Kollegen in Tanger betrifft, ich bitte vielmals um Verzeihung und ganz unter uns. Nächster Stopp Meknès. Zwei Tage, davon ein Tag Ausflug zu den römischen Ruinen von Volubilis und zur Pilgerstadt Moulay Idris. Keine Zettelchen, keine Liebschaften, nichts. Dann stürzen sich die beiden nordischen Sirenen in das Labyrinth von Fès. Dort werden sie angemacht wie tausend andere Touristen und Touristinnen vor ihnen. Waren Sie schon in Fès? In Marokko? Nun, diese illegalen Führer sind ein Problem. Und dann haben Sie es mit einer Menge Charmeure zu tun, die es bewusst darauf anlegen ... Sie wissen schon: Beinharte Sexualmoral, die Fantasie entzündet sich am Mangel, und dann kommt eine Ausländerin und zeigt mehr Bein, als der arme Kerl in seinem ganzen Leben jemals gesehen hat. Wir erhalten jährlich Dutzende Anrufe von europäischen Eltern, die in Panik geraten, weil ihr Küken im Begriff ist, einen Marokkaner zu heiraten. Meine Landsleute gehen aufs Ganze in solchen Fragen. Der Ring der Familie schließt sich um das neue Pärchen wie mit eisernen Ketten, und das Küken ist glücklich, denn sie sind überwältigend charmant, die Marokkaner." Er machte eine wegwerfende Geste, als hätte das alles nichts mit ihm zu tun. „Sagt man."

Yezaa verarbeitete einen Mundvoll Tagine und spülte Cabernet Président hinterher.

„Brenner und Rippenkroeger haben in Fès mit einem marokkanischen Privatdetektiv zusammengearbeitet. Das wussten Sie nicht, wie? Sein Name ist Youssef Amoun."

Rita machte große Augen. Davon stand kein Wort im Bericht.

„Wollen Sie die Adresse?"

„Bitte."

Yezaa kramte eine Visitenkarte aus einem von losen Zetteln und Visitenkarten überquellenden Notizheft, das von einem dünngespannten Gummiring zusammengehalten wurde.

„Warum Fès?", fragte Rita. „Warum nicht Rabat oder Casablanca?"

„Das haben mir die Herren nicht gesagt. Vermutlich erschien ihnen die Atmosphäre in Fès bedrohlicher als anderswo. Tatsächlich haben wir in Fès und in Marrakesch mehr Probleme mit verschwundenen Ausländern als irgendwo sonst, aber das hängt unter anderem damit zusammen, dass wir dort auch mehr ausländische Besucher haben als irgendwo sonst. Agadir ausgenommen, aber das ist eine Sicherheitszone. Disneyland auf Afrikanisch. Und dann gibt's noch den Rif, heiße Gegend, aber dort fahren nur wenige hin."

„Warum verschwinden Ausländer?"

„Meist Mädchen, die sich mit einem marokkanischen Typen einlassen oder in eine Situation geraten, die eskaliert. Sexuell meine ich. Der Typ oder die Typen können ihren Saft nicht halten und sehen sich dann vor der Wahl, das Mädchen verschwinden zu lassen oder Bekanntschaft mit unseren Verhörzellen zu machen."

„Wo keine Bastilla gereicht wird."

„*Exactement.* Dafür andere Spezialitäten, und die sind nicht weniger berühmt." Yezaa blickte sie an. War das Selbstanklage oder Drohung? Wieder ein kurzer Moment des Sondierens – sondierte auch er? –, dann kehrten sie zu Eva Gunderson zurück, zum „Kind".

„In anderen Fällen sind Ausländer in unsichere Regionen gereist und dort in Schwierigkeiten geraten. Und dabei umgekommen.“

„Wo gibt es schwierige Regionen?“

„Teile unseres Grenzgebietes zu Algerien. Die Sahrawi-Regionen im Süden. Teile des erwähnten Rifs. Und das eine oder andere Tal im Atlasgebirge. Unsere Gendarmen weisen die Ausländer bei Straßenkontrollen selbstverständlich auf diese Gefahren hin. Manche Gebiete sind für Fremde ohnehin gesperrt, aber es gibt Narren, die Schleichwege nehmen, und nicht wenige davon haben in den Tod geführt. Und dann sind Ausländer in Drogengeschäfte verwickelt, in den Menschenschmuggel und in andere illegale Geschäfte. Manchmal riskieren sie zu viel oder sie zerstreiten sich mit ihren marokkanischen Partnern. *Voilà*, deshalb verschwinden bei uns die Ausländer.“

„Denken Sie, Eva Gunderson ist tot?“

„Nein, ich denke, sie lebt noch.“

Rita spielte mit ihrer Serviette und machte eine Pause, um ihre Erregung zu verbergen. „Warum denken Sie das?“

„Weil ich es hoffe“, sagte Yezaa, ohne aufzublicken. Er zerteilte das zarte Fleisch seiner Tagine und türmte kunstvoll eine Portion auf seiner Gabel auf.

Rita beschloss, diesen Pfad nicht weiterzuverfolgen, obwohl sie spürte, dass Wunschdenken allein einem intelligenten Ermittler wie Yezaa nicht genügte, um eine solche Vermutung laut auszusprechen. Er würde seine Beweggründe unauffällig in die Konversation einflechten, so weit kannte sie ihn schon.

„Die beiden Kinder lassen sich also in Fès belästigen wie alle anderen auch und haben dabei mehr oder weniger Spaß. Wie viele allein oder zu zweit Reisende schließen sie sich kurz mit anderen Touristen zusammen. Gregory Fox und Michael Shilling, zwei britische Studenten. Brenner und Rippenkroeger haben mit beiden gesprochen, jedoch keinen nützlichen Hinweis erhalten. Die Jungs waren offenbar sauber."

Rita nickte. Beilage 4 des Ermittlungsberichts.

„Was denken Sie über die beiden Briten?", fragte sie.

„Ich denke, die Norwegerinnen waren nie in Gefahr, von den Jungs belästigt zu werden. Wenn Sie wissen, was ich meine."

„Ist das nicht ein seltsames Grüppchen – Eva, Julia und die beiden Engländer?"

„Madame", sagte Yezaa ohne Lächeln, „für uns sind alle Ausländer seltsam. Und es wird Ihnen bei Ihren bestimmt sehr gründlichen Recherchen über unser Land und seine Geschichte nicht entgangen sein, dass Marokko seltsame Zeitgenossen aus nördlichen Ländern immer schon angezogen hat wie das Licht die Fliegen. Fragen Sie bitte nicht, woran das genau liegt, aber es wäre wohl eine Ermittlung wert, das zu ergründen." Er hob beide Hände. „Nicht meine Abteilung, *quand même.*"

Yezaa grub mit seiner Gabel die Tagine um und nahm einen Bissen. Seine Rechte zitterte leicht. Rita betrachtete die Karikaturen an den Wänden, während der Polizist hastig kaute.

„Von Fès", setzt er dann fort, „reisen die beiden mit dem Bus nach Rabat. Dort begeben sich die Mädchen in den Schutz der Familie des eherenwerten Abdelaziz

Rahmani, möge ihm der Prophet noch viele Jahre gewogen sein, ihm und seinen Geschäften."

Wieder dieser merkwürdige Unterton.

„Nach zwei Tagen und tausendundeiner Nacht in der prächtigen Villa des ehrenwerten Abdelaziz Rahmani tritt Julia Amundson die Rückreise an. Das Kind ist allein. Madame, darf ich Ihnen eine Frage stellen?"

Rita nickte.

„Welche Reisepläne hatte Eva Gunderson? Wo wollte das Kind hinfahren, -fliegen oder -schwimmen? Ich stellte den Herren Brenner und Rippenkroeger dieselbe Frage, doch die taten, als ob das ein norwegisches Staatsgeheimnis wäre."

„Vermutlich wussten sie es selbst nicht."

„Wissen Sie es, Madame?"

„Süden." Rita erinnerte sich an die Abschiedsszene, geschildert von Julia Amundson im „freundlichen Gespräch" mit den Leuten von Nordli. „Das war alles, was sie ihrer Freundin anvertraute."

„Das Kind hatte doch nicht im Ernst vor, nach Mauretanien weiterzureisen?"

„Was wäre daran so schlimm?"

„Madame, vor einem Jahr hatten wir noch Krieg im Süden. Zwischen hier und Mauretanien befindet sich das Territorium der Westsahara, das selbstverständlich zu Marokko gehört, wie der König richtig feststellt, nur gibt es da unten ein paar Beduinen, die dem König nicht zuhören wollen, und deshalb haben wir zweihunderttausend Soldaten hinuntergeschickt, um den Worten des Königs Respekt zu verschaffen. Nur", Yezaa holte Luft, er klang erregt, „was hätte das Kind dort unten verloren? Gar nichts. Irgendwann wäre es in den Kontrollposten der Sperrzone hängen geblieben. Wo liegt also dieser Süden, den das Kind bereisen wollte? Schwarzafrika? Kanarische Inseln? Südamerika? Oder war das ein Süden in ihr selbst, den sie finden wollte?" Er legte die Rechte auf sein Herz.

Rita hob überrascht die Augenbrauen. Auf alles war sie vorbereitet gewesen, nur nicht auf einen Tiefschürfer wie Yezaa.

„Die Polisario ...", warf sie ein.

„Lassen wir das Thema beiseite, es führt nirgendwohin", winkte der Marokkaner brüsk ab. „Gehen wir systematisch vor. Am 29. August 1990 kommt es offenbar zu einem ‚Missverständnis' im Haus Rahmani und das Kind beschließt, Marokko von nun an auf eigene Faust zu erkunden."

„Dieses ‚Missverständnis'", imitierte Rita Yezaas Intonation, doch der entzieht ihr mit einer schneidenden Handbewegung das Wort: „Wir kommen noch dazu, Madame. Lassen Sie uns den Weg des Kindes nachvollziehen. Es büchst also aus und verbringt die Nacht standesgemäß im Fünf-Sterne-Hotel Hyatt Regency. Dann besteigt es am 30. August den ersten Pendelzug nach Casablanca. Dafür gibt es Zeugen. Danach quartiert sich das Kind für drei Nächte in der Jugendherberge von Casablanca ein."

Yezaa machte eine Pause und studierte Ritas Reaktion. Doch sie zeigte keine Regung.

„Haben Sie jemals in einer Jugendherberge in Marokko logiert?"

Rita schüttelte den Kopf.

„Ein Erlebnis. Kalte Duschen, raue Decken, bis zu zwanzig Personen in einem Raum und hygienische Verhältnisse, die sich deutlich von denen des Hyatt Regency unterscheiden. Höchst merkwürdig also für eine Millionärstochter. Hatte sie Geldprobleme? Wohl kaum. Am 31. August, einem Freitag – die Banken sind geöffnet, weil Marokko nach dem muselmanischen Kalender nur betet, aber nach dem christlichen Geschäfte macht –, hebt sie bei der *Banque du Maroc* 5.000 Dirham ab. Davon könnte sie ein Jahr leben, bliebe sie in der Jugendherberge. Doch das tut sie nicht. Am 2. September packt sie ihre Sachen und reist ab. Wohin?“

Rita öffnete den Mund, doch Yezaa, der sich wieder seiner Tagine widmete, als müsste er für die kommende Etappe des Gesprächs Energie tanken, hob abwehrend die Hand. Rita sah ihm schweigend beim Essen zu. Yezaa verschlang hastig den Rest der Tagine, Ritas Blick war ihm egal.

„Logischerweise ergeben sich die beiden folgenden Möglichkeiten. Eins: Sie hat Casablanca nie verlassen. Zwei: Sie ist abgereist. Möglichkeit eins ist unwahrscheinlich, nahezu undenkbar, denn wir haben die Stadt förmlich auf den Kopf gestellt und ich sehe mir seit acht Monaten jede Leiche an, deren Beschreibung auch nur entfernt auf das Kind passt und Spuren eines Gewaltverbrechens aufweist. Pardon, das ist nicht das richtige Thema beim Essen.“

Rita zuckte die Achseln. „Das ist ein Arbeitsessen. Weiter.“

„Wir nehmen also an, das Kind ist abgereist. Süden, sagt die kleine Eva Gunderson. Immer Süden ...“

„Das sind ihre exakten Worte. Woher wissen Sie das?"

Yezaa stockte.

„Hatten Sie Einsicht in die Gesprächsprotokolle der Kanzlei Nordli?" Rita begann mit einem Zahnstocher zu spielen.

„Nein", erwiderte Yezaa. „Ich habe Brenner und Rippenkroeger darum gebeten, doch sie lehnten ab. Ich bekam nur zu sehen, was sie für notwendig hielten."

„Woher kennen Sie dann den exakten Wortlaut?"

„Von Rahmani", erwiderte Yezaa mechanisch. „Möge ihm der Prophet ..."

„Rahmani durfte nicht belästigt werden." Rita hielt den Zahnstocher in die Flamme einer Kerze. „Er war nicht involviert."

„Wir durften ihn sehr wohl befragen."

„Davon steht nichts in Ihren Protokollen."

„Eine bedauerliche Unterlassung."

„Merkwürdig, bei einem so wichtigen Zeugen wie Rahmani."

„Ist das jetzt eine Vertrauenskrise?", fragte Yezaa und klang zynisch.

Rita zuckte die Achseln. „Warum sagen Sie nicht offen, dass Brenner und Rippenkroeger ihre Papiere unvorsichtigerweise im Hotelzimmer liegen ließen?"

„Und was hätte ich davon, außer Probleme?"

„Sie haben recht. Eine Vertrauenskrise." Sie lächelte ihm aufmunternd zu. „Begleiten wir Eva Gunderson weiter auf ihrem Weg in den Süden."

Yezaa biss sich versonnen auf die Unterlippe und sagte dann nicht mehr ganz so forsch: „Zwei Wege führen in den Süden. Die Küste entlang: El Jadida, Safi, Essaouira, Agadir. Oder landeinwärts: Marrakesch."

„Ihr Tipp?"

„Marrakesch. El Jadida und Safi sind für Besucher weniger interessant. Marrakesch ist ein Pflichtstopp für jeden Touristen und liegt nur eine halbe Tagesreise entfernt."

„Nur: Dort haben Sie Eva nicht gefunden."

„Richtig." Yezaa faltete die Hände und folgte Ritas Blick. „Ist etwas?"

„Wohin ist Ihr Kollege verschwunden?"

Yezaa hob die Schultern. „Brahim ist Polizist, Madame. Vermutlich hat man ihn gerufen. Doch bleiben wir bei unserer kleinen Norwegerin. Darf ich Ihnen meine Theorie präsentieren?"

„Ich bitte darum."

„Was immer zwischen dem 29. August und dem 2. September geschehen ist – ich bin davon überzeugt, dass es den Schlüssel zu ihrem Verschwinden darstellt. Sie verbringt die Nacht vom 29. auf den 30. August in einem Fünfsternehotel. Dann nimmt sie einen Pendlerzug und quartiert sich in einer miserablen, dreckigen Jugendherberge in der Altstadt von Casablanca ein, während ihr die Banknoten buchstäblich aus dem Koffer quellen. Das ist nicht normal."

„Und was, glauben Sie, ist passiert?"

„Das ist ja das Verteufelte an diesem Fall: Ich habe nicht einmal eine Vermutung oder eine Intuition. Wir haben natürlich das Personal der Jugendherberge gegrillt, tagelang ... und höflich, Madame, höflich, ich war selbst dabei. Resultat: null. Das Kind verhielt sich still, ging keine Beziehungen ein, gab keine Notsignale, die Leute nannten sie am Ende nur ‚die schweigende Schönheit‘. Und damit komme ich zu einem wichtigen Punkt. Was zwischen dem 29. August und dem 2. September passiert ist“, Yezaa lehnte sich nach vorn und legte die Rechte wieder auf seine Brust, „ist wahrscheinlich *in ihr* passiert. In ihrem Kopf, in ihrer Seele, in ihrem Herzen. Irgendetwas hat *Klick* gemacht und plötzlich war sie eine andere.“

„Geisteskrankheit?“

„Das würde mich überraschen. Solche Fälle enden früher oder später in einer Klinik oder auf der Polizeistation. Oder in der Leichenhalle.“

Sie schwiegen beide, bis Rita sagte: „Und?“

„Nichts und. Weiter bin ich nicht gekommen. Weiter ist niemand gekommen, auch nicht die Herren Brenner und Rippenkroeger.“

„Halten Sie einen Zusammenhang zwischen dem ‚Missverständnis‘ im Hause Rahmani und diesem *Klick* für möglich?“

Yezaa runzelte die Stirn. „Auslösend vielleicht. Aber nicht ursächlich. Das war ein so gewaltiges *Klick*, dass ein paar Nächte in der Villa Rahmani nicht ausreichen, um es zu erklären. Was immer es mit diesem ‚Missverständnis‘ auf sich hatte.“

„Kommen wir auf Ihre Befragung Rahmanis zurück. Was hat er Ihnen noch so alles erzählt?“

„Es war eine sehr kurze Audienz und die Auskünfte waren spärlich. Sie werden vermutlich mehr Glück haben.“

„Ach ja?“

„Sie kommen von der Familie.“

„Ich komme von der Versicherung, Monsieur Yezaa.“

„Ist das nicht dasselbe?"

Rita antwortete nicht. Dann hob sie fragend den Finger.

„Madame?"

„Sagen Sie mir nur eines, Monsieur Yezaa. Warum sind Sie so versessen darauf, diesen Fall zu lösen?"

Yezaas Zunge fuhr über seine ruinösen Zahnreihen.

Rita stieß nach: „Wäre das nicht peinlich für Sie, wenn ich Erfolg hätte?"

„Möglicherweise."

„Erklären Sie mir Ihre Motive, Herr Inspektor."

Yezaa warf lachend den Kopf zurück. „Fantastisch! Sie wollen ein Motiv! Wollen Sie auch ein Alibi?"

„Ein Motiv reicht völlig."

„*D'accord*. Das ist schnell erklärt. Wie Sie richtig vermuten, Madame, hätte Ihr Erfolg böse Folgen für mich. Mein Vorgesetzter wird mit seinem Golfschläger auf meinen Schädel eindreschen und mich einen unfähigen Wicht nennen. Bleibt der Fall hingegen ungelöst ... Sehen Sie, dieses Verschwinden von Ausländern kaufkräftiger Nationalität ist nicht gut für unser Image als Urlaubsland. Die Polizei setzt deshalb ihre besten Leute darauf an. Hat man Erfolg, bleibt man dabei. Versagen führt zu Versetzung. Andere Abteilung. Ich würde gerne weiter nach kaufkräftigen Ausländern suchen. Ich will nicht versetzt werden."

„Versetzt wohin?"

Yezaa blickte sie lange an. „Andere Fälle, Madame." Dann erklärte er lebhaft: „Und vor dem Golfschläger habe ich keine Angst. Dafür habe ich mir eine Taktik zurechtgelegt. Die besteht darin, Sie nach Kräften zu unterstützen."

„Ich bin begeistert. Aber was gewinnen *Sie* dabei?“

„Wenn Sie das Kind tatsächlich finden, kann ich meinem Chef glaubhaft vorgaukeln, der Erfolg gehe in Wahrheit auf mein Konto.“

„Das war nun wirklich schockierend ehrlich. Übrigens ist Brahim wieder da.“ Sie zeigte auf den viereckigen Inspektor, der sich neuerlich an seinen Tisch gesetzt hatte. Vor ihm lag ein Paket. „War er einkaufen?“

Yezaa zuckte die Achseln. Er wirkte unglücklich.

„Unser Abendessen ist also beendet“, sagte Rita fröhlich. „Nun, da alles erledigt ist.“

Yezaa seufzte. Rita zügelte ihre Hochstimmung, sie wollte nicht hämisch wirken. Dank Brahim war der Abend doch noch ein Erfolg geworden.

„Darf ich Sie kontaktieren, wenn ich nach Rabat komme?“, fragte sie.

„Ich bitte darum, Madame“, erwiderte Yezaa lahm. Seine Hand fuhr an den Krawattenknopf. „Vielleicht nach Ihrem Treffen mit Rahmani.“

„Einverstanden.“

Sie erhoben sich. Yezaas Blick wanderte zwischen Brahim und Rita hin und her. Dann gab er sich einen Ruck und sagte mit aufgesetztem Lächeln: „Wir bringen Sie ins Hotel, Madame.“

Der Chauffeur des zivilen Polizeiwagens hatte die ganze Zeit im Fahrzeug gewartet. Mit der Linken vertrieb er renitente Verkehrsteilnehmer, die ihm unterwegs nicht sofort Platz machten. Brahim saß auf dem Beifahrersitz, das Paket auf seinem Schoß, während hinten Rita und Yezaa einander anschwiegen.

„Sie wollen morgen vielleicht nach Volubilis“, sagte Brahim, als sich Rita vor dem Maison d'Orphée verabschiedete. „Sie können gerne ohne meinen Schutz dorthin fahren. Nehmen Sie einfach ein Taxi, 30 Dirham, keinen Groschen mehr. Und wenn der Taxifahrer Sie übers Ohr hauen will, erwähnen Sie meinen Namen. Sagen Sie einfach, Brahim ist ein guter Freund von Ihnen. Brahim von der Sûreté.“

Brahim schenkte Rita zum Abschied sein erstes Lächeln. Es war, wie erwartet, *complètement* rechteckig.

Als Rita das Hotel betrat, befahl Brahim dem Chauffeur loszufahren.

„Du bist ein Trottel“, zischte Yezaa von hinten. *„Mon Dieu, quelle connerie!“*

„Hat sie was gemerkt?“

„Natürlich hat sie was gemerkt. Sie ist nicht halb so blöd, wie du glaubst. Ich habe dagestanden wie der letzte Idiot.“

„Tut mir leid, Abdellah.“

„Warum hast du mir das Paket nicht gleich vor ihren Augen überreicht? Scheißpaket! Das nächste Mal lässt du es im Kofferraum.“

„D'accord, Abdellah.“

„War die Akte wenigstens komplett?“

„Nein, Abdellah.“

Yezaa sank müde in seinen Sitz zurück. Natürlich nicht. Madame hatte den Besuch erwartet. Sie war auch nicht halb so blöd, wie *er* gedacht hatte.

Am Ende des Tages verlangte der Taxifahrer zweihundert Dirham, nicht dreißig. Als Rita ihre „Freundschaft mit Brahim" erwähnte, rief ihr der Mann mit bitterem Grinsen einen Abschiedsgruß zu, der mehr wie eine Verwünschung klang, und ließ die Holländerin in einer Staubwolke zurück, ohne auch nur Trinkgeld angenommen zu haben.

Für Rita war der Besuch von Volubilis und Moulay Idris ebenfalls ein verlorener Tag. Bei flimmernder Hitze spazierte sie durch die römische Ruinenstadt, wo ein Wächter mit lächerlicher Schirmmütze die Besucher mit Beschimpfungen und Steinwürfen zwang, auf den schlecht markierten offiziellen Wegen zu bleiben. Ihre Gedanken waren bei Abdellah Yezaa. Sie konnte nichts Bedrohliches an ihm finden und fürchtete ihn deshalb. Warum legte er es darauf an, ihr Vertrauen zu gewinnen? Nur um den Fall endlich doch zu lösen?

Die Einladung zum Abendessen hatte offenbar dazu gedient, in Ruhe ihr Hotelzimmer zu durchsuchen und ihre Unterlagen zu kopieren, doch es störte sie nicht sonderlich, das war normale Polizeiarbeit in einem Land wie Marokko. Als Brahim mit dem Paket, das die Kopien enthielt, im Restaurant auftauchte, hätte sie fast laut gelacht. Und als sie später die Akte durchblätterte, bemerkte sie, dass Brahim sich zuweilen geirrt und die Kopien statt der Originale zurückgelassen hatte. Nur gut, dass nicht alle marokkanischen Polizisten vom FBI trainiert waren. Yezaas offene Zerknirschung hatte sie eigentümlich berührt. Er hatte nichts von der schmierigen Arroganz und Brutalität gezeigt, die sie erwartet hatte. Irgendwie passte er nicht in den Apparat.

Natürlich hatte sie die Akte vorher bereinigt, zu offensichtlich war das polizeiliche Arrangement gewesen. In ihrer Tasche im Restaurant lagen jene Passagen aus dem Bericht der Kanzlei Nordli, die dazu geeignet waren, das Verhältnis zwischen Nordlis Kunden und Marokko nachhaltig zu trüben. Denn Brenner und Rippenkroeger hatten aus ihrer Verwunderung über die zahlreichen unskandinavischen Aspekte der marokkanischen Polizeiarbeit keinen Hehl gemacht.

11.

Rita kam dem Schicksal der norwegischen Millionärstochter am unwahrscheinlichsten aller Orte auf die
Spur: Fès.

Anderswo sind es die Touristen, die sich auf eine
Stadt stürzen. In Fès stürzt sich die Stadt auf die Touristen. Dass Rita keine Touristin war, half ihr in keiner
Sekunde, Fès stürzte sich auch auf sie. Binnen weniger
Stunden hatte sie genug: Halbwüchsige tanzten um sie
herum, imitierten ihr Humpeln, lauerten auf das
kleinste Zeichen von Unsicherheit. Junge Männer mit
Sonnenbrillen boten sich als Führer durch das Labyrinth der Medina an, zuerst höflich, dann bestimmt,
und wenn auch das nichts nützte, ging das Werben in
wüste Beschimpfung über. Rita tauchte aus der Medina im modernen Fès wieder auf wie ihr eigenes Gespenst. In ihrem Kopf hallten Angebote und Drohungen wider, die Stadt schien sich ausschließlich um sie
zu drehen, auf sie zu blicken, doch sie wusste, dass
jeder Besucher dasselbe empfand.

„Eva machte es nichts aus, doch ich war nach einem
Vormittag in der Altstadt den Tränen nahe. Ein junger

Mann drückte mir einfach ein Kätzchen in die Hand, und was ich als zärtliche Geste missverstand, war in Wahrheit eine schäbige Methode, uns Geld abzupressen. Er weigerte sich, das Tier zurückzunehmen, und verlangte Bezahlung. Ich wagte nicht, es auf den Boden zu setzen, denn mehrere Köter beobachteten die Szene und der junge Mann machte mir klar, was geschehen würde, sollte ich das Kätzchen laufen lassen. Das Tier in meiner Hand wimmerte zum Herzerweichen. Ich hätte den Kerl am liebsten umgebracht. Plötzlich nahm mir Eva das Kätzchen aus der Hand, setzte es auf eine hohe Mauer und zog mich fort. Hinter uns ging ein Tumult los: Der Kerl schrie Eva obszöne Beleidigungen nach, die Köter bellten und sprangen an der Mauer hoch, um nach dem Kätzchen zu schnappen. Das ist also Fès. Wo ist der Zauber? Wo ist die Magie? Nichts als Beleidigungen und Dreck und der Gestank der Färbereien.“

Arme Julia Amundson, sie war nicht dafür geschaffen, jene Teile Nordafrikas kennenzulernen, die außerhalb der Club Meds lagen. Eva hingegen strahlte in den wenigen Zeilen, die ihr seit Tanger in Julias Tagebuch gewidmet waren, eine ruhige Bestimmtheit aus. Eva war es, die auf jede kleine Krise mit einem entschlossenen Akt reagierte, noch während Julia Amundson ihre empfindliche Nase in die Luft hielt und damit einen weiteren Schritt in Richtung ewiger olfaktorischer Feindschaft mit dem Orient tat. Sie stanken nach Urin, die Färbereien, gewiss, aber hübscher als chemiestrotzende Fabrikanlagen waren sie immer noch.

Nach einem guten Mittagessen schöpfte Rita wieder Mut, beschloss jedoch, ihren Reiseführer persönlich auszusuchen. Youssef Amoun klang verschlafen, dann sehr, sehr wach, als sie den Grund ihres Hierseins und ihr Anliegen erklärte.

Rita hatte gerade Zeit, sich frisch zu machen, als der Privatdetektiv buchstäblich mit rauchendem Schuhwerk beim Hotel eintraf. Er trug einen merkwürdig geschnittenen Straßenanzug – weder westlicher Chic noch arabisches Flair, irgendwie hatte es der Schneider verstanden, die schlechtesten Attribute beider Welten in diesem Kleidungsstück zu vereinen. Offenbar hatte Amoun auch eine Blitzrasur hinter sich, denn sein Kinn sah aus, als wäre er unterwegs in einen Messerkampf geraten, und eine Wolke süßlicher Aftershave-Dünste hatte den komischen Effekt, Fliegen anzuziehen.

So stand er vor ihr, schwitzend, dünstend und mit der Linken die Fliegen verscheuchend, die sich ständig auf seinen Kragen setzen wollten, während seine Rechte Ritas Hand auf eine Weise knetete, als versuchte er mit ihr Geheimzeichen auszutauschen. Die Holländerin machte ihren Vorurteilen mit einem politisch korrekten Willensakt den Garaus und erwiderte sein breites Lächeln.

„Ich möchte Ihnen gleich zu Beginn ein Geständnis machen", sagte Amoun, als sie im Garten des Hotels saßen, er mit einer Coca-Cola, Rita mit marokkanischem Minztee. Die afrikanische Sonne brannte unbarmherzig auf einen Rasen, der sichtlich Heimweh nach England hatte, und im Swimmingpool des Hotels warteten die Algen auf die längst fällige Chlor-Attacke.

Der Privatdetektiv hob den Zeigefinger. „Ich war mit der Art, wie die Ermittlungen geführt wurden, nie einverstanden.“

„Die der Polizei?“

„Gott behüte. Ich weiß nicht, was die Polizei getan hat. Die Polizei ist bestimmt nicht unfähig, aber die Leute haben ihre Beschränkungen. Ganz im Vertrauen“, er beugte sich zu ihr und senkte die Stimme, „Zu politisch. Zu korrupt.“ Er wippte wieder in seinen Stuhl zurück. „Non, Madame, ich beziehe mich auf die beiden Herren, die vor ein paar Monaten hier auftauchten und meine Dienste in Anspruch nahmen.“

Amoun sah Rita nie direkt in die Augen, sondern sprach wie ein Bühnenschauspieler zu einem imaginären Publikum. Erst jeweils am Ende seiner Darlegungen wandte sich sein Blick der Holländerin zu, mit gerecktem Kinn, als studierte er kritisch, ob Rita die Bedeutung seiner Worte voll erfasste. Er senkte erneut die Stimme.

„Wissen Sie, Madame: Um in diesem Teil der Welt zu recherchieren, muss man sich auskennen.“

„Gilt das nicht für jeden Teil der Welt?“

„Mehr oder weniger. Doch die westliche Kultur ist durchlässiger, transparenter. Einem Marokkaner fällt es bestimmt leichter, sich in Norwegen einzuleben, als einem Norweger in Marokko.“

„Guter Punkt“, gestand Rita. „Woran liegt das?“

„Sie sind eine offene Gesellschaft, die aus dem Geheimnis eine Sünde gemacht hat. Wir sind eine geschlossene Gesellschaft und haben aus dem Geheimnis eine Kunst gemacht.“ Amoun schloss die Augen und lächelte versonnen.

„Sie sind ja ein Philosoph."

„Nebenbei", winkte der Detektiv ab. „Ich arbeite viel für westliche Kunden und lege größten Wert auf gegenseitiges Verständnis." Und Amoun hielt einen langen Diskurs über kulturelle Unterschiede und zufriedene westliche Kunden. Ein Kellner brachte eine zweite Flasche Coca-Cola und einen zweiten Tee.

„Die Herren aus Norwegen haben Sie also engagiert", zerrte Rita den Philosophen-Detektiv wieder zum Thema zurück.

„Nur für Fès. Ich leiste also hervorragende Arbeit, man zahlt mich aus, kein weiteres Wort. Madame, ich habe die Herren mit Hinweisen versorgt, mit Ratschlägen, Kontakten – das Resultat ist bekannt. Ein Jammer. Wissen Sie, was ich denke? Ich war zu großzügig. Ich habe die beiden derart mit Informationen aufgeladen, dass sie glaubten, den Job auch ohne mich erledigen zu können. Die Herren aus Norwegen wollten ganz einfach den Ruhm nicht teilen. *Voilà*, das ist es, was ich den Herren aus Norwegen zu sagen habe. Hätte mir die Arbeit die Zeit gelassen, ich hätte auf eigene Rechnung nach dem Mädchen gesucht. Aber Sie wissen, wie das ist, wenn man ein gut gehendes Büro hat. Man kann seine Kunden nicht einfach im Stich lassen."

Blick auf Rita, Kinn hoch, Schluck aus dem Glas, die Linke verscheucht ein Geschwader Fliegen, das am Kragen des Detektivs Markttag feiert, die Finger der Rechten beginnen auf die Tischplatte zu trommeln, der Blick nimmt Schärfe an und wandert wieder ins Uferlose.

„Wenn Sie wollen, Madame, kann ich Ihnen zu einem erfolgreichen Abschluss dieses Falles verhelfen. Wir könnten auch gerne über eine weitergehende Zusammenarbeit zwischen Ihrer Firma und meinem Büro sprechen. Doch alles zu seiner Zeit."

„Haben Sie konkrete Hinweise?"

Amoun räusperte sich und schlug die Beine übereinander. Rita sah, dass sich die Sohle von einem seiner Schuhe zu lösen begann.

„Natürlich, haufenweise. Und ich wette meine international gültige Lizenz, dass nicht allen nachgegangen wurde."

„Warum sollten Brenner und Rippenkroeger Hinweisen nicht nachgehen?"

„Das waren ihre Namen. Brenner und Rippenkroeger. Das klingt schon so inkompetent, finden Sie nicht? Aber um Ihre Frage zu beantworten, Madame: Weil sich die beiden in Marokko nicht auskennen. Weil sie als unkundige Ausländer die Glaubwürdigkeit und Implikationen eines Hinweises nicht korrekt einschätzen können."

Rita gestand sich widerwillig ein, dass der Mann zwar eine Menge heiße Luft von sich gab, in manchen Punkten jedoch voll ins Schwarze traf.

„Nennen Sie mir ein Beispiel", sagte sie.

Amoun lächelte. „Wenn wir uns besser kennen, Madame. Zuvor würde ich Ihnen gerne Fès zeigen."

„Ich würde gerne die Ergebnisse Ihrer Ermittlungen erfahren."

„Das ist praktisch dasselbe. Wir wandeln auf den Spuren der beiden Damen. Ich habe ihren Aufenthalt in Fès Meter für Meter rekonstruiert."

„Merkwürdig, im Bericht der Kanzlei Nordli steht davon kein Wort.“

„Dafür, Madame, gibt es einen Ausdruck.“ Amoun richtete sich auf, seine Hände klammerten sich würdig an den Aufschlag. „Mangel an Professionalität. *Voilà.* Aber mein Gefühl sagt mir, dass Sie aus anderem Holz geschnitzt sind.“

Youssef Amoun tat sein Bestes, um Rita in den Wahnsinn zu treiben. Wann immer sie drauf und dran war, ihn als Großmaul abzuqualifizieren, und sich einen Vorwand für einen frühen Abschied zurechtlegte, stellte er mit ein, zwei sehr gescheiten Sätzen ihr Urteil infrage. Er tat, als steckten so viele Asse in seinem Ärmel, dass er kaum noch den Arm bewegen konnte. Rita durchschaute den Bluff, wusste aber nicht, ob es lediglich geschäftsfördernde Übertreibung oder blanke Lüge war. Seine viel gepriesenen Hinweise freilich, denen Brenner und Rippenkroeger nicht nachgegangen waren, schwebten den ganzen Nachmittag vor Ritas Augen wie eine Fata Morgana. Wann immer die Konversation einem konkreten Punkt zusteuerte, löste sie sich plötzlich in Luft auf.

Wesentlich konkreter wurde der Privatdetektiv, wenn er über seine norwegischen Kollegen herzog, während sie gemeinsam durch Fès spazierten, „auf den Spuren der beiden Damen“. Auf seine plumpe Art, um Ritas Vertrauen zu buhlen, machte er aus Brenner und Rippenkroeger zwei Clowns, die nicht recht wussten, wie sie sich in Marokko verhalten sollten. Offenbar hatten die Norweger gelesen, dass man hier nie direkt zur Sache kam, sondern erst ein wenig Small

Talk machte. Also machten sie Small Talk, auf die norwegisch-systematische Art, immer nach dem Schema Wetter-Familie-Beruf. „Madame", erklärte Amoun, „über das Wetter spricht man nur in Ländern, wo es sich täglich ändert. Aber die beiden kamen jeden Tag in mein Büro und bestanden darauf, über den blauen Himmel zu reden, den wir seit zwei Monaten hatten. Sie fragten mich ständig, wann es meiner Ansicht nach regnen würde, und ich antwortete jedesmal: Nur Allah weiß das."

Am Abend lud Amoun die Holländerin in ein luxuriöses Restaurant ein, das deutlich über seinen finanziellen Möglichkeiten lag. Von seinem treuen Fliegenschwarm umschwirrt, blätterte er am Ende einen riesigen Haufen Dirham-Noten auf ein silbernes Tablett und versuchte so zu tun, als sei das für ihn kein Vermögen. Rita hatte vergebens darum gerungen, den Abend auf ihre Spesenrechnung zu setzen, und Amoun nutzte den Moment, um die bereits mehrfach erwähnten „Perspektiven einer permanenten Zusammenarbeit zwischen meinem Büro und Safee Securities" zu erörtern. Rita sollte ihrer Firma den Deal schmackhaft machen. Ihr Nachteil sollte es nicht sein. „Wenn Sie wissen, was ich meine." Amoun rückte näher und ließ die Augenbrauen tanzen. Die Holländerin, durchdrungen von Schuldgefühlen, weil sich der gute Mann einen langen Nachmittag um sie bemüht hatte und nun womöglich Schulden machte, nur um sie zu beeindrucken, und leicht benebelt von dem betörenden Cabernet Président, kratzte ihre letzten Reste detektivischen Verstandes zusammen und erwiderte: „Wenn Sie mir endlich ein paar nützliche

Hinweise für den Fall Eva Gunderson verraten, habe ich in Amsterdam ein gutes Argument in der Hand, um Ihr Anlegen zu vertreten, mein sehr geschätzter Kollege Amoun."

„Es wäre nicht fair, meine Kompetenz ausschließlich an diesem Fall zu messen", protestierte er. „Die Norweger haben mir kaum Gelegenheit gegeben, mein Potenzial zu entfalten. Außerdem sind seither Monate vergangen."

„Woran soll ich Ihre Kompetenz dann messen?"

Amoun blickte sie lange an und schnurrte: „Gehorchen Sie Ihrem Gefühl, Madame."

Rita begann zu kichern. „Verzeihung, das muss der Wein sein."

Amoun lachte höflich mit. „Im Ernst, Madame. Seien Sie nicht so mathematisch. Ihr Europäer seid immer so mathematisch."

Rita spürte, dass ihr ein hysterischer Lachanfall den Hals hochkletterte, und vergrub ihr Gesicht in den Händen.

Amoun grinste verlegen. „Was ist los mit Ihnen? Was habe ich gesagt?"

Sie schüttelte den Kopf. „Nichts, nichts."

„Madame, ich fürchte, Sie nehmen mich nicht ernst."

Das Gesicht in ihren Händen, lauschte Rita einer unbehaglichen Stille. Als Amoun wieder sprach, hatte sich sein Tonfall definitiv geändert.

„Denken Sie, ich bin ein miserabler kleiner Detektiv, der nur das große Wort führt?"

Rita blickte auf. „Ich bitte Sie um Verzeihung", sagte sie rasch. „Es war ein wundervoller Abend, und ich habe wohl ein bisschen zu viel getrunken. Der Wein ist wirklich hervorragend.“

Auch er hatte getrunken, seine schwere Zunge gab dem Pathos den Klang eines lebenslangen Scheiterns, ein trauriger Fall von Alkoholfahne auf Halbmast.

„Sagen Sie mir offen, wie Sie über mich denken“, verlangte Amoun. Sein Gesicht hatte sich versteinert, jede Höflichkeit war aus seiner Stimme gewichen, gerechter Zorn begann die Trunkenheit aus seinen Worten zu scheuchen. „Raus mit der Sprache!“

„Ich kenne Sie zu wenig“, wich Rita aus. Nur keine Szene jetzt. „Und ich habe Sie nur gefragt, wann Sie mir die angekündigten Hinweise geben wollen.“ Dann fügte sie, um ihn milde zu stimmen, hinzu: „Dafür erhalten Sie selbstverständlich ein Honorar.“

Schutzgeld, damit du mich in Ruhe nach Hause gehen lässt.

Amoun schien zu überlegen. *„Je ne veux pas mon honoraire“*, deklamierte er dann. *„Je veux mon honneur.* Ich will meine Ehre, Madame.“

Und ich will meine Hinweise, dachte Rita.

Amoun schien zu einem Entschluss gekommen zu sein. „In Marokko“, erklärte er, „misst man die Qualitäten eines Mannes an seiner Familie. Kommen Sie aus einer guten Familie, bedeutet das, Sie haben eine gute Erziehung genossen, haben einen guten Charakter und verfügen über gute Beziehungen. Wären das Qualitäten, die einen Detektiv in Marokko auszeichnen sollten?“

„Bestimmt.“

„Beziehungen sind das Allerwichtigste hier“, sagte Amoun. „Sie können der cleverste Detektiv der Welt sein – wenn Ihnen niemand die Türen öffnet, nützt das gar nichts. Und ich habe Beziehungen. Ich werde es Ihnen beweisen. Madame" – es klang wie eine Kriegerklärung an die Mächte der Finsternis, jene Mächte, die seine Ehre bedrohten – , „darf ich Sie einladen, meine Familie kennenzulernen?"

„Das ist sehr freundlich."

Ein Zeigefinger stach herrisch in ihre Richtung. „Morgen Abend. Ich hole Sie vom Hotel ab."

„Könnten wir uns vorher treffen? Es gibt noch einiges zu besprechen."

Amoun winkte ab. „Ich habe Kunden zu betreuen, Madame. Wir können alles Nötige am Abend besprechen."

Rita nickte. Verdammter Kicheranfall.

Im Hotel fand sie eine Nachricht von Rembrandt, zwei Telefonnummern ohne Kommentar, Vorwahl 47, also Norwegen. Das konnte nur Julia Amundson sein, ihr Elternhaus in Trondheim und ihre Studienwohnung in Oslo. Am folgenden Morgen zog sich Rita nach dem Frühstück auf ihr Zimmer zurück – zum Teufel mit der Telefonrechnung –, machte es sich auf ihrem Bett bequem und wählte die erste Nummer.

Das Klackern des Wählmechanismus war gerade verklungen, da meldete sich eine schüchterne Stimme. „Amundson."

„Ich würde gerne mit Julia Amundson sprechen."

„Am Apparat."

Bingo, dachte Rita.

„Wer spricht?"

„Mein Name ist Rita Kleefman. Ich arbeite für eine Versicherung und rufe aus Marokko an." Rita schluckte. „Es geht um Ihre Freundin Eva."

Ein Augenblick Stille. Dann: „Hat man sie schon gefunden?"

Rita schüttelte ungläubig den Kopf. *Schon?*

„Nein, wir suchen sie noch."

„Was wollen Sie von mir wissen?"

„Julia, Sie haben den Herren von der Kanzlei Nordli Ihr Reisetagebuch gegeben. Ich habe eine Kopie davon. Hoffentlich ist Ihnen das nicht unangenehm."

„Das ist in Ordnung."

„Ich möchte Ihnen gerne ein paar Fragen stellen. Einverstanden?"

„Einverstanden."

„Ich habe mich zum Beispiel gewundert, warum Sie nicht über Lalla Jamila geschrieben haben. Über den Ausflug, den Eva unternommen hat. Könnten Sie mir das erklären?"

„Ich verstehe nicht."

„Es geht um Tanger. Um Ihre letzte Nacht in Tanger."

„Natürlich." Julia klang auf einmal gereizt. „Aber ich verstehe Ihre Frage nicht."

„Es ist ganz einfach: Ich würde gerne wissen, warum Sie in Ihrem Tagebuch nichts davon erwähnen."

Julia ließ ein erstauntes Lachen hören. „Ihre Frage ist absurd. Ich habe vier oder fünf Seiten darüber vollgeschrieben."

Rita fiel beinahe der Hörer aus der Hand. „Wer hat dieses Tagebuch in den Händen gehabt? Haben Sie es direkt den Leuten von Nordli übergeben?"

Die Norwegerin schwieg. Rita hörte ein Geräusch, das wie ein Seufzer klang. Dann sagte Julia: „Ich glaube, ich sollte das Gespräch abbrechen. Tut mir leid.“

„Julia, beantworten Sie mir noch diese eine Frage! Bitte! Wem haben Sie das Tagebuch …?“

„Es tut mir leid, aber ich will keinen Fehler begehen, verstehen Sie?“

„Nein, ich verstehe nicht.“

„Auf Wiederhören.“

„Julia, zum Teufel, es geht um Ihre Freundin!“

„Ich muss auflegen. Verzeihen Sie.“

Rita lag auf ihrem Bett, lauschte dem durchgehenden Ton aus dem Telefonhörer und starrte an die Decke. Ein ganzer Tag noch in Fès, und dann ein Familienabend mit einem heruntergekommenen Privatdetektiv. Sie musste verrückt geworden sein.

12.

Die Wunden an seinem Kinn waren verheilt, die Fliegen verschwunden, und auch der Anzug war keine ausgesprochene Katastrophe. Youssef Amoun strahlte und knetete wieder Geheimbotschaften in Ritas Hand. „Heute Abend werden Sie sehen, wem Ihre Firma in Marokko vertrauen kann."

Rita hatte den ganzen Nachmittag im Garten des Hotels verbracht, hatte die Akte Eva Gunderson wieder durchgelesen, hatte sich inspirierende Getränke kommen lassen, fühlte sich von beidem benebelt: von den Papieren und vom Whisky. Weil Rita sich kannte, schwor sie sich, heute keine unbedachten Bemerkungen zu machen. Und gerade weil sie sich kannte, war es keine echte Überraschung für sie, als sie den Schwur schon mit ihren ersten Worten brach: „Sie scheinen Versicherungsbetrug für eine boomende Branche zu halten." Den Zusatz „in Marokko" konnte sich Rita gerade noch verbeißen.

„Das boomt überall", stimmte Amoun strahlend zu. Seine gute Laune schien heute recht solide. „Gehen wir, meine ganze Familie ist versammelt und wartet mit großer Ungeduld darauf, Madame Rita Kleefman kennenzulernen, von der sie so viel gehört hat."

Von diesem Augenblick an fühlte sich Rita wie auf einem Rauschgift-Trip. Der Abend schien vom Anfang bis zum Ende unwirklich, und der unwirklichste Moment war jener, der sie vollkommen unerwartet in ihre Wirklichkeit als Detektivin und in das Mysterium der Eva Gunderson zurückschleuderte.

Doch von all dem ahnte sie nichts, als sie dem Rezeptionisten übermütig ihren Zimmerschlüssel zuwarf (sie traf den armen Mann fast am Schädel) und an der Seite von Youssef Amoun Richtung Ausgang schlenderte. Daheim in Holland wurde ihr in einem ganzen Jahr nicht so viel Aufmerksamkeit geschenkt wie an diesem Abend in Fès. War das der Zauber Marokkos? Oder war es nur der Zauber des Fremdseins?

Vor dem Hotel wartete ein sauberer Peugeot mit einem nach Leibeskräften grinsenden Fahrer. „Mein Bruder Amin", stellte Amoun vor.

„Monsieur Amin Amoun", hörte sich Rita singen und sah sich selbst dabei zu, wie sie durch die geöffnete Tür ins Wageninnere schwebte. *„Enchantée."*

„Meine Freunde nennen mich Yahia", sagte der Grinser.

„Halt den Mund, Amin Amoun, und bring uns *nach Hause.*" Youssef Amoun lächelte sie an. Rita kurbelte eilig das Fenster runter, um nicht einer Aftershave-Vergiftung zu erliegen.

„Meine Familie besitzt ein traditionelles Herrenhaus in der Altstadt", sagte Amoun. „Schöner als jedes Hotel."

„In welcher Branche ist Ihre Familie tätig?", fragte Rita hinterhältig.

„Teppiche!", rief von vorn Amin Amoun. „Wir verkaufen Teppiche in die ganze Welt."

„Stimmt es, dass Sie in Ihren Fabriken Kinder arbeiten lassen?"

„Wir haben keine Fabriken, wir handeln", erwiderte Youssef schnell und rief seinem Bruder zu: „Halt den Mund und fahr!"

Das tat Amin Amoun, und wie durch ein Wunder gab es keine Toten dabei. Sie rasten durch die kolonial-französische Ville Nouvelle und schossen mit wahnsinnigem Tempo durch ein enges Tor der Altstadt. Spielende Kinder brachten sich mit Hechtsprüngen in Sicherheit und jauchzten dabei vor Vergnügen.

„Die Tore werden nachts geschlossen", erklärte Youssef. „Aber meine Familie kennt einen der Torwächter."

„Wie praktisch."

„Die Familie ist *alles* in Marokko. Haben *Sie* Familie?"

„So eine? Unmöglich."

Der Wagen kam mit kreischenden Reifen in einer engen, dunklen Sackgasse zum Stehen, die wie der letzte Friedhofswinkel aussah. Drei winzige Fenster, zwei schäbige Türen, hohe Mauern und Haufen von Müll, umschlichen von fauchenden Katzen.

Amin Amoun riss die Wagentür auf und wies auf die schäbigere der beiden Haustüren, ein Blechverschlag, von dem die rote, grüne und blaue Farbe bis auf kleine Restbestände abgeblättert war.

Rita blickte etwas entgeistert, doch Youssef Amoun strahlte unverändert. „*Allez-y!*" Er deutete auf die Tür.

Die ging plötzlich von selbst auf, und es erklang ein schrilles „*Ulululu*" aus kräftigen Frauenkehlen.

„Das ist bei uns Tradition", schrie Youssef, mit Mühe das Geplärr übertönend. Mitten in diesem Tumult wirbelten Steine auf, kreischten Reifen, brüllte ein Motor und pressten sich Kinder an die Mauern der engen Gasse: Amin Amoun brachte den Wagen weg. Aus der Tür kam unterdessen eine alte Frau in schwarzer Tracht und tänzelte um Rita herum, mit wippenden Knien, klaffenden Zahnlücken und auch sie mit ohrenbetäubendem *Ulululu*.

„Unsere Köchin!", schrie Youssef.

„*Enchantée!*", schrie Rita.

Youssef nahm Rita bei der Hand und zog sie ins Gemäuer. Das „*Ulululu*" verklang, mehrere Frauen standen Spalier, alle trugen eine Art orientalische Dienstmädchenuniform – die Millionärin Gunderson hätte ihre helle Freude daran gehabt –, und durch einen Gang gelangten sie in einen Innenhof, der mit der traurigen Szenerie draußen auf der Gasse absolut nichts gemeinsam hatte.

Rita hatte einen anderen Planeten betreten: In der Mitte des Patios plätscherte ein Brunnen mit Kachelornamenten. Ringsum prächtige Holztüren sowie stuckverzierte Bögen, durch die gemütliche Wohnräume sichtbar wurden, mit niedrigen Tischen und farbigen Kissen auf dem Boden. Im ersten und zweiten Stockwerk verliefen Galerien rund um den Patio. Und direkt über ihnen, selbstredend, der dazu passende funkelnde Sternenhimmel.

Einige unauffällig platzierte elektrische Lampen verbreiteten ein dezentes Licht, während in der Hauptnische Kerzen brannten. Dort saßen rund um einen niedrigen Tisch Amouns Verwandte und schleckten sich die Finger. In einer Ecke, zwischen gewaltigen Topfpflanzen, standen ein Trommler und ein Flötenspieler wie zwei mechanische Puppen, denen die Federn bis zum Anschlag aufgezogen worden waren.

„*Voilà*", sagte Youssef in die erwartungsvolle Stille hinein. „Mein Haus. Meine Familie. *Ihr* Haus. *Ihre* Familie."

Und wieder ging das „*Ulululu*" los, während eine Gruppe der Verwandten etwas von „unserem lieben Paar" zu singen begann, doch Youssef machte dem Lied mit ein paar energischen Worten auf Arabisch ein Ende.

Ein älteres Paar kam heran, beide europäisch gekleidet, der Mann, ein kantiger Sechziger, sagte mit voller Stimme: „*Soyez bienvenu*", die Frau, gekleidet wie ein Geschenkpaket, flüsterte Rita ins Ohr: „Youssef ist mein liebster Sohn. So ein tüchtiger Junge."

„Meine Eltern", stellte Youssef vor.

„Sie haben ein sehr hübsches Haus", sagte Rita. „Der Teppichhandel läuft offenbar gut."

„Teppiche laufen immer gut", sagte der Vater. „Obwohl uns die Konkurrenz mit ihren maschinengefertigten Plastikteppichen das Leben schwer macht. Da werden unzählige Kunden reingelegt, dabei ist die Qualität mit einem handgeknüpften Teppich nicht vergleichbar. Wenn Sie wünschen, zeige ich Ihnen bei Gelegenheit ein paar besonders schöne Stücke."

„Vater", knurrte Youssef.

„Nur zum Ansehen."

„Das tust du nicht", warnte Youssef.

„Er ist kein guter Geschäftsmann, unser Youssef", sagte Vater Amin. „Doch so ein gewissenhafter Junge. Unser liebster Sohn. Sie können ihm vertrauen, Madame, *surement.*"

„Das reicht, Vater", sagte Youssef.

„Wir wollen essen", sagte die Mutter und begleitete Rita in die Essnische, aus der ein Dutzend freundliche Gesichter grinsten. Alle Anwesenden standen auf, um Rita mit einem modernen Händedruck zu begrüßen.

„Meine Onkel und Tanten, Cousins und Cousinen, Nichten und Neffen", sagte Youssef mit einer wischenden Handbewegung. „Meine verehrte Gästin und Geschäftspartnerin Rita Kleefman aus Holland."

„Geschäftspartnerin", murmelte Rita und lächelte.

„Wenn ich das nicht sage", flüsterte ihr Youssef zu, „fangen die wieder mit dem Lied vom hübschen Pärchen an."

„Verstehe." Rita nickte konspirativ. „Das wollen wir vermeiden. Wo sind eigentlich Ihre Brüder und Schwestern? Sie haben doch welche?"

„Mehrere. Es könnte sein, dass der eine oder andere heute noch zu Besuch kommt. Die schwirren alle immer irgendwo herum."

Sie ließen sich rund um den Tisch nieder, und für mehrere schweigsame Sekunden war das „Fff" der Luft, die aus den Kissen wich, das einzige Geräusch im Patio.

Youssefs Mutter zupfte an Ritas Ärmel. „Ist er nicht ein wundervoller Mann?"

„Wer?“

„Mein Sohn!“

„Gewiss.“

Mama Amoun nickte zufrieden. „*Waha.*“

Der Vater klatschte in die Hände und ein museal gekleideter Lakai hastete mit einem riesigen Topf voll Harira herbei. Im selben Moment ertönte von der Gasse draußen ein vertrautes Geräuschkonzert: splitternde Steine, kreischende Reifen und schreiende Kinder. Der Lakai im Patio bremste und machte kehrt. Rita öffnete den Mund, um Youssef zu fragen, was nun los sei, doch das „*Ululululu*“ der Dienstmädchen übertönte wieder alles. Zwei Minuten später stand ein dicklicher Marokkaner im Patio, an seiner Seite eine ebenfalls wohlgenährte westliche Ausländerin, die sich beim Betrachten des Patios fast den Hals ausrenkte.

„*Voilà*, mein Bruder“, erklärte Youssef.

Wieder standen alle auf. Die Eltern spulten ihr Empfangsprogramm ab. Die Mutter zupfte am Ärmel der neuen Besucherin und flüsterte auch ihr Vertraulichkeiten zu, den bedeutsamen Blick auf den Bruder gerichtet. Dann saßen sie endlich um den Tisch versammelt, und der Lakai näherte sich wieder mit seinem Topf. Youssefs Bruder hieß André, die gut genährte Schöne an seiner Seite war Amerikanerin und hieß Trudy Greengate. Nun durften die Verwandten endlich das Lied vom hübschen Paar singen, denn die beiden hatten offensichtlich etwas miteinander.

„Ich staune über die Toleranz Ihrer Familie“, raunte Rita Youssef zu. „Das wäre selbst bei uns eine ungewöhnliche Situation. Wie lange gehen die beiden denn schon miteinander?"

„Oh, Madame, denken Sie nicht schlecht über uns. Das ist nur die ganz normale Gastfreundschaft."

„Aber ist das nicht ihr erster gemeinsamer Besuch?"

„Gut möglich. Ich werde Papa fragen."

Trudy wirkte wie eine Touristin bei einem Pauschalspektakel. André wirkte, als hätte er Trudy gerade erst aufgegabelt. Doch Rita musste sich eingestehen, dass sie sich in solchen Fragen schon mehrmals geirrt hatte.

Im Nachhinein betrachtet gehorchte der Abend bei Youssefs Familie einer magischen Zwangsläufigkeit. Dazu gehörte, dass Trudy Greengate und Rita gedrängt wurden, ihre ungewollte Rolle als Exoten der Veranstaltung bis an den Rand des Erträglichen auszuleben. Alles mussten sie probieren und kommentieren. Der Trommler und der Flötenspieler schienen nur für sie zu spielen, und als der dicke André in den mondbeschienenen Patio polterte und ihn zur Tanzfläche erklärte, kamen auch Trudy und Rita nicht um das ungeschickte Gewackel herum, mit dem sich westliche Besucher in eine orientalische Fiesta integrieren. Rita war ausreichend beschwipst, um sich nicht daran zu stören, und Trudy hatte ohnehin schon abgehoben, brachte das Publikum mit Big-Mac-Bauchtanz zum Johlen und wehrte sich keinen Augenblick, als Andrés Hände vor der versammelten Familie auf Forschungsreise gingen und der aus allen Poren schwitzende Dicke vor Geilheit den Mund nicht mehr zubekam.

Rita fragte sich, ob Andrés Brautwahl nach dieser Vorstellung vom Familienrat mit einem Punktesystem bewertet würde, war aber noch hinreichend nüchtern, um diese Frage nicht laut auszusprechen. Youssef schien ihre Verwirrung zu spüren und flüsterte: „Mein Bruder spinnt ein bisschen", was wie eine pauschale Antwort auf gleich mehrere ihrer unausgesprochenen Fragen klang.

Der Mond – oder war es nur ein Scheinwerfer? – tauchte den Patio in ein mattes Licht, und als der Lakai in hohem Bogen Minztee einschenkte und ein mehrere Etagen hohes Bauwerk aus poliertem Holz und klebrigen Süßigkeiten heranschleppte, rief Papa Amoun die Märchenstunde aus. Die Musiker traten gehorsam zwischen die Topfpflanzen zurück und Rita nahm wahr, wie sich außerhalb des Jahrmarktschimmers ihrer Essnische, im fahl beleuchteten Patio, die Dienstmädchen heranschlichen und einen Platz suchten, um den Erzählungen zu lauschen. *„Oh, my Goood"*, war Trudy zu vernehmen, die in Andrés Arme gesunken war wie ein Taucher in ein Krakennest. *„My Goood, how wonderful!* In Amerika schalten wir um diese Zeit immer nur den Fernseher ein. Das ist sooo falsch. Sooo schlimm. Sooo traurig."

Nicht ganz überraschend handelte Papa Amouns Geschichte von einem besonders wertvollen Teppich, und als sich nach einer Viertelstunde noch immer keine Pointe anbahnte, schritten die Söhne ein und reichten das Wort an die Gäste weiter. Trudy Greengate, die in eine akute Zivilisationskrise geschlittert war, erging sich in breitestem Südstaaten-Akzent über den Unterschied zwischen einem Abend bei McDonald's und einem marokkanischen Luxusdiner unter offenem Himmel, dann streute sie eine Hasstirade auf Präsident George Bush ein und hackte auch noch Donald Trump in Stücke („*a bad man, I mean, really, you know*“) und begann zu schluchzen.

Rita, der Trudys Ausführungen unter anderem deshalb peinlich waren, weil sie vermutlich die Einzige war, die alles verstand, ergriff rasch das Wort, damit die Amerikanerin unbeachtet weinen konnte – André hatte auch schon tatkräftig angefangen, sie zu trösten –, und begann mangels anderer Märchen darüber zu erzählen, warum sie in Marokko war. Je mehr sie sprach, umso klarer wurde ihr bewusst, dass ihre Geschichte, obwohl wahr, die bei Weitem verrückteste des ganzen Abends bleiben würde. Erstaunt registrierte sie, wie das Publikum an ihren Lippen hing, wie niemand mehr hüstelte, auf dem Kissen herumrückte oder mit dem Löffel in seinem Teeglas herumbimmelte. Gar hatte sie den Eindruck, dass auch die Dienstmädchen, die Musiker und der Mond näher rückten. Und als sie die Geschichte mit dem Geständnis beendete, dass es noch kein Ende gab, dass sie selbst mittendrin stand und mit jedem Augenblick ein neues Kapitel geschrieben wurde, blieb es für einige Minuten vollkommen still im Hause Amoun.

Sie sollte unbedingt mehr erzählen, verlangte Youssefs Familie, doch Rita lehnte ab, sie wollte jetzt ein orientalisches Märchen. Tatsächlich könnte man das, was ab diesem Zeitpunkt geschah, als ein solches bezeichnen. Die Runde zerfiel und verteilte sich auf alle Nischen und Räume im Erdgeschoss des Hauses, während im Halbdunkel des Patios der Trommler und der Flötenspieler das Programm mit trancehaft vorgetragenen, monotonen Liedern fortsetzten, als wollten sie sich selbst in den Schlaf befördern. Youssef verschwand kurz, und als habe er nur auf diese Unachtsamkeit seines Sohnes gelauert, stand plötzlich Papa Amoun vor Rita und verkündete: „Jetzt zeige ich Ihnen etwas." Über einen versteckt liegenden Treppenaufgang zog er sie ins erste Stockwerk hinauf und dort in einen der Räume, die rund um die Galerie lagen. Er knipste das Licht an, eine nackte Glühbirne, und Rita fand sich in einem grottenhaften Raum wieder, dessen Interieur ausschließlich aus Teppichen bestand.

„Touristen kriegen so was nicht zu sehen", sagte der Alte mit großer Entschiedenheit, als gebe es ein Gesetz dafür, und begann vor ihr Teppiche auszubreiten, erst kleine, dann immer größere, er wuchtete die schweren Stoffe mit erstaunlicher Geschicklichkeit vor Ritas Füße und keuchte: „Chichaoua. Sehen Sie dieses Rot? Nicht ein Gramm Chemie, das hält ein Leben lang, ich schwöre es Ihnen." Der Haufen vor Rita wuchs in die Höhe, Papa Amoun schleppte immer mehr Teppiche heran und studierte bei jedem Stück aufmerksam Ritas Reaktion. „Der? Oder der? Vergessen Sie den Preis, denn wenn er Ihnen nicht gefällt, ist noch der billigste Teppich zu teuer. Aber *wenn* er Ihnen gefällt, spielt der Preis auch keine Rolle mehr."

Die lukrative Philosophie der Teppichhändler. Und wieder rollte er ein Prachtstück vor ihr aus.

Rita fand die Szenerie märchenhaft und sparte auch nicht mit Bewunderungslauten, nur verstand sie nicht, was Papa Amoun mit seiner Bemerkung über den Preis wirklich hatte sagen wollen. War das ein allgemeiner Kommentar, zur Erleuchtung der Unwissenden gedacht, oder hatte der Alte tatsächlich vor, ihr an diesem Abend einen Teppich zu *verkaufen*? Rita beschloss, diese Möglichkeit im Interesse ihrer guten Laune zu verwerfen.

Da ging die Tür auf. Youssef trat ein, geschwollene Zornesadern an den Schläfen.

Papa Amoun starrte ihn erschrocken an.

„Ich zeige ihr Teppiche. Sie mag Teppiche. Nicht wahr, Madame?"

Youssef sagte gar nichts, hielt nur seinen starren Blick auf Papa Amoun gerichtet.

„Du könntest mit ihr auf die Terrasse gehen", faselte der Alte und bewegte seinen Zeigefinger spiralförmig nach oben. „Von dort hat man einen wundervollen Blick auf die Stadt."

„Mir gefällt die Idee", sagte Rita, die ein Familiendrama befürchtete. „Gehen wir auf die Terrasse."

Widerwillig ließ sich Youssef von Rita aus dem Teppichlager bugsieren, dann geleitete er sie wortlos auf die Terrasse. Man sah ein paar Dächer, ein Minarett und Lichter von den Hügeln der Umgebung. Vom Mond keine Spur.

„Ich muss mich für meinen Vater entschuldigen", sagte Youssef. „Er ist ein ... ein ..."

„Teppichhändler", half Rita.

„*Précisément.*" Youssef nickte ernst, als sprächen sie über eine schwere Krankheit. „Haben Sie schon entschieden?"

„Was entschieden?"

„Über meinen Vorschlag, mich zum Repräsentanten Ihrer Firma in Marokko zu machen."

Rita war von der jähen Wendung des Gesprächs irritiert und schüttelte den Kopf. „Ich hatte noch keine Zeit, darüber nachzudenken." *Repräsentant?* „Wenn es Ihnen recht ist, würde ich gerne ein Weilchen hier oben bleiben. Allein."

„*D'accord*, Madame", sagte Youssef. „Sie wissen, wo es hinuntergeht."

„Keine Sorge. Ich bin in zehn Minuten bei Ihnen."

„Wollen Sie noch Tee?"

„Bestimmt." Sie hörte ihn weggehen. „Youssef!"

„Ja, Madame?"

„Das ist ein wundervoller Abend. Seien Sie Ihrem Vater nicht böse."

„*D'accord*, Madame."

Rita atmete tief durch. Warum wurde sie das Gefühl nicht los, in einen Basar geraten zu sein? Sie spürte leisen Zorn aufsteigen über die lästige Hartnäckigkeit Youssefs, während sie bisher erfolglos um Hinweise für den Fall Gunderson gebettelt hatte. Schlug er in Wahrheit einen Deal vor? Sollte sie ihm also die Repräsentanz für Safee anbieten, damit er endlich mit der Sprache rausrückte?

Sie konnte zum Schein darauf eingehen. Aber was dann?

Rita fühlte sich unter Druck gesetzt und beschloss, so lange auf der Dachterrasse zu bleiben, bis ihre Verärgerung abgeklungen war. Man muss das nüchtern angehen, sagte sie sich. Es war doch wirklich ein schöner Abend, sie sollte sich ihre Stimmung nicht von diesem typisch orientalischen Spiel aus Gefälligkeiten und Forderungen verderben lassen.

Mit diesem guten Vorsatz gewappnet wandte sie sich zum Gehen. Im ersten Stockwerk angelangt, verspürte sie Lust, ein paar Minuten in der fantastischen Teppichgrotte zu verbringen, ohne den prüfenden Blick eines Händlers auf sich gerichtet zu wissen. Sie fand keinen Lichtschalter und tastete sich über die Galerie bis zum Eingang vor. Die Tür stand offen. Gerade als sie eintreten wollte, vernahm sie Trudys unverkennbare Südstaaten-Stimme, jedes Wort wie einen Kaugummi dehnend: *„Yes, baby, yes, yeees, yesyesyes!"*, und dazu rhythmisches Gegrunze in tieferer Tonlage. Rita konnte nur mutmaßen, dass es sich um den stämmigen André handelte. Falls nicht, würde der gemütliche Familienabend in ein Blutbad münden. Immerhin hatten sich die beiden einen zauberhaften Rahmen ausgesucht – sanft gebettet, vermutlich auf dem Stapel jener Teppiche, die Papa Amoun vor ihr aufgebaut hatte, ein farbenprächtiges, unbezahlbar wertvolles Bett, das jeden Stoß sanft abfederte. Rita nickte in stummer Anerkennung und machte sich auf die Suche nach dem Stiegenabgang.

Sie hörte eine flüsternde Mädchenstimme, als sie sich anschickte, die Treppe hinunterzusteigen.

„Madame. Madame."

Rita stockte und spähte ins Dunkel. Ein Schatten an der Wand, wenige Schritte entfernt.

„Sie sprechen mit mir?"

„Madame Detective?"

„Wer ist das?"

„Ich nur *femme de menage.* Dienstmädchen."

„Ja?“

„Madame. Mädchen aus Norwegen. Ich gesehen.“

Rita musste sich am Geländer abstützen. „Wo?“

„Niemandem sagen, Madame. Niemandem.“

„Gut, einverstanden. Sag mir nur, wo du sie gesehen hast.“

„Ich habe Angst. Niemandem sagen.“

„Niemandem, du kannst dich auf mich verlassen. Wo hast du das Mädchen gesehen?“

„Ihr Name Eve?“

„Das ist ihr Name.“

Rita hörte ein Durchatmen, wie von jemandem, der Mut fasst. Dann flüsterte die Stimme aus dem Dunkel: „Hat genommen Marrakesch Express.“

„Sie ist in Marrakesch?“

„Non, Madame. Ich sage nur einmal: Marrakesch Express.“

„Was ist der Unterschied? Sie ist also in Marrakesch. Wo?“

Die Stimme zitterte. „Marrakesch Express, Madame. Niemandem sagen. Niemandem. Ich gehe jetzt. Adieu.“

Schritte und ein Schatten, der sich in der Dunkelheit entfernte. In diesem Moment teilte Trudy ihrem Teppichgefährten in schrillem Tremolo mit: *I'm coming, I'm coming, my God!*

Aus dem Patio hörte Rita ein mehrstimmiges *„Bismillah“*, Gelächter und Gekicher, und die beiden Musiker begannen wieder laut zu spielen.

Amin Amoun grinste nicht mehr, Youssef strahlte nicht mehr. Sie lieferten Rita bei ihrem Hotel ab, als sei sie ein Stück Ware, das plötzlich seinen Wert verloren hatte.

„Was ist Ihr Problem?“, fragte Youssef gereizt. „Das Benehmen meines Vaters? Zum Teufel mit ihm, ich bringe ihn um. Wäre das eine Lösung?“

„Reden Sie keinen Unsinn.“

„Ah, Europäer!“ Youssef stieß einen Schwall arabischer Verwünschungen aus.

„Ich habe Ihnen versprochen, Ihr Anliegen in Amsterdam vorzubringen“, hielt Rita lahm dagegen. „Was wollen Sie noch?“

„Amsterdam ist mir egal“, rief Youssef. „Hier und jetzt gibt es Dinge zu tun. Ihre *jolie Eve* wird verfaulen, bevor Sie sie finden. Ihr Europäer habt noch immer euer Kolonialhirn eingebaut.“

Rita wäre dem vollkommen verwandelten Youssef gerne über den Mund gefahren, doch sie saß in einem Wagen mit zwei Marokkanern, denen sie mittlerweile alles zutraute. Immerhin wurde nun klar, dass Youssef aufgegeben hatte. Dass all seine Bemühungen nur einem Zweck gedient hatten. Alles war umsonst gewesen. Youssef sah sich von ihr getäuscht und verraten.

„Wollen Sie für mich arbeiten?“, fragte sie, nach einem Ausweg suchend. Der Wagen preschte durch ihr unbekannte Straßen der Ville Nouvelle.

„Jetzt auf einmal?“, gab Youssef zurück. „Natürlich! Jederzeit!“

„Gut. Sie geben mir Ihre Hinweise, und ich gebe Ihnen hier und jetzt ein gutes Honorar.“

Youssef lachte auf. „Sie haben wirklich gar nichts verstanden. Ich will kein schäbiges Honorar, ich pfeife drauf, ich scheiß drauf. Ich will für Sie arbeiten, permanent, mit einem Vertrag. Alles andere interessiert mich nicht. Youssef Amoun gibt sich nicht mit Almosen ab."

„Vergessen Sie's."

„Ah, Europäer! Immer noch dasselbe rassistische Pack!"

Rita verspürte Erleichterung, als sie beim Hotel ankamen, obwohl sie von Amins Vollbremsung beinahe gegen den Vordersitz geschleudert wurde.

„Es war mir ein Vergnügen", sagte sie beim Aussteigen. Als Rita sich in Sichtweite des Nachtportiers und somit in Sicherheit wusste, rief sie: „Viel Erfolg mit dem Teppichhandel!"

Was die Amouns ihr nachriefen, verstand sie nicht mehr und wollte es auch nicht verstehen. Der Portier verstand hingegen und kam eilig hinter der Theke hervor, um seinem Gast beizustehen. Doch das war nicht nötig, die Brüder stoben mit wimmernden Reifen davon.

„Nicht der Rede wert", beruhigte Rita den Mann, obwohl sie selbst Beruhigung nötig hatte. „Geben Sie mir den Zimmerschlüssel."

Zwei Botschaften erwarteten sie. Eine war telefonisch übermittelt worden: Dringend Trondheim anrufen, egal zu welcher Uhrzeit. Rita erkannte die Nummer von Julia Amundson.

Rita dachte nach. Sie war müde, und sie hatte eine erste konkrete Spur. Norwegen interessierte sie plötzlich nicht mehr. Morgen Nachmittag erwartete sie Rahmani. Sie würde danach anrufen.

Und da war ein zerknittertes Kuvert, persönlich überbracht. Es enthielt eine Nachricht von Inspektor Yezaa. Sie möge im Zuge ihrer Audienz bei Abdelaziz Rahmani in Rabat nach einem gewissen Ben Saada fragen. Aber bitte vorsichtig.

13.

Rahmani spielte in einer anderen Liga. Sein Reichtum hatte nichts mit dem folkoristischen Wohlstand der Amouns gemeinsam. Rahmani hatte es nicht nötig, eine Show zu inszenieren, um seinen Besuchern Gefälligkeiten abzuluchsen oder Teppiche anzudrehen. Zu Rahmani kam man als Gast oder als Bittsteller. Rahmani bat um nichts, er gewährte.

Den Hausangestellten hatte man alle Neugier aus dem Blick gezüchtet. Sie bewegten sich leise und ohne das subtile Spektakel von Hotelangestellten, die um Beachtung und Trinkgeld kämpfen. Wenn sie aufblickten, dann nur, um Befehle entgegenzunehmen. Wollte man sie betrachten oder ihr Tun kontrollieren, ließen sie es mit gesenktem Blick geschehen. Doch Rita betrachtete sie bald nicht mehr. Schon nach wenigen Minuten waren sie mit dem Haushalt verschmolzen, stahl ihre Anwesenheit keine privaten Momente mehr, und wäre nicht das ständige Klingeln der Dame des Hauses gewesen, sie hätte die stillen, flinken Gestalten bald vergessen.

Doch die Dame des Hauses ließ dazu keine Gelegenheit. Auf einem zierlichen Tischchen neben ihr, in Griffweite ihres rechten Armes, stand ein kleines Tablett mit einer Klingel darauf. Die energische Bewegung aus dem Handgelenk, mit der sie die Klingel bediente, verriet Übung und Autorität. Sie fasste ihr Herrschaftsinstrument mit Daumen und Zeigefinger am Hals, spreizte die anderen Finger fächerförmig ab und sandte ein spitzes Läuten aus, das Rita schon bald auf die Nerven ging.

Denn die Dame des Hauses griff jede Minute danach. Jedes Mal huschte ein Diener herein und beugte sich zur Dame des Hauses herab, eilfertig nickend, noch bevor diese den Mund aufgemacht hatte. Sie fertigte den Gekommenen mit zwei, drei raschen Sätzen ab und schickte den Instruierten davon, mit einer graziösen Geste aus dem Gelenk der Klingelhand heraus, die „Geschwind, geschwind!" sagte.

Zu erraten, was die Dame des Hauses jeweils befohlen hatte, entwickelte sich zu Ritas geheimer Obsession, lästig wie ein Tick, der sich nicht abstellen lässt. Einmal ging es darum, ihr den Aschenbecher zuzuschieben. Ein andermal fehlte dem Bewirtungs-Arrangement auf dem Tisch ein wichtiges Detail – eine bestimmte Süßigkeit etwa, die Rita unbedingt probieren sollte, oder ein bestimmter Teller, ein bestimmtes Glas, ein bestimmter Löffel. Oft sah sich Rita außerstande zu erraten, welchen Dienst die Dame des Hauses herbeigeklingelt hatte, denn die Aktivitäten blieben unsichtbar oder ihr Ergebnis wurde erst nach großem Zeitverzug sichtbar, vier oder fünf Minuten etwa, und es war unmöglich, die konkreten dienerlichen Aktivitäten einem konkreten Klingelsignal zuzuordnen.

Am häufigsten aber ging es um das Licht. Einmal schien der Dame des Hauses zu viel davon im Raum, also mussten die Jalousien ein Stück herunter. Dann war es zu dunkel, und die Jalousien wurden wieder hochbugsiert. Ein andermal sollte eine bestimmte Lampe im Raum ausgeknipst werden, um einen bestimmten Kelim korrekt zu beleuchten. Wieder ein andermal musste eine Stehlampe von ihrem angestammten Platz entfernt werden, weil sie dort nichts mehr taugte. Ein Klingeln später kehrte die Stehlampe an ihren alten Platz zurück, weil sie auf dem neuen Platz noch weniger taugte.

Bezeichnenderweise hieß die Dame des Hauses Nuur, was auf Arabisch Licht bedeutet. Und das dunkle Thema einer verschwundenen Besucherin des Hauses war ihr spürbar unangenehm – spürbar, obwohl ihr sorgsam und für westlichen Geschmack übertrieben geschminktes Antlitz keine Spur von Ärger verriet. Sie setzte das Entsetzen auf wie eine Maske, als Rita sich von der anfänglichen Klingelorgie erholt hatte, sich erinnerte, weshalb sie hergekommen war, und das Thema Eva Gunderson zum ersten Mal erwähnte. Nuur entschuldigte sogleich die momentane Abwesenheit ihres Mannes, als sei in diesem Haus prinzipiell der Mann für dunkle Themen zuständig.

Nuur war eine Dame von zartem Körperbau, lediglich die starken Fesseln und leicht ins Klobige neigenden Füße verrieten den arabischen Stammbaum. Ihr Französisch war eine De-luxe-Version aus dem Loire-Tal, und wo immer sich Nordafrika in ihrem Teint zeigen wollte, war weiße und rote Schminke darübergestrichen worden, bis Nordafrika sich ergeben hatte. Um die Augen herum hatte der Visagist zugeschlagen, als hätte er einen Schrank voller Produkte vor dem Ablaufdatum aufbrauchen müssen. Und der Coiffeur musste die Trompetensignale einer Kavallerieattacke in den Ohren gehabt haben, als er Nuurs Mähne in seine jetzige Form sprayte.

Doch halten wir uns nicht mit Äußerlichkeiten auf, sagte sich Rita wie schon mehrere Male zuvor, weil ihr genau das schwerfiel. In ihre Konzentration hinein ertönte wieder das Klingelsignal. Im Gang draußen sei es zu dunkel, und langsam wäre es auch Zeit für die Gartenillumination. Noch ein Klingeln: Wie sollen wir die Gartenillumination sehen, wenn die Jalousien unten sind? Und wieder ein Klingeln: Wir sehen nichts von der Gartenillumination, wenn es drinnen zu hell ist.

Endlich wandte sich Nuur der Holländerin zu und schenkte ihr einen irritierten Blick mit mikroskopischem Kopfschütteln, das sagte: All diese Dummköpfe um mich herum.

„Können Sie sich noch an den Grund für die plötzliche Abreise von Eva Gunderson erinnern?", fragte Rita, als der Widerhall des Klingelns in ihren Ohren abgeklungen war.

Nuur nahm die Maske „Freundliche Gastgeberin" ab und setzte die Maske „Ratlose Bestürzung" auf. „Wir haben das nie recht begriffen." Sie zuckte die Achseln, und als wüsste sie über die Ereignisse genauso wenig wie Rita, fügte sie hinzu: „Vielleicht hatte sie Streit mit ihrer Gefährtin?"

„Ihre Gefährtin war bereits in Norwegen“, sagte Rita geduldig. „Julia reiste zwei Tage vorher ab.“

„Stimmt“, sagte Nuur und hob die Augenbrauen. „Jetzt, wo Sie es sagen, erinnere ich mich.“ Verschwörerisches Lächeln. „Sie sind gut informiert.“

„Dafür werde ich bezahlt.“

Nuur schlug die Hände zusammen. „Es muss herrlich sein, für so etwas bezahlt zu werden. Haben Sie Kinder?“

„Nein.“

Die schwer bemalten Augenbrauen senkten sich. „Oh.“

„Könnten Sie mir etwas über den Aufenthalt von Eva Gunderson erzählen?“

„Ein reizendes Mädchen. Viel ruhiger als meine zwei.“

„Waren Ihre Töchter zu der Zeit hier?“

„Meine Töchter studieren in den Vereinigten Staaten. Denen fiele nicht im Traum ein, im Hochsommer nach Marokko zu reisen.“

„Nicht einmal, um die Familie zu besuchen?“

„Die Familie kommt selbstverständlich zusammen. Praktischerweise haben wir eine kleine Jacht. Wir suchen uns eine angenehme Klimazone aus, lassen die Jacht hinbringen – da gibt es eigene Huckepack-Schiffe –, und dort treffen wir uns dann.“

„Wie hat Eva Gunderson ihren Aufenthalt verbracht?“

„Ich glaube, es hat ihr sehr gut gefallen.“

„Warum ist sie dann überstürzt abgereist?“

„Ja, seltsame Geschichte, nicht wahr? Sie sollten darüber mit meinem Mann sprechen. Er ist der Geschäftspartner von Evas Mutter, wissen Sie."

War das eine verhüllte Drohung, ein Hinweis auf die Geschäftsbeziehungen, die Birte Gunderson nicht angetastet sehen wollte?

Nuur wusste momentan nicht, wofür sie die Dienerschaft herbeiklingeln sollte, und wirkte nachdenklich. Dann klingelte sie doch. Ihr Hintern hatte Lust auf ein anderes Kissen bekommen.

In Rabat war Julia Amundson endlich dort angekommen, wo sie seit Beginn ihrer Reise hinwollte: ein wohlduftendes, sauberes Haus, mit Dienern wie geisterhafte Wesen, die man nur wahrnahm, wenn wieder ein Teller mit kühlen Melonenstücken vor der Nase auftauchte oder wenn nach dem Frühstück bereits das Zimmer gesäubert und das Bett gerichtet war und ein Hauch von Lavendel und Vanille in der Luft lag.

Weit weniger diskret als die Dienerschaft war Rahmani, doch das stand ihm als Herr des Hauses zu, wie Julia bereitwillig einräumte. Und es gab so viele andere Gründe, ihm seinen unverschämten Reichtum in diesem armen, um Kredite und Hilfsprogramme bettelnden Land zu verzeihen. „Ich habe noch nie einen freundlicheren Menschen als Abdelaziz kennengelernt. Er lässt wichtige Geschäftstermine sausen, nur um sich Zeit für uns zu nehmen. Mit seinem klimatisierten Geländewagen unternehmen wir Ausflüge, und abends zeigt er uns die Stadt. Rabat ist wie Europa. Nein: besser. Viel besser."

Zumindest für die winzige Minderheit der Rahmanis in diesem Land. Doch wer könnte es Julia verdenken, dass die Eleganz, der Charme und der mühelose, unverkrampfte Reichtum des Gastgebers den ansonsten so kritischen Blick der Europäerin auf die weniger Glücklichen verstellt? Am Ende ist doch jeder froh, wenn er in dieser epischen Schlacht der Menschheit um das ganz banale Lebensglück nicht vom Kugelhagel der Armut erwischt wird. Eine Geburt in einem reichen Land, in einer wohlhabenden Familie und in Zeiten des Friedens – ist das nicht wie ein Jackpot des Schicksals, ein sagenhafter Lotteriegewinn? Sind die Nachkriegseuropäer nicht selbst die Lotteriegewinner der Menschheitsgeschichte? Na also. Und wer möchte sich nicht über einen Lotteriegewinn freuen? Wer wollte sich eines Jackpots schämen?

So schreibt Julia gegen das schlechte Gewissen an, das man ihr in Norwegen eingeimpft hat, um ihr die Freude am Reichtum zu nehmen. Sie versucht Rahmani zu erklären, zu verzeihen, ja zu lieben, obwohl sie zugibt: „Ich habe nie recht verstanden, wie man zu so viel Geld kommen kann. Er sagt nur, er sei der Geschäftspartner der Gundersons und habe eine Menge Geld investiert, um hier in Marokko Arbeitsplätze zu schaffen und den Menschen einen Broterwerb zu geben. Die Reichen in Marokko scheinen schon immer viel Geld gehabt zu haben. Wir waren auf einer Party und dort sprach niemand übers Geschäft. Wenn sich in Norwegen die Reichen treffen, sprechen sie *immer* übers Geschäft.“

Die unerklärliche Leichtigkeit des Reichseins in Marokko. Komisch nur, dachte Rita, dass Eva just am Tag ihrer Abreise die Worte ausgegangen waren. Oder hatte sie auch hier drei oder vier Seiten vollgeschrieben, die auf geheimnisvolle Weise abhandengekommen waren?

Wie viele Häuser der Reichen repräsentierte auch die Villa der Rahmanis die Schizophrenie dieses Volkes, indem sie über einen marokkanisch und einen westlich dekorierten Salon verfügte. Als ausländische Besucherin und wegen ihrer mutmaßlichen Anfälligkeit für orientalisches Flair war Rita in den marokkanischen Salon gebeten worden, mit seinen geometrischen Ornamenten, blumigen Teppichen und monströsen Sofas rund um zierliche, goldgerahmte Glastische. Auch Hassan II. und seine beiden Prinzen durften nicht fehlen, im wahrsten Sinne des Wortes. Hassan diesmal in modischem Golf-Outfit, seine beiden Söhne flankierend in Uniformen, die Bilder hingen exakt ausgerichtet über dem Eingangsbogen. Unter dem Golf spielenden Monarchen betrat nun das Objekt der julianischen Anhimmelung den Salon. Abdelaziz Rahmani wirkte wie ein Bühnenstar, der seiner selbst derart sicher war, dass er es sich leisten konnte, wie einer aus dem Publikum zu wirken. Vergiss meine Jacht, vergiss mein Ferienhaus in Ifrane und mein Pied-à-terre in Paris, vergiss meinen Privatjet und meine Dienerschaft, meine unauslotbare Macht und meine unauslotbaren Bankkonten, denn hier bin ich, ein Mensch, einer von euch. Jugendlicher Schritt, offenes Sportsakko, die Krawatte war ihm wohl vor lauter Lockersein davongeflogen, keine Zigarre qualmte warnend in seinem Mund, kein goldener Schmuck lachte von seiner bronzenen Haut, lediglich eine 10.000-Dollar-Armbanduhr wies unterschwellig darauf hin, dass man es doch nicht ganz mit einem Menschen wie du und ich zu tun hatte.

„Ich bin entzückt, es ist uns ein Vergnügen und eine Ehre. Madame Gunderson hat uns von Ihnen erzählt, wir stehen ganz zu Ihrer Verfügung. Willkommen, willkommen." Höflichkeit kostet nichts, darum gehen die Reichen oft verschwenderisch damit um. Rahmani ließ sich neben Nuur auf die Couch fallen, mit einem Lächeln Richtung Rita, das um Verzeihung bat für so viel jugendliches Hüpfen und Strecken, und hielt seine Rechte auf, in welche die brave Gattin sogleich die Dienerklingel legte. Wie ein Ehepaar vor dem TV-Apparat: Die Fernbedienung stellt die Machtverhältnisse klar.

Rita erinnerte sich des Small-Talk-Schemas von Brenner und Rippenkroeger. Auch sie hatten einmal hier gesessen und ohne großen Erfolg versucht, der Familie Rahmani Details dieser „merkwürdigen Geschichte" zu entlocken, die mit der nächtlichen Flucht von Eva Gunderson ein merkwürdiges Ende genommen hatte. Vermutlich waren sie über die Themen Wetter-Familie-Beruf nicht hinausgekommen. Vermutlich hatte Rahmani schon bei Beruf abgeblockt. Der wortreiche Bericht der norwegischen Detektive war in Wahrheit ein eloquentes Vakuum. Mit ein wenig Ehrlichkeit hätten sie ihren Besuch in einem Satz geschildert: Wir wurden freundlich empfangen und freundlich verabschiedet.

„Sie haben eine schwierige Aufgabe übernommen", kam Rahmani überraschend direkt zur Sache. „Viele

Leute haben nach dem Mädchen gesucht. Professionelle Leute. Hatten Sie schon Erfolg?"

„Ich hege keine Illusionen", sagte Rita.

„*Voilà*, das ist der beste Weg, um eine Arbeit gut zu Ende zu bringen. Vor allem in unserem Land. Hier gibt es zu viele Illusionen."

„Haben Sie die Suche mitverfolgt?"

„Selbstverständlich. Das hat uns sehr getroffen. Und die Gundersons haben äußerst nobel reagiert, indem sie die Affäre mit größter Diskretion behandelten. Auch wenn wir vollkommen schuldlos sind an den Ereignissen, wäre unser Name beschmutzt worden. Sie wissen, wie die Presse ist. Denken Sie nicht, das sei hier anders als in Europa. Hier werden auch große Namen in den Schmutz gezerrt, und es ist sehr schwierig, sich dagegen zu wehren."

„Ich verstehe. Denken Sie, Eva lebt noch?"

„Um ganz offen zu sein: Nein."

Rita registrierte es aufmerksam: Der erste Gesprächspartner, der pessimistisch war. „Und warum denken Sie …?"

„Das Mädchen hat sich in ein Abenteuer gestürzt. Leichtsinn wird in Marokko teuer bezahlt. Man muss vorsichtig sein in diesem Land. Eva Gunderson war nicht vorsichtig."

„Können Sie sich erklären, warum?"

„Wir grübeln seit einem Jahr darüber nach. Ohne Erfolg. Man kann in einen fremden Kopf nicht hineinsehen. Aber vielleicht wird man das einmal können. Mit allem Respekt vor einer vermutlich toten Person: Da würde ich bei Eva Gunderson gerne in der ersten Reihe sitzen."

„War sie merkwürdig? Ist Ihnen während Evas Aufenthalts in diesem Haus etwas aufgefallen?“

„Merkwürdig ist ein dehnbarer Begriff. Möglicherweise sind wir bereits merkwürdig für Sie, Madame. Sind wir merkwürdig?“ Rahmani sandte seiner Frage ein jungenhaftes Lächeln hinterher.

„Sehr“, sagte Rita. „Ich habe noch nie Menschen wie Sie kennengelernt.“

Rahmani hieb sich auf die Schenkel und warf lachend den Kopf zurück. Nuur zog ihr Standardlächeln ein wenig in die Breite.

„*Waha*, wir sind merkwürdig. Aber wir laufen nicht mitten in der Nacht aus einem Haus davon, das uns Sicherheit bietet. Wir handeln logisch. Merkwürdig, aber logisch. Was Eva getan hat, entbehrt jeder Logik. Deshalb können wir es nicht erklären. Nicht uns und auch nicht Ihnen.“ Rahmani breitete die Arme aus, als wollte er zu verstehen geben: Das ist alles, was wir dazu sagen werden, Madame Detektivin.

„Könnten Sie mir die Nacht von Evas Flucht schildern?“

„Flucht? Mon Dieu, Flucht! Wovor sollte sie geflohen sein?“

„War es denn keine Flucht?“

„Es war eine Verrücktheit.“

„Könnten Sie mir die Nacht dieser Verrücktheit schildern?“

Rahmani zuckte die Achseln. „Was gibt es da groß zu schildern? Wir aßen zu Abend, sagten Gute Nacht, und am nächsten Morgen teilte mir einer der Diener mit, dass Eva Gunderson nicht mehr in ihrem Zimmer war.“

„Kann man in diesem Haus unbemerkt ein und aus gehen? Hätte sie nicht einen Alarm ausgelöst?"

„Wir sind bei Gott nicht Fort Knox. Und wir hielten das Mädchen ja nicht gefangen."

„Gewiss", sagte Rita und dachte: behutsam jetzt. „Ich interessiere mich nur für die Details. Reine Routine."

„Wir haben den zuständigen Herren von der Polizei bei deren Routine-Untersuchung alle maßgeblichen Details mitgeteilt." Er betonte das Wort „Routine", als hätte es in Ritas Mund wie eine Lüge geklungen. „Sie sollten mit der Polizei Kontakt aufnehmen."

„Das habe ich getan."

„*Voilà*, dann ist ja alles gelöst." Rahmani stützte die Arme aufs Sofa, als wollte er sich erheben.

Rita blieb sitzen. „Dieses Detail ist nicht geklärt", beharrte sie. „Leider. Ich will Sie auch nicht länger als notwendig belästigen, aber Sie werden verstehen ..."

„Ich verstehe alles, Madame Kleefman. Ich bin ein sehr verständnisvoller Mann. Ich habe genügend Kriminalromane gelesen, um zu verstehen, wonach Sie suchen. Nachdem ich aber weiß, dass Sie es hier nicht finden werden, erspare ich Ihnen und mir die Mühe. Verstehen Sie, was ich meine?"

Rahmanis Gesicht war noch immer freundlich. Nuur hatte ihr Lächeln auf ein Minimum reduziert.

„Wir pflegen mit den Gundersons eine geschäftliche und menschliche Beziehung, die uns sehr am Herzen liegt. Sowohl die Gundersons als auch wir tun alles, um diese Beziehung nicht von einem bedauerlichen Unglücksfall beeinträchtigen zu lassen. Ich bin überzeugt davon, dass Birte Sie in diesem Sinne auf unsere Begegnung vorbereitet hat. Oder täusche ich mich?"

„Absolut nicht“, sagte Rita und bereitete sich zum Gehen vor. Hier war nichts mehr zu tun. Oder war da noch eine Kleinigkeit? Ein Detail? Ein kleines Routinchen der Ermittlerin?

Sie standen bereits alle um den zierlichen Tisch herum, als Rita noch einmal Mut fasste. „Monsieur Rahmani, gestatten Sie mir eine andere Frage.“

Nun wirkte der Gastgeber erstmals ein klein wenig verärgert. „Wenn es unbedingt notwendig ist.“

„Haben Sie jemals den Namen Ben Saada gehört?“

Rahmani starrte sie eine Weile lang an, bevor er ein betont neutrales „Nein“ von sich gab. Seine Gattin blickte ihn mit großen Augen an.

„Das war es dann wohl“, sagte Rahmani und rieb sich die Hände. „Es war mir eine Freude.“

An der Tür draußen, wo eine von Rahmanis Limousinen bereitstand, um Rita zurück ins Hotel zu bringen, wünschte das Paar der Detektivin Glück. Und Abdelaziz fragte wie nebenbei: „Wo haben Sie den Namen Ben Saada her? Irgendwie kommt er mir bekannt vor.“

Rita zuckte die Achseln. „Den habe ich in irgendeinem Bericht gelesen. Aber ich erinnere mich nicht, in welchem.“

„Könnten Sie das nachprüfen? Wenn ich den Zusammenhang weiß, hilft das meinen ergrauten Gedächtniszellen vielleicht auf die Sprünge. *D'accord?*“

„Einverstanden.“ Rita zwang sich ein Lächeln ab.

„Sie rufen mich an.“

„Bestimmt.“

Als sie das Anwesen durch ein elektrisches Tor verließen, sah Rita auf der Straße draußen ein paar zerlumpte Gestalten in den Mülltonnen wühlen. „Bettler“, sagte der Chauffeur mit abschätziger Geste.

In Yezaas grinsendem Mund steckte eine kalte Zigarette. „Was machen Sie denn für ein Gesicht?“, fragte er. „Sind Sie gegen eine verschlossene Stahltür gerannt?“

„Das bin ich wohl.“

Yezaa nickte verständnisvoll. „Rahmani ist ein harter Brocken. Wie hat er reagiert, als Sie Ben Saada erwähnten? Sie haben ihn doch erwähnt, oder?“

„Habe ich. Rahmani hätte mich fast in seinen Krokodilteich gestoßen. Was zum Teufel war das für ein Spiel?“

„Ich gestehe, ich habe Sie benutzt. Es tut mir leid.“

„Das tut es Ihnen nicht.“

Yezaa betrachtete versonnen seine Zigarette und zündete sie endlich an. Dann rief er den Kellner. Sie saßen in einem simplen Restaurant in der Nähe des alten Marktes. Das Essen war nicht schlecht, doch von Dada-Qualität weit entfernt. Am Nebentisch saßen zwei japanische Low-Budget-Touristinnen und gurrten einander an. Yezaa war allein gekommen. Vielleicht gruben seine Kollegen wieder im Hotelzimmer in ihren Papieren herum.

„Es war ein Vertrauensbeweis“, sagte Yezaa. „Das war eine Information, die in keinem offiziellen Bericht steht. Hätten Sie Rahmani verraten, woher Sie den Namen Ben Saada haben, wäre ich bereits versetzt.“

„Ich habe den Test also bestanden. Und Sie vertrauen mir.“

„So ist es, Madame."

„Fantastisch", sagte Rita ohne Begeisterung. „Dann sind jetzt Sie an der Reihe. Warum sollte ich Ihnen vertrauen?"

„Gute Frage." Yezaa runzelte nachdenklich die Stirn. „Da wäre zum Beispiel mein Tipp mit Youssef ..."

„Das war infam. Sie kennen Youssef Amoun."

Der Inspektor nickte fröhlich. „Ich hätte Sie warnen sollen. Aber ich dachte ehrlich, eine Frau könnte ihm ..."

„... Informationen entlocken? Was kann eine Frau, was die marokkanische Polizei nicht kann, wenn sie einmal ihren ganzen Charme ausspielt?"

„Youssef ist mir ein Rätsel", gestand Yezaa. „Der Mann redet so viel Mist, aber man hat doch immer das Gefühl, irgendwo steckt ein wertvolles Körnchen Wahrheit. Ich dachte, Sie fänden dieses Körnchen."

„Alles, was ich fand, waren Teppiche zu Sonderpreisen und ein abgetakelter Detektiv, der bis über die Ohren geil war auf einen Vertrag und eine regelmäßige Überweisung aus Europa. Seine einzige Gegenleistung hätte darin bestanden, uns Europäer nicht mehr als Rassisten und Kolonialisten zu beschimpfen."

„Das klingt nicht wie ein reizvolles Angebot." Yezaa begann zu kichern und hielt sich die Hand vor den Mund. Er lacht wie eine Japanerin, dachte Rita erstaunt und blickte zum Tisch mit den asiatischen Touristinnen hinüber, die ihre frisch servierte Tagine mit dem Gesichtsausdruck von Sprengstoffexperten untersuchten.

„Haben Sie Rahmani in Verdacht?", fragte Rita.

Yezaa hob die Hände. „So weit würde ich nicht gehen. Was hat ein Mann wie Rahmani zu gewinnen, wenn er die Tochter eines wichtigen ausländischen Geschäftspartners verschwinden lässt?"

„Er belästigt sie, deshalb flieht sie. Er will verhindern, dass sie darüber berichtet, also verschwindet sie endgültig."

Yezaas Lachen klang ehrlich amüsiert. „Rahmani hat Sie beeindruckt, wie? Und jetzt gefällt Ihnen die Idee, er könnte der Bösewicht sein. Aber seien wir logisch: Eva hatte mehrere Tage Zeit, um nach Norwegen zu berichten, was immer sie berichten wollte. Vermutlich hat sie das auch getan. Ihre Hotelrechnung im Hyatt weist ein halbstündiges Telefongespräch nach Trondheim auf. Worüber wird die Kleine wohl eine halbe Stunde lang geplaudert haben? Doch nicht übers Wetter."

Das Wetter war mehr die Domäne von Brenner und Rippenkroeger, dachte Rita. „Warum windet er sich dann?"

„Er windet sich nicht, er blockt. Eine Frage der Ehre." Yezaa drückte seine Zigarette aus und blies eine blaue Wolke Richtung Japan. „Sie müssen sich sein Klassenbewusstsein vor Augen halten. Es reicht schon, dass ihn die Episode lächerlich oder unehrenhaft aussehen lässt, und er wird mit niemandem darüber sprechen wollen. Ich wette, dass nicht einmal seine Gattin wagt, dieses Thema anzuschneiden. Männer wie Rahmani nehmen sich, was sie wollen. Rahmani kann jede Frau haben, die er will. Eva wollte nicht, also hat er sie rausgeschmissen."

„Darum gingen die Alarmanlagen nicht los."

„*Voilà*, da hatten wir denselben Gedanken. Doch im Unterschied zu Ihnen hatte ich diese Frage nur im Kopf.“

„Sie haben ihn nicht gefragt?“

„Ich bin doch nicht wahnsinnig. Damit bezichtige ich ihn direkt der Lüge. Madame, Sie standen tatsächlich mit einem Bein im Krokodilteich. Zu Ihrem Glück haben Sie einen europäischen Pass.“

„Den hatte Eva auch.“

Yezaa lächelte milde. „Genau darüber sollten Sie nachdenken, bevor Sie einen Abdelaziz Rahmani als Lügner hinstellen.“

„Ich muss also durch die Hintertür kommen“, sagte Rita grimmig.

„Ich kenne da ein paar“, bot Yezaa an.

„Ihre Hintertüren kenne ich. Die führen kerzengerade zum nächsten Krokodilteich. Oder schlimmer: in einen Teppichladen.“

Der Inspektor blickte sie lange an. Warum sah er so krank aus? Warum schienen seine intelligenten Augen der einzige unbeschädigte Körperteil zu sein? War er ein Kriegsversehrter? Welcher Art waren die Wunden, die Narben?

„Wenn Sie entschieden haben, dass Sie mir vertrauen wollen, könnte ich Ihnen einen Namen geben und eine Adresse.“

Wieder ein Name. Was würde diesmal geschehen, wenn sie ihn aussprach?

„Khalid Milah. Er könnte Ihnen helfen.“

„Wie könnte er das?“

„Als Fahrer. Als Bote. Als Dolmetscher. Als Späher an Orten, die man als Frau oder Ausländer besser meidet.

Als Beschützer, der Ihnen Touristenjäger, Wucherer und Taschendiebe vom Hals hält."

„Wer ist dieser Khalid Milah wirklich? Ein marokkanischer James Bond?"

„Ein Freund. Arbeitslos wie viele, vertrauenswürdig wie wenige. Intelligent, freundlich, hilfsbereit."

„Mit anderen Worten: ein Traummann."

„Verheiratet. Eine Tochter."

„Danke, Yezaa, danke."

„Abgebrochenes Jusstudium. Sie melden sich bei ihm, geben meinen Namen an, schlagen ihm ein bescheidenes Honorar vor, vielleicht hundert Dirham pro Tag …"

„Keinen Vertrag?"

„Gar nichts. Das machen Sie inoffiziell."

„Damit haben Sie jederzeit eine Handhabe, mich aus dem Land zu werfen."

„Exakt." Yezaa lächelte säuerlich. „Darum sagte ich in meiner Einleitung: wenn Sie mir vertrauen …"

„Weiter", bat Rita.

„Er wird Sie beraten. Wenn Sie nicht zufrieden sind, können Sie ihn jederzeit entlassen."

„Berichtet er Ihnen?"

Yezaa schüttelte den Kopf. „Nur wenn Sie es anordnen."

Rita seufzte. Marokko hatte sie ermüdet. Irgendwann musste sie jemandem in diesem Land zu vertrauen beginnen. Und sei es probehalber.

„Sie tun ihm und sich selbst einen Gefallen", legte Yezaa nach.

„Warum tun Sie ihm diesen Gefallen?"

Der Inspektor zuckte die Achseln. „Vielleicht aus schlechtem Gewissen. Ich habe ihn einmal verhört."

„Mit dem hier üblichen *Charme*?"

Yezaa verschränkte die Arme und gab keine Antwort.

Rita schüttelte den Kopf. „Mein Gott. Jetzt schlagen Sie mir einen ehemaligen Häftling als Begleiter vor. Weswegen saß er? Vergewaltigung? Heiratsschwindel?"

Yezaa blieb stumm.

„Hallo-ho", winkte Rita. „Wo bleibt das Vertrauen?"

Nun lächelte Yezaa wieder. „Es ist da, keine Angst. Wortlos und tief."

„Was für ein verrücktes Land!"

Der Inspektor nickte. „Und Sie wissen noch nicht einmal alles."

„Stimmt", sagte Rita und klopfte auf den Tisch. „Zum Beispiel, was es mit Ben Saada auf sich hat."

„Ich habe etwas gegen den Mann", erklärte Yezaa. „Er hat meine Ermittlungen blockiert. Aus dem Hintergrund. Ich konnte nichts gegen ihn unternehmen."

„Und was hat er mit Rahmani zu tun?"

„Ben Saada stand mehr als zehn Jahre in Rahmanis Diensten. Aber das ist unbewiesen. Verstehen Sie jetzt?"

„Ich fürchte ja." Dieses kleine Detail wäre tatsächlich geeignet, Rahmanis „angegraute Gedächtniszellen" zu reaktivieren. Nur brachte man sich vorher besser in Sicherheit.

Der Inspektor blickte auf seine Uhr. „Sie haben übrigens keine wichtigen Papiere in Ihrem Hotelzimmer gelassen, oder?"

„Natürlich nicht."

„Gut", sagte Yezaa und nickte zufrieden. „Meine Leute kopieren gerade wieder. Ich bitte Sie um Verständnis, Madame. Es wäre verdächtig, würde ich plötzlich die lieb gewordenen Grundsätze marokkanischer Polizeiarbeit umstoßen."

„Und Sie wollen nicht versetzt werden", ergänzte Rita verständnisvoll.

„Nein", sagte Yezaa. „Das will ich tunlichst vermeiden."

Ihr Schlüsselfach im Hotel quoll über von Botschaften. Sie kamen alle aus Trondheim. Jemand versuchte verzweifelt, sie zu erreichen.

Rita zog sich auf ihr Zimmer zurück und rief die angegebene Nummer an. Eine Frauenstimme antwortete. Es war nicht Julia Amundson, sondern ihre Mutter. Als Rita ihren Namen angab, wurde die Frau spürbar nervös und sagte: „Warten Sie, mein Gatte kommt schon."

Aufgeregtes Flüstern. Dann erklang eine Männerstimme. „Mein Name ist Asulf Amundson, Gott sei Dank, dass Sie mich endlich anrufen. Ich muss mit Ihnen reden. Haben Sie ein paar Minuten Zeit?"

„Für ein interessantes Gespräch immer", sagte Rita und machte es sich auf dem Hotelbett bequem.

„Julia hat mir von Ihrem Anruf erzählt. Offenbar hegen Sie den Verdacht, das Tagebuch meiner Tochter sei nicht ganz vollständig."

Amundson sondierte das Terrain. Rita beschloss, aufs Ganze zu gehen. „Es ist nicht nur ein Verdacht,

Herr Amundson. Seit meinem Gespräch mit Julia bin ich davon überzeugt."

„Haben Sie Beweise dafür?" Die Stimme klang unsicher. Arme Norweger, dachte Rita. Subtile Manöver waren nicht ihre Stärke. Zu geradlinig, zu ehrlich, das macht verwundbar.

„Ich kann es nachweisen", pokerte Rita. „Ohne jeden Zweifel."

Ein norwegischer Seufzer – ein eingeatmetes „Ahh" – drang aus dem marokkanischen Telefonhörer. Dann fragte Amundson schüchtern: „Haben Sie schon mit irgendjemandem darüber gesprochen?"

„Nein", sagte Rita und konnte sich nicht verbeißen, hinzuzufügen: „Aber wir tun es in diesem Augenblick möglicherweise gemeinsam. Es gibt Länder, wo das Abhören von Telefonen nicht derselben richterlichen Kontrolle unterliegt wie in Norwegen."

Ein Augenblick schockierten Schweigens. „Glauben Sie tatsächlich ...?"

„Wir wollen die Möglichkeit ins Auge fassen, mehr sage ich nicht. Seien wir also nicht allzu großzügig mit Details. Nur für den Fall."

„Ich verstehe. Frau Kleefman, ich habe eine große Bitte an Sie ... die Sache ist: Wir haben tatsächlich eine Abschrift des Tagebuchs angefertigt."

„Wir?"

„Meine Gattin und ich. Ein Tagebuch ist ein sehr persönliches Dokument, und in diesem Fall waren einige besondere Aspekte zu berücksichtigen. Zum Beispiel mein Vertrauensverhältnis zur Familie Gunderson."

„Sie arbeiten für die Gundersons?"

„Ich bin seit fast zehn Jahren ihr persönlicher Anwalt. So etwas setzt man nicht aufs Spiel."

„Das Tagebuch enthielt also Passagen, die Ihr professionelles Verhältnis zur Familie Gunderson gefährdet hätten?" Rita stieß einen leisen Pfiff aus. „Donnerwetter, das müssen Passagen gewesen sein."

„Meine Tochter und ich gingen die Aufzeichnungen gemeinsam durch und entfernten ... sagen wir: peinliche Abschnitte. Selbstverständlich nur, wenn wir davon überzeugt waren, dass sie den Ermittlungen ohnehin nicht nützen würden."

„Und Sie fühlten sich zu dieser Beurteilung in der Lage?"

„Oh ja", sagte Amundson. „Das ist eine reine Frage der Logik. Ich versichere Ihnen, dass wir sehr gewissenhaft vorgegangen sind. Nur würde ich Sie bitten, Frau Gunderson nichts davon zu sagen. Es würde aussehen, als hätten wir die Ermittlungen behindert. Überflüssig zu erwähnen, dass die Konsequenzen für unser Vertrauensverhältnis fatal wären."

„Das kann ich nachvollziehen."

„Ich darf also auf Ihre Diskretion zählen?"

„Natürlich", sagte Rita. „Als Gegenleistung schicken Sie mir eine englische Übersetzung des kompletten Tagebuchs zu."

Ein Schmerzensschrei erklang. Sie konnten sehr emotional werden, diese Nordländer. Vor allem, wenn es um peinliche Tagebuchpassagen ging. „Frau Kleefman, das können wir nicht tun!"

„Das müssen Sie tun, Herr Amundson. Ich will Eva finden und benötige die kompletten Informationen. Oder soll ich Birte Gunderson darauf ansetzen?"

Nun strömte Wut aus dem Hörer. „Das ist Erpressung!" Fasziniert registrierte Rita, wie systematisch Amundson mit seinen Gefühlen umging. Da mischte sich kein Flehen in seinen Zorn, keine Ratlosigkeit in seine Bestürzung. Amundson war ein Mann der reinrassigen Emotionen.

„Ich will nur, was mir zusteht", sagte Rita.

Amundson klang jetzt erregt. „Und wie sollen wir Ihnen das Dokument zustellen? Wenn dort überall die Telefone abgehört werden, sind auch Briefe nicht sicher."

„Das schicken Sie am besten mit dem Kurierdienst des Außenministeriums an die norwegische Botschaft in Rabat. Die tun Ihnen den Gefallen bestimmt."

Amundson atmete hörbar ins Telefon. Dann sagte er: „Gut". Es klang nicht sehr überzeugt.

„Meinen Namen haben Sie ja."

„Den habe ich. Und Sie passen auf die verdammten Dokumente auf."

Das „verdammt" klang wie ein exotischer Teufel im braven Wortschatz Amundsons.

„Versprochen", sagte Rita und hob zwei Finger wie zum Schwur.

„Sie könnten mich damit bis an mein Lebensende erpressen", stellte der Anwalt fest.

„Danke für den Hinweis. Aber wozu? Ich will ja nicht ins Gefängnis, sondern Eva Gunderson finden. Ich will meinen Job erledigen, genau wie Sie. Gute Nacht, Herr Amundson."

14.

Als Rita den Marrakesch Express nahm, erschien es ihr wie ein Vorstoß in den luftleeren Raum. Sie fühlte sich vom absoluten Vakuum des Mysteriums Eva Gunderson umgeben, denn die Option Marrakesch war zu offensichtlich, um den Fahndern Yezaas und dem norwegischen Schnüfflerduo Brenner-Rippenkroeger entgangen zu sein. Rita hatte zum ersten Mal den Eindruck, sich von Eva Gunderson zu entfernen. Bis dahin war sie der jungen Norwegerin immer näher gekommen, hatte sie bereits gespürt und ihre Stimme vernommen. Sie hatte sich vertraut gefühlt mit diesem unsichtbaren Wesen. Auch Evas Abgang aus der Luxusvilla in Rabat konnte sie nachvollziehen, dabei hatte Rahmanis arrogantes Verhalten mehr geholfen als blockiert. Doch in Casablanca zerfloss das immer schärfer gewordene Bild zu einem abstrakten Aquarell. Selbst Julia und ihr Tagebuch, treue Begleiter der kleinen Ermittlungstour durch Nordmarokko, waren nicht mehr präsent. Rita fühlte sich allein.

Im Grunde hatte sie nichts anderes erwartet, denn Abdellah Yezaa war kein Narr. Hätte normale Ermittlungsarbeit zu einem Ergebnis geführt, wäre aus dem Fall Eva Gunderson nie ein Versicherungsfall geworden. Somit war klar, dass sie hier mit normaler Ermittlungsarbeit nicht weiterkam.

Womit dann? Etwa mit der „Psycho-Methode"?

Inspiriert von Yezaas Ausführungen während ihres ersten Treffens in Meknès pflanzte Rita sich auf dem alten Marktplatz von Casablanca auf wie eine Spionageantenne und wartete inmitten des Geschreis der Gemüsehändler und Bettler auf Richtungssignale ihrer Intuition. Vergeblich, ganz wie der marokkanische Inspektor vorhergesagt hatte. Einen langen Tag wanderte sie danach in der schäbigen Medina herum, die wie ein vernachlässigtes Freiluftmuseum im modernen Häusergewühl dieser Metropolis stand. Am Hafen wuchs die größte Moschee des Landes in die Höhe, monströs wie eine NASA-Raketenmontagehalle mit Minaretten. In der Medina mit ihren dreckigen Gassen und winzigen Läden suchte Rita die Jugendherberge auf, fand jedoch nur bestätigt, was Yezaa ihr gesagt hatte: Ein mehr als erstaunliches Quartier für eine Millionärstochter, die zuvor im Hyatt Regency Rabat genächtigt hatte.

Casablanca – ist jemals ein Name einer Stadt so davongelaufen? Der Mythos lag versteckt, eingemauert in manchen Hausfassaden des neuen Teils, wo Architekten aus der *Grande Nation* am französischen Afrika gebaut hatten. Eingemauert auch in den Köpfen von Cineasten weltweit. Wenn man jedoch ankam in diesem nach Fisch und Abgasen stinkenden afrikanischen Spagatschritt in die Modernität, fiel einem alles Mögliche dazu ein, nur nicht „Play it again, Sam".

Von hier aus konnte Eva jeden beliebigen Bus in jede beliebige Richtung genommen haben. Oder den Marrakesch Express, wenn Rita der Einflüsterung aus der Dunkelheit von Fès Glauben schenken wollte. Das Dienstmädchen im Haus der Amouns konnte sich natürlich getäuscht haben. War es nicht absurd? Woher wollte die Gute denn wissen, wohin Eva gereist war? Es konnte ein Scherz gewesen sein, man trieb ja gerne Scherze mit den Westmenschen, nur so hielt man ihre angebliche Überlegenheit aus.

Den Einzigen, den sie in Marrakesch mit Sicherheit finden würde, war der arbeitslose und hoffnungsfrohe Khaled Milah. Dabei war sie nicht sicher, ob sie das auch wollte. Sosehr ihr der Sinn nach einem Chauffeur, Dolmetscher, Leibwächter und Späher in maskulinen Sphären stand, so widerstrebte ihrem Verstand der Gedanke, auf allen Wegen von einem Schatten Yezaas begleitet zu werden.

Rita fühlte sich erstmals verloren. Wo immer es konkret wurde, rannte sie gegen Mauern, wie im Haus Rahmanis. Und wo ihr eine helfende Hand gereicht wurde, spürte sie noch nicht genug Vertrauen, um dankbar nach ihr zu greifen. Doch wenn sie es recht bedachte, hatte sie wieder einmal keine Wahl.

Der Marrakesch Express erwies sich als erstaunlich komfortables Verkehrsmittel. Die Fahrt durch karg bewachsene, sanft gewellte Landschaften war mehr als erträglich, ein günstiger Umstand, denn die Ankunft in Marrakesch war es nicht. Eine Welle arbeitssuchender Kofferträger, Hotelsucher und Fremdenführer schwappte über den Bahnsteig und verschlang jeden, der auch nur den Anschein von Desorientierung und Wohlstand zeigte. Vor dem Bahnhof wartete ein allzu gut organisierter Taxifahrer-Clan, doch als Rita ihr Ziel erreichte, ein Neubau-Hotel namens „Marche Verte" im kolonialen Teil der Stadt, fühlte sie sich müde und eingeschüchtert und unternahm deshalb keinen Versuch, den überhöhten Preis herunterzuhandeln. Sie schrieb den Verlust als Entwicklungshilfe ab und erinnerte sich erst, als ein junger Rezeptionist sie freundlich nach dem Motiv ihres Hierseins fragte, dass ja die Firma zahlte.

Den Rezeptionisten enttäuschte ihre Antwort. Business in Marrakesch? Mit gesenkter Stimme vertraute er der Detektivin an, dass ein hervorragender Fremdenführer bereitstünde, falls sie doch ein paar Stunden hätte, um sich das wundervolle Marrakesch anzusehen. Und ein paar Teppichläden, ergänzte Rita nickend, worauf der Rezeptionist in aller Diskretion eine Szene machte: Wie könne sie nur so etwas von ihm denken!?

Wieder auf dem Zimmer – oh, Spesenrechnung! –, rief sie die Nummer von Khaled Milah an. Es war nicht die Nummer von Khaled Milah, stellte sich heraus, sondern die seines Nachbarn, der sich höflich erbot, Ritas Nachricht weiterzuleiten. Danach rief sie in Holland an und informierte Rembrandt über ihren Aufenthalt. Der Vize war schlechter Laune, weil er dachte, sie wollte wieder über Norwegen diskutieren, und dann kurz angebunden, als Rita seine Argumenteflut mit leise geseufztem Desinteresse trockenlegte.

Endstation Marrakesch. Rita spazierte durch Gueliz, den europäisch angehauchten Stadtteil außerhalb der mächtigen Lehmmauern, die das Labyrinth der Medina umschlossen. Um den Place de la Liberté zu überqueren, war eine viertelstündige Wanderung zwischen den Verkehrsströmen nötig, westliche Transportmittel krachten dort mit nordafrikanischer Spontaneität zusammen, vermischten sich zu einem abgasflimmernden „Event", in dem sich jeder in den knappen Raum zwischen den Verkehrsregeln drängte, kreatives Autofahren, die Überholspur ist überall, der Frechste hat Vorfahrt. Die Avenue Mohammed V., ein unromantischer Einstieg in die Medina, eingefasst in Mauern und Amtsgebäude, bis linker Hand orientalische Klänge aus einem Club Med ertönten, eine abgeriegelte Festung des Marokko für Touristen, umschlichen von List und Elend, einen Steinwurf vom Djemaa el Fna entfernt, dem viel besungenen Platz der Geschichtenerzähler, Akrobaten, Garküchen und Schlangenbeschwörer, beliebter Ausgangspunkt für Expeditionen ins Dickicht des Souks, in den Dschungel der ganz speziellen Preise, in die Grotten der wundersamen Essenzen und des wunderlosen Plastikramsches. Auch er, der Djemaa el Fna, eine Arena, nicht sehr belebt um diese Uhrzeit – früher Nachmittag –, das Publikum trieb sich mit Vorliebe am Rande herum, in den Cafés, die den Platz umzingelten und Blick auf dieses Endlos-Spektakel boten.

Rita suchte sich einen Platz auf der Terrasse eines Cafés und bestellte einen marokkanischen Tee. Wenn Eva Gunderson nach Marrakesch gekommen war, hatte auch sie in einem dieser Cafés gesessen, so weit kannte sie das Mädchen schon. Sollte sie nun ihr Suchfoto hervorkramen und mit der „ganz normalen

Ermittlungsarbeit" beginnen, zehn Monate nach Evas Verschwinden? Es schien aussichtslos, aber was sollte sie sonst tun?

Rita war derart in Gedanken versunken, dass sie die hagere Figur, die sich neben ihrem Tisch aufgebaut hatte, erst nach Minuten bemerkte.

„Madame", sagte der junge Mann in einem Tonfall, als hätte er das Wort gut ein Dutzend Mal wiederholt. Als Rita endlich den Kopf wandte, produzierte sein knochiges Gesicht ein riesiges Grinsen mit mehr Zahnfleisch als Zähnen und sehr wenig Wange, Nase und Augen darüber. Mutter Natur hatte gerade genügend Fleisch und Haut gefunden, um die Schädelknochen dieses Mannes vollständig zu kleiden. „*Vous êtes Madame Kleefman?*"

Rita kniff die Augen zusammen und riet: „Khaled Milah?"

„Zu Ihren Diensten." Höflich wartete Khaled auf eine Reaktion, während er das Grinsen eine Stufe zurückfuhr.

„Bitte setzen Sie sich doch." Sie reichte ihm nicht die Hand, eine eigenartige Stimmung hatte von ihr Besitz ergriffen. Sie fühlte sich betrogen. Ganz Marokko hatte sich abgesprochen, um sie zu betrügen. Der Rezeptionist hatte ihr natürlich seinen Fremdenführer auf den Hals gehetzt, als er sie allein das Hotel verlassen sah, und auf dem Weg zum Djemaa el Fna hatte sie Mühe gehabt, die Angebote zwielichtiger Gestalten abzuschlagen – Lederjacken, Sonnebrillen, je westlicher ein Anmacher gekleidet war, umso mehr musste man sich vor ihm in Acht nehmen. Westliche Freundlichkeit, hatte Rita auf dem Weg vom Hotel zum Djemaa el Fna gelernt, wurde als Schwäche ausgelegt, als Nachgiebigkeit, als Zeichen mangelnder Entschlossenheit. Rita fühlte sich zu müde, um noch jemandem zu vertrauen.

„Wollen Sie Tee?"

„Sehr freundlich, Madame." Er war ernster geworden, wahrscheinlich roch er ihren Widerwillen. Seine schlaksige Figur saß ordentlich zusammengefaltet auf dem Rohrstuhl. „Ich hätte auch zu Ihrem Hotel kommen können."

„Natürlich", sagte Rita kühl. „Das darf man wohl erwarten, wenn jemand von Yezaa angepriesen wird."

„Ich wollte damit sagen, dass ich Ihnen keine Umstände bereiten wollte."

„Gut." Sie winkte den Kellner heran und bestellte. Khaled musterte sie, er wirkte nun skeptisch, auf alles gefasst.

„Woher kennen Sie Inspektor Yezaa?", fragte Rita nach einer Pause.

Khaled räusperte sich. „Von der Polizei. Hat er Ihnen das nicht erzählt?"

„Sie sind Polizist?"

Wieder breitete sich ein riesiges Lächeln auf dem hageren Gesicht aus. Er ein Polizist – das war offenbar eine sehr komische Idee. „Non, non, ich wurde von ihm befragt."

„Befragt oder verhört?"

„Verhört." Er musterte sie vorsichtig und fügte dann mit leise neckischem Tonfall hinzu: „Ein bisschen wie von Ihnen jetzt."

Rita hob die Augenbrauen. „Sie fühlen sich von mir verhört?"

Khaled wedelte mit gespreizten Fingern. „Nein, Madame, nein. Das sollte ein Scherz sein."

„Aha", sagte Rita ernst und hob den Kopf

„Bitte fragen Sie", sagte Khaled. „Kein Problem."

„Weshalb hat Yezaa Sie ‚befragt'?"

„Ich stand unter Verdacht."

„Und der hat sich als unbegründet erwiesen."

„Genau."

„Wessen wurden Sie verdächtigt?"

Khaled begann mit dem Aschenbecher zu spielen. „Ich möchte Ihnen nicht Dinge erzählen, die Abdellah Ihnen vorenthalten hat."

„Es interessiert mich aber. Immerhin hat er Sie als Vertrauensperson empfohlen. Wie soll ich Ihnen vertrauen, wenn ich nichts über Ihre Vergangenheit weiß?"

Khaled hatte sein Kinn in eine Hand gestützt, das Lächeln war aus seinem Gesicht verschwunden, er zuckte die Achseln. „Madame, Vertrauen ist eine Pflanze und kein Feuerwerk. Es muss langsam wachsen, nur dann ist es solide und echt. Sie müssen mir nicht vertrauen, solange Sie dieses Gefühl nicht haben. Geben Sie mir nur Aufgaben, die Sie mir geben wollen, und ich erfülle sie, so gut ich kann. Mit der Zeit sehen Sie selbst, ob Sie mir vertrauen können oder nicht."

Immerhin, dachte Rita. Ausdrücken konnte er sich. Mit diesem Intellekt war man kein Taschendieb oder Autoknacker. Unter normalen Umständen. „Können Sie mir wenigstens verraten, ob Sie ein Krimineller sind?"

Khaled verschluckte sich und lachte verlegen. „Das ist ein Dilemma. Ein Krimineller würde Sie belügen, sodass die Antwort in jedem Fall dieselbe wäre. Verstehen Sie?"

„Ich kann Ihnen gerade noch folgen, danke. Fünfzig Dirham pro Tag?" Rita setzte die von Yezaa empfohlene Summe absichtlich um die Hälfte herab. Khaled musste nun für alle Marokkaner bezahlen, die Rita übers Ohr gehauen und genervt hatten.

„Einverstanden", sagte Khaled freundlich, aber ohne Enthusiasmus.

Die Detektivin musterte den Mann neugierig. „Hat Ihnen Yezaa nicht eine höhere Summe genannt?"

„Das hat er. Aber wenn Sie nur fünfzig Dirham bezahlen wollen, ist das in Ordnung. Ich bin arbeitslos, das hat er Ihnen erzählt, oder? Ich würde sogar für zwanzig Dirham für Sie arbeiten. Ich bin Ihnen ausgeliefert." Ein verlegenes Grinsen legte sein Gesicht von oben bis unten in Falten.

„Sie sind sehr ehrlich. Das ist keine kluge Verhandlungsstrategie."

„Ich bin kein kluger Verhandler", sagte Khaled. „Außerdem glaube ich, dass Sie mich gerecht entlohnen werden."

„Ach ja?"

„Yezaa hat mir gesagt ..."

Rita runzelte die Stirn, Khaled spielte wieder mit dem Aschenbecher.

„Was hat er Ihnen gesagt?"

„Er hat gesagt, Sie seien in einer edlen Mission unterwegs."

Rita musste lachen. „Das ist wirklich der Platz der Geschichtenerzähler."

„Und er hat vorhergesagt, dass Sie genau so reagieren würden."

„Wie?"

„Zynisch. Aber das, sagt Yezaa, ist nur ein westlicher Tick, der ein gutes Herz verbirgt. Nicht in jedem Fall. Aber in Ihrem."

„Ich bin ja ein offenes Buch für euch", murmelte Rita und nahm einen Schluck Tee. Es kostete sie eine Willensanstrengung, im Angesicht einer derart massiven Dosis scheinbarer Aufrichtigkeit nicht dahinzuschmelzen. Sie gab sich einen Ruck und sagte so kalt wie möglich: „Fünfzig, Monsieur Milah. Mehr ist in meinem Budget nicht drin."

„Wie Sie wünschen, Madame."

„Spesen natürlich extra."

„Sehr großzügig, Madame."

„Großzügig? Guter Mann!" Rita wandte sich wieder dem Panorama des Djemaa el Fna zu, als hätte sie von ihrem kleinen Tisch-Spektakel momentan genug. Khaled wahrte respektvolles Schweigen, bis die Detektivin sich wieder auf ihren neuen Mitarbeiter konzentrierte. „Kein Vertrag. Keine fixen Arbeitszeiten. Keine bezahlten Überstunden. Großzügig?"

Aus Khaled brach ein ehrlich amüsiertes Lachen hervor. Er breitete die Arme aus und rief: „Wir sind in Afrika, *quand même*!"

Marrakesch erwies sich als entnervender Fehlschlag mit abschließendem Knalleffekt. Rita schickte Khaled mit einem Foto der Norwegerin los, um in den billigen

Hotels der Medina Erkundigungen einzuziehen, und sah den dünnen Kerl mehr als einmal in einem Café sitzen, mit Freunden schwatzend, während sie ihre Rundgänge durch den Souk unternahm und sich zu dem einen oder anderen Teppichhändler ins Kabäuschen setzte, um einen Tee zu trinken, das Foto der Eva Gunderson vorzuzeigen, keinen Teppich zu kaufen und nicht zum Islam zu konvertieren, trotz verlockender Angebote in beiderlei Hinsicht.

Konnte es Zufall sein, dass Khaled immer dann in einem Café saß, wenn sie vorbeispazierte?

Die Szene des Khaled-im-Café wurde zu einer Obsession, denn sie wurde nicht nur in der Medina gegeben. Als Rita eines Nachmittags von ihrer anstrengenden Souk-Expedition zurück nach Gueliz wanderte, sah sie ihren Assistenten in einem der modernen Cafés, wo er seine fünfzig Dirham vermutlich direkt in Flüssigkeit umsetzte. Wie mehrmals zuvor schon bemerkte er sie und winkte fröhlich, und sie winkte zurück und ihre Stimmung ging erneut auf Talfahrt. Waren fünfzig Dirham unter diesen Umständen nicht immer noch zu viel? Sie nahm sich mehrmals vor, Yezaa zu kontaktieren, vielleicht konnte der seinen Einfluss geltend machen. Am Ende ließ sie es, weil Yezaa um Diskretion gebeten hatte.

Wenn sie die Nase voll hatte, würde sie Khaled davonjagen. Sie nahm es sich jeden Abend vor, aber wenn sie dann wieder gemeinsam im Café am Djemaa el Fna saßen und Khaled mit großer Detailtreue – was nicht unbedingt großer Wahrheitstreue gleichzusetzen war – seine angeblichen Ermittlungen schilderte, wurde sie weich und dachte: Einen Tag noch, zur Probe.

Auch das Paket aus Norwegen ließ auf sich warten. Vermutlich schrieb der listige Rechtsanwalt gerade an einer neuen Fassung des Reisetagebuchs, wieder zensiert, nur unauffälliger. Sie hätte den Bastard entschlossener unter Druck setzen sollen.

Und dann Rembrandt. „Frau Gunderson fragt nach dir", verkündete er mit vorwurfsvoller Stimme. „Du hast dich kein einziges Mal gemeldet."

„Ich melde mich, wenn es etwas Neues gibt", sagte Rita. „Und vergiss nicht: Sie ist nur eine Kundin."

„Lass das ‚nur' weg und wir verstehen uns."

„Rembrandt, ich sitze in einer Sackgasse und Marrakesch brüllt mir von morgens bis abends Schweinereien in die Ohren, weil ich eine unbegleitete Europäerin bin. Alles, was ich habe, ist ein eisiges Lächeln von Rahmani und die letzte Sichtung in Casablanca. Das ist zehn Monate her, mein Guter. Und die Leute auf der Straße zeichnen sich nicht gerade durch ihr Langzeitgedächtnis aus. *Eva ist verschwunden!*"

„Beruhige dich, das wissen wir ja." Rembrandt senkte die Stimme. „Ich gebe nur weiter, was mir der Chef auf den Tisch knallt. Hat sich Anna schon bei dir gemeldet?"

Rita fiel beinahe der Hörer aus der Hand. Anna, ihre ehemalige Vorgesetzte, ihre ehemalige beste Vertraute. „Nein, hat sie nicht. Warum?"

„Sie hat hier angerufen, vor ein paar Tagen. Fragte nach dir. Du warst doch ganz wild darauf, deine Exchefin zu sprechen."

„Spar dir deine Anspielungen ..."

„Reg dich nicht auf, Rita! Was ist eigentlich los mit dir? Eva Gunderson ist seit zehn Monaten verschwunden, und du führst dich auf, als würdest du mitten in einer Verfolgungsjagd stecken. Gemach, Füchsin, gemach ...“

„Willst du mir unsympathisch werden? Ich habe dir gesagt, wo ich nach ihr suchen möchte.“

„Ja, am Nordkap. Rita, du bist mir jetzt nicht böse, wenn ich dich überdreht nenne, oder? Was nervt dich eigentlich so?“

„Marokko, schätze ich.“

„Perfekt“, rief Rembrandt ins Telefon, mit energischer Stimme, Marke „Vize-bewältigt-Krise“. „Dann dreh noch ein paar Pflichtrunden, damit Hanno dir nicht auf den Bericht pinkeln kann, und komm nach Hause. Wir ersaufen hier in interessanten Fällen, alle in Europa, du wirst entzückt sein.“

Am dritten Abend fand Rita eine Nachricht von Anna Loeken vor. Unter ihre Bitte um Rückruf hatte der Rezeptionist eine Telefonnummer gekritzelt, Vorwahl 47.

„Sind Sie sicher?“, fragte Rita den Rezeptionisten. Es war nicht der Typ, der ihr mit dem Guide in den Ohren lag, sondern ein stiller, gedrungener Büro-Araber und wahrscheinlich der einzige korrekt rasierte Mann in ganz Marrakesch. Ob ihn das gefährlicher oder harmloser erscheinen ließ, wollte Rita noch nicht entscheiden.

„Absolut sicher, Madame“, sagte er. „Das ist die Nummer, die durchgesagt wurde.“

Rita schüttelte den Kopf. „So eine kurze Nummer? Da waren keine anderen Ziffern?"

„Absolut nicht, Madame."

Ein absoluter Trottel, dachte Rita und ging auf ihr Zimmer. 47 war die Vorwahl für Norwegen, aber dann eine Nummer mit nur vier Ziffern? Entweder ein Irrtum oder ein spezieller Anschluss, vielleicht eine offizielle Stelle oder ein Telefondienst.

Rita wählte also die Doppelnull fürs internationale Netz und die angegebene Nummer, und hörte erwartungsgemäß eine Tonbandstimme sagen, dass dieser Anschluss nicht existierte.

Anna in Norwegen? Recherchierte sie tatsächlich auf eigene Faust weiter? Ritas Verwunderung kam unter die Räder ihres Zorns. Ungeduldig rief sie die Rezeption an. „Monsieur, die Nummer ist falsch. Wer hat die Nachricht entgegengenommen?"

„Ich persönlich, Madame. Ich versichere Ihnen ..."

Wenn Wut tatsächlich ein biochemischer Vorgang in den Gehirnzellen war, kippte das Gemisch in Ritas Kopf abrupt von schwelend auf schreiend. „Scheiße! Die Nummer ist Scheiße! Soll ich es buchstabieren? *M-E-R-D-E!*"

Rita knallte den Hörer auf die Gabel und versuchte noch einmal, die unmögliche Nummer zu wählen, und noch einmal, und das Ergebnis blieb stur dasselbe. Seit zwei Wochen wartete sie auf Nachricht von Anna, und nun das! Sie verließ das Zimmer, stürmte die Treppe hinunter und knallte den Zettel vor den Augen eines verschrockenen Touristenpaares auf den Rezeptionstisch. Rita war außer sich, und das Einzige, was ihr jetzt noch Vergnügen bereiten konnte, war schonungsloses Herumtrampeln auf marokkanischen Empfindlichkeiten. Marokko, fand sie, hatte es verdient.

„Wissen Sie, warum die Dritte Welt Dritte Welt heißt?", brüllte sie. „Weil ihr nur bis drei zählen könnt!"

Der Rezeptionist machte große Augen und ließ die Unterlippe durchhängen. Mit Befriedigung registrierte Rita, dass er bleich geworden war. Das mit der Dritten Welt hatte gesessen.

„Was tu ich jetzt? Muss ich in meinem Zimmer bleiben, bis diese Dame wieder anruft?"

Der Rezeptionist hob beide Arme wie zur Abwehr. *„Je vous prie ..."*

„Hausarrest? Habe ich jetzt Hausarrest, nur weil Sie keine Zahlen korrekt vom Ohr aufs Papier transportieren können? *Merde ça! Merde!"*

Im Durchgang zum verstaubten Speiseraum wimmelte es plötzlich von Kellnern und Zimmermädchen. Niemand wollte eine Szene versäumen, mit der man später abendelanges Geplauder bestreiten konnte.

„Ich versichere Ihnen ...", der Rezeptionist, verstört und dennoch entschlossen, griff nach dem Papier und sagte: „Wenn Sie erlauben, versuche ich selbst mal."

„Oh, bitte!"

Den beiden Touristen, die er in Arbeit hatte, fuchtelte er eine Entschuldigungsgeste zu, dann wählte er mit zitternder Hand die Nummer und lauschte.

Durch die wabernden Nebel ihrer nordafrikanischen Nervenattacke bekam Rita nur undeutlich mit, wie ihr der Mann den Hörer hinstreckte und „*Voilà*" sagte. Eine merkwürdige Lähmung machte sich in ihr breit, als sie danach griff und ein schwammiges „Hallo" von sich gab.

„Rita, wie geht es dir?"

Es war Anna Loeken.

„Beschissen", erwiderte Rita mit rauer Stimme. „Wo zum Teufel bist du?"

„In Essaouira."

„Essaouira", wiederholte Rita wie in Trance. Das war Marokko, wenn sie sich recht erinnerte.

„Ein kleines Hotel", sagte Anna. „Mein Exil. Ich erhole mich hier von dem Putsch. Und dir geht es auch nicht so gut, sagst du?"

„*Merde*, ich glaube, ich habe mich gerade zum Idioten gemacht. Essaouira hat die Vorwahl 47, oder?"

„Ich glaube. Ja."

„Ich dachte, du seist in Norwegen."

„Was sollte ich dort tun?"

„Na ja. Dem Fall Eva Gunderson auf den Grund gehen, zum Beispiel."

„Schlechtes Beispiel. Hast du nicht Lust, herzukommen? Es gäbe einiges zu bereden. Aber du steckst wohl mitten in deinen Recherchen."

„Ich stecke nirgendwo, Anna. Nur in einem Tief. Ich muss Marrakesch verlassen, sonst schäme ich mich zu Tode."

„Dann komm her. Hotel du Mechouar. Soll ich dir ein Zimmer reservieren?"

„Zwei. Ich habe einen Assistenten." Rita verzog das Gesicht. Wenn sie denn wirklich einen hatte.

„Soso, einen Assistenten ...", flötete Anna.

„Zwei Zimmer", bekräftigte Rita.

„Na gut. Ich freue mich auf dich. Wann kommst du?"

„So schnell ich kann."

Rita legte den Hörer auf und lehnte sich an den Rezeptionstisch. Der Rezeptionist hatte die Touristen abgefertigt und saß an einem kleinen Schreibtisch, über ein Buch gebeugt, und machte Eintragungen. Sie betrachtete ihn eine Weile und feilte an einem Satz, um ihre Entschuldigung einzuleiten, jedoch ohne rechten Erfolg. Der junge Mann erhob sich und blickte sie ernst an. „Das war nicht sehr liebenswürdig", sagte er. „Die Nerven, hm?"

„Ich weiß nicht, wie ..."

Warum triumphiert er nicht und macht sich damit ein klein wenig unsympathisch?, dachte Rita. Doch der Rezeptionist war in jenem Moment zu einer Bastion afrikanischer Lebenstoleranz angeschwollen, die im Angesicht europäischer Hysterie eine Parade abhielt. Seht her, wie lässig wir sein können, auch wenn man uns anschreit. Wissend, dass sich Europäer ohnehin viel leichter schämen.

„Machen Sie sich keine Sorgen, Madame", schnurrte er. „Das kommt vor. Ich habe mir schon ganz andere Sachen anhören müssen."

Rita zeigte ungläubig auf sich selbst. „Schlimmer als das?"

„Natürlich. Sie liegen gerade so im Mittelfeld." Ein vorsichtiges Lächeln schlich um seine Worte herum.

„Das ist erstaunlich. Ich dachte, ich sei Spitze gewesen."

„Essaouira hat die gleiche Vorwahl wie Norwegen, wenn man von den zwei Nullen absieht – das ist immerhin ein komischer Zufall."

„Sie sind ein sehr toleranter Mensch", sagte Rita unbeholfen und stieg die Treppe hoch, ging den Gang
entlang und kehrte in ihr Zimmer zurück, wo sie sich
auszog und die Dusche aufdrehte, zur Strafe nur den
Kaltwasserhahn. So entging ihr, dass es kein heißes
Wasser gab, weil wieder einmal der Boiler defekt war.

15.

War es ein Fluch, der auf Marrakesch lastete? Rita sah von ihrem Hotelzimmer nur eine Gasse, von staubigen Autos verparkt, europäische Villen auf der anderen Seite, aber nirgendwo das leuchtende Lehmrot von Marrakesch, und nirgendwo, sosehr sie ihre Nase auch ans Fenster presste, erheischte sie einen Blick auf das Atlasgebirge. Mehr als das Motorengebrüll war es die Huperei, die sie nicht zur Ruhe kommen ließ. Fasziniert beobachtete sie dieses Phänomen während ihrer Taxifahrten: Die Linke am Lenkrad, die Rechte auf der Hupe, preschten ihre Chauffeure durch diese riesige verbaute Oase. Und sosehr Rita nach Gesetzmäßigkeiten für die leidenschaftliche Huperei suchte, sie fand keine oder nur eine: Mehr als dreißig Sekunden hielt es keiner ihrer Fahrer ohne Hupen aus. Es war wie das Geschnatter von Enten, ohne jede Bedeutung, für niemand Bestimmten gedacht, ein stetes an die Welt und ans Universum gerichtetes „Hallo". Araber grüßen gerne. Das musste es wohl sein, die moderne Version von „Salam Aleikum". Friede sei mit dir und spring zur Seite, sonst überfahre ich dich.

Es vermochte Rita auch nicht zu überraschen, als ihr treuer Kaffeehausplauderer Khaled Milah auf ihre Ankündigung, ein Auto zu mieten und nach Essaouira zu fahren, mit einem Angebot reagierte: Ein guter Freund könne ihr ein Fahrzeug zu einem besseren Preis zur Verfügung stellen als eine offizielle Agentur, damit sei dem Freund geholfen und Rita auch. Warum sich die reiseerfahrene Holländerin dazu überreden ließ, auf dieses Angebot einzugehen, würde sie selbst nie verstehen. Vielleicht hatte es mit dem Rezeptionisten zu tun, der wegen ihrer sturen Weigerung, durch Marrakesch geführt zu werden, zu keinem Dirham Kommission gekommen war. Dazu kam ihr böser Patzer mit dem Telefon, und nun verarbeitete sie alle Schuldgefühle bei der Auto-Transaktion. Jedenfalls stand er da, am Morgen der Abfahrt, ein schlaksiger Khaled mit einem Grinsen, dass ihm fast die Lippen platzten, und Rita ging beim Anblick des leichtfertig angemieteten Privatwagens mental in die Knie: ein Peugeot, natürlich, und von seinem Besitzer leichtfertig gewaschen, womit die Beulen und Rostflecken, die ansonsten unter Marrakeschs gnädigem, rötlichem Staub versteckt lagen, umso deutlicher hervortraten. Natürlich keine Klimaanlage, dafür ließen sich die Fenster nur zur Hälfte öffnen. „Er sieht nur so kaputt aus", trat Khaled sogleich die Flucht nach vorn an, „aber ich bin mit diesem Auto schon Zehntausende Kilometer gefahren und Risk ist ein begnadeter Mechaniker, er repariert alles selbst."

Ein Mechaniker namens Risk! Und das alles, um einer reichen europäischen Versicherungsgesellschaft Geld zu sparen.

Khaled hievte Ritas spärliches Gepäck in einen gähnend leeren Kofferraum (kein Reservereifen, kein Benzinkanister, kein Warndreieck, kein Erste-Hilfe-Kästchen – wozu auch, schien Khaleds breites Grinsen zu sagen, wir stehen unter Allahs Schutz), und die Detektivin ließ sich mit einem Seufzer auf dem Beifahrersitz nieder, dessen Plastikbezug mit mehreren frischen Klebestreifen repariert war, ein Anblick wie ein Schwerverwundeter.

Aber das war noch nicht alles. „Wenn Sie erlauben“, verkündete Khaled mit erhobenem Zeigefinger – er sah komisch aus damit, „möchte ich einen kleinen Umweg fahren.“

„Wozu?“, schnappte Rita.

„Eine kleine *Investigation*“, erklärte Khaled. „Mir ist etwas zu Ohren gekommen, das möchte ich gerne abklären.“

Kleiner Umweg, kleine Investigation. Rita wurde misstraurisch bei so viel Kleinheit. „Hat es mit meinem Fall zu tun?“

Khaled starrte sie erstaunt an. „Natürlich, Madame.“

„*Allez!*“, sagte Rita und machte eine fahrige Handbewegung in die Richtung, wo ihrer Meinung nach Essaouira lag. Mit verärgertem Röhren wie ein getretenes Kamel sprang der Motor an, und die Belüftung machte ein Geräusch wie der Wind in einem Spukhaus.

Die Fahrt ging natürlich ganz woanders hin. Zuerst zu einer Tankstelle, denn im Tank befanden sich nur wenige Tropfen, deren letzter beim Ausrollen neben der Zapfsäule mit einem lauten Knall im Motor des Peugeot explodierte. Dann ging es mit vollem Tank die Stadtmauer entlang und in eines der Tore hinein, und schon waren sie mitten in der Altstadt, umspült von Menschen, Karren, Markständen, Bettlern, Eseln, Hunden, Katzen, Kindern und anderen Autos, die ihnen aus den engsten Gassen, aus dem verrücktesten Menschengewühl entgegenkamen und Rita in bodenlose Verwunderung darüber versinken ließen, wie sie dort hineingekommen waren.

Doch auch sie kamen voran, irgendwie, schoben sich Meter für Meter in die Medina hinein, während die Menschen-, Tier- und Mopeddichte zunahm. Rita fühlte sich wie in einem Brei, der beim Umrühren dicker und dicker wurde. Ein Melonenverkäufer musste seinen Stand ein paar Zentimeter verrücken, ein Mopedfahrer musste sich an eine Lehmmauer drücken und ein beinloser Bettler musste mit erhobenem Arm auf seinen Platz mitten auf der Straße aufmerksam machen, sonst hätte ihn Khaled mit seinem freundlichsten Grinsen überrollt.

Doch nichts passierte, der Bettler rollte auf seinem mit Rädern versehenen Brett fröhlich winkend davon – wieder eine Situation überlebt –, die Gasse öffnete sich zu einem kleinen Platz und Khaled parkte den Wagen, obwohl Rita nirgendwo einen Parkplatz sah. Dafür waren sofort einige Parkwächter zur Stelle, junge Kerle mit narbigen Gesichtern, und boten sich an – den Zeigefinger unters Auge klopfend –, das kostbare Automobil und seinen Inhalt zu bewachen.

„Ich schlage vor, Sie bleiben hier", sagte Khaled. „Es wird nicht lange dauern."

„Nur zu", sagte Rita. Sie war gefangen. Marrakesch hatte sie verschlungen wie ein lebender Brei, es gab kein Entkommen, sie konnte nur noch beten und von Essaouira träumen.

Es dauerte nicht lange, sondern ewig. Während zwei junge Männer mit wachsamen Blicken das Auto umschlichen, als bestünde die Gefahr, dass man Rita die Reifen unter dem Hintern wegmontierte, legte sich die Holländerin eine sehr europäische Moralpredigt zurecht: Wenn Khaled weiter ihr Mitarbeiter sein wollte, so würde sie ihm mit sehr ruhiger Stimme sagen (obwohl ihr schon beim Gedanken vor Wut die Hände zitterten), dann müsste er sich an bestimmte Regeln halten, wovon die erste lautete: Verarsche nicht deinen Arbeitgeber. Und wenn Regel Nummer eins nicht eingehalten wird, kannst du dir deine fünfzig Dirham auf die mittlerweile von einer dicken Staubschicht bedeckte Peugeot-Motorhaube malen, verstanden?

So brütete Rita und feilte indigniert an ihrer Rede, als auf einmal Khaled neben ihr saß und nicht grinste. Nanu?, dachte Rita.

„Ich habe gestern jemanden kennengelernt, dessen Bruder einen Rezeptionisten im Hotel Mamounia kennt", erklärte Khaled ernst und machte eine kleine Pause, um Rita Zeit zu geben, die komplexe Kaffeehaus-Connection zu verdauen. „Sie kennen das Mamounia?"

„Was ist das?"

Khaled schien betroffen. „Ein Hotel, Madame."

„Ich kenne es nicht."

„Das ist ein Scherz."

„Das ist kein Scherz", erwiderte Rita gereizt. „Kennst du das Krasnapolsky in Amsterdam? Na also!"

Khaled machte eine beschwichtigende Bewegung mit beiden Händen und sagte: „Das Mamounia ist das beste Hotel der Welt."

„Natürlich", sagte Rita seufzend.

„Im Ernst, Madame. Ein Palast. Und sehr, sehr teuer. Ich dachte mir: Warum nicht? Der Name des Mannes ist Kassim. Mein Bekannter aus dem Café bat ihn, einen Blick in die Bücher zu werfen. Und er hat es getan."

„Soso."

„Kassim lebt hier." Khaled zeigte auf eine Lehmmauer ohne Fenster, Eingang, Dach oder sonstige Attribute von Zivilisation; nur ganz oben schielten die krummen Ausleger einer Fernsehantenne über die Zinnen. „Aber er war nicht zu Hause. Ich musste im Souk nach ihm fragen und deshalb hat es ein wenig gedauert. Kassim war im Hammam. Er hat sein Bad sofort abgebrochen, als ich ihm sagte, Sie seien hier, und ist jetzt zu Hause. Geben Sie ihm ein paar Minuten, um sich etwas Repräsentatives anzuziehen."

„Wenn es nur Minuten sind, lieber Khaled." Rita versuchte sich an ihre Predigt zu erinnern, fand jedoch den Einstieg nicht und fragte stattdessen: „Aber wofür das Ganze? Was hat er zu bieten?"

„Er hat eine Frau Gunderson im Gästeregister entdeckt."

„Er hat *was?*"

„Kassim hat nachgesehen." Khaled mimte heimliches Durchblättern. „Das dürfte er eigentlich nicht, aber ich habe ihm erklärt, es sei wichtig."

Rita spürte, wie ihr der Mund austrocknete. „Und wann hat sich das Mädchen dort einquartiert?"

Khaled zeigte auf die Lehmmauer. „Kassim wird Ihnen berichten."

Zwischen einem Zehnjährigen, der Datteln von einem schmutzigen Blech verkaufte, und einem Kiosk mit Kartoffelchips und Schokoladenwaffeln, die aussahen, als seien sie auf dem offenen Deck einer Dau aus China importiert worden, öffnete sich eine blaue Blechtür in der Lehmmauer. Eine Frau bat sie einzutreten. Höflichkeiten wurden ausgetauscht, die Frau, gekleidet in traditionelle Dschellaba, bedeckt mit einem Kopftuch, ihre Hände und Füße mit Henna-Mustern bemalt, verbeugte sich mehrmals vor Rita. Sie waren in einem Innenhof, nichts Spektakuläres wie der Patio der Amouns in Fès, aber doch ein Hort der Sauberkeit, des Friedens, der Kühle. Mehrere Familien lebten rund um diesen Patio herum, Kleinkinder saßen auf dem Boden, ältere Mädchen passten auf sie auf, ein paar Frauen saßen im Schatten zusammen und rupften ein Hühnergeschwader. Die Wohnung von Kassim wiederum sah überraschend modern aus, und Kassim selbst auch. Er trug eine dunkelgraue Hose, ein weißes Hemd, und sein hageres, in Freundlichkeit erstarrtes Gesicht mit der runden Lesebrille erinnerte Rita an Gandhi.

Auf dem Tisch im Wohnzimmer standen schon die goldverzierten Teegläser. Kassim lud Rita höflich ein,

Platz zu nehmen. Vor ihnen blieb der Fernseher einge-schaltet, ein alter Mann mit strengem Blick sprach über ein ernstes Thema, hinter ihm orientalisches Dekor – symmetrische Muster ohne sachliche Darstel-lung – und ein Zeigefinger zog energische Kreise, als malte er arabische Schriftzeichen, und stach immer wieder himmel- und gottwärts. Über ihm, auf dem Fernseher, stand eine goldbestickte Kleenex-Schach-tel, was den Eindruck vermittelte, der gute Mann zeig-te in Wahrheit auf sie und das Ganze sei ein unendlich langer Werbespot für Kleenex. Obwohl Rita deshalb ein Kichern den Hals hochkrabbelte, behielt sie ihre Beobachtung für sich. Humor ist ein Vergnügungs-park für Ortskundige und ein Minenfeld für Fremde.

An der Tür erschienen drei Kinder, beäugten die Fremde mit großen Augen und verschwanden ki-chernd, sobald Rita den Blickkontakt suchte. Die Da-me des Hauses erschien mit dem Tee. Tapfer stand Rita den Einstiegstratsch durch, doch Kassim schien ihre Ungeduld zu spüren und kam rasch zum Thema.

Er schob einen Zettel über den Tisch, auf dem er Name und Aufenthaltsdauer notiert hatte: Birte Gun-derson, 18. bis 22. Dezember 1990.

Kassim wollte kein Trinkgeld, obwohl Khaled die Holländerin diskret darauf drängte. Der Mamounia-Rezeptionist hielt es für seine religiöse Pflicht, in die-ser Affäre weiterzuhelfen, auch wenn es sich um Un-gläubige handelte. Möge Gott Sie schützen, sagte er zum Abschied einige Male, und Rita dachte: Der Mann hat wahrscheinlich unser Auto gesehen.

Noch immer von einer Schar harter Jungs umlauert
– es war wohl die bestbewachte Rostschüssel der Welt
–, erwartete sie der Wagen in der Gasse wie ein Felsen
in einem Wildbach, umtost von Bewegung und Leben.
Rita verstand nie, wie Khaled ihn aus der Medina hin-
ausbugsieren konnte. Über mehrspurige Straßen – die
Anzahl der Spuren wurde vom jeweiligen Bedarf und
dem Wagemut der Verkehrsteilnehmer diktiert – gelangten sie zum Bahnhof. Und über die nicht enden
wollende Ausfallstraße namens „Grüner Marsch",
vorbei an Tausenden Neubauten, die in einer einzigen
Richtung aus Marrakesch herauswucherten, als sei die
Angliederung des 200 Kilometer entfernten Essaouira
das Ziel, schüttelten sie Marrakesch endlich ab.

Ihre Moralpredigt legte Rita vorläufig auf Eis. Khaled hatte vielleicht nur Glück gehabt. Und möglicherweise bedeutete es gar nichts. Denn dass Birte in jenes
Land reiste, in dem ihre Tochter verschwunden war,
konnte man nicht als ungewöhnlich bezeichnen.

Nur eines fand Rita merkwürdig: Warum gerade
Marrakesch?

16.

Anna präsidierte ihren Tisch wie eine Kolonialmatrone auf Sommerfrische, mit breitem Sonnenhut und luftiger Essaouira-Kluft, und betrachtete das Geschehen um sie herum mit zynischer Distanz. Sie saß vor einem Café auf einem Platz mit vielen Cafés, wo neben Touristenpärchen marokkanische Jugendliche saßen und Ausschau hielten.

Anna strahlte die einsame Bitterkeit einer Diva aus, deren Berühmtheit nunmehr in Archiven verstaubte. Ihre Augen verbarg sie hinter einer riesigen Sonnebrille. Wie eine misshandelte Frau, dachte Rita.

Als sie Anna Loeken erblickte und erkannte, in welchem Zustand sich die alte Vertraute und hinausgeschmissene Abteilungsleiterin befand, stockte die Detektivin kurz und kaschierte ihre Verblüffung mit plakativer Wiedersehensfreude. Doch Anna rührte sich nicht vom Fleck, sondern richtete ihr maskenhaftes Lächeln auf Rita und sagte nur: „Da wären wir. In Essaouira." Dann lachte sie hohl, als hätte jemand einen schlechten Witz erzählt.

Rita spürte einen Stich im Magen, denn sie hatte sich auf die Begegnung gefreut. Sie erkannte, dass sie am Telefon einer Täuschung erlegen war. Die fröhliche Überlebenskünstlerin, die den Schlag in die Magengrube weggesteckt hatte und mittlerweile dynamisch wie immer an ihrer Zukunft bastelte, als sei nichts passiert, war nur eine Stimme gewesen, ein akustisches Phantom für ein paar Minuten. Als Rita neben ihrer ehemaligen Vorgesetzten Platz nahm, wurde ihr schlagartig klar, dass Anna sie brauchte und nicht umgekehrt. Denn das bewunderte Vorbild war nun ganz offensichtlich ein Wrack.

Wie die Dinge liefen, hätte auch Rita eine kleine Aufmunterung nötig gehabt. Deshalb hatte sie nicht schnell genug nach Essaouira kommen können. Sie wähnte dort eine Komplizin, die mit weisem Rat und Sympathie Ritas Batterien aufladen würde, bevor die sich wieder ins Getümmel stürzte. Doch das zynische Lächeln Anna Loekens verkündete: *Ich* bin die Patientin, *du* bist die Schulter, an der ich mich ausweine, und komm nicht auf den Gedanken, den Spieß umzudrehen.

„Wie laufen die Ermittlungen?", fragte Anna dennoch, während das gelangweilte Timbre ihrer Stimme keinen Zweifel offenließ, dass der Fall Eva Gunderson hiermit zu Small Talk erklärt wurde. Sie wollte den Schein wahren, dachte Rita. Es musste ihr wirklich dreckig gehen.

„Schlecht", erwiderte sie achselzuckend und gab Anna Gelegenheit, noch ein wenig nachzufragen, um den Schein etwas länger zu wahren.

„Was sagst du zu Rembrandt?", fragte Anna stattdessen.

„Netter Kerl", sagte Rita und setzte vorsichtig hinzu: „Mein erster Eindruck."

„Netter Kerl", wiederholte Anna und begann zu lachen. „Das scheint er wohl zu sein." Sie holte eine Zigarette aus ihrer Tasche und zündete sie an. Als ihr herausfordernder Blick zu Rita keinen Vorwurf provozierte, erklärte Anna: „Ich rauche jetzt wieder."

„Du bist alt genug", versuchte Rita einen Scherz.

„Wir sind beide alt genug", sagte Anna mit schmalen Lippen. „Alt genug für eine Menge. Vielleicht kannst du mir bei Gelegenheit erklären, wie du das alles weggesteckt hast."

Sie waren beim Thema ihrer Begegnung angelangt. Rita hielt ihren Blick reglos auf Anna gerichtet und wartete ab.

„Rembrandt", sagte Anna und lächelte. „Der ‚nette Kerl' muss aufpassen."

Wie eine Betrunkene wankte sie zwischen den Gesprächsthemen herum. Rita musterte kurz die Flasche, die vor Anna auf dem Tisch stand. Doch es war nur Tonic.

„Jemand sollte ihn vor de Mey warnen", sagte Anna.

„Du vielleicht", hörte sich Rita sagen und bereute es im selben Augenblick.

„Das war nicht nett", sagte Anna leise und stach mit ihrer Zigarette anklagend in die Luft. „Wirklich."

„Was soll ich sagen?" Rita hob hilflos die Hände. „Ich habe mich gegen diesen Schleimer zu wehren gewusst."

„Einen Scheißdreck hast du“, stieß Anna hervor. „Was tust du hier in Marokko, wenn du Hanno dermaßen souverän um den kleinen Finger wickelst? Mädchen, mach dir nichts vor, auch du bist von ihm gefickt worden, nur auf andere Weise.“

Rita blieb stumm. Sie hatte Lust, aufzustehen und nach Marrakesch zurückzukehren. Das Vakuum der Affäre Gunderson war noch leichter zu ertragen als eine alte Freundin, die mit detaillierter Ortskenntnis in ihren Wunden herumstocherte.

„Ich habe gewusst, dass er dich schicken würde“, sagte Anna. „Es war mir von Anfang an klar. Mexiko hat er dir nie verziehen.“

„Er hat mir nie verziehen, dass ich ihn von Anfang an durchschaut habe. Mexiko war nur eine Episode.“

„Täusche dich nicht. Du bist knapp an einer fristlosen Kündigung vorbeigeschrammt. Und das sagt dir eine, die Einblick hatte.“

Rita spürte, wie ihr das Blut ins Gesicht stieg. „Ich habe den Fall gelöst. Muss ich jetzt Danke sagen, dass ich nicht dafür bestraft wurde?“

„Im Gegenteil, du solltest mir eine runterhauen. Du wärst schon lange nicht mehr bei diesem Scheißverein, wenn ich dir damals nicht die Stange gehalten hätte. Vielleicht hat Hanno damals deshalb beschlossen, mir ein Bein zu stellen. Er hat alles drangesetzt, dich zu entfernen.“ Anna blies eine Wolke über den Tisch. „Gottverfluchter Hurensohn.“

„Jetzt kann er es tun.“

„Was tun? Dich rausschmeißen? Kind, du bist noch naiver, als ich dachte. Jetzt, da er die Macht hat, will er mit dir spielen. Blick dich mal sorgfältig um. Fällt dir was auf? Richtig, du bist in Marokko. Sag mir nicht, du hast dein Leben lang davon geträumt, in Marokko zu ermitteln.“

„Es ist nicht so schlimm, wie ich dachte.“

„Ah! Das bedeutet, du tappst im Dunkeln. *Dabei* wird dich bestimmt niemand stören. Aber sobald du einer konkreten Spur nachgehst, Kind … sieh dich vor, diese zuckersüße Gastfreundschaft ist mit kiloseweise Strychnin durchsetzt.“

Rita musste grinsen. „Und was tust *du* dann hier?“

Anna überlegte einen Moment und nahm einen Zug aus ihrer Zigarette. Dann sagte sie, während Rauch aus ihrem Mund quoll: „Strychnin ist meine Lieblingsspeise.“

Marrakesch existierte nicht mehr, als Khaled den Peugeot über eine letzte Hügelkuppe trieb und die weiße Stadt am Ende der Bucht sichtbar wurde. Khaled war ein angenehmer Gesprächspartner, wie von einem Kaffeehausplauderer nicht anders zu erwarten. Überrascht hatte er dennoch, mit nur wenigen Worten: Khaled war verheiratet und Vater eines zweijährigen Sohnes. Auf Rita hatte er ledig gewirkt, heiter und unabhängig, ohne diesen unsichtbaren Mühlstein Familie auf dem Gemüt, den jeder andere ins Gespräch gerollt hätte, als es ums Honorar ging: Fünfzig Dirham statt hundert, kein Problem, Madame, ich bin Ihnen ausgeliefert. Khaleds Ernsthaftigkeit – „Seriosität“ erschien Rita in diesem Moment noch ein zu starkes Wort – drückte sich in anderer Weise aus. Nicht in seinem Fahrstil, an den konnte sie sich nicht gewöhnen, sie trat mit ihrem nutzlosen Bremsfuß auf der

200 Kilometer langen Strecke fast das Bodenblech durch, worüber Khaled zuweilen diskret lächelte. Nein, seine Ernsthaftigkeit drückte sich in der Wahl seiner Worte aus, im Weglassen jeglicher Taktik. Khaled zeigte immer Respekt, wirkte jedoch nie hündisch. Für einen Habenichts hatte er verdammt viel Würde. Darum hatte sie ihn noch nicht wegen seiner Kaffeehaustouren zur Rede stellen können. Es hätte ihm die Würde genommen.

Mit seinem Fahrstil bahnte sich jedoch ein weiteres Thema für ein ernsthaftes Gespräch zwischen Arbeitgeber und Arbeitnehmer an. Khaled war ein Spätbremser. Lastwagen schien er für Luftspiegelungen zu halten, bis der Qualm eines Ungetüms direkt durch die Belüftungsschlitze des Peugeots hereinblies. Querende Esel scheuchte Khaled mit Hupkonzerten von der Fahrbahn, ohne den Fuß vom Gaspedal zu nehmen. Mopedfahrer sah Rita bereits auf der Motorhaube, wenn Khaled endlich das Lenkrad nach links riss und mit einem Blick in den Rückspiegel nachzuprüfen schien, ob der zentimeterknapp Überholte auch dankbar war für das rettende Manöver. Fußgänger waren in diesem Teil der Welt ohnehin Gespenster, durch die man hindurchfahren konnte. Waren sie es nicht, sprangen sie schnell zur Seite. Khaleds Hupe gab ihnen zwei, drei Sekunden dafür.

Doch wenn Khaled über sein Leben und das der Marokkaner sprach, offenbarte sich eine nüchterne und fundierte Analyse, die mit dem zwanglosen Fahrstil (der war offenbar Kulturgut) nichts gemeinsam hatte. Als abgebrochener Jurastudent hatte der junge Familienvater genügend Einblicke in das Funktionieren

dieses Staates gewonnen, um sich von seinen Repräsentanten mit heiterem Desinteresse abzuwenden. Für
eine abschließende Prüfung, sagte er, habe ihm
schlichtweg das Geld gefehlt. Zwei- oder dreitausend
Dollar, um das Prüfungskollegium zu bestechen, was
sich, erklärte Khaled, auf lange Sicht natürlich aus-
zahlte, denn wer einmal seinen Platz im Gerichtssys-
tem gefunden hatte, konnte auf reiche Ernte hoffen:
Kein Prozessierender wollte allein der Gerechtigkeit
vertrauen. Nur: Treibe mal die zwei- oder dreitausend
Dollar auf, wenn du *nicht* zum Club gehörst.

„Und Abdellah Yezaa?", fragte Rita. Worauf Khaleds
Redefluss versiegte. Mit ihm, das war offenbar, bestand ein besonderes Verhältnis. Der Polizeiinspektor
aus Rabat und das „System" schienen zwei verschie-
dene Dinge zu sein. Worauf sich diese Einstellung
gründete, blieb Rita verborgen.

Essaouira tauchte auf wie eine Verheißung. Wie ein
zum Vergnügungsdampfer umgebautes Schlachtschiff
saß die Stadt am Ende der Bucht, ein Wäldchen von
Schiffsmasten linker Hand, der Himmel mit Seemö-
wen garniert, und über allem die rauschende, atlantische Stille. Vorbei ging es an den modernen Wuche-
rungen der Stadt, aufgefädelt entlang der Straße,
Sommerhäuser, Restaurants, ein Surfbrettverleih,
während links eine Uferpromenade romantischem
Verfall und ortstypischer Versandung preisgegeben
war. Dann kamen sie zur Mauer, die Essaouira heute
weniger schützte als dekorierte, Einfassung des se-
henswerten, des alten Essaouira, wieder so ein Stück

Europa auf dem afrikanischen Kontinent, eine kompakte Wohnfestung, direkt in die Brandung gebaut.

Das Hotel war ein netter Betrieb, gerade so sauber gehalten, dass er nicht zum Fremdkörper wurde. Anna Loeken war eine Woche lang rastlos in Marokko herumgeirrt, hatte sich zunächst mit dem Gedanken getragen, ein originelles Dasein in der Altstadt von Marrakesch zu führen, und war durch Zufall nach Essaouira gelangt. Hier hatte sie auf Anhieb beschlossen, sich wohlzufühlen.

„Im Ernst", sagte Rita. „Was machst *du* in Marokko? Hier hätte ich dich zuallerletzt gesucht."

„Das wäre schon mal ein Argument", sagte Anna. „Ein guter Platz, um in Ruhe gelassen zu werden."

„Und deine Kinder?"

„Die schicke ich in ein Feriencamp." Anna nahm einen Zug aus ihrer Zigarette. „Ich muss ihnen das Ganze erst noch erklären."

„Niemand weiß über deinen Abgang Bescheid?"

„In meiner Familie niemand. Ich hatte noch nicht den Mut, mich der Meute zu stellen. Keiner konnte Hanno ausstehen, und jetzt soll ich zugeben, dass sie recht hatten? Ich höre schon seit Jahren, wie sie für ihr Triumphgeheul Luft holen. Das stehe ich nicht durch. Die Familie kennt kein Erbarmen. Für die war ich jahrelang die arrogante Karrierefrau." Sie ließ Asche zu Boden flocken. „War ich wohl auch. Sei's drum. Vorbei."

„Warum suchst du dir keinen neuen Job?"

Anna blickte Rita eine Minute lang an, bevor sie ihre Sonnenbrille abnahm.

„Mit diesem Gesicht?"

Rita blieb stumm. In Annas Augen waren durchweinte und durchsoffene Nächte geschrieben. Rita verstand erstmals, dass ihre alte Chefin einen hochkarätigen Absturz hinter sich hatte, beruflich, menschlich, körperlich. Sie senkte den Kopf und sagte: „Du hast mir noch immer nicht erklärt, warum Marokko. Verstecken kannst du dich in Feuerland auch."

Anna setzte ihre Sonnenbrillen wieder auf. „Marokko war mein letzter Fall."

„Eva war *dein* Fall?"

Anna nickte. „Chefsache. Vergiss es. Mein Hiersein ist reine Therapie. Oder nenn es von mir aus Exorzismus. Ich musste hierherkommen, um zu sehen, was von meinem Selbstbewusstsein übrig geblieben ist. Und ich will nicht für den Rest meines Lebens jedes Mal, wenn ich Marokko höre, einen hysterischen Weinkrampf erleiden. Marokko bedeutet mein Ende. Ich will, dass Marokko in Zukunft meinen Neuanfang bedeutet."

„Es hat bestimmt nichts mit dem Fall zu tun?"

„Oh, ich recherchiere nicht, wenn du *das* meinst. Hast du wirklich geglaubt, ich hefte mich auf eigene Faust an Evas Fersen?"

Rita zuckte die Achseln.

Anna schüttelte ungläubig den Kopf. „Du hast mich schon immer verwirrt. So ungeschickt wie du hat sich auf der Karriereleiter noch niemand angestellt. Die anderen klettern alle an ihr hoch, nur du gehst immer unter ihr durch. Das bringt Unglück, weißt du? Man soll nicht seine ganze Kraft in die Arbeit stecken. Versteh endlich, dass du damit nie an die Spitze gelangen wirst." Die ehemalige Chefin grinste. „Aber da willst du gar nicht hin, wie? Du willst nur deine Fälle lösen. Und der Abteilungsleiter geht mit deinen Leistungen hausieren. Seht her, was für eine tolle Abteilung ich habe!"

„Hast *du* das auch getan?"

„Von welchem Planeten stammst du eigentlich? *Natürlich!* Das ist die einzige Möglichkeit, an der Spitze zu bestehen. Melke nur die besten Kühe und verkaufe die Milch als deine."

„Es gibt Unterschiede."

„Natürlich gibt es die, sonst säße ich heute nicht hier. Willst du etwas trinken?"

„Ein Bier vielleicht. Brauen die Marokkaner gutes Bier?"

Anna verzog den Mund. „Für Moslems ja. Wo ist eigentlich dein Leibwächter?"

Bestimmt wieder in irgendeinem Café, dachte Rita und sagte: „Er stellt Nachforschungen an."

„Hier in Essaouira?" Anna lachte rau. „Du bist unglaublich, Mädchen. Willst du dir ausrechnen, was für ein Zufall das wäre, ausgerechnet hier eine Spur zu finden?"

„Das sehe ich anders", sagte Rita, und sie spürte Hoffnung, ein wenig über ihre Recherchen sprechen zu können, vielleicht Anna auf andere Gedanken zu bringen, ihre analytische Intelligenz anzuzapfen. Trotz ihres Zustands blieb sie ein fähiger Kopf. „Die Wahrscheinlichkeit, dass zwei Westeuropäern derselbe Ort in Marokko gefällt, ist nicht so gering. Die letzte Spur deutet auf Marrakesch hin. Und wenn du Marrakesch als Mittelpunkt nimmst und einen Stern zeichnest mit den möglichen Orten ..."

„Das ist jetzt nicht etwa ein Briefing“, schnitt Anna ihr das Wort ab.

Rita verstummte und machte eine wegwerfende Handbewegung. „Nein, ich wollte dir nur erklären ...“

„Vergiss die blonde Puppe und konzentriere dich auf Essaouira und auf das Drama meines Verfalls. Das ist unterhaltsamer. Eva ist weg.“

„Ach ja?“

„Warum, denkst du, bin ich abserviert worden?“ Anna lächelte. „Glaubst du wirklich noch, das wäre ein ganz normaler Fall?“

Aus Angst, das Gespräch durch eine unbedachte Äußerung wieder in eine neue Bahn zu lenken, wagte Rita nicht einmal zu atmen. Schlagartig war ihr klar geworden, dass Anna Loeken etwas über den Fall wusste. Etwas, das niemand sonst in Safee wusste.

„Wach auf, Kollegin! Warum habe ich das Gefühl, du gehst diesmal wie eine Anfängerin vor? Hast du nie deine Nase in den Wind gehalten und mal ordentlich geschnuppert?“

„Wovon redest du?“

„Das da.“ Anna legte ihre Zeigefingerspitze an die Nase. „Riechorgan. Woher kommen die seltsamen Düfte? Und wonach riechen sie wohl? Na?“

„Ich bin verwirrt“, gestand Rita.

„Hurra!“ Anna schlug mit der flachen Hand auf den Tisch. „Das ist mal ein Anfang. Und jetzt sag mir, gutes Kind: Hat dir deine Nase nie geraten, ganz woanders Nachforschungen anzustellen?“

„Doch“, sagte Rita leise.

„Das hast du hoffentlich nicht offiziell vorgeschlagen?“

„Doch.“

Anna begann zu lachen. Sie wirkte ehrlich amüsiert, und statt Ritas Neugier zu befriedigen, blickte sie sich nach dem Kellner um und bestellte eine Flasche „Flag“ für die Detektivin.

„Abgelehnt, natürlich“, sagte Anna dann.

Rita nickte.

„Ich sollte dir erzählen, was sich in Safee abspielte, während du in in einer Kurklinik den Seelenfrieden gesucht hast.“

Anna lehnte sich zurück. Der Kellner brachte Rita das Bier. Sie nahm einen Schluck und nickte. „Gut.“

„Man gewöhnt sich daran, nicht wahr? Weißt du, vielleicht bleibe ich hier. Die Mieten sind ein Witz, das Klima ist angenehm, die Bewohner lassen dich in Ruhe. Ein, zwei Jahre in Essaouira ...“

Essaouira hat das stabilste Klima der Welt. Wenn in Casablanca der Asphalt an den Schuhen kleben bleibt und die Gluthitze von Agadir am Sinn des Lebens ohne Klimaanlage zweifeln lässt, sorgt eine beständige Atlantikbrise dafür, dass sich in Essaouira die Einwohner, Hunde, Surfer und Touristen wohlfühlen. Die Wellen stäuben Salz über die Festungsmauern und der kleine Fischerhafen spuckt kleine Fischerboote aus, deren Ausbeute direkt auf die von fetten Katzen belagerten Grillstände des Hafens gelangt oder auf die eleganten Teller von „Chez Sam“, dem schicken Hafenlokal inmitten der Bootswerften, Anlegestellen und Netzflicker.

Nur wenn der Wind dreht und vom Landesinneren bläst oder vollständig zum Erliegen kommt, verwandelt sich auch das kleine Festungsnest in einen Glutofen, dessen Bewohner es nachts in ihren Häusern nicht mehr aushalten. Sie steigen dann auf die Dächer, liegen dort auf dem Rücken und vertreiben sich die Zeit bis zum Einschlafen mit dem Zählen von Sternen statt Schafen.

Doch an diesem Tag funktionierte die atlantische Klimaanlage und in den Gassen der Stadt wurde es gelegentlich sogar kühl. Anna schlug einen Spaziergang auf die Festungsmauer vor, mit ihren grün verwitterten Kanonen, in die noch das Datum ihrer Herstellung und der Name des Kanonengießers eingraviert waren. Die Marokkaner, die ebenfalls über die Anlage schlenderten, schienen sich mehr für den Atlantik als für die Ausländer zu interessieren. Das machte die Hälfte des Charmes von Essaouira aus. Man wurde nicht angeschrien, angemacht, angegrinst, angepinkelt, die Stadt hielt ihre Arme offen, und wenn man das Tor einmal durchschritten hatte, gehörte man bereits dazu.

„Eigentlich bin ich dumm“, sagte Anna, „denn unser Hauptquartier in Paris hatte mich gewarnt. Der zuständige Rechtsberater rief mich an und sagte, da sei ein Dossier unterwegs und ich möge bitte schön aufpassen, der Fall sei heikel.“

„Sagte er dir, warum?“

„Nein, das sagte er nicht. Er bestand nur darauf, dass ich mit dem Rechtsanwalt der Versicherungsnehmerin Kontakt aufnehmen sollte, bevor ich irgendetwas unternehme.“

„Der Rechtsanwalt hieß Amundson?“

„Nein, ein Kerl namens Molde. Ich kontaktierte ihn also, in Erwartung hilfreicher Hinweise. Zuerst war ich freudig überrascht. Der Mann war höflich, agierte professionell, und innerhalb weniger Tage hatte ich alle nötigen Unterlagen auf dem Tisch.“

„Die gingen nicht über Paris?“

„Siehst du, da habe ich mir zum ersten Mal gedacht: Die agieren, als gehörte unsere Versicherung ihnen. Als wüssten sie über unsere internen Abläufe so gut Bescheid, dass sie es sich leisten konnten, bestimmte Schritte zu übergehen. Als ich Molde vorsichtig darauf ansprach, erklärte er mir, man wolle die Angelegenheit mit äußerster Diskretion behandeln. Er ging so weit, mir zu verbieten, mit irgendjemandem über den Fall zu sprechen, und verwies mich auf einen entsprechenden Paragrafen des Versicherungsvertrags.“

„Das galt auch fürs Büro?“

„Für alle. Für mich klang das, als sollte ich nach dem Mädchen suchen, ohne jemals seinen Namen zu nennen.“

Anna blieb bei einer der Kanonen stehen und strich mit ihrer Hand versonnen über das alte Metall mit seinem vom salzigen Wind zerfressenen Zierrelief. „Und dann beging ich meinen fatalen Fehler. Ich beschloss, auch in Norwegen Nachforschungen anzustellen, und legte mir eine Vorgangsweise zurecht, um die Identität des Mädchens zu schützen.“

Anna lachte und schüttelte den Kopf. „Mein Gott, war ich naiv.“

„Du bist nicht selbst nach Norwegen gereist?“

„Natürlich nicht. Ich wollte zuerst durch externe Ermittler ein unabhängiges Bild von der Situation erstellen und dann entscheiden, ob es sich auszahlt, einen eigenen Ermittler unserer Abteilung auf den Fall anzusetzen. Außerdem hatte ich gerade niemanden zur Hand. Du warst auf Kur, van Resik in Italien und Rembrandt war gerade erst angekommen. Also beauftragte ich ein Detektivbüro in Norwegen und eines in Marokko."

„Lass mich raten", sagte Rita. „Die Kanzlei Nordli in Norwegen und Youssef Amoun in Marokko."

„Du bist nah dran. In Norwegen habe ich mich einer hochseriösen und vielfach empfohlenen Kanzlei namens Bergmann anvertraut. In Marokko war es tatsächlich Youssef Amoun."

„Wer hat dir diesen Idioten empfohlen?"

Anna blickte verstört auf. „Ah, ein Idiot? Nun denn, um mir den Namen dieses ‚Idioten' zu entlocken, hat mich ein sehr unangenehmer Department Manager aus Paris vor die Wahl gestellt, entweder von Safee fristlos entlassen und obendrein verklagt zu werden oder die Firma mit einer anständigen Abfindung zu verlassen. Das alles für einen Idioten. Ich bin ihm dankbar, dem Idioten, denn er war meine letzte Trumpfkarte, als sie mir einheizten."

„Du hast mir nicht gesagt, wie du auf ihn gekommen bist."

„Empfehlung unserer Botschaft in Rabat."

„Um Himmels willen."

„Das mag sein. Kommen wir zu meiner Kanzlei Bergmann zurück. Die begann also brav zu ermitteln und zu berichten. Dann stellte sie nach wenigen Tagen ohne Angabe von Gründen ihre Aktivitäten ein. Ich wurde natürlich wütend und bombardierte die Kanzlei mit Anrufen, bis mich der Geschäftsführer endlich zurückrief und sehr nervös bat, den Inhalt unseres Gesprächs vertraulich zu behandeln. Da wurde mir erstmals klar, in welche Scheiße ich mich geritten hatte. Und ich ziehe den Hut vor diesem Mann. Er hat mit dem Anruf seine Karriere aufs Spiel gesetzt. Und es gibt natürlich keinerlei Aufzeichnungen über das, was er mir mitteilte."

Anna nahm einen tiefen Atemzug und blickte auf den Atlantik hinaus, wo die Sonne dem Horizont entgegensank.

„Was war geschehen? Ein braver Detektiv von Bergmann hatte also mit den Ermittlungen über die Familie Gunderson begonnen. Er muss ein fähiger Mann gewesen sein, denn innerhalb weniger Tage legte er das Firmengeflecht des Millionärs offen und stieß auf zwei Informationen, die ihn wohl buchstäblich aus dem Sitz hoben. So ging es jedenfalls mir, als der Bergmann-Manager am Telefon mit mir flüsterte. Ich traute meinen Ohren nicht."

Rita sah einen jungen Marokkaner näher kommen. Wenn der uns unterbricht, dachte sie, bringe ich ihn um.

„Erstens", sagte Anna, während der Junge an ihnen vorbeiging. „Die Kanzlei Bergmann in Oslo gehört dem Sicherheitsdienst Nordli, dessen Ermittlungsabteilung sich ‚Kanzlei Nordli für diskrete Ermittlungen' nennt. Und wem gehört der Sicherheitsdienst Nordli? Erraten: einer Dienstleistungs-Holding, die sich mehrheitlich im Besitz eines gewissen Leif Gunderson befindet. Der eifrige Detektiv kam dahinter, dass er im Begriff war, gegen seinen eigenen Chef zu ermitteln.

Da war es allerdings schon zu spät. Ein Aktivitätsbericht war bereits an die Firma Nordli geschickt worden, dort begannen sofort die Sirenen zu heulen, und noch ehe der Tag zu Ende war, wusste die Familie Gunderson, dass ich mit deren eigener Agentur gegen sie ermittelte. Ja, schlimmer noch: mit deren *eigenem Geld*. Denn es gibt da einen Passus ...“

„Ich kenne ihn. Safee kann die Ermittlungskosten von der Versicherungssumme abziehen.“

„Siehst du?“

Rita zuckte die Achseln. „Ich sehe gar nichts. Die Geschichte ist vielleicht peinlich, aber du konntest ja nun wirklich nicht wissen, wem die Kanzlei Bergmann gehört.“

„Hätten sie nur auf dich gehört“, sagte Anna leise. „Aber das taten sie nicht. Ich saß in einer vorbereiteten Falle.“

„Vorbereitet von wem?“

„Wenn ich daran denke, wer heute an meinem Schreibtisch sitzt, kommt mir so ein Verdacht.“

„Anna!“ Rita schüttelte lachend den Kopf. „Wie soll er das gemacht haben?“

„Er hat Freunde in Paris.“

„Also Paris.“

„Nicht nur. Als ich an meinem Schreibtisch saß und begriff, in welcher Lage ich mich befand, da roch es plötzlich nach Lachs.“

„Aber was haben Sie dir *vorgeworfen*?“

„Gunderson“, sagte Anna, „hat bei uns mehr versichert als nur seine Tochter. Das nehme ich mal an. Er ist ein Großkunde mit Millionenverträgen.“

„Hanno wusste das?“

„Ich kann es nur annehmen.“

„Und wieso wusste er über den Fall Bescheid? Du durftest doch mit niemandem darüber reden.“

Anna blickte gequält. „Rita, Schatz, nenn mich eine dumme Kuh.“

„Dumme Kuh“, sagte Rita. Und fügte leise hinzu: „Du hast ihm alles erzählt.“

Anna nickte.

Die Detektivin konnte sich ein anerkennendes Nicken nicht verkneifen. „Das war nahezu genial von ihm.“

„Nicht wahr? Wie man sich täuschen kann. Unterschätze ihn nicht, Rita. Niemals. Sogar ich habe ihn unterschätzt. Der eitle Fatzke, der stundenlang durch Amsterdam läuft, um ein bestimmtes Aftershave zu kaufen. Er lässt dich mütterliche Gefühle entwickeln und verführt dich dann zum Inzest.“

Rita sagte nichts.

„Und deiner?“, fragte Anna.

Rita schüttelte den Kopf.

Anna winkte ab. „Feige Nuss. Aber wahrscheinlich hast du recht.“

17.

Im zweitbesten Fall hätte Rita erwarten können, dass Anna und sie einander stützen würden. Immerhin befanden sich beide in einer Krise, auch wenn Annas die angeblich Tollere war, weil sie auf einen Schlag verloren, was Rita nie gehabt hatte: eine wichtige Position, einen gut aussehenden Liebhaber und den Glauben an ein stetes Bergauf im Leben. Doch von gegenseitigem Stützen konnte keine Rede sein. Nachdem Anna ihre Geschichte auf Rita abgeladen hatte, suchte sie wie eine Ertrinkende nach Halt, indem sie einen anderen Kopf unter Wasser drückte.

Rita bekam das zu Beginn nicht einmal mit. Der Charme von Essaouira schwemmte die erste Enttäuschung hinweg, die frische Atlantikluft ließ keinen altjüngferlichen Beziehungsmuff aufkommen, und die wenigen Andeutungen, die Anna zum Fall Eva Gunderson fallen ließ, reichten aus, um in Rita die Erregung der Jägerin zu wecken.

Deshalb blieb sie länger als geplant an Annas Seite. Was diese als kindliche Treue interpretierte, war in Wahrheit ein geduldiges Lauern auf einen Moment, um das Thema Eva Gunderson erneut zur Sprache zu bringen. Was hatte die Mutter in Marrakesch zu suchen gehabt, Monate nach dem Verschwinden ihrer Tochter? Und wer war Ben Saada, dieser formlose Schatten, den Inspektor Yezaa ins Spiel gebracht hatte?

Doch Anna kokettierte nicht mit Ritas geduldigem Betteln. Ihr Desinteresse war echt. Zu tief waren die Wunden, die der Abgang von Safee geschlagen hatte. Darüber half auch die Freundschaft mit Rita nicht hinweg. Im Gegenteil: Die Detektivin war weit und breit die einzige Vertreterin dieser verdammten Versicherung, an der man sich ein wenig rächen konnte. Das war nicht edel, aber notwendig. Rita verstand es im Nachhinein, und dass sie es so rasch vergaß, war zwei jungen Marokkanern zu verdanken und einer unerwarteten Reise, die sie mit den beiden unternehmen würde.

Aber zunächst war sie ein treues Opfer. Khaled bot Anna den wunden Punkt zum Einhaken. Der Marokkaner klapperte unermüdlich die Cafés von Essaouira ab, während Rita einmal täglich fünfzig Dirham ausspuckte, als wäre sie ein Geldautomat. Nicht dass Khaled unverschämt geworden wäre. Mit einer verlegenen Geste hielt er allabendlich die Hand auf und sagte: „Ich hoffe, Sie sind zufrieden mit mir", worauf Rita jeweils erwiderte: „Absolut" und sicher war, dass Khaled die Ironie in ihrer Antwort nicht verstand. Denn allabendlich hatte Khaled nichts zu berichten. Und allmorgendlich gab Rita dieselbe Losung aus: Finde jemanden, der Eva Gunderson gesehen hat. Was anderes konnte sie ihm auch sagen?

Wenn es wenigstens bei der täglichen Geldauszahlung geblieben wäre. Rita sagte sich immer wieder: Fünfzig Dirham sind keine bedeutende Summe, und wenn schon nichts dabei herauskommt, lindere ich zumindest die finanziellen Nöte einer marokkanischen Familie, agiere als humanitärer Vorposten der reichen, westlichen Welt, wie sich das halt jeder sagt, der übers Ohr gehauen wird. Doch in der kleinen Festungsstadt war es unvermeidlich, dem hageren Marrakschi über den Weg zu laufen. Und wann immer sie ihn sah, saß er in einem Café, vor sich marokkanischen Tee, um sich herum grinsende junge Männer, und winkte ihr fröhlich zu. Anfangs empfand sie das noch als lustig; doch mit jedem Tag, den sie in Essaouira vertrödelte, ohne ihre im eigenen Saft schmorende Exchefin ins Ermittlungsteam integrieren zu können, machte ihr das fröhliche Grinsen ihres „Assistenten" mehr zu schaffen. Aus der natürlichen Frohnatur Nordafrikas wurde eine hämische Maske.

Anna spürte Ritas wachsenden Ärger und fand endlich ein Thema, dem sie sich mit Passion widmen konnte und das ihr selbst nicht wehtat. „Du musst ihn mit Aufträgen eindecken", riet sie, „sonst kann er dir vorhalten, dass es hier nichts anderes für ihn zu tun gibt."

„Es gibt momentan nichts zu tun", sagte Rita. „Außer Ermitteln. Und wir wissen ja beide, wie schwer *das* zu kontrollieren ist."

„Endlich bist auch du mal in der Situation."

„Danke für dein Mitgefühl."

Doch Anna schützte Solidarität vor. „Erfinde etwas, du hast ein Recht auf seine Arbeitsleistung!"

„Ich könnte ihn nach Rabat schicken“, sinnierte Rita. „Er könnte dort auf das Paket mit den Tagebüchern warten. Dann sehe ich wenigstens nicht, wie er für sein Gehalt absolut nichts tut.“

„Wer hat dir die Filzlaus aufgeschwatzt?“

„Ein marokkanischer Inspektor. Er macht einen guten Eindruck.“

Anna schlug die Hände über dem Kopf zusammen. „Rita, du bist einmalig. Langsam beginne ich zu verstehen, warum du in diesen Ländern nicht arbeiten willst. Du *kannst* es einfach nicht. Er war charmant, dieser Inspektor, nicht wahr?“

„Nicht besonders.“

„Hör auf, Rita. Du machst dir etwas vor. Er *war* charmant.“

Doch Khaled war nur der Anfang. In der Hoffnung, Anna für sich einzuspannen, breitete Rita die Resultate ihrer Ermittlungen in allen Details aus. Als sie verstand, was sie damit anrichtete, war es bereits zu spät. Ihre wenigen Erfolge lagen alsbald systematisch demontiert auf dem Boden, ein Haufen Müll, auf dem Anna mit großem Vergnügen herumhüpfte wie eine Hexe mit Benzinkanister und Streichholz.

Der Fall lag demnach klar: Yezaa war ein durchtriebener Korruptokrat, der Rita für seine Zwecke missbrauchte. Khaled war Yezaas Spion, und Rita bezahlte ihn auch noch. Amundson saß mit einem hämischen Grinsen vor seinem Kamin in Trondheim und dachte nicht daran, die Tagebücher seiner Tochter aus der Hand zu geben. Und in Amsterdam fuhr Hanno de Mey auf der Suche nach neuen Einsatzgebieten für seine Lieblingsfeindin mit einem Finger über die Malariazonen der Weltkarte.

Bald fühlte sich Rita dermaßen miserabel, dass sie, um Kontrolle über die Situation zu erlangen, Khaled zu einem „ernsten Gespräch" einlud, wie sie sich wörtlich ausdrückte und was ihr später, im Lichte dessen, was dabei herauskam, entsprechend idiotisch vorkam. Als Schauplatz der geplanten Konfrontation wählte sie ein kleines Café, das außerhalb der Stadtmauern an der Bucht mit dem Sandstrand lag, vor der Strandpromenade und dem modernen Essaouira mit seinen europäisch anmutenden Sommerhäusern. Rita hielt den Platz für ausreichend neutral. In der Altstadt wäre sie sich umzingelt vorgekommen – kein Café, in dem Khaled unbekannt war, kein Nebentisch, der nicht von seinen neuen Kumpels besetzt wäre.

Khaled erwartete sie, ein vorsichtiges Lächeln auf dem Gesicht. Auf der Terrasse mit einigen wenigen Plastiktischen saßen noch zwei andere junge Marokkaner, und Rita wurde das Gefühl nicht los, auch die seien Teil der Gang. Herbestellt von Khaled, um sich ein wenig zu amüsieren?

„Sie wollen über meine Ermittlungen Bescheid wissen", preschte Khaled vor und wirkte in Ritas Augen schuldbewusst.

„Allerdings", erwiderte Rita kühl.

Khaleds Fröhlichkeit kehrte unerwartet rasch wieder. „Gott sei Dank", rief er aus. „Ich dachte schon, es wäre etwas Ernstes."

In diesem Augenblick platzte Rita um ein Haar der Kragen. Ermittlungen waren also nichts Ernstes. Vor allem dann nicht, wenn man einer doofen Europäerin fünfzig Dirham pro Tag aus der Tasche ziehen konnte und keinerlei Ergebnisse vorweisen musste.

„Für Sie sind Ermittlungen nicht ernst?"

„So habe ich das nicht gemeint", sagte Khaled. „Ich meinte ..." Er verflocht seine drahtigen Finger ineinander. „... Probleme ... ich meine ..."

„Die Ermittlungen *sind* ein Problem", sagte Rita und bewunderte sich einen Moment lang selbst für ihre Ruhe. Sie hatte aus ihrem Desaster mit dem Rezeptionisten gelernt. Sie wollte Khaled mit eiskalter Ruhe aufs Schafott führen. Danke, Khaled, wir haben es miteinander probiert, das Ergebnis war nahezu gleich null. Wenn ich wieder mal in Marrakesch bin, rufe ich dich an. Und nun nimm deine verdammte Rostschüssel unter den Gasfuß und mach eine Wolke. So reaktionär es klingt: In der westlichen Kultur ist Bezahlung mit Resultaten verbunden. Ich bin nicht die UNO, sondern Detektivin.

Khaled hob die Augenbrauen und senkte sie dann sehr tief. „Ein Problem?"

„Ich hatte mehr an Ermittlungen über Eva Gunderson gedacht", sagte Rita. „Und weniger an Recherchen über die Cafés von Essaouira. Aber vielleicht war das ein Missverständnis."

Nun wirkte der Marokkaner ehrlich amüsiert. „Aber Madame: Die Cafés sind der einzige Ort, wo man ermitteln kann. Haben Sie jemals die Wohnung einer normalen marokkanischen Familie gesehen? Wenn die Mutter bügeln will, muss sie den Rest der Familie rausschmeißen, damit niemand ihren Ellenbogen ins Gesicht kriegt."

„Ach so?"

„Was denken Sie, warum die Straßen voller Leute sind? Das ist nicht das Klima, Madame, das ist, weil die daheim einfach keinen Platz haben. Also geht man ins Café, wenn man einen Dirham übrig hat, oder lümmelt sonst wo herum. Die jungen Leute hier haben nicht ihr eigenes Zimmer mit Computer, Plattensammlung und einem Schild an der Tür, wo ‚Fuck off‘ draufsteht. Marokko“, er breitete seine Arme zu einer Geste aus wie ein Werbeansager, „ist anders.“

„Aber nur Cafés?“

„Wo sonst, Madame? Im Jugendzentrum?“

„Auf dem Markt, zum Beispiel.“

„Gutes Beispiel. Da finde ich jemanden, den ich suche, und wo können wir reden? Im Café. Wenn ich etwas wirklich Interessantes erfahren will, muss ich dem anderen Zeit geben.“

„Und das geht nur in Cafés.“

„Absolut.“ Khaled hob den Zeigefinger. „Und es hat funktioniert. Darf ich erklären?“

„Das wäre ganz fantastisch.“

Khaled beugte sich vor. „Ich habe zwei Tage gebraucht, um einen Studienkollegen zu finden, den ich von der Universität in Casablanca kenne. Ich wusste, dass seine Familie aus Essaouira stammt, aber ich dachte, er sei mittlerweile woanders untergekommen. In den Norden gegangen oder ausgewandert. Oder in die Armee.“

Die jungen Marokkaner am Nebentisch blickten herüber. Sie wirkten nicht im Geringsten amüsiert. Sollen wir lauter sprechen, Leute, damit ihr die Show mitkriegt?

„Suleiman“, sagte Khaled.

„Wie bitte?", entfuhr es Rita gereizt.

„Sein Name ist Suleiman."

„Sehr interessant."

Khaled lehnte sich zurück und hob beide Hände zum Gestikulieren. „Und wissen Sie, wo ich Suleiman am Ende gefunden habe? Sie werden es nicht glauben."

„In einem Café."

„Dort habe ich die Adresse erfahren. Nein, Suleiman habe ich zu Hause besucht. Und wissen Sie, was er dort tut? Malen!" Khaled blickte sie an, als habe er gerade den besten Witz der Welt erzählt. „Verstehen Sie?"

„Ich denke ja. Pinsel und Leinwand."

Der Marokkaner gluckste vor Vergnügen. „Ist das nicht verrückt? Vier Jahre Jurastudium, und nun sitzt er in einer kleinen Kellerwohnung und malt. Szenen aus Essaouira. Verschleierte Weiber in engen Gassen. Das geht weg wie geschnitten Brot. Verdient sich dumm und dusselig, mein alter Freund Suleiman."

„Wie schön für ihn."

Khaled schien gerade den Faden verloren zu haben. „Ah", rief er. „Als ich ihn endlich fand, packte er gerade seine Werke zusammen, um sie in eine Galerie zu bringen. Ich begleitete ihn und lud ihn danach ein, mit mir in ein ... na?"

„... Café zu gehen."

„*Voilà*! Wir setzten uns in ein Café und plauderten den ganzen Nachmittag. Er erzählte über seine Arbeit und ich über meine."

„Und ihr habt eine Menge gelacht dabei."

„Natürlich. Aber das Beste kommt jetzt: Als ich ihm vom Marrakesch Express erzählte und dabei den Zug meinte, fiel Suleiman fast vom Stuhl, so hat der zu lachen begonnen."

„Das muss ein fröhlicher Kerl sein."

„Sehr fröhlich. Wenn der mal zu lachen anfängt! Er sagte mir: Du glaubst doch nicht, das sei ein Zug, wenn man von einem Mädchen sagt, es habe den Marrakesch Express genommen. Ich antwortete: Natürlich, was denn sonst? Und er begann wieder zu lachen, krümmte sich nahezu."

Rita fühlte, wie sich ihre Verärgerung durch einen Nebenausgang ihres Gemütes verdrückte, um einer Mischung aus Scham und Erregung Platz zu machen. Khaled war ein Juwel. Hatte er das nicht bereits in Marrakesch bewiesen? „Und was sagte er dann?", fragte sie leise.

„Er zeigte auf die Tür und sagte: Gehe dreihundert Meter in diese Richtung, und du findest den Platz, wo der Marrakesch Express abfährt. Der wirkliche. Ich dachte: Dreihundert Meter? Dort sind die Taxis."

Ritas Kehle war ausgetrocknet. Sie begann nervös mit ihrem Teeglas zu spielen. „Und was ist nun der richtige Marrakesch Express?"

„Der richtige Marrakesch Express, Madame, ist kein Zug." Khaled blickte sich um, als fürchte er Mithörer, achtete jedoch nicht auf die beiden jungen Marokkaner am Nebentisch. „Der Marrakesch Express ist auch kein Taxi und kein Bus. Der wirkliche Marrakesch Express ist ein Trick."

„Ein Trick?"

„Ein Riesentrick. Ein teurer Trick."

Ritas Stimme zitterte, als sie sagte: „Ich bin ganz Ohr, Khaled."

Nun wurde auch der Marokkaner leise. „Ihnen wird aufgefallen sein, dass viele junge Männer in diesem Land mit ihrer Situation unzufrieden sind."

Rita zuckte die Achseln. „Sie haben keinen Platz zu Hause. Keinen Computer und keine Plattensammlung."

„Schlimmer: keine Zukunft. Es ist nahezu unmöglich, eine gut bezahlte Arbeit zu finden. Wie soll man eine Familie gründen? Die Arbeitslosigkeit ist hoch, die meisten Jobs sind reine Sklaverei, und an die guten Posten kommen nur die Söhne der Reichen ran. Was bleibt?"

„Auswandern."

„Richtig. Aber das ist schwer. Man kann sein Leben riskieren und sich mit einem Gummiboot über die Meerenge von Gibraltar nach Spanien paddeln lassen, vorausgesetzt, die Familie bringt das nötige Geld zusammen. Dann pflückt man Oliven oder Orangen in Andalusien, als Illegaler natürlich, und muss sich mit miserabler Bezahlung zufriedengeben und ständig auf der Hut sein, dass man nicht erwischt und ausgewiesen wird. Das klingt nicht besonders, sagen wir mal: attraktiv. Also sucht man eine andere Möglichkeit. Eine legale Möglichkeit. Erraten Sie die?"

„Eine Frau aus einem reichen Land."

„*Exactement.* Doch wie kommt man an die heran? Nun ja", Khaled wies auf die Stadtmauern von Essaouira, „da laufen genug herum, junge Touristinnen ohne männliche Begleitung, und viele lassen sich gerne auf ein Abenteuer ein, ja mehr noch: kommen hauptsächlich aus diesem Grund nach Marokko. Wie stellt man es aber an, wenn der Marokkaner mehr will als nur ein Abenteuer? Wenn er die Dame heiraten, mit ihr nach Europa gehen und dort ein gutes Leben führen will? Denn das Problem ist offensichtlich: Welches Mädchen aus Europa will schon einen marokkanischen Habenichts heiraten?"

„Also gibt es einen Trick."

„Den gibt es. Man mietet sich für ein oder zwei Nächte ein Haus mit der angeblich reichen Familie, die angeblich die eigene ist. Man sagt dem Mädchen: Willst du meine Familie kennenlernen? Komm mit nach Marrakesch und ich stelle dich meiner Familie vor. Damit sie sieht, dass man kein Habenichts ist, sondern einer guten Familie angehört."

„Und das ist der Marrakesch Express."

Khaled nickte. „Das ist er. Man borgt sich also Geld und tut sich mit einem oder zwei Kumpels zusammen, damit es billiger wird. Den Mädchen erklärt man: Wir sind lauter Brüder. Und mit einem Taxi geht es ab nach Marrakesch."

„Ich werd verrückt. Und das funktioniert?"

„Natürlich nicht immer. Aber die Mädchen sind schwer beeindruckt. Das ist wie Tausend und eine Nacht. Ein traditionelles altes Haus in der Medina, wie es die Europäer lieben. Ein köstliches Abendessen ..."

„Musiker ..."

„Wenn man es sich leisten kann." Khaled breitete lächelnd die Arme aus. „*Voilà.*"

„Diese Mietfamilien gibt es wohl in anderen Städten auch", sagte Rita.

Khaled zuckte die Achseln. „Vermutlich."

Rita begann zu lachen, denn sie musste an ihren abstrusen Abend mit Youssef Amouns Familie in Fès zurückdenken. „Das glaube ich einfach nicht.“

„Sie können es ruhig glauben. Suleiman erzählt keine Märchen. Dank Suleiman kann ich Ihnen den Kontakt verschaffen. Oder Sie könnten wie eine richtige Detektivin vorgehen.“

„Was soll das heißen?“

„Madame, Sie werden mir verzeihen, dass ich mir Gedanken gemacht habe. Ich habe mich gefragt, ob eine Detektivin nach Marrakesch gehen, bei diesem Haus anklopfen und sagen will: ‚Schönen guten Abend, ich bin Detektivin und habe herausgefunden, dass eine verschwundene Ausländerin wahrscheinlich zum letzten Mal in Ihrem Haus gesehen worden ist?‘“ Khaled schüttelte den Kopf. „Ich sagte mir: Nein. Ich sagte mir ...“

„Khaled, Sie wollen mich verkuppeln?“

Das Zahnfleisch des Marokkaners glänzte, als er grinsend sagte: „*Ouiii!*“

„Vollkommen verrückt“, erwiderte Rita. „Und Sie haben auch schon einen Verehrer für mich gefunden?“

Khaled hielt zwei Finger hoch. „*Deux, Madame.*“

„Toll. So viel Erfolg hätte ich in Holland nie.“

„Unter den jungen Leuten in Essaouira ist jeder bekannt, der den Marrakesch Express genommen hat oder nehmen will. Suleiman hat sich umgehört und mich mit zwei von ihnen zusammengebracht. Damit ist garantiert, dass wir ihnen vertrauen können. Einer wird Ihr Begleiter sein, der andere wäre mit seinem eigenen, äh, Mädchen dabei.“

„Aber zahlen würde ich.“

Khaled nickte feierlich. „Nur die Kosten für die Reise und die Gebühr für die Familienshow. Im Gegenzug würden die beiden Freunde gratis mitmachen.“

„Und das andere Mädchen?“

„Weiß von nichts.“

Rita verdrehte die Augen.

„Das ist die beste Tarnung, die Sie sich vorstellen können.“

„Darf ich noch Skrupel haben?“, schnappte Rita.

„Natürlich, natürlich“, beschwichtigte Khaled.

Sie schwiegen. Rita schüttelte lächelnd den Kopf. „Warum haben Sie mir das alles nicht früher erzählt?“

„Es war nicht so einfach, die beiden zu überzeugen.“ Khaled wirkte plötzlich verlegen. „Der Altersunterschied ...“

„Verstehe.“ Rita spürte, wie sie plötzlich rot wurde. Absurd, es musste doch klar sein, dass sie keine attraktive Eroberung war, die man gerne seinen Kumpels präsentierte.

Khaled spürte Ritas Betroffenheit und setzte hastig hinzu: „Der andere Freund war noch auf der Suche.“

„Nach einer blöden Europäerin. Damit sich der Trip rentiert.“

„Sie sehen das möglicherweise falsch. Der eine Junge, der sozusagen Ihren Verehrer spielen wird, hat einen persönlichen Grund, die Reise zu unternehmen. Darum hat er sich bereit erklärt. Er sucht selbst jemanden, der verschwunden ist. Und da möglicherweise die marokkanische Polizei mit diesem Verschwinden zu tun hat, möchte er nicht allein gehen. Er hat Angst. Er meint, es könnte vielleicht gefährlich werden. Deshalb wollte ich Ihnen vorher nichts sagen. Ich wusste nicht, ob er mitmachen würde."

„Und nun macht er mit."

„Ja, er hat es sich überlegt. Nur fehlt uns noch das andere Mädchen."

„Aber das hat der andere Junge schon in Arbeit."

„Genau."

„Es ist lediglich eine Frage der Zeit, bis es weich wird."

„*Exactement*."

„Ihr Marokkaner!" Rita blickte Khaled ernst an. „Und was soll nun gefährlich werden? Soll das heißen, ich werde da in eine marokkanische Privatfehde hineingezogen, ,möglicherweise'?"

Khaled hob beide Arme. „Tatsache ist: Einer der Jungen aus Essaouira ist spurlos verschwunden, als er den Marrakesch Express nahm. Niemand weiß, wie und warum. Die Entscheidung liegt allein bei Ihnen."

Rita zwinkerte ihm zu. „Die beiden Jungs am Nebentisch?"

Khaled nickte. „Das sind sie. Ich werde sie an unseren Tisch bitten, wenn Sie einverstanden sind. Nur eines, Madame: Unseren gemeinsamen Freund Abdellah Yezaa lassen wir besser unerwähnt."

Yakub und Driss waren zwei ernste junge Männer, die keine unnötigen Risiken eingehen wollten, obwohl sie wirkten, als ob genau das ihre Spezialität wäre: kantige Gesichter, kurzer Haarschnitt, eine Entschlossenheit im Blick, die in zivilisierten Ländern nur Soldaten oder Kriminelle haben, und kräftige Arme, die auf Gelegenheitsjobs in den Werften und Werkstätten von Essaouira hinwiesen. Ohne Khaleds alte Freundschaft mit einem Mann aus Essaouira, ahnte Rita, hätte sie nie deren Vertrauen erlangt.

Wann immer das Gespräch die marokkanische Staatsgewalt streifte, wurden die beiden derart nervös, dass Rita fürchtete, sie würden wortlos aufstehen und davongehen. Der Grund hatte einen Namen, der nur mit leiser Stimme ausgesprochen wurde: Tazmamart. Ein Gefängnis, das offiziell nicht existierte, mit Gefangenen, die es offiziell nicht gab. Marokkos streng geheimer Schandfleck. Nur dorthin konnte es Yakubs Bruder Karim verschlagen haben, meinten sie, denn seit er den Marrakesch Express genommen hatte, fehlte von ihm jede Spur. Und wer spurlos verschwand, den hatte die Polizei für gewöhnlich nach Tazmamart verfrachtet. Zuletzt war der Unglückliche freilich in einem Kommissariat in Marrakesch gesehen worden.

Sein angebliches Verbrechen: Überfall auf eine Touristin, Verschwörung gegen die staatliche Sicherheit.

„Sind das zwei getrennte Vorwürfe?"

„Wir haben keine Ahnung", sagte Yakub. „Aber wir haben den Verdacht, dass die Polizei einen Fall konstruiert hat, um Karim für immer aus dem Verkehr zu ziehen. Fragen Sie uns nicht, warum."

„Und was erhofft ihr euch von diesem Trip mit dem Marrakesch Express? Ich kann nichts für euch tun."

„Wir erwarten nichts. Wir wollen nur den letzten Ort kennenlernen, den er aufgesucht hat. Vielleicht erfahren wir etwas."

„Mit wem ist Karim nach Marrakesch gegangen?"

„Mit einer Norwegerin."

Khaled, der ausnahmsweise nicht grinste, zwinkerte Rita millimeterklein zu.

„Scheiße!", entfuhr es der Detektivin.

„*Pardon?*", sagte Yakub.

„Nichts. Ich meinte nur ... das ist jetzt kein Märchen, oder?"

„Was meinen Sie mit Märchen?"

„Vergiss es. Ich muss jetzt nachdenken. Was kostet der Spaß in Marrakesch?"

„Zweihundertfünfzig Dollar pro Nacht. Plus Reisekosten."

„Mit oder ohne Musiker?"

„Ohne natürlich. Die billigste Version."

Die schwierigsten Momente ihrer Ermittlungen, hatte Rita das Gefühl, erlebte sie bei den Verhandlungen mit ihrer eigenen Firma. De Mey war nicht gut auf sie zu sprechen – Überraschung! –, verriet ihr Rembrandt zum Einstieg. Delikates Feedback aus Rabat, begründete der Operationsdirektor mit einem Kaugummi in seiner Stimme. Mit delikat war offensichtlich Rahmani gemeint, und mit Feedback die Witwe Gunderson. Und warum Rita sich so lange nicht gemeldet habe. Und was nun mit den Ermittlungen sei. Und Anna, hatte Anna sie erreicht?

„Nein", log Rita und beschloss, ab sofort zu lügen, was das Zeug hielt.

„Dann gib mir mal einen Bericht", sagte Rembrandt und spitzte laut seinen mentalen Bleistift.

„Bericht", wiederholte Rita. „Ich habe eine Spur."

Das war gut, damit gewann sie Zeit.

„Details, Rita, Details."

„Ich brauche Geld. Fünfhundert Dollar ohne Belege.“

„Vergiss es, du kennst unsere Buchhaltung.“

„Dann vergiss Eva Gunderson, du kennst Nordafrika.“

Rembrandt seufzte. „Wie soll ich das machen? Wie soll ich de Mey überzeugen, wenn du mir keinen Hinweis gibst?“

„Er soll die Witwe Gunderson um Erlaubnis bitten. Sie macht Geschäfte mit Marokkanern, sie weiß, wie das Land funktioniert. Ich versichere dir, sie wird Verständnis haben für einen kleinen Korruptionsfonds. Im Gegenteil, sie wird sagen: So wenig?“

„Wo bist du jetzt, Rita?“

„In Essaouira.“

„Eva war dort?“

„Das möchte ich annehmen.“

„Gibt es Augenzeugen?“

„Nicht abgesichert. Aber es gibt eine Spur, die ins Landesinnere führt. Einen Mann, der sie angeblich gesehen hat. Einen Ort, wo sie angeblich gesehen wurde. Ich muss diesen Ort aufsuchen, um das nachzuprüfen.“

„Du willst mir nicht sagen ...?“

„Nein. Ich traue den Telefonen nicht.“

„Faule Ausrede. Du traust *mir* nicht.“

„Lass mich ein einziges Mal taktvoll sein, Rembrandt.“ Rita überlegte. „Darf ich dich ganz inoffiziell um deine Meinung bitten?“

Rembrandt schnaubte.

„Mutter Gunderson war in Marrakesch, zweieinhalb Monate nach der Vermisstenmeldung.“

„Eine besorgte Mutter reist in das Land, wo ihre Tochter verschwunden ist. Geniale Enthüllung. Noch etwas?"

„Warum Marrakesch?"

„Warum nicht?"

„Warum nicht Rabat? Ihr Geschäftsfreund wohnt in Rabat. Der Untersuchung zufolge, die erst später stattfand, ist Eva nie bis Marrakesch gekommen."

„Ihr Freund ist reich. Vielleicht hat er ein Pied-à-terre in Marrakesch."

„Sie wohnte in einem Hotel."

„Schnüfflerin!", fauchte Rembrandt. „Lässt du wohl deine Finger von unserer Kundin!"

„Gerne. Ich lasse mich mit fünfhundert Dollar bestechen. Ohne Belege."

„Wenn ich das Hanno erzähle, schmeißt er dich morgen raus."

„Und wenn ich der guten Kundin Gunderson erzähle, dass meine Ermittlungen an fünfhundert Dollar ohne Belege scheitern, schmeißt sie Hanno raus, das schwöre *ich* dir."

„Du bist ein lästiges Weib, weißt du das?"

„Sag ihm, ich habe einen Assistenten engagiert. Für hundertfünfzig Dirham pro Tag plus Spesen. Ist das viel?"

„Für Marokkko schon. Wie viele Tage?"

„Unbegrenzt. Er agiert als Übersetzer und Chauffeur."

„Rita, ich rieche ein faules Ei. Was führst du im Schilde?"

„Ich will dort nach Eva Gunderson suchen, wo noch niemand gesucht hat. Sobald ich das Geld habe, kann ich damit beginnen."

„Eine Bedingung: Sobald du das Geld ausgegeben hast, will ich ein Ergebnis sehen. Ist das klar?"

„Kein Problem."

„Das sagst du seit Beginn. Ich meine es ernst. Wenn du in einer Woche nichts vorweisen kannst, ziehen wir dich ab. Hanno ist stinksauer."

„Du weißt genau, warum er mich hergeschickt hat. Jetzt glaubt er, mir geht es wider Erwarten gut in Marokko. Daran kaut er vermutlich schwer."

„Was Hanno glaubt, erzähle ich dir besser nicht. Und richte Anna schöne Grüße aus."

Arschlöcher, dachte Rita und legte auf.

Essaouiras Hafen wirkt wie von Kinderhand gezeichnet. Holzplanke für Holzplanke bauen Handwerker die bauchigen Fischerboote zusammen, ausgebreitet liegen die Netze zum Flicken, von den Grillständen steigt würziger Rauch auf und fette Katzen lauern auf saftige Filetstücke. Wie es sich für einen Bilderbuchhafen gehört, fährt immer auch gerade ein Boot ein oder aus, und irgendwo ist immer jemand am Ent- oder Beladen. Ein Befestigungsturm, wie aus Lego gebaut, schlummert in einer Ecke des Hafenviertels. Darüber eine filigrane Wolke singender Möwen.

„Du bist verrückt", sagte Anna. Sie sah besser aus als vor ein paar Tagen, mit ein wenig Schminke und schicker Kleidung konnte sie sich schon zu einem ersten Vorstellungsgespräch wagen. An ihrem Horizont wurde Zukunft sichtbar. Es war ein guter Moment, um abzureisen, obwohl Anna selbstverständlich anderer Meinung war.

Rita zuckte die Achseln und sah aufs Meer hinaus, spürte Annas intensiven Blick in ihrem Nacken, hörte die Resignation in ihrer Stimme.

„Was versprichst du dir davon?"

Auch jene hysterische Verzweiflung war verschwunden, die aus Annas Gesicht einen stummen Hilfeschrei gemacht hatte. Ihr alter Stil glänzte wieder auf. Sie begann sich sorgfältig zu kleiden. Sogar fröhlich war sie geworden, in manchen Momenten.

„Details?"

Rita schüttelte den Kopf. „Du wolltest kein Briefing, ich werde dir keines geben. Mir reicht es zu wissen, was du von meinen Ermittlungen hältst."

„Vielleicht war ich voreilig."

Sie standen am Ende der Mole, der Atlantik wogte friedlich gegen die Wellenbrecher und die Brise. Die große Klimaanlage von Essaouira machte die Julisonne erträglich.

Rita blieb stumm. Zu gründlich hatte Anna ihr Werk demontiert. Sie wollte nicht länger als Sandsack für die Schläge eines frustrierten Boxers herhalten. Anna hingegen wusste, dass sie nur dann glaubwürdig blieb, wenn auch Rita scheiterte, wenn sich die alte Mitstreiterin auf ihre Seite schlug und selbst zur Versagerin wurde. Denn wenn ihre Analyse des Falles stimmte, war Rita so gut wie tot. Doch wenn sie unrecht hatte, war die starrköpfige Detektivin dabei, einen unlösbaren Fall zu lösen.

Was von beidem ist dir unangenehmer?, dachte Rita.

„Im Libanon ...“, begann Anna, doch Rita winkte ab. „Ich habe meine Schlüsse gezogen. Ich mache das nicht für Safee.“ Sie wandte sich um und blickte ihrer ehemaligen Abteilungsleiterin, der ehemaligen Karrierefrau, der die Welt zu Füßen gelegen hatte, in die Augen. „Ich tu es einfach. Was soll ich sonst tun? Nach Holland zurückkehren und vor Hanno auf die Knie sinken? Nicht mit mir.“

„Stolz? Du riskierst Kopf und Kragen, nur weil du deinen Stolz hast?“

„Ich habe nicht das Gefühl, Kopf und Kragen zu riskieren. Ich habe ein gutes Gefühl.“

„Na schön, vielleicht hast du recht. Willst du ein Back-up?“

Rita lachte. „Werde jetzt nicht sentimental, ja? Das würde heißen, du arbeitest ab sofort gratis für Safee, und wer soll dir das abnehmen?“

„Halt mich nicht für zynischer, als ich bin. Und denke nicht, ich sei undankbar.“

„Ich denke gar nichts. Ich werfe dir nichts vor, und wir bleiben Freundinnen. Nur mache ich jetzt wieder allein weiter. Das Geld ist angekommen, ich kann abreisen. Und du siehst auch schon besser aus.“ Rita legte ihren Arm auf Annas Schulter. „Hm?“

Anna sagte nichts. Es war offensichtlich: Sie fühlte sich betrogen.

18.

Khaleds Peugeot entsprach nicht Danielas Vorstellungen von einem typischen Fortbewegungsmittel der marokkanischen Jeunesse dorée, passte aber irgendwie doch in ihr Bild von dem, worauf sie sich eingelassen hatte. „Cool", sagte die deutsche Blondine, deren Barbie-Figur von einem merkwürdigen Babyspeckgesicht mit vorstehenden Zähnen entzaubert wurde, mit Gesichtszügen, die offenbar schwer im Zaum zu halten waren, weil Daniela immer wieder und manchmal ohne ersichtlichen Grund Lachanfälle erlitt, die sie oft mit einem ebenso abrupten „Cool" beendete. Von Anfang an klammerte sie sich an ihre nach wenigen Minuten bereits „alte Freundin Rita" auf typisch deutsche Art: Wenn das emotionale Ventil einmal geöffnet war, brachen alle Dämme.

Bei Kilometer 35 wusste Rita über alle unglücklichen Liebschaften der trampeligen Kichertouristin Bescheid, und bei Kilometer 40 hatte Daniela auch gestanden, dass ihr Großvater Aufseher in einem KZ gewesen war, „obwohl er gesagt hat, das mit dem Judenvergasen war nicht direkt sein Job, eher Administration oder so." Ab Kilometer 45 begann sie über ihre Beziehung zu ihrer kleinen, in Essaouira zurückgelassenen Freundin Hildi streng Vertrauliches auszubreiten – sie konnte mit Rita Deutsch sprechen, die drei Männer bekamen nichts mit, das glaubte Daniela zumindest. Und dass sie mit Hildi gelegentlich zu „fingern" begonnen habe, wenn sie beide nicht einschlafen konnten und sich, von Männern träumend, hin und her wälzten und plötzlich im selben Bett lagen, betrachte sie manchmal als Fehler, obwohl sie, wenn sie „ganz ehrlich war" (bitte nicht, dachte Rita), selten bessere Orgasmen erzielt habe, „nur fühlt man sich schon komisch nachher, weil man sich denkt: Bin ich jetzt 'ne Lesbe oder was?"

150 Kilometer standen ihnen noch bevor, und Rita war ihrer überschäumenden Reisegefährtin trotz allem dankbar, denn unter deren Gequassel lösten sich alle metaphysischen Probleme in Banalitäten auf und selbst der Horror von Tazmamart wirkte wenig überzeugend: Spätestens nach drei Stunden würde die abgehärtetste Wachmannschaft einer Daniela die Tore öffnen, nur um endlich Ruhe zu haben.

Yakub und Driss hatten eine große Anstrengung unternommen, sich wie junge Angehörige einer reichen Familie zu kleiden, und sahen aus wie Zuhälter auf Sonntagsausflug. Sie waren nervös, und bei der ersten Straßensperre schwiegen sie unter ihren Sonnenbrillen wie Steinblöcke, während die Polizisten Dokumente prüften und lange Blicke ins Wageninnere warfen.

Straßensperren waren nichts Außergewöhnliches in Marokko, und in den traditionellen Haschisch-Regionen und gegen Süden hin, wo die aufsässigen Sahrauis bis vor Kurzem einen Wüstenkrieg gegen die königlichen Truppen ausgefochten hatten, war die Straße alle fünfzig Kilometer von grau gekleideten Gendarmen abgesperrt, denen jede Verkehrsbewegung verdächtig erschien.

Der Blick des Gendarmen auf die heute ganz uncoole Daniela löste erwartungsgemäß einen Kicheranfall bei ihr aus, was ein längeres Gespräch zwischen dem Gesetzeshüter und Khaled zur Folge hatte. Hundert Kilometer noch, dachte Rita. Was zum Teufel hatte sich Eva Gunderson dabei gedacht? Der Trip passte nicht zu ihr, sie war nicht blöde genug, um von einem jungen Marokkaner an der Nase herumgeführt zu werden. Oder hatte sie sich bewusst auf dieses Theater eingelassen?

Die Gendarmen winkten sie mit einer herrischen Handbewegung weiter, Khaled hatte die richtigen Argumente und den richtigen Ton gefunden. Daniela begann Rita mit Fragen zu löchern, sie forderte Wechselgeld für ihre Vertraulichkeiten ein, ob sie sich denn eine Zukunft mit einem viel jüngeren Mann vorstellen könne und ob sie darüber nachdenke, ein armes marokkanisches Kind zu adoptieren – „davon gibt's ja jede Menge hier" –, und ob sie jemals versucht habe, in Holland Zutaten für ein original marokkanisches Couscous zu kaufen?

In einem Dorf vor Marrakesch raste Khaled in eine Radarfalle und alle blickten Rita an, als der Gendarm die Hand aufhielt. Als am späten Nachmittag endlich die ersten Wohnviertel von Marrakesch auftauchten und sie, vorbei am Bahnhof, über die Ringstraße und durch eines der Stadttore hindurch, in die Medina eindrangen, wieder eintauchten in das Gewühl, in das Chaos, in dieses Verkehrs-Couscous aus Menschen, Maschinen und Tieren, war Rita zumute, als besuchte sie zum zweiten Mal dieselbe Show.

Denn sie wusste, was nun kam. Zuerst verfransten sie sich göttlich im Labyrinth der Medina und gelangten endlich, nach viel Palaver mit Straßenverkäufern und Schleierfrauen, in eine staubige Sackgasse mit staubigen Kindern und einem Rudel fauchender Katzen rund um einen Müllhaufen. Nirgendwo ein Fenster, die Gasse sah aus wie die ärmste und lebloseste der ganzen Medina, nein, von ganz Marokko. Das hatte System, vermutete Rita. Einerseits war der westliche Gast umso verblüffter, wenn sich in so einem Dreckviertel die Tür zu einem paradiesischen Innenhof öffnete, andererseits überlegte man es sich, zumal als Frau, dreimal, bevor man hier dem Liebeswerber einen Korb gab, die Veranstaltung abblies und einen Abgang machte. Abgang wohin? Allein fand man hier nie wieder raus.

Vielleicht hatte Eva Gunderson einen Abgang gemacht. Es klang wie ein passender Auftakt zum endgültigen Verschwinden.

Erwartungsgemäß ging mitten in einer schäbigen Mauer eine Tür auf. Diese spuckte drei Frauen aus, die mit lautem *„Ululululu"* um die Gäste herumtanzten. Daniela benahm sich wie eine Touristin in einem außer Kontrolle geratenen Folklorespektakel und erlitt einen hysterischen Lachanfall nach dem anderen. Driss warf Yakub Hilfe suchende Blicke zu, und der wäre am liebsten im Erdboden versunken. Khaled grinste ihnen zum Abschied zu – war das Schadenfreude? – und verabschiedete sich, denn er hatte zwei Tage bezahlten Urlaub bei seiner Familie ausgehandelt. Die Detektivin, die nun wusste, worauf sie zu achten hatte, bekam noch mit, wie ein Kuvert diskret den Besitzer wechselte. Weg waren fünfhundert Dollar ohne Belege. Und die Show konnte beginnen.

Wer glaubt noch an die Wahrheit und an das Gute im Menschen? Ein junges Mädchen, unvergewaltigt, zu treuen Diensten, weil es immer so war. Die Stimme aus der Dunkelheit in Youssef Amouns Mietfamilienhaus in Fès. „Madame. Pst.“
Rita wusste im Prinzip, wo sie anzusetzen hatte. Sie wähnte ihre noch unsichtbare Verbündete in den niederen Rängen der Truppe. Ein Dienstmädchen vielleicht, ungebildet, aber intelligent genug, um sich an das Wesentliche zu erinnern und in Rita zu erkennen, was sie war. Irgendjemand würde ihr alles erzählen, sie durfte nur nicht an den Falschen geraten. Doch weil es sich eben um eine Mietfamilie handelte, ihre Mitglieder Schauspieler und deshalb schwer einzuschätzen – wer hatte etwas zu sagen, wer war gefährlich, wer harmlos? –, wartete Rita eine Nacht und einen Tag, bis sie glaubte, die wahren Verhältnisse durchschaut zu haben.
Die vier Gäste wurden gemästet, als sollten sie demnächst selbst als Hauptgericht eines Festbanketts dienen. Lebensmittel waren billig in Marokko, und wenn die Schauspieler bezahlt waren – auch sie unerhört billig –, blieben noch genügend Dollar ohne Belege übrig, um groß aufzutischen und satten Gewinn ein-

zustreichen. Auf dem Frühstückstisch türmte sich kunstvoll aufgeschichtetes Gebäck, zu Mittag warteten Berge von Couscous, am Nachmittag strömte literweise grüner Tee, am Abend brutzelte Lammtagine in tönernen Schüsseln, womit Rita nach 24 Stunden so gestopft war, dass sie sich kaum noch bewegen konnte.

Das wiederum passte perfekt in ihren Plan.

Bald saß sie, endloses Verdauen vorschützend, unbeweglich wie ein Buddha in einer Ecke auf drei Kissen, die eine „Tochter der Familie" herbeigeschafft hatte, unten im Hof, im Zentrum des *Riad*, und blickte geduldig dem Treiben der Familie zu, was der Familie mit der Zeit peinlich wurde, denn eigentlich waren es ja die Gäste, die es treiben sollten, und jede Stunde Familienleben war in Wahrheit mühselige Schauspielerarbeit.

Rita durchschaute bald die Arbeitsteilung. Die Faulste war – ganz untypisch für diese Breiten – die Mutter. Sie machte eine Menge Lärm, wenn sie da war, küsste Daniela und Rita und ihre beiden „Söhne" aus Essaouira auf die Wangen, inszenierte kleine Streitgespräche mit ihren Familienmitgliedern (die waren, wie Rita bei genauem Hinhören bemerkte, voller Wiederholungen) und brach oft mitten in der Vorstellung ab, wenn sie das Gefühl hatte, dass niemand vom Publikum mehr zuhörte, Rita übersehend, die unsichtbar in ihrer Ecke auf den Kissen saß. „Mutter" verschwand dann für Stunden, um sich von den Anstrengungen zu erholen.

Der Vater hatte in Wahrheit nichts zu sagen, er war nur ein pittoresker Alter, den sich der unsichtbare

Organisator der Schmierenkomödie von der Straße geholt hatte. Die Referenz ihm gegenüber war oft ironisch überhöht, der Mann hatte weder Würde noch Stand. Auf ihm hackten in Wahrheit alle herum, deshalb suchte er sein Heil in den Gästen. Rita erwog kurz, es bei ihm zu versuchen, doch war der Mann nicht nur simpel, sondern auch sehr beschränkt.

Daneben trieben sich ein Onkel und eine Tante im *Riad* herum, ihre Rolle schien allerdings eher die der Aufpasser zu sein. Wenn sie sich unbeobachtet fühlten, gaben sie Anweisungen. Vielleicht waren sie die wahren Eigner oder deren Kettenhunde. Rita hakte sie als gefährlich ab. Erwartungsgemäß verabschiedeten sie sich am späten Abend, tauchten aber – kleiner Fehler in der Inszenierung – Stunden später plötzlich in der Küche auf, die Rita von ihrem Buddhawinkel aus zum Teil einsehen konnte.

Die Töchter und Dienstmädchen hatten ihre Rollen nicht besonders gut ausgearbeitet, vielleicht wechselten sie von Mal zu Mal ab – diesmal bin ich Tochter, beim nächsten Mal die Küchengehilfin –, und da kommt man schon mal durcheinander. Nur eine wusste immer, wer sie war. Eine saß oft selbst in einem Winkel im Patio, beobachtete die Komödie und verstand sie als solche. Rita suchte ihren Blick, doch in den ersten 24 Stunden zeigte das Mädchen jene Disziplin, die auf Intelligenz hinwies.

Bei einer ihrer Begegnungen erfragte Rita ihren Namen: Samia. Die Detektivin verwickelte sie in ein belangloses Gespräch. Samias Französisch war geschliffen. Eine Studentin, die sich hier ein paar Groschen verdiente?

Rita beschloss abzuwarten. Sie fand bald, dass die Schmierenkomödie ihr Geld wert war. Am Rande des mehr oder weniger organisierten Familientreibens begann die langbeinige Daniela ihre Treibjagd auf den armen Driss, der bei aller Not den Gedanken an eine sorgenfreie Existenz in Deutschland bereits aufgegeben hatte, weil der Preis – eine Heirat mit Daniela – einfach zu hoch war. Andererseits konnte er sich dem Werben und Drängen der blonden Germanin nicht entziehen, das wäre verdächtig geworden, dafür waren sie ja angeblich hier. Und hässlich war die Deutsche nicht, aus der Ferne hätte man sie für ein Fotomodell halten können, und außer Hörweite wirkte sie besonders sexy. Was Daniela zusätzlich in Driss' Arme trieb, waren die visuellen Nachstellungen durch den Familienvater, der bald gar keinen Versuch mehr machte, *nicht* auf ihre Beine zu starren. Die Deutsche klammerte sich also an Driss, und der klammerte sich an den Gedanken der baldigen Abreise.

Yakub gab sich als echter Gentleman, wenn er nicht gerade schlief oder so tat. Regelmäßig tauchte er an Ritas Seite auf, ein fix und fertig vorbereitetes Gesprächsthema in der Tasche, und machte auf mauschelige Weise Konversation, obwohl er in Wahrheit über seine Familie erzählte oder mit Rita seine Beobachtungen verglich.

Auch ihm war Samia aufgefallen. Obwohl er sich dagegen sträubte, über sie zu sprechen. Ganz offensichtlich gefiel sie ihm, und er wollte Rita nicht verletzen. Einige der Schauspieler, dachte die Detektivin, nahmen die Komödie wirklich ernst. Die Einzige, die keine Ahnung hatte, dass alles um sie herum Theater war, ließ sich am Nachmittag nach der ersten Nacht von Driss die Medina zeigen und steuerte nach ihrer Rückkehr schnurgerade auf Rita zu, um von ihren Abenteuern zu erzählen. „Also wie die einen dauernd anstarren", gluckste sie. „Man kommt sich vor wie in einem Puff." Vielleicht hätte es geholfen, keine kurzen Hosen anzuziehen, dachte Rita. Nicht mit diesen langen weißen Beinen. Nicht in Marrakesch.

Ein marokkanisches *Riad* kennt keine Geheimnisse. Das Haus schließt sich nach außen ab wie eine Festung, und der Eingang ist nicht der eines Palastes, sondern der einer Fluchtburg, verwinkelt, eng und unscheinbar. Weder Lärm noch Staub dringen nach innen, und die Außenwelt bekommt nur zu sehen, was sie sehen soll.

Doch wer einmal drinnen ist, bekommt alles mit, sofern er Augen und Ohren aufsperrt. Alle Zimmer führen zum Hof, und der Hof öffnet sich zum Himmel. Kein Laut wird von diesem verschluckt, ohne eine Ehrenrunde durch das *Riad* zu drehen.

Am zweiten Abend hatte sich die Komödie eingespielt. Ritas stilles Beobachten war mittlerweile bemerkt worden, also organisierte die Familie kleine Szenen nur für sie. Samia hatte begriffen, dass Rita den Betrug durchschaute. Ein paar Blicke zwischen den beiden hatten genügt, und nun waren sie Komplizinnen und lachten gemeinsam, wenn eine Szene missriet oder ein Fehler passierte.

Wieder versammelte sich die Familie zum Abendessen. Daniela machte dem müde wirkenden Driss mit diskreten Berührungen klar, dass er sich heute Abend nicht aus seiner Verantwortung als sexhungriger Nordafrikaner würde stehlen können. Die Blicke des Familienvaters machten klar, dass er gerne dabei wäre. Die Mutter blickte öfter auf die Uhr, als dem Spektakel gut tat, also tauchten unerwartet Onkel und Tante auf – hatten sie die Runde ausgespäht? – und verschwanden mit der Komödiantin zu einer Besprechung hinter verschlossenen Türen. Yakub wusste nicht recht, ob und wie er sein Verlangen nach Rita demonstrieren sollte, und legte ihr gelegentlich die Hand auf den Oberschenkel, und wenn sie ihn daraufhin ansah, murmelte er nur „Excusez-moi“, im Sinne von: Ich tue hier nur meine Pflicht, Madame.

Die Detektivin wartete, bis sie beim Nachtisch wie zufällig neben Samia zu sitzen kam. Das Mädchen wurde sichtlich nervös, deshalb ließ Rita zunächst etwas Zeit verstreichen und machte Konversation, um zu demonstrieren, dass sie das Spiel immer noch mitspielte.

„Ich würde gerne“, sagte sie dann, „die Terrasse sehen. Hat man einen schönen Blick von dort oben?“

„Nicht wirklich“, sagte Samia leise.

Rita grübelte, ob das eine Abfuhr war oder ob Samia den wahren Sinn ihrer Bemerkung nicht verstanden hatte.

„Aber es ist wahrscheinlich ruhig.“

„Sehr ruhig.“

„Normalerweise geht niemand dort rauf?“

Samia lachte. „Nur die Katzen. Und die Dienstmädchen zum Wäscheaufhängen.“

„Und von den anderen?“

„Gäste, manchmal. Wir nur, wenn es Arbeit gibt.“

Verstehe, dachte Rita. Onkel und Tante mochten es nicht, wenn eine Komödiantin mit dem Publikum allein war, und noch weniger auf der Terrasse. Rita beschloss, eine deutlichere Sprache zu wagen. „Vielleicht sollten wir warten, bis alle zu Bett gegangen sind."

„Vielleicht." Samia wandte sich ab, eine Spur zu brüsk, hatte Rita den Eindruck. Womöglich ein Missverständnis. Ich will dir nicht an den Rock, Kleine, ich will mit dir reden. Aber wie machte sie ihr das klar?

Rita erkannte, dass sie ihre Karten auf den Tisch legen musste. Sie wartete, bis Samia ihrem Tischnachbarn Tee serviert hatte, und legte dann ihre Hand auf den Arm des Mädchens. „Vor zwei Wochen war ich in Fès."

„Eine schöne Stadt."

„Kennst du Fès? Warst du schon dort?"

Samia nickte.

„In einem Haus wie diesem?"

Das Mädchen zögerte. „*Oui, Madame.*"

„Derselbe Besitzer?"

Sie zuckte die Achseln und blickte zu Boden. Stillschweigende Komplizenschaft war eine Sache, in klaren Worten über die Familienkomödie zu sprechen eine ganz andere. Samia wäre gerne zu der unpräzisen Heiterkeit ihrer Blicke und Gesten zurückgekehrt.

„Wir sollten nicht zu ernst wirken", sagte Rita und setzte ein Lächeln auf. „Onkel und Tante werden sonst nervös."

„Vielleicht."

„Samia, ich will mit dir reden." Rita senkte ihre Stimme zu einem Flüstern. „Unter vier Augen. Ich bin auf der Suche nach einem Mädchen, das verschwunden ist. Ich werde niemandem Schwierigkeiten machen, ich werde euch nicht verpfeifen, aber ich brauche Informationen. Übernachtest du hier?"

„Natürlich."

„Schon gut. Wir wissen beide, was das hier ist. Ich habe nichts dagegen. Jeder soll sich sein Geld verdienen, wie er will. Niemand zwingt die Touristinnen, sich von einem Marokkaner nach Hause einladen zu lassen. In jedem Reiseführer wird davon abgeraten, sie sind also gewarnt. No Problem, wie man hier so gerne sagt. Solange dem Mädchen nichts passiert."

Samia schwieg. Rita stieß sie an. „Ich habe dir gerade einen Witz erzählt, lach ein bisschen."

„Ich bin keine gute Schauspielerin."

„Das kommt wohl aufs Theaterstück an. Bist du schon mal in Fès aufgetreten?"

„Ja."

„Die Schauspieler wechseln gelegentlich die Bühne, ja?"

„Nur die Mädchen."

„Und wieso das?"

„Manchmal verliebt sich ein Mann. Ein Gast oder einer von der Familie." Samia machte eine Pause, und Rita gab ihr Zeit. Sie hatte begonnen, offen zu sprechen. Leicht konnte das nicht sein. Nicht nur wegen ihrer Situation. Eine ganze Kultur war zu überwinden, eine Kultur der korrekten Fassaden, eine Kultur des Schweigens und des Schönredens, eine Kultur der weiblichen Passivität. Samia blickte in die Runde, um sich zu versichern, dass niemand ihrem Gespräch folgte. Dann wandte sie sich an Rita und sagte leise:

„Wenn sich einer verliebt, kann es kompliziert werden. Wenn er ein Gast ist, kommt er womöglich zurück und macht Schwierigkeiten, und das ist unangenehm für die Familie, vor allem wenn neue Gäste da
sind. Also wird man in eine andere Stadt geschickt.“
Das erklärte einiges, dachte Rita. Das Dienstmädchen in Fès hatte hier in Marrakesch gearbeitet und
Eva gesehen. Dann hatte sich jemand in die Schöne
verknallt und sie wurde versetzt. War sie wieder nach
Marrakesch zurückgekehrt? War etwa Samia dieses
selbe Mädchen? Rita versuchte sich an die Stimme zu
erinnern, sah vor ihren geistigen Augen die Silhouette
des Mädchens beim Stiegenabgang und musterte Samia. Nein, entschied sie. Es wäre ein verrückter Zufall.
Sie musste bei Samia von vorn beginnen, ihr Vertrau-
en gewinnen, sie zum Sprechen bringen.

Yakub war die Situation mehr als peinlich. Zum
zweiten Mal schon musste er mit einer Frau im selben
Zimmer übernachten, die nicht seine Schwester war
und mit der er keinen Sex wollte. Nichts in seiner
Erziehung hatte ihn darauf vorbereitet. Trotzdem
bewahrte er Haltung. Manchmal hatte Rita das Gefühl, dass er bang eine Einladung der Detektivin in ihr
Bett erwartete, bereit, ihr nachzukommen, aus reiner
Höflichkeit. Yakub war ein hübscher Junge, doch Rita
stand nicht auf Höflichkeitsvögelei.
Als sie gegen zwei Uhr nachts von ihrer Armbanduhr geweckt wurde, sich ankleidete und an Yakubs
Bett vorbei Richtung Tür schlich, kam es zu einem
absurden Missverständnis, das sie im Nachhinein als
logisch empfand. Der junge Marokkaner, der von je-

dem Geräusch aus seinem Schlaf gerissen wurde, sah die Silhouette seiner Zimmergenossin, schlussfolgerte blitzschnell, wenn auch falsch, und schlug mit einem Seufzen seine Decke auf. Rita verfluchte sich dafür, Yakub nicht in ihren Plan eingeweiht zu haben, und flüsterte: „Ich gehe auf die Terrasse."

Und als der junge Mann Anstalten machte, aus dem Bett zu klettern, um ihr brav zu folgen und die vermeintliche Terrassennummer zu schieben, setzte Rita hastig hinzu: „Ich will dort jemanden treffen."

Im Halbdunkel sah sie zwei Augen immer größer werden und verstand, dass das Missverständnis noch immer nicht beseitigt, Yakubs Denken weiterhin von Sex beherrscht war. Nun glaubte er, sie wolle es mit jemand anderem auf der Terrasse treiben, und schlug mit spürbarer Verärgerung die Decke wieder zu. Nicht aus Enttäuschung oder weil er sich betrogen fühlte, sondern weil ihn die westliche Dekadenz indignierte. Vor allem die der Frauen.

„Eine Informantin", flüsterte Rita Richtung Bett, und es klang wie eine schlappe Ausrede.

„Gute Nacht und viel Vergnügen", kam es nicht allzu freundlich zurück.

Rita gab auf. Ohne Schuhe, nur mit Socken über den Füßen, trat sie auf die Galerie, die im ersten Stock rund um den Patio des *Riad* verlief. Darüber ein zweiter Stock und eine zweite Galerie, und von dort ging es auf die Terrasse hinauf.

Die Detektivin verharrte einige Minuten am Geländer. Von der Terrasse drangen gelegentlich Warnsignale von Katzen, die ihr Territorium bedroht sahen. Und in irgendeinem Zimmer keuchte – mehr rachitisch als erotisch – der gute Driss, der offenbar nicht umhinkam, die männliche Ehre des Kontinents zu verteidigen. Von Zeit zu Zeit mischte sich ein verhaltenes Jauchzen in das tapfere Rackern, wahrscheinlich die wohlkontrollierten Lustlaute des deutschen Mädchens – wir wollen niemanden wecken, nicht wahr? –, und Rita fragte sich, ob Daniela wohl die Augen geschlossen hielt und in Wahrheit von Hildis Finger träumte, diesem Wunderinstrument.

Vorsichtig einen Fuß vor den anderen setzend, erklomm Rita die erste Stiege und verharrte auch im zweiten Stock eine Weile, um gewarnt zu sein, sollte unverhofft noch jemand unterwegs sein heute Nacht, aber auch, um sich zu orientieren. *Riads* sind, bei aller Einfachheit ihrer Grundstruktur, oft ausgesprochen verwinkelte Gebäude mit labyrinthischen Gängen und Stiegenhäusern. Rita fand den Aufstieg zur Terrasse. Kleine Schatten huschten in ihre Verstecke – Katzen, die ständigen Bewohner von Marrakeschs Terrassen.

Rita fragte sich, ob Samia ihre Einladung verstanden hatte. Vielleicht war sie auch eingeschlafen und nur deshalb noch nicht auf die Terrasse gekommen. Oder sie hatte es sich anders überlegt, hatte Angst, oder sah keinen Sinn in dem Treffen, weil sie tatsächlich nichts wusste.

Die Tageshitze war verflogen, Rita empfand die frische Nachtluft zunächst als angenehm kühl, begann aber bald zu frösteln. Sie verschränkte die Arme und setzte sich in einen Winkel der Dachterrasse.

Sie war nicht allein. Keine drei Schritte von ihr entfernt bewegte sich ein Schatten, den sie in der Dunkelheit für einen Haufen Wäsche gehalten hatte.

„Alors?", flüsterte Rita. Sie vermied es, den Namen des Mädchens auszusprechen, sollte es jemand anders sein.

„J'ai peur", kam es zurück. „Ich habe Angst."

Es war Samias Stimme.

„Jeder hat Angst", erwiderte Rita. „Der einzige Unterschied besteht darin, dass die einen es zugeben, die anderen nicht."

„Nein", sagte Samia. „Die einen haben Grund dazu, die anderen nicht. Das ist der Unterschied."

Rita erhob sich und setzte sich neben Samia. Ein kleiner Schatten löste sich von ihrer Gestalt. Eine Katze.

„Du weißt, was ich wissen möchte?"

Samia nickte.

„Dann erzähl, Kind, bevor wir uns eine Lungenentzündung holen."

An den besagten Tag konnte sich die ganze Familie sehr gut erinnern, obwohl jeder versuchte, ihn zu vergessen. Es mochte Mitte September letzten Jahres gewesen sein – der Zeitrahmen stimmt, dachte Rita –, als drei Kerle aus Essaouira mit aufgerissenen Europäerinnen kamen, nur für einen Abend. An Karim konnte sie sich natürlich erinnern, wegen ihm wären sie beinahe alle im Knast gelandet. Und der Knast in Marokko … „Ich weiß", winkte Rita ab. „Sie wissen gar nichts", erwiderte Samia. „Keine Ahnung haben Sie."

Karim kam mit einer bildhübschen Norwegerin, an deren Namen sich niemand erinnern konnte, weil er niemals genannt wurde. Karim nannte sie nur *Dschamila* – „Hübsche" –, und für die Familie waren die Mädchen ohnehin stets nur *des gazelles*. Dschamila, das erkannte Samia von Anfang an, war nicht dumm. Sie durchschaute das Spiel von der ersten Minute an, „wie Sie, Madame, Dschamila saß in einem Winkel und sah uns dabei zu, wie wir unser idiotisches Familientheater spielten." Die anderen beiden Mädchen waren furchtbar beeindruckt, und ihren Begleitern war es ein Leichtes, ihnen die Adressen in Europa und Versprechen auf ein Wiedersehen zu entlocken. Karim hingegen kam mit seiner Dschamila nicht richtig voran. Als der Abend dem Ende zuging und die Norwegerin mehr Gefallen daran fand, mit den Dienstmädchen zu plaudern, als sich mit Karim in eines der Gemächer zurückzuziehen, verlor der Kerl offenbar die Nerven. Der Abend kostete ihn eine Menge Geld, und er sah, wie seine Investition – monatelang musste er darauf gespart haben – den Bach runterging. Schlimmer noch: Dschamila schien ihm zu verstehen zu geben, dass sie auf die Komödie nicht hereingefallen war, und machte sich über ihn lustig.

Ein Spiel mit dem Feuer, dachte Rita. Das war nicht mehr so intelligent. Oder Eva war zu diesem Zeitpunkt schon alles egal.

Also kam es, wie es kommen musste: Karim fühlte sich in seiner Ehre gekränkt, obwohl oder weil Dschamila ins Schwarze getroffen hatte, und begann sich danebenzubenehmen. Ein lautes Streitgespräch schreckte den *Riad* aus seiner Ruhe. Am Schlimmsten aber: Die anderen Mädchen bekamen genug von dem Geschrei mit, um sich ihren Reim auf die Situation zu machen. Karim achtete nicht auf seine Worte, und ehe er sichs versah, hatte er auch seine beiden Freunde um die Früchte ihrer Bemühungen gebracht.

Während die beiden anderen Mädchen jedoch beschlossen, weiter gute Miene zum bösen Spiel zu machen, denn wohin hätten sie auch gehen sollen kurz vor Mitternacht in diesem gottverlassenen Winkel der Medina?, hatte Dschamila von den Ausfälligkeiten ihres Begleiters die Nase voll. War Karim handgreiflich geworden? Ein wenig, sagte Samia. Er wollte sie fortzerren, um den Streit woanders fortzusetzen, jeder konnte sie hören und Karim war klar geworden, dass er im Begriff war, mit seinen unbedachten Worten aus dem kleinen Zwischenfall eine echte Katastrophe zu machen. Dschamila missverstand das Gezerre oder wollte es sich nicht gefallen lassen. Jedenfalls holte sie ihren Rucksack, verabschiedete sich knapp, aber höflich von den „Familienangehörigen" und knallte dem entsetzten Karim die Haustür vor der Nase zu. Von außen natürlich.

Nun geriet Karim in Panik. Nicht nur hatte er soeben eine Menge Geld in einem nutzlosen Unternehmen verloren, nicht nur hatte er seinen beiden Freunden das Spiel verpfuscht, nein, mehr noch: Durch seine Schuld irrte nun sein Gast, seine Schutzbefohlene, durch die Gassen der Medina, und weiß der Teufel, was ihr da alles zustoßen konnte.

Karim, sagte Samia, war ein guter Junge. Wie die anderen hatte er den Marrakesch Express aus Verzweiflung genommen und dann schlichtweg die Nerven verloren. Als er im Patio stand, ohne Dschamila und die zornigen Blicke seiner beiden Freunde auf sich, tat er der ganzen Familie leid. Abdul, der Onkel und

„Spielleiter", befürchtete eine Prügelei und gab vorsorglich Anweisungen, die drei Burschen nicht mehr aus den Augen zu lassen, um sich notfalls dazwischenzuwerfen. Der Zorn kochte derart hoch, dass auch ein Messerkampf nicht auszuschließen war, also versteckten die Köchinnen alle Küchenmesser, und zwei „zu Besuch weilende Neffen der Familie" von kräftigem Körperwuchs, die zufällig immer dann auftauchten, wenn Probleme befürchtet wurden, luden Karim auf einen Tee ein, um ihn zu beruhigen.

Doch Karim war nicht zu beruhigen. Alle Versicherungen Abduls, dass seiner Dschamila schon nichts passieren werde, denn die Medina sei nicht wirklich gefährlich, fruchteten nicht, und er stürmte davon, seiner Dschamila hinterher. Die beiden Freunde gingen nervös im Patio auf und ab und diskutierten, ob sie ihrem Karim nun die Nase einschlagen oder ihm helfen sollten, bis auch sie davonstürmten, um eines von beidem zu tun.

Was danach geschah, hat niemand je verstanden. Eine Dreiviertelstunde mochte vergangen sein, da ertönte ein frenetisches Hämmern an die Haustür, und als die beiden „Neffen" öffneten, torkelte ein blutüberströmter Karim herein und japste etwas von einem Überfall. Die ganze Familie lief zusammen, auch die beiden Freunde aus Essaouira, während die europäischen Mädchen ängstlich von der Galerie herunterspähten und sich keinen Schritt mehr Richtung Patio trauten.

Er habe Dschamila sofort gefunden und sie ungefähr zehn Minuten lang auf ihrem Irrgang begleitet. Nein, sie hätten nicht wirklich gestritten, er habe sie nur beschworen, zurückzukommen, er würde sie in Ruhe lassen, sie würde ihr eigenes Zimmer kriegen, aber sie möge doch um Gottes willen nicht weiter mitten in der Nacht durch die Medina laufen.

Und von wegen „sichere Medina": In einer Gasse ohne jede Beleuchtung seien plötzlich zwei Männer über sie hergefallen. Keine zerlumpten Gestalten und auch nicht seine beiden Freunde, nein, zwei ausgewachsene Typen, die wie Militärs aussahen, und da war noch ein Dritter in der Nähe, den er um Hilfe anflehte, bis er merkte, dass der nicht nur zu den Angreifern gehörte, sondern vielmehr deren Anführer war.

Doch Karim war kein Schwächling. Seit Jahren ging er in den Karateklub und trieb wie verrückt Sport, um ein begehrenswerter Mann zu sein, der seiner künftigen europäischen Frau, wenn schon sonst nichts, einen tadellosen Körper zu bieten hatte. Es war eine verflucht harte Prügelei, denn die beiden anderen waren Profis. Freilich wurden sie von Karims entschlossener Gegenwehr überrascht, und auch Dschamila machte ihnen Schwierigkeiten. Die habe gerauft wie eine Furie. Nein, verletzt worden sei sie nicht, die beiden Männer schienen eher darauf aus gewesen zu sein, sie zu verschleppen.

„Wo zum Teufel", verlangte die Familie zu wissen, „war also Dschamila, und wie ging die Rauferei aus? Kam denn niemand zu Hilfe?" „Lasst mich erzählen", schrie Karim wütend in die Runde, während eines der Dienstmädchen mit Mullbinden heraneilte und Onkel Abdul die Wunden mit einem Heilwasser zu desinfizieren begann. Auf einmal – Karim breitete die Arme aus und spielte die Verblüffung, die er in jenem Augenblick erlebt hatte – war die Gasse voller Leute.

„Leute? Was für Leute?"

„Das waren keine Marrakschis", sagte Karim. „Das waren Leute aus dem Süden. Sie vermöbelten die beiden Angreifer nach Strich und Faden, der Dritte, ihr Anführer, war plötzlich wie vom Erdboden verschluckt." Die Männer kümmerten sich um Dschamila und Karim, und als der vollends zu sich gekommen war, war Dschamila verschwunden. Wohl mit den Männern gegangen, diesen anderen, die ihnen geholfen hatten. Die Gasse war ebenso schnell leer, wie sie sich gefüllt hatte. Karim fragte sich, ob er wohl geträumt hatte, doch als er sich an den Kopf fasste, fühlte er überall Blut. Ein Mann trat aus der Dunkelheit zu ihm und fragte: „Sollen wir eine Ambulanz rufen? Brauchst du Behandlung?" Karim sagte: „Wo ist das Mädchen?" „In Sicherheit", erwiderte der Unbekannte. „Mach dir keine Sorgen." Einen merkwürdigen Dialekt sprach der Mann. Wie Hocharabisch.

„Hassaniye", sagte der Onkel. „Das waren Sahrauis."

Karim kehrte vollkommen ratlos in den *Riad* zurück, nicht ohne sich vorher kräftig zu verlaufen. Nun saß er im Patio, die Familie um ihn herum, und hätte sich nie vorstellen können, dass dieser Albtraum noch eine Steigerung erfahren konnte. Doch es kam tatsächlich schlimmer. Seine Wunden waren gerade einigermaßen versorgt, als wieder jemand an die Tür klopfte. Nicht klopfte: dagegenschlug wie mit Riesenfäusten.

Die Familie erstarrte. Sie kannte diese Art „Klopfen": Polizei.

Alle rannten auseinander, zurück in ihre Zimmer. Onkel Abdul nahm die Sache persönlich in die Hand. Soweit er das konnte, denn die Entscheidungen darüber, was in dieser Nacht in diesem *Riad* passierte, wurden ihm bald aus der Hand genommen. Kaum hatte er die Tür geöffnet, stürmten drei Männer in Zivil herein und fragten nicht besonders höflich nach Karim. Es hätte keinen Sinn gehabt, ihn zu verstecken. Der ganze *Riad* hätte unsagbare Probleme bekommen, hätte Onkel Abdul versucht, die Polizisten für blöd zu verkaufen. Sie gaben Karim nicht einmal Zeit, seine Sachen zu packen. Er konnte sich nicht von seinen Freunden verabschieden, denn die irrten noch in der Medina herum. Er konnte nicht einmal eine Nachricht für seine Familie hinterlassen, denn zwei der Polizisten nahmen ihn sofort in ihre Mitte und führten ihn ab. Als Abdul vorsichtig zu wissen begehrte, was eigentlich los war, riet ihm der Dritte, der Anführer, er möge sich ab jetzt komplett ruhig verhalten, wenn er keine ernsthaften Probleme wollte. Überflüssig zu erwähnen, dass Onkel Abdul der Aufforderung nachkam. Mit der marokkanischen Polizei spielt man keine Spielchen von wegen Rechte des Angeklagten, Informationspflicht oder wie immer sie noch hießen, die merkwürdigen Erfindungen aus dem Norden.

Als dann endlich die beiden Freunde zurückkamen, erfuhren diese nur, dass Karim verhaftet worden war. Onkel Abdul hatte der Familie verboten, Details auszuplaudern. Onkel Abdul kannte die Polizei. Er und die Familie wollten sich komplett ruhig verhalten.

Ob jemand den Namen des Anführers mitgekriegt habe? Hatte einer der anderen Polizisten ihn angesprochen? Ben Saada vielleicht?

Samia schüttelte den Kopf. „Nein. Die Männer haben nicht viel gesprochen. Sie sagten nur, was sie wollten, und gingen mit Karim weg."

Damit war der Albtraum noch nicht beendet, auch für die anderen nicht. Dass er für Karim erst begonnen hatte, war klar.

Einige Tage später, oder waren es Wochen?, kam der Anführer wieder, diesmal allein. Er schloss sich mit Onkel Abdul in einem Zimmer ein, dann wurde eines der Mädchen hineingerufen, Fatima. Als sie herauskam, hatte sie rote Augen, und in den Nächten danach heulte sie ununterbrochen in ihrem Bett. Samia erzählte sie nie direkt, was geschehen war, aber von den anderen hörte sie, dass der Polizist Fatima zu einer Aussage gegen Karim gezwungen hatte.

Das sei normal, erklärte Samia. Wenn sich die Staatssicherheit einmal vorgenommen hatte, jemanden einzubuchten, wurden die Aussagen entweder erfunden oder, falls ein öffentlicher Prozess bevorstand oder aus internen Gründen stichhaltige Beweise erforderlich waren, fabriziert, indem man sich irgendeinen armen Teufel suchte, den man zum Aussagen erpresste.

Im Falle Fatimas war das einfach: Sie stammte aus einer Berberfamilie aus dem Norden, die „politisch aktiv" gewesen war, deshalb waren sie und ihr Clan als potenzielle Staatsfeinde gelistet. Fatima würde alle Eide schwören und alles behaupten, was man von ihr verlangte, um ihre Familie zu schützen. Angeblich, sagte Samia, musste sie bezeugen, dass Karim die Norwegerin überfallen und zwei zu Hilfe eilende Polizisten verprügelt hatte.

Angriff auf eine Touristin, Verschwörung gegen die Staatssicherheit. Der Fall lag klar. Karim würde viele Jahre hinter Gittern verbringen.

„Das ist alles, was ich weiß“, sagte Samia. „Kann ich jetzt gehen?“

„Natürlich kannst du das“, sagte Rita. „Ich bin ja nicht die marokkanische Polizei. Nur eines noch: Wo genau hat der Überfall stattgefunden?“

„Bab al Bayda.“ Das Mädchen erhob sich. „Übrigens“, flüsterte sie. „Yakub sieht Karim sehr ähnlich. Vielleicht sagst du ihm Bescheid.“

Rita war kurzzeitig sprachlos.

„Er soll nichts riskieren, sonst landet auch er noch im Gefängnis. Onkel Abdul braucht gute Beziehungen mit der Polizei, da könnte er in Versuchung geraten, ihnen einen Tip zu geben. Ich weiß nicht, ob ihm die Ähnlichkeit aufgefallen ist. Ich habe ihm jedenfalls nichts gesagt.“

„Du bist ein gutes Mädchen, Samia. Pass auf dich auf.“

Rita blieb noch eine Weile auf der Terrasse sitzen und versuchte sich einen Reim auf das Gehörte zu machen. Doch das einzige Ergebnis war ein kratzendes Gefühl in ihrem Rachen, Vorboten einer Verkühlung. Verdammtes Herumschleichen in Socken.

19.

Rita kannte diesen Moment. Es war, als ob die angesammelten Daten eine kritische Masse erreicht hatten, und plötzlich taten sich überall Türen auf und sie hatte das Gefühl, nach langem Bergaufgezuckel in einer talwärts rasenden Achterbahn zu sitzen. Khaled graste – diesmal auf ihren ausdrücklichen Wunsch – die Cafés von Marrakesch ab und konnte schon nach zwei Tagen berichten, was es mit dem Bab al Bayda auf sich hatte: Vor ungefähr einem Jahr sei dort ein geheimer Treffpunkt separatistischer Sahrauis ausgehoben worden.

Der Zeitrahmen stimmt wieder, dachte Rita. Blieb die Frage, was die Ereignisse am Bab al Bayda zu bedeuten hatten. Vielleicht hatte Karim gelogen. Vielleicht hatte Samia gelogen. Wenn tatsächlich Sahrauis in den merkwürdigen Überfall eingegriffen hatten, welchen Sinn konnte dann eine Entführung haben? Der Krieg war soeben beendet worden, die UNO war angekommen, um eine Volksabstimmung vorzubereiten. Wozu eine Norwegerin entführen?

Der Einzige, der darauf möglicherweise eine Antwort wusste, saß in Tazmamart. Und Tazmamart existierte nicht. Rita war deshalb nicht überrascht, als ihr erstes Anklopfen beim Gendarmeriekommandanten von Marrakesch auf extrem höfliche Verwunderung stieß. Man wisse *absolument* nichts von einem Karim Souwi, der nach einem Zwischenfall beim Bab al Bayda dingfest gemacht worden sei, und Madame solle nicht jede Geschichte glauben, die ihr in Marrakesch aufgetischt werde.

Rita befolgte den Rat des guten Mannes, indem sie *ihm* nicht glaubte, und rief Yezaa an. Sie habe eine konkrete Spur und müsse mit einem Häftling sprechen, der nicht existierte.

Yezaa verstand offenbar sofort und war am nächsten Tag in Marrakesch. Sie trafen einander abends in einem Café am Djemaa el Fna. Er saß auf einer Terrasse im ersten Stock und schaute ein wenig verträumt dem Treiben auf dem Platz zu. Wieder erschrak sie, als er sich umwandte. Im grellen Licht der billigen Lampen wirkte sein Gesicht wie eine Totenmaske. Er blickte sie aus hohlen Augen an, als habe er gerade ein Gespenst gesehen. Doch als er den Mund aufmachte, ertönte kein Schrei, kein Fluch, nicht ein unfreundliches Wort. Er begrüßte Rita mit sanfter Stimme und in perfektem Französisch und bat sie, bei ihm Platz zu nehmen. Ein Lächeln setzte sich auf sein Gesicht wie ein Pfau auf ein Friedhofsgrab. Nichts passte zusammen bei Yezaa. War er ein bisschen wie Marokko?

„Madame, ich will Ihnen keine falschen Hoffnungen machen", erklärte der Inspektor und grub in seinen Taschen nach einer Zigarettenschachtel. „Wenn ein

Gefängnis nicht existiert, dann existiert es nicht. Wir müssen einen anderen Weg finden."

Es schien ein Thema zu sein, bei dem er sich auskannte. Rita hatte den Eindruck, dass in seinem Kopf eine Suchmaschine circa hunderttausend Möglichkeiten durchging, den offiziellen Weg zu umgehen.

„Das Problem sind Sie", sagte er dann und grinste.

„Das dachte ich mir", sagte Rita, ohne eine Miene zu verziehen. „Passiert mir öfters."

Yezaa warf lachend den Kopf zurück. Diese Zähne. Warum ließ er sie nicht richten?

„Sind Sie verheiratet, Inspektor?"

Yezaas Miene fror ein. „Ich muss wohl einen Teil unseres Gesprächs verpasst haben. Wie kamen wir auf meine Frau zu sprechen?"

„Suchen Sie nicht überall ein Motiv. Unbegründete Neugier."

Yezaa winkte ab. „Existiert nicht."

„Wie das besagte Gefängnis. Wie der Gefangene."

Der Inspektor wirkte nachdenklich. „Kann ich ganz offen mit Ihnen sprechen?"

„Ich werde Ihnen das nicht abschlagen", sagte Rita, „bei all den Kilometern, die Sie zurückgelegt haben."

„Wenn Ihre Strategie darin besteht, Druck auf die marokkanischen Behörden auszuüben, indem Sie daraus eine diplomatische Affäre machen, stehen Sie auf verlorenem Posten."

„Ach ja?"

„Sie setzen vielleicht auf den Einfluss von Madame Gunderson oder den von Rahmani. Ich kenne dieses Land besser als Sie. Das funktioniert nicht. Stellen Sie sich folgende Frage: Was würde mehr Schaden anrichten – eine Detektivin abblitzen zu lassen, die mit einer abstrusen Geschichte von einem verschwundenen Essaouiri gegen alle Wände rennt, oder zuzugeben, dass wir geheime Gefängnisse haben? Madame, unsere Regierung hat die Menschenrechtserklärung unterzeichnet.“

„Was tun Sie also in Marrakesch, Inspektor? Krisenmanagement?“

„Nein“, Yezaa wedelte abwehrend mit der Zigarettenhand, Asche flockte unbeachtet auf Tisch und Boden. „Sie missverstehen mich. Inspektor Yezaa steht auf Ihrer Seite. Aber Inspektor Yezaa will nicht Selbstmord begehen.“

„Sie sind 250 Kilometer gefahren, nur um mir das zu sagen? Langsam werde ich doch misstraurisch.“

„Faszinierend, diese Obsession der Nordländer mit Zahlen. Sind das wirklich 250?“

„Ich weiß nicht, wie *Sie* Ihre Spesen abrechnen müssen, Inspektor. *Meine* Firma will genau wissen, wie viele Kilometer ich gemacht habe. Doch kommen wir auf dieses nicht existente Problem mit dem nicht existenten Gefängnis zurück ...“

„Leiser, bitte“, flehte Yezaa.

„Verzeihen Sie.“ Rita senkte die Stimme. „Karim Souwi ist die letzte mir namentlich bekannte Person, die Eva Gunderson gesehen hat. Wenn Sie mir beweisen wollen, dass Ihnen tatsächlich etwas an dem Fall liegt, verschaffen Sie mir einen Termin mit dem Knaben. Mir ist scheißegal, ob er offiziell existiert oder nicht.“

„*D'accord.* Geben Sie mir die nötigen Details.“

„Gerne. Männlich, 23 Jahre alt. Festgenommen im September 1990 in der Medina wegen Überfalls auf eine Touristin und Verschwörung gegen die Staatssicherheit.“

„Das ist nicht besonders viel.“

„Das ist alles, was Sie brauchen.“

Yezaa musterte sie nachdenklich. „Sie halten etwas zurück, Madame. Ich spüre es. Wenn wir Karim tatsächlich sehen wollen, dann wird das riskant für mich. Und ich hätte sehr gerne gewusst, ob sich das Risiko lohnt. Ich möchte die komplette Geschichte hören, um mir eine eigene Meinung zu bilden.“

„Zuerst will ich einen authentischen Beweis, dass Sie auf meiner Seite stehen. Wenn ich den habe, erzähle ich Ihnen, was immer Sie wollen, Inspektor.“

Es blieb eine halbe Stunde still an ihrem Tisch, während unten auf dem Platz Musiker und Geschichtenerzähler die Zuschauer um sich versammelten. Yezaa war offensichtlich betroffen, und Rita hatte das Gefühl, er könnte sie einfach sitzen lassen an diesem Abend und dem Djemaa el Fna allen Protagonismus überlassen. Doch der Inspektor blieb am Tisch. Er schien zu überlegen. Als er wieder zu sprechen begann, klang seine Stimme belegt.

„1977 war ein Jahr, das alles verändert hat. Ich ...“

Yezaa brach ab und blickte sich um. Erstmals spürte Rita Unsicherheit in seinem Verhalten.

„Ich war Student in Casablanca. Es war eine Zeit voller Unruhen. Die meisten Studenten waren politisiert und blickten mit Verachtung auf die Politiker der Opposition. Sie hatten das Gefühl, dass sie nicht ihren

Mann standen, dass sie Schlappschwänze waren. Der König, dachten sie, macht mit denen, was er will. Eine neue Kraft muss her. Also bildeten sich Zellen."

Yezaas Zigarette war ausgegangen. Er spielte ein Weilchen mit der Zigarettenschachtel, bevor er weitersprach.

„Ich bekam das alles mit, teilte auch manche Ansichten dieser jungen Radikalen, gehörte aber selbst nie zu einer der Organisationen, die sich damals bildeten. Das waren Leute, die zum Teil im Untergrund agierten, und mir war das von Anfang an zu gefährlich. Also hielt ich mich raus. Nennen Sie es Feigheit oder Vernunft, aber ich hatte kein Interesse daran, meine Zukunft für irgendwelche Ideale aufs Spiel zu setzen, deren Zeit in Marokko noch nicht gekommen war und die irgendwann ohnehin verraten würden."

Als müsste er sich rechtfertigen, holte Yezaa all die Gründe aus seinem Gedächtnis hervor, die ihn damals von einem politischen Engagement abgehalten hatten. Rita erwartete eine rührende Geschichte von seiner Rekrutierung als Polizeispitzel oder über seine Bekehrung zu den konservativen Werten der Monarchie. Sie war auf das, was Yezaa ihr an diesem Abend in Marrakesch dann tatsächlich erzählte, nicht vorbereitet.

„Sollte ich meinen Kopf hinhalten, nur damit in einem verwestlichten Rechtssystem Drogenhändler und Mörder aus Mangel an Beweisen freigelassen werden?" Yezaa gestikulierte mit seiner kalten Zigarette. „Oder um der Polizei die Arbeit zu erschweren? Die Kehrseite der Medaille sah ich damals nicht. Ich sah in den amerikanischen Filmen, wie eine aufgeweichte

Justiz pausenlos verhaftete Massenmörder freilässt, weil ein Inspektor beim Vorlesen der Rechte gestottert hat, womit die Gesellschaft auf Typen wie Clint Eastwood angewiesen war, um die Straßen von Kriminellen zu säubern. Ich war also, objektiv betrachtet, eine Spur zu konservativ für diese radikalen Kreise mit ihren linken Ideen. In einigen Punkten war ich allerdings ganz ihrer Meinung. Zum Beispiel fand ich die Arroganz, mit der die Oberschicht ihren Reichtum vermehrte und zur Schau stellte, absolut unmoralisch. Die Korruption ekelte mich an. Und die schamlose Vetternwirtschaft, die unsere Wirtschaft ruinierte, brachte mein Blut zum Kochen. Ich hatte bei allen Differenzen einiges gemeinsam mit diesen jungen Radikalen.“

„Sie hatten. Das heißt: Es hat sich verändert.“

„Meine heutige Meinung steht hier nicht zur Diskussion. Ich erzähle Ihnen, was Sie wissen müssen, Madame.“

„Wird das genügen?“

„Es wird. Verlassen Sie sich darauf.“ Yezaa zündete sich endlich seine Zigarette an und musterte Rita, als erwog er, lieber doch nicht weiter zu erzählen.

„Also?“, sagte sie.

„1977“, begann Yezaa langsam und machte ein paar Mundbewegungen, als kaute er auf dieser Jahreszahl herum, „spitzte sich die Situation zu. Einige Anführer dieser rebellischen Zirkel wurden verhaftet. An der Universität war die Hölle los. Man demonstrierte, man wurde zusammengeschlagen. Die mobilen Eingreifkommandos der Polizei taten alles, um jegliches Aufbegehren im Ansatz zu ersticken. Ein bisschen wie 68 in Europa, *la version marocaine*. Die Kommandos gingen ohne jede Rücksichten vor und dabei gerieten auch Unschuldige unter die Räder. Ich weiß nicht, ob ich jetzt hinzufügen soll: zwangsläufig. Sie sind eine clevere Frau und könnten den Verdacht hegen, das Wort sei Teil meiner Lebenslüge. Und ich bin auch nicht blöd und könnte Ihnen recht geben. Darum schlage ich vor, wir sparen das Thema aus. Machen einen Bogen drum herum. Unschuldige kommen immer und überall unter die Räder, keine Menschenrechtsdeklaration und keine noch so liberale Gesetzgebung kann das verhindern. Im Westen sind es vermutlich die Opfer von Kriminellen, die unter die Räder kommen, weil die Gesetze zu liberal sind. Bei uns sind es die Kriminellen und jene, die man dazu erklärt, weil die Gesetze zu hart sind."

„Oder deren Interpretation."

„*Voilà*, oder deren Interpretation. Der Punkt ist: Wenn Sie die Situation mit der Lupe betrachten und sich nur auf das Resultat konzentrieren, kommen Sie zu dem Schluss, dass der Unterschied gar nicht mehr so groß ist."

„Wollten wir das Thema nicht aussparen?"

„Sie haben recht, Madame. Vielleicht rede ich um den heißen Brei herum. Vielleicht habe ich Hemmungen, Ihnen etwas über mich zu erzählen, was nur sehr wenige wissen. Um Ihre kulturbedingte Obsession mit Zahlen zu befriedigen, Madame: Sie sind die vierte Person, der ich diese Geschichte erzähle." Yezaa blickte sie durch vier ausgestreckte Finger an. „Und ich stelle gerade fest, dass es nicht mit jedem Mal leichter wird, ganz gegen meine Erwartung."

„Nehmen Sie sich Zeit.“

„Danke, Madame.“ Wieder blickte Yezaa nervös um sich, dann fuhr er mit gesenkter Stimme fort: „Mein einziges Verbrechen bestand darin, dass ich mich mit einem Kerl angefreundet hatte, der ein wichtiger Funktionär der Organisation war. Ein gewisser Abdellatif. Gemeinsam mit seinen Freunden hatte er sich auf die Situation vorbereitet, man kannte schließlich die Methoden der Staatsgewalt. Die ließ immer ein Mindestmaß an Opposition zu, um damit die westliche Presse ruhigzustellen und dem Westen eine Ausrede zu geben, weiter Waffen zu liefern, weiter Geschäfte zu machen, weiter in Marokko Urlaub zu machen. Man konnte also Opposition betreiben, solange man es nicht übertrieb. Wenn es der Staatsgewalt dann zu bunt wurde, schickte man die mobilen Einsatzkommandos los. Dann wurde verhaftet, verhört, verurteilt und wieder war ein Pack lästiger Oppositioneller für Jahrzehnte hinter Gittern.“

„Sie klingen ja wie ein Staatsfeind.“

Yezaas Mund verzog sich zu einem säuerlichen Lächeln. „Überrascht es Sie, dass ein Bulle zu kritischen Gedanken fähig ist?“

„Nicht dass er dazu fähig ist, sondern dass er sie vor einer Ausländerin ausbreitet.“ Rita zuckte die Achseln. „Das sieht fast nach einer Falle aus.“

Yezaa blickte sie lange an, bevor er sagte: „Sie haben wieder recht. Was soll ich tun? Die Operation abblasen? Meinen Kollegen an den Nebentischen sagen, sie können die Mikrofone abbauen?“

„Zum Beispiel.“

„Madame, wenn ich Sie aus dem Land schaffen möchte, tue ich das ganz ohne Ihre Mitwirkung und mit einem Begleitbrief, der Ihnen daheim einen persönlichen Termin beim Firmenmanager verschafft.“

„Das war jetzt keine Drohung, oder?“

„Nein, das war nur eine Reaktion auf die absurde Wendung, die unser Gespräch genommen hat. Wenn hier jemand seinen Arsch aus dem Fenster hält, bin das ich.“ Yezaas Stimme war zornig geworden. „Wenn hier jemand um seine Existenz zu fürchten hat, dann bin das ich, Madame. Sie gehen nach Hause und suchen sich einen neuen Job. Ich dagegen kann nur noch auf eine Wiedergeburt hoffen, wenn bekannt wird, was ich Ihnen erzähle.“

„Ich wollte Sie nicht verletzen. Erzählen Sie Ihre Geschichte zu Ende, und dann sage ich Ihnen, was ich davon halte.“

„Warum sind Sie auf einmal so arrogant? Warum ...?“

„Halten Sie mir keine Vorträge über Arroganz, Inspektor. Wenn Sie es für das gottgegebene Recht Ihres Apparates halten, mein Hotelzimmer zu durchsuchen und meine persönlichen Dokumente zu kopieren, ohne dass man mir das geringste Verbrechen vorwerfen könnte ...“

„Schon gut. Punkt für Sie. Und weil wir gerade beim Abrechnen sind: Diese Bemerkung über das Attentat auf unseren König war auch nicht besonders charmant. ‚Wie viele Projektile hält eine Boeing aus, bevor sie abstürzt?‘ Denken Sie, es ist lustig, in einem Land zu leben, wo die eigene Luftwaffe auf die Maschine des Königs schießt? Wäre nicht ein wenig Feingefühl am Platz? Wir sind hier bei uns, wissen Sie", er pochte mit beiden Händen gegen seine Brust. „Und ob Sie es glauben oder nicht, wir sind stolz auf dieses Land. Dass man mit Leichtigkeit Scheiße darüber gießen kann, müssen Sie mir nicht beweisen, das weiß ich selbst. Es bleibt *mein* Land. Und es ist trotz allem ein großartiges Land. So etwas wie Marokko finden Sie nirgendwo. So etwas wie den Djemaa el Fna", er fuchtelte mit seiner Zigarette in Richtung des Platzes, „gibt es auf der ganzen Welt nicht noch einmal. Und ob Sie es glauben oder nicht: Die meisten Marokkaner würden ihr letztes Stück Brot mit Ihnen teilen. Das sind anständige Menschen mit Ehre im Leib."

„Daran habe ich nie gezweifelt, Inspektor."

„Sie sind, wenn ich wieder einmal Zahlen bemühen darf, der erste Ausländer, dem ich meine Geschichte erzähle."

„Erzählen Sie. Ich verspreche, keine dummen Kommentare mehr abzugeben."

Yezaa funkelte sie zornig an. Dann schlug er resigniert mit der Rechten auf den Tisch und seufzte: „Wollen Sie noch Tee?"

„Sehr gern."

Abdellatif und seine Genossen hielten perfekt eingespielte Pläne für die erwartete Verfolgung durch den Sicherheitsapparat bereit. Konspirative Wohnungen, Fluchtwege, Verstecke für Dokumente, alles war vorbereitet für den Augenblick, da die mobilen Einsatzkommandos wieder rollten und die militanten Studenten in das Kommissariat des 13. Bezirks verfrachteten, das berüchtigte *Derb Moulay Cherif.* Dort bezahlten die Aktivisten teuer für ihre Organisationsgabe. Freiwillig gaben sie ihre Geheimnisse nicht preis, also ging es ab in den Keller, wo die Genossen so lange den raffiniertesten Foltern unterworfen wurden, bis sie Adressen, Namen und alles sonst ausgespuckt hatten, was die Kommandos wissen wollten.

„Irgendein Militanter nannte meinen Namen. Wahrscheinlich ertrug er die Folter nicht mehr, wollte aber seine Genossen schützen und brachte deshalb mich ins Spiel, um Zeit zu gewinnen, um den Anschein von Kooperation zu geben, was weiß ich. Jedenfalls fiel mein Name. Ich war vollkommen blauäugig, hielt mich für unantastbar, weil ich an keinerlei politischen Aktivitäten teilgenommen hatte ... na ja, bei der einen oder anderen Diskussion war ich dabei, hörte, was gesagt wurde, und ging heim und damit basta. Jedenfalls holten mich die Polizisten. Und ich landete im *Derb Moulay Cherif.* Damit begannen die ernsten Probleme, da war nämlich absolut nichts, was ich verraten konnte. Gefoltert wurde ich trotzdem. Es war mir damals auch kein Trost, unter den Aktivisten als besonders harter Bursche zu gelten, weil ich nichts sagte. Aber natürlich gab ich jedes Verbrechen zu. Verteilung von Flugzetteln – wenn ich genau nachdenke, ja, jetzt wo Sie's erwähnen, mit dem Knüppel in Ihrer Hand, erinnere ich mich: Abdellah Yezaa hat Flugzettel verteilt. Und als Sie mich sechs Wochen lang nicht schlafen ließen, wurden meine Gedächtniszellen so weit aktiviert, dass ich mich auch an die Verfassung von staatsfeindlichen Texten erinnern konnte. Und an den konspirativen Kontakt zu Verrätern.

Nennen Sie mir ein Verbrechen, ich gebe es zu und erfinde die Details."

Yezaas Stimme wurde nun sehr leise. „*Pau de arara*. Sie werden an eine Metallstange gehängt wie Schlachtvieh, auf eine Weise gefesselt, dass Sie bei jeder Bewegung glauben, Ihr Rückgrat bricht in Stücke. *Falanga*. Man schlägt mit Eisenprügeln auf Ihre Fußsohlen ein, bis sie nur noch blutige Klumpen sind. Salzwasser darüber, *voilà*. Sie haben so ziemlich alles an mir ausprobiert, was ihnen eingefallen ist, und die Fantasie dieser Leute war grenzenlos. Irgendwie habe ich überlebt. Nach elf Monaten Folterhaft schleppte man mich mit den anderen vor einen Richter. Mir war absolut nichts nachzuweisen, meine Geständnisse waren reine Fantasie gewesen. Es half nichts. Ich wurde zu fünfzehn Jahren Kerker verurteilt."

„Da sitzt man also in diesem Loch in Kenitra, Zeitungen verboten, Bücher verboten, Lesen verboten, Schreiben verboten, jeder Kontakt mit der Außenwelt verboten, und sieht Tag für Tag die besten Jahre seines Lebens vorüberziehen, umgeben von politischen Extremisten, die sich bald in Gruppen spalten, weil der eine mehr Trotzkist, der andere Marxist, der Dritte Leninist und der Vierte ein Vollidiot ist, weil er bei den Folterungen den Verstand verloren hat. Man diskutierte, trat in Hungerstreiks, erreichte Hafterleichterungen, und als jene mit den geringsten Strafausmaßen dem Tag ihrer Entlassung entgegenfieberten, verstrich auch dieser Tag, ohne dass sich die Gefängnistore geöffnet hätten. Spätestens zu jenem Zeitpunkt dämmerte es selbst den Naivsten unter ihnen, dass sie einem System reiner Willkür ausgesetzt waren. Die Haftbedingungen verschärften sich, Krankheiten wurden nicht behandelt, der politische Extremismus verhärtete sich bei den einen, während er bei den anderen zu zerfließen begann.“

„Ich war nicht politisch eingestellt, bei mir gab es nichts, was zerfließen konnte. Ja, Träume von sozialer Gerechtigkeit, das konnte man mir vorwerfen. Abneigung gegen Staatsbeamte, die die Hand aufhielten, wo sie nur konnten. Hass auf die reichen Saudi-Prinzen, die in Casablanca und Tanger ihre Luxusvillen bauen ließen, Hass auf die Mauern, die den Reichtum verbargen. Aber ich hatte mir nie vorgenommen, etwas dagegen zu unternehmen. Nennen Sie mich Realist, Feigling oder wie auch immer Sie wollen, aber ich hatte schlichtweg keine Lust, mein Leben zu vergeuden. Unsere Alterskollegen draußen lebten vielleicht nicht im Paradies, aber sie trafen einander in Cafés, amüsierten sich, hatten ihre ersten Liebschaften, konnten sich in die Literatur flüchten, durch den Souk bummeln, nahmen an Familienfesten teil, in einem Wort: Sie lebten. Wir dagegen hatten das Gefühl, tot zu sein. Wir waren sechs Freunde und beschlossen, zum Äußersten zu gehen, um wieder am Leben teilnehmen zu können. Wir schrieben einen Brief.“

„Der war voll der besten Wünsche für Ihre Majestät König Hassan II. und voll der Anerkennung für seine weise Regierungskunst. Die politischen Verirrungen einer heißblütigen Jugendzeit wurden aufs Tiefste bedauert. Ewige Treue wurde geschworen, wenn Ihre Majestät nur Gnade zeigte und – mit einer Unterschrift, zwei Sekunden Arbeit – die Unterzeichner freiließ.“

„Das Unglaubliche geschah: Die Gefängnistore, die
Tore zum Leben, öffneten sich für die reuigen Sünder.
Das war 1988, nach elf Jahren Haft.“

„Elf Jahre ohne Sonnenlicht, elf Jahre miserable Ver-
pflegung, elf Jahre ohne Zahnarzt. Elf Jahre hatten
dem wohlgelittenen Studenten Yezaa eine Totenmaske aufgesetzt und die Zähne eingeschlagen.“

„Einigen unter uns wurde umgehend die Gelegenheit
geboten, ihre Treueschwüre unter Beweis zu stellen.“
Yezaa senkte den Blick. „Wir erhielten ein Angebot.
Ihr kennt die Arbeitsweise der Opposition, wer wäre
besser geeignet, sie unter Kontrolle zu halten? Eine
marokkanische Karriere. Vom Gefängnis – *allez hopp*
– direkt ins Hauptquartier der *Sureté*. Mit mir allerdings erlebten die neuen Kameraden, von denen wohl
einige an den Folterungen im *Derb* mitgewirkt hatten,
eine unangenehme Überraschung: Ich taugte nicht
zum politischen Polizisten. Nach wenigen Monaten
erkannten sie, dass ich tatsächlich keine Ahnung von
der Untergrundarbeit der Opposition hatte. Dass man
mir verzieh, habe ich einem grässlichen Mordfall in
Casablanca zu verdanken. Ein Unbekannter hatte die
Frau und die beiden Kinder eines hohen Polizeioffi-
ziers massakriert. Den Täter vermutete man im politischen Untergrund. Ich wurde einer Sonderkommissi-
on zugeteilt, die den Fall bearbeitete. ‚Deine letzte
Chance‘, sagten sie. Man schickte mich los, um in Dis-
sidentenkreisen zu ermitteln. Ich löste den Fall praktisch im Alleingang. Der Täter war ein Psychopath, der
mit Politik absolut nichts im Sinn hatte. Das Gericht
machte später einen politischen Fall daraus, aus Pro-
pagandagründen, aber die Wahrheit ist eine andere,

und die Polizei wusste das. Der hohe Offizier war von meinen Fähigkeiten beeindruckt und fühlte sich in meiner Schuld. Er bot mir an, ich könne künftig für ihn arbeiten."

„Er ist für verschwundene Ausländer zuständig."

„Für Ausländer generell. Er ist ein verflucht hohes Tier."

„Und sein Arm reicht nicht bis Tazmamart?"

„Dort sitzen keine Ausländer ein. Nicht nach unserer Auffassung." Yezaa hob bedauernd beide Arme. „Und nun verstehen Sie auch, warum ich genau wissen will, worauf ich mich einlasse. Ich bin vor drei Jahren aus dem Gefängnis entlassen worden und habe durch einen absoluten Glücksfall einen Protektor auf höchster Ebene gewonnen. Ich kann alles von ihm haben, solange ich erfolgreich bin. Aber wenn ich Mist baue, lässt er mich fallen wie eine heiße Kartoffel und packt das Gerät aus, mit dem man Püree macht."

„Das ist nicht gerade das, was man einen Protektor nennt."

„Sie irren sich. Ein Protektor ist nicht Gott. Auch er hat Vorgesetzte, auch er muss sich rechtfertigen. Damit ist auch er in Gefahr. Wenn ruchbar wird, dass sein *Protegé* eine ausländische Detektivin mit einem Gefangenen aus Tazmamart zusammengeführt hat, und daraus eine für Marokko schädliche Affäre erwächst, werden mein Protektor und ich ins selbe Loch geschmissen. Und ich bin dem Mann nicht böse, wenn er darauf keine Lust hat. Vor einem Monat hat er wieder geheiratet. Ich war auf seiner Hochzeit. Er wirkte nicht wie jemand, der sein neues Lebensglück aufs

Spiel setzen will für einen kleinen Inspektor. Und wissen Sie was? Ich verstehe ihn.“

„Was schlagen Sie also vor?“

Yezaa lehnte sich zurück und faltete die Hände. „Ich schlage vor, Sie erzählen mir von A bis Z alles, was Sie über Eva Gundersons Reise in Erfahrung gebracht haben. Und dann schlage ich vor, Sie streichen das Wort Tazmamart ein für alle Mal aus Ihrem Wortschatz.“

20.

Die Fenster von Yezaas Peugeot waren verdunkelt. Auf der Rückbank saß Rita, blind und vertrauensvoll.

Sie wurde sich bewusst, wie sehr ihre Welt eine Welt der Bilder geworden war. Mit jedem Jahr wurden diese greller, rasanter, lauter. Die merkwürdige Reise mit diesem merkwürdigen Mann glich einer Rückkehr in ein magisches Königreich, in dem nur die Worte zählten. Die Worte des Erzählens, der Klang einer Stimme, die Bilder und Ereignisse, die man in seinem Kopf erst wieder zusammensetzen muss, womit sie stets vertraut und eigen sind, unveräußerbares Eigentum, intimer Besitz. Bilder sind vorgekaute Gedanken, Worte sind Rohstoff.

Die Fahrt von Marrakesch über die Atlasberge wurde eine Reise, die für Rita nur aus Worten bestand und aus Geräuschen, die gelegentlich von außen hereindrangen und das sonore Brummen des Motors übertönten. Yezaa ließ kein Detail aus. In seinen Worten verwandelten sich die Außenbezirke von Marrakesch in Bastionen des Lebens, ihre Bewohner in glückliche Menschen. Natürlich. In Yezaas Augen war jeder, der nicht hinter Gittern saß, der nicht auf die Schritte seiner Folterknechte wartete, ein glücklicher Mensch. Später ging es über eine kerzengerade Straße auf Berge zu, die immer größer wurden. Der Eingang in dieses Wunderland der kristallkalten Winde und kargen Hänge war von Hügeln bewacht wie von gigantischen moosüberwachsenen Löwen. Reglos saßen sie da und betrachteten die winzigen Fahrzeuge, die an ihnen vorbeistanken, ins Gebirge hinein, über gewundene Straßen, vorbei an Hirten auf Eseln, an Frauen in bunten Kleidern, an den ersten Unglücklichen, die mit kochendem Kühlwasser liegen geblieben waren.

Rita spürte die Kurven, hörte das Keuchen des Motors bei den ersten Steigungen und nahm die Bergluft wahr, die in den Wagen drang und Yezaas Worte mit Gerüchen nach Schnee, nach Wasser, nach Gras und Wolken parfümierte.

Yezaa sprach ununterbrochen. Er fühlte sich unbehaglich mit der Situation, nicht nur, weil er eine gerade erst wiedererlangte Existenz aufs Spiel setzte. Zu Beginn fragte er alle fünf Minuten, ob die Arm- und Fußschellen nicht zu sehr schmerzten und ob sie auch Luft bekam unter ihrer schwarzen Haube. Einmal blieb er stehen, ohne dass Rita sich beklagt hätte, und fuhr prüfend und sanft über ihre Handgelenke, ihre Füße, über die stählernen Klammern, eine unaufdringliche Zärtlichkeit, für die sie dankbar war, denn die Vorstellung, dass andere dieselbe Reise ohne einen freundlich gesinnten Begleiter unternahmen, schnürte ihr die Luft mehr ab als die Baumwollhaube, die über ihren Kopf gestülpt war. Ist die original?, fragte

Rita, als sie die Fahrt antraten. Nagelneu, versicherte Yezaa. Kein Häftling hatte sie je über seinem Kopf.

Dennoch witterte Rita den Angstschweiß der Gefangenen. Es musste ihre Einbildung sein, oder Yezaa hatte ihr eine wohlmeinende Lüge erzählt. Sie hatte nichts gegen diese Art Lügen, und Yezaa war ein Experte darin. Für seine Gattin hatte er in der Westsahara Krieg geführt und war in die Gefangenschaft der Polisario geraten, womit er die elfjährige Lücke in seiner Biografie erklären konnte. Sein Protektor hatte ihm sogar zwei angebliche Kriegskameraden organisiert, die ihn gelegentlich besuchen kamen. Ein Netzwerk wohlmeinender Lügen umspann seine neue Familie und sein neues Leben.

Rita fragte Yezaa, ob er diese Reise jemals mit einem wirklichen Gefangenen unternommen habe. *Oui*, sagte er und klang erleichtert, als habe er viele Kilometer auf diese Frage gewartet. Einmal. Ich kann Ihnen sogar seinen Namen verraten.

„Khaled Milah", sagte Rita.

„Eine Überstellungsfahrt", erklärte Yezaa. „In die Gegenrichtung."

„Und was sagt Ihr Gewissen dazu?"

„Das schläft ruhig. Khaled verdankt mir zehn oder zwanzig Jahre seines Lebens." Yezaa schnalzte mit der Zunge, es klang ein wenig arrogant. Dann sagte er mit leiser Stimme: „Ein guter Mann. *Il est très bon, ce mec.*"

Rita nickte unter ihrer Haube.

Die Straßensperren waren Inseln der Stille in einem Meer von Motorenlärm. Halblaute Wortwechsel zwischen den Gendarmen und Yezaa, respektvolle Tonlage, ein Moment des Schweigens, wenn jemand einen Blick auf die Gefangene im Fond warf.

„Wir müssen das Theater von Anfang an spielen", hatte Yezaa erklärt. „Wegen der Straßensperren. Wo der Ort ohne Namen liegt, erfahren Sie aus Büchern, ich habe Ihnen nichts zu verbergen. Nichts außer der Schönheit dieses Landes."

Rita fühlte sich ausgeliefert und anfangs noch verblüffend wohl dabei. Sie erkannte, dass das wahre Leben in den radikalen Entscheidungen versteckt lag, nicht im Vielleicht, nicht im Gemäßigten, nicht in der Sicherheit eines jeden Schrittes.

Als die Luft am klarsten roch, kündigte Yezaa an, er wolle stehen bleiben und Rita einen Blick auf das herrliche Bergpanorama erlauben, doch sie weigerte sich. „Wir sollten bei unserem Plan bleiben", sagte sie. „Wird es nicht zu stickig unter der Haube?", fragte Yezaa. Rita erwiderte: „Das wissen Sie besser als ich." Später bereute sie ihre Bemerkung. Ihr folgten die einzigen, wenigen Minuten völligen Schweigens auf dieser Reise.

Dann begann er doch wieder zu sprechen, ohne jeden Vorwurf in der Stimme. Beide hatten sie eine Pufferzone kultureller Toleranz aufgebaut, in der jedes Missverständnis stecken blieb, aber auch jede beabsichtigte Unverschämtheit. „Wissen Sie, was eine Kasbah ist, Madame? Dörfer wie Festungen, aus dem Boden gewachsene Märchenschlösser, Gärten rundherum. Sie müssen zurückkehren, Madame, als Touristin, ich begleite Sie und halte Ihnen die Anmacher vom Leib, die überall in Marokko auf die Ausländer losgehen. Denken Sie nicht, alle Marokkaner seien wie diese Anmacher. Die Ausländer haben das Pech, mit dem unangenehmsten Teil der Bevölkerung zusammenzutreffen. Die meisten Marokkaner haben Respekt und lassen sie in Ruhe, und deshalb kommen die Ausländer nie mit ihnen zusammen. Eine dumme Situation, Madame. Die Ausländer fahren nach Hause und ihr Bild von den Marokkanern ist von ein paar lästigen Arschlöchern mit Sonnenbrillen geprägt.“

Rita empfand Rührung. Yezaa, nach elf Jahren Gefängnis noch immer bleich wie ein Gespenst, seine Haut zerfressen von unhygienischen Verhältnissen, miserablem Essen und der Angst vor der nächsten Folter, ging dennoch für sein Land auf die Barrikaden, war noch immer voller Liebe für sein Marokko. Arschlöcher mit Sonnenbrillen gab es wohl noch ein paar andere, und er gehörte nun dazu. Pures Überleben. Nur die Zähne hat er sich nie richten lassen, der Stolz auf sein überstandenes Leiden hatte sich auf ein verfaultes, zerschlagenes Gebiss zurückgezogen, sie waren die letzten Dissidenten seines Körpers, der letzte Zufluchtsort des Rebellen, der er nie sein wollte.

Was durch seinen Kopf ging, als sie sich dem Ort ohne Namen näherten, konnte Rita nur ahnen. Yezaa begann Witze aus seiner Zeit im Gefängnis zu erzählen, unzensierter Humor von Menschen, denen nichts anderes geblieben war. Vielleicht wollte er seine Passagierin daran erinnern, dass er selbst ein Opfer war, ohne ihre Beklemmung zu steigern. Aus manchen vorgeblich lustigen Geschichten schrie die Verzweiflung der Häftlinge, andere waren Juwelen des bodenständigen marokkanischen Humors, sodass Rita, von fiebrigem Lachen geschüttelt, die Ketten zum Rasseln brachte wie ein Schlossgespenst. Am Ende lachten sie beide über ihre absurde Situation: Ein Polizist und seine Gefangene, die bei jeder gelungenen Pointe vor Vergnügen jauchzten, und mit jeder Minute kamen sie einem Ort näher, der nur Elend, Brutalität und Tod kannte. „Wir hören besser auf", sagte Yezaa. „Zwei Kilometer bis zum ersten Kontrollposten, und wenn wir dort beide zu lachen beginnen, ist das Spiel aus, bevor es begonnen hat."

Ihre überdrehte Stimmung machte einem bleiernen Schweigen Platz. Rita nahm wahr, wie sie von der asphaltierten Straße auf einen Feldweg abbogen. „Ab jetzt kein Wort mehr", sagte Yezaa.

Der Inspektor hatte seine Gefangene vorbereitet. „Sie werden angefasst, vielleicht geschlagen, alles werde ich nicht verhindern können, ohne Verdacht zu wecken. Sie werden Schreie hören, die Atmosphäre wird Sie möglicherweise beeindrucken. Sollten Sie es nicht mehr aushalten, geben Sie mir ein Zeichen. Dreimal husten. Ich versuche dann, die Veranstaltung so rasch wie möglich abzubrechen."

Oh ja, verdammt beeindruckend, dachte Rita, als der Wagen zum Stehen kam. Sie hörte Männerstimmen, Rufe, Grußworte, Fragen, alles sehr geschäftlich. Die Wagentür wurde aufgerissen, eine Hand zog an ihren Ketten und sie wurde unsanft ins Freie gezerrt. Kühle Bergluft. Die Stimme Yezaas an ihrer Seite. Er führte eine Unterhaltung mit einem der Männer, die um sie herumstanden. Sie hörte Streichhölzer aufflammen, das Ausblasen von Zigarettenrauch. In der Ferne knatterte ein Generator.

Nach wenigen Minuten wieder ein Zug an ihrer Kette. Es war Yezaa, sie fühlte sich sanft geleitet, fühlte sich für einen Augenblick ganz ruhig. Es war das letzte Mal an diesem Ort ohne Namen.

Eisenriegel schnappten auf, Metall krachte gegen Metall, das Geräuschkonzert einer Gefängnistür. Rita spürte eine Gänsehaut aufziehen, und als sie eingelassen wurden und ihnen der Geruch billiger Desinfektionsmittel mit einer Ahnung von Blut, Eiter und Exkrementen entgegenschlug, wankte sie einen Augenblick, fühlte sich dem Ersticken nahe, holte schon Luft, um das geheime Notsignal zu geben, dreimal zu husten, bring mich weg von hier, Abdellah, ich halte das keine Sekunde länger aus.

Doch sie riss sich zusammen. Yezaa verstand, was vorging, und fasste sie am Arm, knetete beruhigend. Auch er, der diese Luft elf Jahre lang gerochen hatte, hatte seine Probleme damit. Sie spürte künstliches Selbstbewusstsein in seiner Stimme; übertreib das Theater nicht, Yezaa, diese Leute sind ein fachkundiges Publikum, die Ängste der Menschen sind ihnen ein offenes Buch, es ist ihr Job, ihr tägliches Geschäft.

Es ging durch einen Korridor, als ein entsetzlicher Schrei ertönte. Rita zuckte zusammen. „Morgensport", kommentierte einer der Wächter, und die Gruppe brach in wildes Gelächter aus. *Sport du matin.* Das war komisch. Yezaa lachte besonders laut. Vorsicht, Yezaa!

Als sie stehen blieben, spürte Rita eine neue Präsenz. Die Gruppe war verstummt, stand wie angewurzelt, einige Sekunden der Stille verstrichen, hinter der das ferne Generatorengeknatter, das Klirren von Ketten und das Krachen eiserner Türen zu hören waren. Aus einer Stimme, die wenige Worte auf Arabisch sprach, las Rita heraus, dass sie es mit dem Kommandanten dieses Ortes ohne Namen zu tun hatten. Die Folterknechte verharrten respektvoll, ja selbst bei ihnen war Angst zu spüren, und Yezaa begann erneut ihren Arm zu kneten, so fest, dass es schmerzte. Er war nervös geworden, wirklich nervös.

Dann erkannte sie auch warum. Der Kommandant war an sie herangetreten. Seine Stimme klang nahe, bedrohlich leise. Rundherum pflichtschuldiges Gelächter. In ironischem Ton hatte er etwas gesagt, von dem Rita nur das Wort *Gazelle* verstand. Dann spürte sie seine Hand auf ihrer Brust. Sie hielt den Atem an. Nicht wieder. Einmal im Leben reicht. Bitte nicht wieder das. Yezaa, tu etwas, verdammt! Doch die Hand blieb auf ihrer Brust, fuhr über ihre linke, dann über die rechte, langsam und prüfend. „*Waha*", sagte der Mann mehrere Male. Sein Atem roch nach Tabak und schlecht verdautem Fleisch. Seine Hand fuhr über ihren Bauch, tiefer. Yezaa, wenn du jetzt nichts unternimmst, versenke ich uns beide, hier und auf der Stelle.

Yezaa räusperte sich, als hätte er ihr Signal empfangen, machte eine Bemerkung, die vorsichtiges Gelächter unter den Wärtern auslöste und eine Frage beim Kommandanten. Der Inspektor hatte Karim Souwi ins Spiel gebracht, den Kommandanten an den Zweck ihres Besuches erinnert, und vielleicht erwähnte er auch das Alter der Gefangenen. Dieses eine Mal, dachte Rita, bin ich dankbar. Sie spürte einen derben Stoß und der Kommandant ließ ab von ihr. „*Yalla*“, sagte er, offenbar im Sinne von: An die Arbeit, Leute, wir wollen das Publikum nicht warten lassen.

Wieder eine Tür, wieder dieses entnervende Metallkonzert schlecht geölter Sperrmechanismen. Dann waren sie plötzlich allein. Rita hörte, wie Yezaa die Tür von innen verriegelte. „*Tranquile*“, sagte er mit lauter Stimme. Nur ruhig. Seine Hand löste Knoten an ihrer Haube, dann wurde es plötzlich hell.

Sie standen in einem nackten Raum mit Betonwänden, die nach den Verhören nie richtig gereinigt worden waren. Drei weiße Plastikstühle, wie sie zu Tausenden auf den Hotelterrassen von Agadir herumstehen. Kein Fenster, kein anderes Möbelstück, nur eine Glühbirne, direkt an ein Kabel angeschlossen, das aus einem Loch in der Wand hing.

Auf einem der drei Stühle in einer Ecke saß ein Gefangener. In Ketten wie Rita, eine schwarze Haube über dem Kopf. Seine Hände auf dem Schoß, den Kopf gesenkt. Er war der letzte Mann, der Eva Gunderson gesehen hatte.

„Karim Souwi“, sagte Yezaa. „Das ist dein Name, korrekt?“

Karim zögerte. Ein Verhör auf Französisch. Sollte er auf Arabisch antworten? War es eine Falle, wieder eine? Antwortete er auf Arabisch, würde er Prügel beziehen, weil er die Sprache wechselte. Antwortete er auf Französisch, würde er Prügel beziehen, weil Französisch verboten war an diesem Ort ohne Namen, weil

Französisch ihnen zu viel Würde gab, diesen Intellektuellen.

„Karim?“, sagte Yezaa.

Eine leise Stimme. „*Oui, Monsieur.*“ Er versuchte es auf Französisch und duckte sich vor den erwarteten Schlägen.

„Wie lange bist du schon hier?“

„Ich weiß es nicht, *Monsieur.*“

„Warum nicht?“

„Niemand sagt es uns und wir haben keinen Kalender.“

Yezaa trat zu ihm und sagte leise: „Schrei!“

„*Pardon?*“

„Du sollst schreien.“

Unsicher stieß Karim ein halblautes „Aaah“ aus.

„Lauter!“

Karim schrie wieder. Yezaa packte einen Sessel und schleuderte ihn zu Boden, hob ihn auf und hieb damit mehrere Male gegen die Wand. Nun verstand Karim: Alles Theater, damit die Wachen glaubten, dass Yezaa ihm die protokollarischen Prügel verabreichte.

„Schrei noch mal.“

Wieder schrie Karim. Diesmal hörte er nicht auf. Yezaa legte ihm seine Rechte auf die Schulter und sagte: „Schon gut. Stopp.“

Karim verstummte.

Yezaa arrangierte die zwei restlichen Sessel vor Karim und bedeutete Rita, sich zu setzen.

„Karim, wir wollen deine Geschichte hören.“

Karim seufzte. Wie oft hatte er *seine Geschichte* wohl erzählt? Hundert Mal? Zweihundert Mal? Tausend?

„*Allez!*“, befahl Yezaa.

Karim begann zu leiern: „Mein Name ist Karim Souwi, geboren am 4. April 1969 in Essaouira, Sohn des …“

„Kommen wir direkt zum Kern, einverstanden?“

Karim stockte. „*Oui, Monsieur.* Am 23. September 1990 gegen 23.45 Uhr wurde ich von zwei Beamten der öffentlichen Sicherheit dabei überrascht, wie ich am Bab al Bayda in der Medina von Marrakesch eine norwegische Touristin namens Eva Gunderson misshandelte. Ich setzte mich gegen das Eingreifen der Beamten zur Wehr. Sowohl Eva Gunderson als auch einer der Beamten wurden dabei verletzt, da ich ein Messer mit mir führte.“

Karim verstummte. Job erledigt, er hatte seine Geschichte erzählt. Yezaa warf Rita einen Blick zu, der sagte: Da müssen wir durch, Kollegin. Dann legte er wieder seine Rechte auf Karims Schulter – der Mann zuckte dabei zurück – und sagte: „In Ordnung. Das ist deine Geschichte, wir kennen sie. Wir würden aber gerne eine andere Geschichte hören. In allen Details.“

Karim blieb stumm. Zu oft hatten sie ihn windelweich geprügelt, wenn er diese andere Geschichte erzählt hatte. Für ihn existierte sie nicht mehr. Wenn einer nun ausdrücklich darum bat, konnte es sich nur um einen Vorwand handeln, um ihn wieder halb tot zu prügeln. Vielleicht war es das, was sie wollten. Vielleicht hatte jemand beschlossen, Karim Souwi müsse wieder gefoltert werden. Vielleicht diente er einem Folterlehrling zu Ausbildungszwecken.

„Karim“, sagte Yezaa. „Schrei wieder ein wenig, ja?“

Karim schrie wieder, aus Leibeskräften. Yezaa schlug mit der Faust mehrmals gegen die Wand.

„Schon gut, das reicht."

Karim hatte zu zittern begonnen, die Anstrengung, die Angst, vielleicht eine Mischung. Ritas Magen fühlte sich an, als hätte er sich zu einer kompakten Kugel zusammengezogen. Als wäre er ein Geschwür. Gott, lass diesen Tag vorübergehen.

„Kommen wir zu unserer Geschichte zurück", sagte Yezaa. „Zu deiner Geschichte. Da gibt es zwei. Eine hast du dem Gericht erzählt. Gut. Dann gibt es eine andere, und die würde mich interessieren. Ich lasse dir Zeit. Erinnere dich, Karim. Und wenn du bereit bist, fängst du an zu erzählen. Einverstanden?"

Karim nickte zögernd. „*Oui, Monsieur.*"

So saßen sie zu dritt in der dreckigen Zelle in dem dreckigen Gefängnis, ein junger Mann, zerschlagen und krank, der über eine Geschichte nachdachte, und zwei Ermittler, die ihm dabei zusahen. Die feuchte Kälte der Zelle begann unter ihre Kleider zu kriechen. Rita wünschte sich zehntausend Kilometer weit weg. Aber es war immer dasselbe: Zuerst tat sie alles, um an einen Ort zu gelangen, und dann wünschte sie sich zehntausend Kilometer weit weg. In diesem Fall vielleicht hunderttausend. Eine Million. Ans andere Ende des Universums.

„*Monsieur.*"

„Ja, Karim?"

„Soll ich noch mal ein bisschen schreien?"

„Gute Idee, schrei ein bisschen."

Karim holte tief Luft, und Rita ahnte, was er vorhatte. Da musste alles raus, was sich bei Karim angesammelt hatte. Demütigung, Bitterkeit, Verzweiflung, alles lag in dem Geschrei, das Karim nun auf sie ablud, so laut, dass seinen beiden Zuhörern die Ohren schmerzten. Yezaa verstand offensichtlich, was vorging, und ließ ihn schreien, minutenlang. Am Ende war Karim ein schluchzendes Bündel. Yezaa legte ihm wieder seine Hand auf die Schulter, und Rita bemerkte, wie Karim nahezu unmerklich dagegendrückte. Die erste freundliche Berührung seit Monaten.

„Bist du bereit?“

„Oui, Monsieur.“

„Erzähl.“

Karim erzählte nun diese andere Geschichte. Wie er Eva Gunderson nachgeeilt war und wie sich beim Bab al Bayda zwei Männer auf sie stürzten, wie die Gasse plötzlich voller Männer war. Seine Erzählung endete mit der Verhaftung im *Riad*.

„Erzähl weiter, Karim. Was geschah, als sie dich abholten?“

Wieder stockte Karim. Noch nie hatte er darüber sprechen dürfen. War es nicht doch eine Falle? Er begann den Kopf zu schütteln, seinen Körper hin und her zu wiegen. Bei Gott, was sollte er nur tun? Er war ein Spielzeug in fremden Händen, er war ein wertloses Stück Fleisch, mit dem man tun konnte, was man wollte. Warum diese Fragen jetzt?

„Dies ist eine vertrauliche Unterredung, Karim. Ich will wissen, was danach geschah. Klar?“

„Oui, Monsieur. Ich wurde in einen Wagen gesetzt und wir fuhren los. Ich saß zwischen den beiden Polizisten. Sie verbanden mir die Augen. Wir kamen irgendwo an und ich wurde in ein Gebäude gebracht ...“

„Lief der Polizeifunk im Wagen?“

„Nein.“

„Wurden Namen erwähnt?“

„Nein.“

Yezaa blickte Rita an und zuckte die Achseln. Er nahm einen Schreibblock und einen Kugelschreiber aus seiner Tasche und reichte beides Rita.

„Weiter.“

„Im Gebäude wurde ich ... wurde ich zusammengeschlagen.“ Karim machte eine Pause, um eine Reaktion abzuwarten. „Dann setzte man mich auf einen Stuhl. Man sagte mir, ich sei ein Verbrecher. Dann fragte man mich, wer die Leute seien, die mir geholfen hatten.“

„Und du wusstest das nicht.“

„So ist es, *Monsieur.* Sie wollten wissen, ob jemand von diesen Leuten mit mir gesprochen hatte. Sie machten Dialekte nach und wollten wissen, ob die Leute einen dieser Dialekte sprachen.“

„Haben sie den Dialekt identifiziert?“

„Sahrauis.“

„Die Zone? Den Stamm?“

„Nein, *Monsieur.*“

„Was geschah dann?“

„Ich wurde in eine Zelle gebracht, noch immer mit verbundenen Augen.“

„Konntest du Gespräche hören in deiner Umgebung? Während der Vernehmung, danach, egal wann.“

„Kaum.“

„Was heißt ‚kaum‘?“

„Am nächsten Tag hörte ich, wie ein Mann zum anderen sagte: ‚Wir haben sie.‘“

„*Wir haben sie?* Das hat einer gesagt?"

„*Oui, Monsieur.*"

Rita schrieb etwas auf den Block und zeigte ihn Yezaa. Der nickte.

„Welche Fragen haben sie dir gestellt? Haben sie dich über Eva befragt?"

„Nur, ob ich mit ihr ... na ja, eine sexuelle Beziehung gehabt hatte."

Rita schrieb wieder, während Yezaa erneut fragte: „Und? Hattest du?"

Nun wurde Karim von einem hysterischen Lachen gebeutelt. „Beim Propheten, ich habe sie nie berührt. Aber ich schwöre, es wäre alles das wert gewesen."

Vollkommene Stille breitete sich aus. Rita hielt im Schreiben inne.

„Was meinst du damit, Karim?"

Karim schüttelte nur den Kopf und begann zu murmeln, auf Arabisch, immer dasselbe Wort.

„Ein Engel?", wiederholte Yezaa auf Französisch.

„*Exactement, Monsieur.* Ein Engel. Das wundervollste Geschöpf, das ich je gesehen habe."

Karim wirkte plötzlich wie ein glücklicher Mann. Er hatte eine Reise angetreten zu jenen Momenten, da er mit Eva Gunderson nach Marrakesch reiste, mit Fantasien über eine Zukunft in einem reichen Land an der Seite der für ihn schönsten Frau der Welt. Allein die Erinnerung an diesen mikroskopischen Augenblick der Hoffnung in seinem Leben machte ihn glücklich. Es war alles, was ihm geblieben war.

Yezaa warf einen Blick auf Ritas Block und wandte sich wieder an Karim. „Haben sie dich über deine Beziehung mit Eva nur befragt oder sind sie dabei energisch geworden?"

Wieder musste Karim lachen. Diese Vernehmung hatte Unterhaltungswert. Hatten sie ihn je verhört, ohne „energisch" zu werden? Gab es das überhaupt?

Yezaa erkannte das Absurde an seiner Frage und präzisierte: „Ich meine: energischer als sonst. Hattest du das Gefühl, es war etwas, das sie besonders interessierte? Was hat sie besonders interessiert? Erinnere dich."

„Das mit der Beziehung war sehr wichtig für sie. Aber sie glaubten mir. Es war das Einzige, was sie mir glaubten."

„Auch während deiner Zeit in der Zelle hörtest du nie Polizeifunk? Ein Funkgerät, von weit weg?"

„Nie."

„Sprachen sich die Männer untereinander jemals mit Dienstgraden an?"

„Nie."

„Wann hast du das erste Mal einen Uniformierten gesehen?"

„Ein paar Tage danach. Man brachte mich weg, in ein anderes Gebäude. Dann ging die Tür auf, jemand riss mir die Augenbinde herunter und ich sah, dass das Gebäude voller Polizisten war. Polizisten in Uniformen."

„In der Zeit mit diesen anderen Männern ohne Uniformen ist nie ein Name gefallen? Ein Vorname, Spitzname, irgendwas?"

„Nichts, Monsieur. Nur einmal sprachen sie von einer *Vieille.*"

„Von einer Alten?"

„Oui, Monsieur.“

„In welchem Zusammenhang?“

„Das war in dem Gespräch, als einer sagte: ‚Wir haben sie.‘“

„Und was sagten sie über die Alte?“

„Man müsse sie informieren.“

Rita konnte den Impuls, in das Gespräch einzugreifen, nur mit Mühe unterdrücken. Hastig kritzelte sie auf ihren Block und zeigte ihn Yezaa. Der nickte und sagte: „Karim, das ist sehr wichtig jetzt. Erinnere dich an jedes Detail von diesem Gespräch, das du erwähnt hast, und mag es noch so winzig oder unbedeutend erscheinen. Nimm dir Zeit. Denk nach, solange du willst.“

Karim reckte seinen Hals in einer sichtbaren Anstrengung. Dann schüttelte er den Kopf. „Tut mir leid, *Monsieur.* Mir schmerzte der Schädel von der Schlägerei und dann war dauernd dieser Krach. Es war sehr schwer, etwas zu verstehen.“

Rita schrieb wieder.

„Du sprichst über den ersten Ort, an den sie dich brachten?“

„Oui, Monsieur.“

„Was war das für ein Krach, Karim?“

„Maschinen. Wie in einer Fabrik.“

„Schlagen? Hämmern? Motoren? Förderbänder?“

„Mehr wie Sägen. Aber kein Holz.“

„Metall?“

„Eher Stein.“

„Marmor vielleicht?“

„Möglich.“

„Keramik?“

„Auch möglich. Aber ich bin nicht sicher. Ich kann das nicht unterscheiden. Ich habe noch nie in so einer Fabrik gearbeitet."

„Hat dich das nicht gewundert? Ein Kommissariat direkt bei einer Fabrik?"

„Monsieur, ich bin nicht der Hellste, aber mir war von Anfang klar, dass das kein Kommissariat war. Dorthin kam ich später. Das zu Beginn war die Fabrik selbst."

„Wie kommst du darauf?"

„Die Geräusche bei der Ankunft. All die ... Geräusche eben."

„Wie lange wart ihr unterwegs?"

„Vielleicht eine halbe oder Dreiviertelstunde."

„Kurvenreich?"

„Nein. Fast gerade. Nur gegen Ende gab's eine Menge Kurven."

Yezaa versuchte das Mysterium von verschiedenen Seiten zu knacken, stieß aber immer wieder auf unüberwindbare Lücken in Karims Erinnerung. Als er und Rita mit einem Blick übereingekommen waren, dass die Vernehmung ihren Zweck erfüllt hatte, trat Yezaa zu Karim und flüsterte ihm ins Ohr, dass es klug wäre, nichts vom Inhalt ihres Gesprächs zu verbreiten, da das Wissen, das er offenbart hatte, für ihn gefährlich werden könnte.

Karim, der Yezaas Wohlwollen spürte, hielt ihn mit einem gezischten „*Monsieur*" zurück und begann auf Arabisch in flehentlichem Tonfall auf den Inspektor einzureden. Das Flehen wurde drängender, die Antworten Yezaas wurden abrupter. „Ich kann nichts versprechen", sagte er, als Karim zu weinen begann.

Yezaa blickte sich wie Hilfe suchend nach Rita um. Auch er wollte nur noch weg von hier.

Bis zum Gefängnistor schaffte es Rita noch, dann sackten ihr plötzlich die Beine weg. Was danach geschah, nahm sie nur teilweise wahr. Die kalte Nachtluft des Atlas, die stützenden Arme Yezaas, das Zuschlagen der Autotüren und das Preschen der Räder auf dem steinigen Feldweg, als sie davonrasten, um den Ort ohne Namen hinter sich zu lassen.

Während dieser Zeit hatte Rita die letzte Szene im Kopf, die sie noch bei vollem Bewusstsein mitbekommen hatte. Wie Yezaa die Tür entriegelte und sie, wieder mit ihrer schwarzen Haube über dem Kopf, das Klappern eines Metallkübels hörte und eine erstaunte Stimme: *„Ah, rien de sang!"* Überhaupt kein Blut!

Dem Mann, der schon zum Aufwischen bereitstand, mit einer Selbstverständlichkeit wie der Putzservice in einem Hotel nach einer wilden Party, beschied Yezaa: „Ich bin kein Anfänger." Worauf ein bewunderndes *Waha* erklang. Diese Profis aus Rabat!

Mit jedem Kilometer, den sie sich von dem Ort ohne Namen entfernten, ging es Rita besser. Yezaa erkundigte sich noch ein paar Mal nach ihrem Befinden, dann wurde Rita von Müdigkeit übermannt und die Fahrgeräusche transportierten sie in einen unruhigen, aber angenehmen Schlummer.

Unterwegs öffnete Yezaa ihre Hand- und Fußschellen. Bei einer Tankstelle außerhalb von Marrakesch fanden sie ein Taxi, mit dem Rita weiterreiste. Es war lange nach Mitternacht, als sie bei ihrem Hotel ankam. Sie klingelte minutenlang, bis der Nachtportier erwachte, aufsperrte und ihr zwei Nachrichten aushändigte.

Das alte Spiel, eine gute und eine schlechte Nachricht. Die gute kam aus Trondheim: Die Tagebücher von Julia Anderson waren unterwegs nach Rabat. Die Schlechte kam aus Amsterdam: „Anweisung de Mey: Mit dem nächsten Flugzeug heimkehren, detailliertes Debriefing vorbereiten.“

21.

Rita spielte mit Khaleds Abschiedsgeschenk, überreicht während einer hastigen Abrechnung im Hotelfoyer, Stapel schmutziger Dirham-Scheine auf dem Tisch, so viel für Khaled, so viel für die Rostschüssel. Rita hatte ihren treuen Begleiter zur Verfassung komplizierter Papiere gezwungen, damit es in Amsterdam keine Probleme mit der Buchhaltung gab. Und am Ende, als Rita schon unruhig auf die Uhr blickte, drückte ihr Khaled einen kleinen, in braunes Papier gehüllten Gegenstand in die Hand. *„Petit cadeau“*, sagte er verlegen. Kleines Geschenk. Nichts Besonderes, vielleicht gefalle es ihr nicht einmal, sie könne es gerne umtauschen, er wolle sie keinesfalls zwingen, das Ding bei ihr zu Hause tatsächlich zu verwenden ... „Khaled, sei ruhig! Das ist wundervoll.“

Ein tönernes Gebilde für dreierlei Gewürze. Drei tönerne Hauben darauf. Erinnerung an ihr marokkanisches Dreigestirn: Yezaa, Khaled und sie selbst, gruppiert um ein unsichtbares Zentrum namens Eva.

„Wenn Sie sonst etwas brauchen aus Marrakesch, egal was, dann schreiben Sie einfach.“ Khaleds Zeigefinger kreisten waagrecht neben seinen Schläfen. „Einen Teppich oder so was.“

„Sie haben genug für mich getan.“ Rita gab dem verlegenen Khaled die Hand. „Was werden Sie nun arbeiten?“

„Allah weiß es“, sagte Khaled mit einem Grinsen, das sein schmales Gesicht in tausend Falten legte. „Und wenn er es nicht weiß, dann vielleicht Abdellah. Oder ich warte auf die nächste Detektivin aus Europa, die in Marokko einen Assistenten braucht.“

„Das könnte eine Weile dauern.“

„*No problem.* Wir Marokkaner sind geduldig.“

Es war das billigste Restaurant, in dem sie je ein konspiratives Treffen abhielten. Ein Palmenhain wenige hundert Meter von der Fernstraße nach Casablanca, eine winzige Lehmhütte, aus der ein Blechrohr schräg herausstach wie eine Kanone. Der Rauch, der daraus quoll, roch nach Tagine. Zwischen den Palmen ein paar Plastikstühle und -sessel, identisch mit jenen, die auf der Strandpromenade von Agadir auf Touristen warteten, und mit jenen, die im Ort ohne Namen in der Verhörzelle standen. Unzerbrechlich und leicht zu reinigen. *Waha.*

Eine Frau, gekleidet wie ein wandelnder Markstand, kümmerte sich um das Essen, unterstützt von zwei halbwüchsigen Töchtern. Die Teller waren aus Plastik in unsäglichen Farben. Die Tagine war die beste, die Rita je gegessen hatte.

Das Restaurant hieß entweder „Hilton“ oder „Bayt al Mahmoud“. Beide Namen waren mit dicken Pinseln auf die Hütte gemalt worden, wobei dem Künstler die

Farbe davongeflossen war und die Schriftzüge wirkten, als kündigten sie einen Horrorfilm an.

„Das ist verrückt", sagte Yezaa. „Morgen geht ein Flug, in drei Tagen der nächste. Muss es unbedingt der heutige sein?"

Rita nickte.

Der Inspektor blickte auf die Uhr. „Das gibt uns kaum Zeit, über das zu sprechen, was wir gestern gehört haben. Geschweige denn, im Fall selbst etwas vorwärtszubringen."

Rita zuckte die Achseln.

„Nach all dem, was wir erreicht haben! Ich dachte immer, ihr Europäer handelt vernunftorientiert. Ich dachte immer, *wir* seien die Wahnsinnigen."

„Mein Chef sagt: Der nächste Flug. Er wird den Flugplan prüfen, und wenn ich nicht den nächsten Flug nehme ..." Rita machte eine Geste in der Luft.

„... nagelt er dich an die Wand. Er mag dich nicht, dein Chef."

„Nein."

Yezaa stützte nachdenklich sein Kinn und sagte: „Eine offene Rechnung."

„Das und noch ein paar andere Gründe."

„Hast du ihn auf dem Laufenden gehalten?"

Rita lachte auf. „Ich bin doch nicht wahnsinnig."

„Aber irgendetwas wirst du ihm erzählen müssen. Sonst nagelt er dich doch an die Wand, ganz egal welches Flugzeug du nimmst."

Die Detektivin seufzte. „Ich dachte an eine Entführung. Sahrauis, politische Extremisten, die eine norwegische Touristin verschleppen."

„Unglaubwürdig. Hätten sie das tatsächlich getan, wäre es ein gefundenes Fressen für die marokkanische Propaganda gewesen. Und denk daran: Dass die beiden ausgerechnet beim Bab al Bayda überfallen wurden, war reiner Zufall. Die Sahrauis griffen nur ein. Die Initiative ging nicht von ihnen aus. Da musst du dir etwas Besseres einfallen lassen."

„Und die Reise der alten Gunderson nach Marrakesch? Sieht das nicht nach Verhandlungen mit Entführern aus?"

„Wenn sie Lösegeld gefordert hätten, dann hätte die Mutter gezahlt. Denkst du wirklich, die kommt nach Marrakesch, um über das Leben ihrer Tochter zu feilschen wie über den Preis eines Teppichs?"

„Vielleicht wollten sie kein Lösegeld. Vielleicht halten sie die Tochter als Geisel, um Gunderson zu gewissen Diensten zu zwingen."

„Waffenlieferungen?"

Rita nickte. „Das wäre eine Möglichkeit. Vor einem Jahr war noch Krieg."

„Vor einem Jahr, Madame. Vor einem Jahr. Das ist eine wackelige Geschichte. Ist dein Chef dumm?"

„Du hast recht, eine wackelige Geschichte. Wie wär's damit: Eva Gunderson fällt durch reinen Zufall saharauischen Extremisten in die Hände. Die sind auf so einen Fang nicht vorbereitet, beschließen aber spontan, eine Operation zu organisieren. Dabei geht etwas schief. Eva kommt ums Leben. Um die möglichen Auswirkungen auf die öffentliche Meinung in den westlichen Ländern zu vermeiden, wird eine zweite Operation in Gang gesetzt: totale Vertuschung."

„Und warum sagen die Marokkaner nichts?"

„Weil es vielleicht die Marokkaner waren, die sie umgebracht haben. Stell dir folgendes Szenario vor: Die Sahrauis versuchen Eva in die von ihnen kontrollierte Zone zu schaffen, werden von marokkanischen Einheiten entdeckt, eine Tonne Napalm geht auf die Kolonne nieder, und als man die Leichen findet, sind Blonde und Schwarzhaarige nicht mehr voneinander zu unterscheiden."

Yezaa verzog das Gesicht. „Du hast eine abscheuliche Fantasie."

„Das hilft in diesem Job. Und das Szenario ist schlüssig: Weder die Sahrauis als Entführer noch die Marokkaner als Mörder haben ein Interesse daran, dass die Story ans Tageslicht kommt. Vielleicht war es ein Angriff auf einen zivilen Konvoi. Eine Operation, bei der beide Seiten nicht sehr sauber dagestanden hätten. Was sagst du, wie klingt das?"

„Besser."

„Könnte ich damit meinen Chef überzeugen?"

„Möglich."

„Und dich?"

Yezaa schwieg. Sie schwiegen beide für eine Weile. Es war ein friedlicher, sonniger Tag, sie waren die einzigen Gäste in dieser Oase, es war auch ein bisschen zu früh für ein Mittagessen, doch der Flug ging um 13 Uhr und sie mussten bald los. Rita wollte de Mey keinen Grund liefern, sie rauszuschmeißen. Keinen *offiziellen* Grund.

„Ich denke noch immer darüber nach", sagte Yezaa, „was für eine Rolle Ben Saada in unserer Geschichte spielt."

„Kleine Obsession, dieser Ben Saada. Warum beschäftigt er dich?“

„Zwei seiner Leute waren Gäste der Jugendherberge von Casablanca. Ich habe ihre Namen im Gästebuch entdeckt. Falsche Namen natürlich, aber ich kenne sie. Jeder kennt sie. Das sind echte Schwachköpfe, die benutzen seit Jahren dieselben falschen Namen.“

„Das war zur selben Zeit, als Eva dort war?“

„*Exactement*. Ich habe versucht Ben Saada zu kontaktieren, doch er hat nicht reagiert.“

„Du kennst ihn?“

„Ein alter Polizist. Sicherheitsapparat, nicht unser Verein. Als ich keinen anderen Ausweg mehr wusste, wurde ich bei dem ehrenwerten Rahmani vorstellig. Das Ergebnis war, wie bereits erwähnt, nicht sehr ermutigend. Für mich steht fest, dass Ben Saada die Finger im Spiel hatte. Vielleicht hat Rahmani ihn der jungen Eva nachgeschickt. Er sollte auf sie aufpassen, sie überwachen. In Marrakesch ist die Sache außer Kontrolle geraten. Dachte ich bis jetzt.“

„Und was denkst du jetzt?“

„Jetzt weiß ich nicht mehr, was ich denken soll. Karim hört einen angeblichen Polizisten sagen: ‚Wir haben sie.‘ Wer sie? Eva?“ Yezaa hob hilflos beide Arme. „Nichts fügt sich zum anderen, egal wie du es drehst oder wendest. Zum Beispiel die Geschichte mit den Sahrauis. Ganz unter uns: Das passt nicht zu ihnen. Während des gesamten Krieges haben die Sahrauis ein einziges Mal ausländische Zivilisten umgebracht, zwei Spanier, die zur falschen Zeit am falschen Ort waren. Ein Ausrutscher, wenn du willst. Die Sahrauis sind sture Arschlöcher und gefährliche Separatisten, meinetwegen, aber sie sprengen keine zivilen Flugzeuge in die Luft, um auf ihre Sache aufmerksam zu machen, und sie entführen keine Ausländer, um den Namen ihrer Bewegung auf den Titelseiten westlicher Zeitungen zu lesen."

„Das klingt ja direkt sympathisch."

„Ich spreche als Ermittler, nicht als Marokkaner. Ich spreche über Verhaltensprofile und Präzedenzfälle. Deine Horrorstory über saharauische Mädchenräuber mag in Holland durchgehen, und die marokkanische Politik wird jubelnd einstimmen, wenn es ihr ins Konzept passt, aber wenn wir uns ganz nüchtern auf die Fakten beschränken: Ihre Bewegung, die Polisario, hat jetzt schon genügend Probleme mit dem Propagandakrieg. Das Letzte, was die braucht, ist eine norwegische Geisel. Vor allem nicht in einem Moment, da die UNO drauf und dran ist, einen Waffenstillstand durchzusetzen und eine Volksabstimmung zu organisieren. Wirklich, Rita, das ist vollkommen absurd."

„*D'accord.*"

„Natürlich kannst du deinen Chef mit dieser Geschichte einnebeln, aber glaube bitte nicht selbst daran. Warum brauchst du eigentlich diese Nebelwand? Warum berichtest du nicht einfach, was du herausgefunden hast?"

Rita lächelte. „Zwei Gründe, Abdellah. Erstens habe ich nicht meinen Arsch riskiert, nur damit irgendein Lehrling meinen Platz einnimmt und dank meiner Vorarbeit den Fall löst. Zweitens ..."

„Zweitens?"

Rita machte eine Pause, kaute auf ihren Lippen. „Zweitens spüre ich langsam, woher der Wind weht."

Yezaa lehnte sich zurück. „Ach ja? Und woher weht er, der Wind?"

„Aus dem Norden."

Der Inspektor begann zu lachen. „Aus dem Norden? Das ist ja drollig."

Rita nickte ernst. „Ja, aus dem Norden."

„Versicherungsbetrug?"

„Möglich. Aber ein ziemlich origineller."

„*Waha!*", rief Yezaa aus. „Was soll eine Versicherungsdetektivin schon entdecken? Versicherungsbetrug! Rita, du bist eine echte Professionelle. Wenn sie dir einen Job als Scheidungsanwältin geben, machst du aus demselben Fall eine Kindesentführung und zerrst den Vater vor Gericht. Ich schwöre dir, du bist genial."

„Danke, Abdellah. Auch du bist genial. Mir gefällt dein Beispiel. Hast du schon herausgefunden, was Zone 44 heißt?"

„Zone 44", wiederholte Yezaa und drückte nachdenklich seine Zigarette aus. „Nein, ich arbeite noch dran. Sobald ich Bescheid weiß, ruf ich dich an." Er blickte auf die Uhr. „Du wirst mich auch auf dem Laufenden halten, *n'est-ce pas?*"

„Natürlich, ich brauche dich ja noch."

„*Waha.* Darf ich bezahlen? Diese Kaschemme stellt wahrscheinlich keine ordentlichen Rechnungen aus."

„Du liest meine Gedanken, Abdellah."

Sie gingen beide zum Wagen, der unter den Palmen stand. Es war nicht jener mit den verdunkelten Scheiben. Yezaa räusperte sich und sagte: „Könnten wir uns hier schon verabschieden, *mon amie?*"

Rita hob die Augenbrauen. „Wir haben noch siebzig Kilometer vor uns."

„Ah, sind das wirklich siebzig? Das mit den Zahlen habt ihr Europäer wirklich unter Kontrolle." Yezaa zuckte die Achseln. „Ich meinte nur ... in Casablanca sind wir nicht mehr unter uns. Ich bin ein verheirateter Mann, die Moral hier ist altmodisch, und eine simple Umarmung aus purer Sympathie könnte falsch ausgelegt werden. Gehört sich nicht. Wir sind prüde, weißt du?"

Was für ein liebenswürdiger Verräter deiner Kultur du bist, dachte Rita. Noch immer ein Gefangener, noch immer hinter Gittern. Sie sah Karim vor sich, der den Kopf hin und her wog, den Inspektor anflehte, er möge seiner Familie eine Nachricht überbringen, er schwöre bei Allah und bei Mohammed, dass seine Familie ihm bezahlen werde, was immer er verlange. Sie hörte den Inspektor antworten, er sei am Geld der Familie nicht interessiert, er wolle Informationen, er wolle, dass Karim bis in die hintersten Winkel seiner Erinnerung vordringe, er wolle die letzten, kleinsten Details. Karim, der flüsterte, er habe mehrmals das Wort *„quarante-quatre"* gehört und ihm nie Bedeutung beigemessen, nie verstanden, was es bedeutete. Yezaa, der bohrte: Eine Adresse? Eine Entfernung? Eine Uhrzeit? Keines davon. Eine Zone, vielleicht. Zone 44. Karim, der zu schluchzen begann. Yezaa, der ihm unbeholfen auf die Schulter klopfte. Schon gut, sagte die Geste. Was eine gottverdammte Lüge war.

Rita sah Khaled vor sich, der in Essaouira einen Brief unter einer Haustür durchschob und sich unerkannt davonmachte. Liebe Familie Souwi, Ihrem Sohn geht es dreckig, aber er lebt noch. Mit herzlichen Grüßen von unbekannt.

Kein strahlender Held, dieser Abdellah Yezaa, doch in einer besseren Welt wäre er einer gewesen. Hier war es zu schwierig, hier taugte er nur zum Überlebenden und zum Verräter, dem die Integrität zum geheimen Hobby geworden war.

Rita trat wortlos an Yezaa heran und umarmte ihn, ihre Stirn an seiner Brust, seine Hand legte sich vorsichtig auf ihren Kopf. So standen sie zwei oder drei Minuten, wortlos. Dann stiegen sie in den Wagen und Yezaa pfiff auf die Tempolimits, damit Rita die nächste Maschine nach Amsterdam erreichte.

22.

De Meys Wutanfälle hatten sich wie radioaktiver Niederschlag auf die Gesichter aller Mitarbeiter gelegt. Und als die Ursache seiner Anfälle das Gebäude betrat, in provokant guter Laune, und „Guten Tag" und „Hallo" sagte, regnete es von allen Seiten Blicke, dass es Ritas Geigerzähler die Nadel raushaute. Nur Rembrandt unternahm eine übermenschliche Anstrengung, sich normal zu verhalten. Es gelang ihm nicht ganz. Er wich ihrem Blick aus und beendete seine Sätze nicht mit Punkt, Fragezeichen oder Ausrufezeichen, sondern jeweils mit einem Seufzer, als wäre er ein Priester, der einen zum Tode Verurteilten auf seinem letzten Weg begleitet. Wozu unfreundlich werden? Wozu Vorwürfe austeilen? Der elektrische Stuhl wird alle Missverständnisse ausräumen, alle Herzen reinigen.

Doch auch Rembrandts „Gästesessel" – Rita musste wieder einen Stapel Akten abräumen, bevor sie sich setzen konnte – war nicht frei von Elektrizität. Sie spürte die ersten sondierenden Stromstöße vor dem großen Gewitter, vor dem sich die ganze Abteilung fürchtete oder auf das sie sich freute.

Rembrandt legte sein Kinn in die aufgestützte Hand und nach einem kurzen Nicken Richtung Rita, die freundlich lächelte, widmete er sich den Papieren auf seinem Tisch, stapelte sie aufeinander, breitete sie wieder aus, als wüsste er nicht, in welche Ordnung sie gehörten. Rita hatte den Verdacht, dass es ihre Akte war. Der Fall Rita Kleefman. Ungelöst, unlösbar.

„Der nächste Flug", sagte Rembrandt und seufzte, „sollte immer der nächste Flug sein. Nicht der übernächste oder überübernächste. Der Boss könnte einen vitalen Grund haben, dich zurückzurufen."

„Hatte er, kein Zweifel", sagte Rita.

Kurzer Blickkontakt, dann senkte Rembrandt wieder den Kopf und verlor sich im Gewühl der Rita-Papiere. „Warum hast du nicht den *nächsten Flug* genommen, Rita?"

„Ich verstehe nicht. Ich *habe* den nächsten Flug genommen."

„Freitag, 2. August, Royal Air Maroc über Paris?"

Rita lachte auf. „Warum nicht mit der Concorde über New York? Ich fasste die Order dahin gehend auf, dass ein Direktflug gemeint war. Ich habe noch ein Rundschreiben im Kopf, in dem wir aufgefordert wurden, auf unsere Spesen zu achten. Ich bin ein gutes Mädchen, Rembrandt. Ich schmeiße das Geld der Firma nicht zum Fenster hinaus."

„Operationelle Erwägungen haben Vorrang vor finanziellen, das solltest du wissen."

„Sehr schön. Am 2. August war ich unterwegs. ‚Geschäftlich'. Ich habe die Nachricht erst am selben Tag um Mitternacht erhalten. Es war mir physisch unmöglich, einen früheren Flug zu nehmen. Könnten wir jetzt das Thema wechseln?"

„Du warst unterwegs?"

„Korrekt. Vielleicht erinnerst du dich: Da war ein Fall zu bearbeiten. Möglich, dass meine Kollegen solche Arbeiten im Hotelzimmer erledigen. Ich persönlich ziehe eine andere Methode vor."

„Anders. Korrekt." Rembrandt nickte müde. Er sah überarbeitet aus. Auf Rita wirkte er wie ein magenkranker Rentner, den man direkt aus dem Operationssaal wieder an seinen alten Arbeitsplatz verfrachtet hatte. „Tolle Idee übrigens, das mit dem Archiv. Auch der Boss war ganz begeistert."

Rita hob misstraurisch die Augenbrauen. Eine gute Nachricht?

„Er hat die Anregung auch sofort aufgegriffen. Wir haben jetzt wieder einen Archivar."

Die Detektivin presste die Lippen zusammen, um nicht loszuprusten. „Du?"

Rembrandt machte eine fahrige Geste. „Ein neuer Posten war nicht drin. Wir teilen uns die Arbeit im Büro. Ich bin Chefarchivar. Danke für die Gratulation. Eine dumme Bemerkung und ich lasse dich einen Monat lang Firmendossiers zusammenklauben."

Rita hob die Hände. „Ich werde mich hüten. Wie geht es deiner Frau?"

Rembrandt kniff die Augen zusammen. „Was soll das jetzt wieder?"

„Nur ein Versuch, das Thema zu wechseln. Eine höfliche Frage nach dem Befinden deiner Frau, nichts weiter. Sind private Bemerkungen verboten worden, damit der Laden effizienter wird?"

„Rita", er legte einen Zeigefinger auf sie an, „ich warne dich." Dann fummelte er wieder mit den Papieren herum und sagte leise: „Du hättest auch fragen können, wie es meinen Kindern geht."

„Ich wusste nicht, dass du welche hast. So nahe sind wir uns noch nicht gekommen."

„Tatsächlich? Nun ja." Endlich hatte er einen geordneten Stoß zusammengebracht und heftete ihn mit einem wütenden Knall zusammen. „Thomas, zwölf Jahre alt, guter Fußballer, miserabler Schüler. Maria, neun Jahre, miserable Fußballerin, gute Schülerin."

„Nett", sagte Rita.

„Und du?", fragte er.

Sie zuckte die Achseln. „Ist der Firmentratsch noch nicht bis zu dir gedrungen?"

„Natürlich. Aber ein guter Ermittler sollte immer an die Quellen gehen."

„Ein Vater, eine Mutter, beide miserable Fußballer."

„Ich frage, weil du in den nächsten Tagen möglicherweise familiären Rückhalt brauchen wirst."

„Ach ja!?"

„Der Boss hat uns während deines Nordafrika-Ausflugs ein paar Szenen gemacht, dass wir Angst um dein Leben bekamen. Ist deine Spesenabrechnung in Ordnung?"

„Das hoffe ich doch."

„Gut. Dann kann er dir wenigstens da nicht ans Leder."

„Und wer übernimmt den Fall?"

„Chefsache."

„Du meinst: Hanno wird *arbeiten*?"

Wieder legte er seinen Zeigefinger auf sie an. „Ich wäre mit solchen Bemerkungen sehr vorsichtig. Vielleicht kannst du ihn davon überzeugen, dass du gute Arbeit geleistet hast in Marokko. Ich konnte es nicht. Du hast mir keine Chance gegeben." Er hielt einen dünnen Ordner hoch. „Meine Protokolle deiner Berichte. Das dünnste Papier, das je erstellt worden ist. Was hast du dir dabei gedacht?"

Rita machte große Augen und sagte: „Papiersparmaßnahme."

Rembrandt verharrte mitten in einer Geste und fixierte die Detektivin.

„Schon gut", beschwichtigte sie. „Ein Scherz. Vergiss es. Erklär mir, wo das Problem liegt."

„Wir haben eine neue Firmenpolitik. Die Zeiten der wilden Alleingänge sind vorbei. Du bist die Einzige, die das noch nicht mitgekriegt hat. Wochenlang ermittelst du, ohne uns auf dem Laufenden zu halten – wenn du wirklich ermittelt hast ..."

„Sei kein Arschloch, ja?"

„Rita, ich warne dich!"

„Warne mich. Na los. Erkläre mir, warum mir die Firma aufs Dach steigen will, obwohl ich weiter gekommen bin als jeder andere. Rembrandt, ich habe die Spur dieses Mädchens bis *Marrakesch* verfolgt!"

„Wo sind die Belege? Wo sind die Informationen?" Rembrandt knallte den Ordner mit dem kunstvoll gestalteten Deckblatt „Berichte Rita Kleefman – Marokko" vor sich auf den Tisch. „Einer der wichtigsten Kunden dieser Firma wird abgekanzelt wie ein gottverdammter Bittsteller. Und wenn man die menschliche Seite dieses Falles in Betracht zieht, war dein Verhalten schlichtweg abscheulich. Du bist eine alte, starrköpfige Ziege, die sich für einen Star hält und in Wahrheit nichts als Scheiße baut."

Rembrandt hielt inne, selbst erschrocken über seine letzten Worte. Rita blickte auf den Ordner und sagte leise: „Originalton Hanno de Mey, vermute ich."

Rembrandt seufzte. „Entschuldige, Rita, ich wollte wirklich nicht ..."

„Stopp, Kollege. Keine Entschuldigungen. Irgendjemand hat euch eine Gehirnwäsche verpasst, ihr seid schuldlos. Ich dachte nicht, dass ich dir – von allen Idioten, die hier herumlaufen vielleicht noch der Brauchbarste, und ich bitte *nicht* um Entschuldigung für diese Bemerkung und du kannst deinen Zeigefinger schwenken, bis er dir abfault ..."

„Langsam, Rita, langsam."

„Ich dachte nicht, dass ich *dir* die Gründe für mein Verhalten erklären muss. Für die Versicherung ist Birte Gunderson eine Kundin. Für mich als Ermittlerin stehen *alle* Beteiligten in diesem Fall unter Verdacht, bis sich das Gegenteil herausgestellt hat. Ist euch da nicht was durcheinandergekommen? Wer begeht eigentlich Versicherungsbetrug? Die Kunden doch, oder?"

„Du magst formal recht haben, Rita, aber dieser Fall ist anders gelagert."

„Gut!", rief die Detektivin aus und erhob sich. „Sehr schön. Ihr habt eure Art, Fälle zu bearbeiten, ich habe meine. Wollen wir die Resultate vergleichen?"

„Rita, kram nicht wieder alte Geschichten hervor, die helfen diesmal nichts. 14 Uhr beim Boss. Persönliches Interview."

„Ich hätte gerne einen Zeugen dabei.“

Rembrandt streckte vier Finger seiner Rechten in die Höhe. „Unter vier Augen, Kollegin. Der Chef wird deshalb so genannt, weil er so was anordnen kann.“

„Gut. Mach dich auf ein Gedächtnisprotokoll gefasst.“

„Bei dir bin ich auf *alles* gefasst.“

Rita ging zur Tür und wandte sich um. „Wie geht es deiner Frau nun wirklich?“

„*Raus!*“

„Dachte ich mir.“

Hanno de Mey wirkte fröhlich und gelöst, als seien die von Rembrandt erwähnten Wutanfälle nur ein böses Gerücht gewesen. Vielleicht lag das an der neuen Ausstattung seines Abteilungsleiterbüros. Er verfügte nun über ein eigenes Vorzimmer, eine eigene Sekretärin, ein eigenes WC. Anna Loekens eleganter Glastisch war durch ein hölzernes Monstrum ersetzt worden, auf dem sich drei Telefone drängelten. Fehlten nur noch eine Fahne und ein Marineinfanterist, und man konnte das Gefühl haben, dem Präsidenten eines Dritte-Welt-Staates gegenüberzusitzen, der noch immer das Habe-soeben-geputscht-Lächeln auf dem Gesicht trug.

Hanno de Mey begrüßte Rita mit ausgesuchter Höflichkeit. Auf seinem ansonsten leeren Tisch lag ein dünner Ordner, der ihr bekannt vorkam. Die Akte Rita Kleefman.

„Gesund?“, fragte Hanno und begann zu blättern. Er hielt Daumen und Zeigefinger, als habe jemand auf das Papier gepinkelt.

„Gesund“, sagte Rita. „Danke der Nachfrage.“

„Keine Probleme?“

„Probleme gibt es immer.“

„Ich meine: bemerkenswerte Probleme. Etwas, das ich wissen sollte, obwohl es nicht in deinem Bericht steht.“

Rita spürte, dass Hanno de Mey im Begriff war, den elektrischen Stuhl anzuschließen. Sie zog es vor zu schweigen.

„Hm?“ Hanno blickte auf und fletschte die Zähne. „Gar nichts?“

Rita zuckte die Achseln. „Nichts, was für den Fall als solchen von Belang wäre.“

„Soso.“

Hanno de Mey trug einen dunkelblauen Manager-Anzug, wie die geleckten Jungs aus der Modereklame. Er war tadellos rasiert, und um seinen Schreibtisch herum war eine so heftige Duftwolke, dass er sich entweder vor Minuten erst mit Aftershave frisch gemacht oder heute Morgen darin gebadet hatte.

„Dann gehen wir die Punkte mal der Reihe nach durch. Nummer eins: Deine Leistung wird nach deinem Bericht beurteilt. Dein Bericht enthält Behauptungen, aber keine Fakten, keine Details. Was ich hier lese …“, er hielt den Ordner in die Höhe und ließ ihn dann auf seinen Schreibtisch fallen, „… ist wertlos. Was da drinsteht, das wussten wir alles schon vor deiner Mission. Etwas dazu zu sagen, hm?“

Ihr Ordner war zu einem echten Flugobjekt geworden, dachte Rita. Vermutlich würde jedem Mitarbeiter der Abteilung Gelegenheit gegeben, es einmal auf irgendeine klatschende Oberfläche fallen zu lassen, um

Rita die Wertlosigkeit ihres Tuns vor Augen zu führen. Zu was für einem neurotischen Haufen war ihre Abteilung doch verkommen.

„Ich fühle mich geehrt", sagte Rita und zwang sich zu einem Lächeln. „Offenbar ging ja wirklich jeder davon aus, dass ich in drei Wochen weiter komme als die marokkanische Polizei und die norwegischen Privatdetektive in neun Monaten. Danke für das Kompliment, Hanno."

Der hatte mit seinen Händen zu wedeln begonnen. „Irrtum, Rita, das war kein Kompliment. Das war ein zarter Hinweis darauf, dass sich in deinem Bericht nur mikroskopische Hinweise auf tatsächliche Ermittlungsarbeit finden. Deine angeblichen Ergebnisse sind nirgendwo belegt. Das ...", er hielt den Akt wieder in die Höhe, „.... kann jeder schreiben. Wir können damit nichts anfangen. Mehr noch: Die Abteilung hat deswegen sogar schon Schwierigkeiten bekommen. Man will wissen, was mit dem Geld passiert ist, das in die Ermittlungen geflossen ist. Etwas dazu zu sagen?"

„Ja. Setz es Birte Gunderson auf die Rechnung und wechsle das Thema. Wollte sie nicht meine Spesen bezahlen?"

„Hier geht es nicht um Spesen, Rita. Halt, Korrektur: Im zweiten Teil unseres Gesprächs wird es um Spesen gehen. Im ersten Teil geht es um deine Arbeit. Schon etwas von Wertschöpfung gehört?"

„Oh doch, bei der Fabrikation von Motorrädern zum Beispiel."

Hanno hob die Augenbrauen und lächelte süffisant. „Willst du in Abrede stellen, dass wir nach wirtschaftlichen Gesichtspunkten funktionieren?"

„Nein.“

„Hervorragend. Dann lade ich dich hiermit offiziell dazu ein, der Firma Safee zu erklären, was du für dein Geld getan hast in den vergangenen Wochen. Oder wir können gleich zur Kernfrage kommen: Warum hältst du Informationen zurück, die der Firma gehören und nicht dir?“

„Eine sehr grundsätzliche Frage“, sagte Rita und wunderte sich über das vollkommen ruhige Gesprächsklima. Es bedeutete, dass Hanno sich seiner Sache absolut sicher war. Draußen standen vermutlich die Sekretärin und vier Sargträger bereit. Auch die Blumen waren schon bestellt. Die Grabrede wurde soeben gehalten, originellerweise in Dialogform.

„Grundsätzlich? Mitnichten.“ Hanno widmete sich einem gänzlich lautlosen, undramatischen Lachanfall, einer Art „Höhöhö“ im Stile Rothschild. „Das ist alles sehr konkret, Rita.“

„Unter manchen Umständen“, erklärte Rita, „kommst du an Informationen nicht heran, wenn du deine Quellen nicht schützt.“

„Das hast du wohl getan, hoffe ich.“

„Natürlich. Ich brachte Leute zum Reden, die damit Kopf und Kragen riskierten. Nun muss ich dir wahrscheinlich nichts über die speziellen Gegebenheiten im Königreich Marokko erzählen.“

„Natürlich nicht.“

„Dann muss dir *natürlich* klar sein, warum ich die Ergebnisse meiner Recherchen nicht über den Lautsprecher verbreite. Manche Informationen sind so beschaffen, dass durch ihr bloßes Bekanntwerden klar wäre, von wem ich sie habe. Und dann Gnade seinen vier Buchstaben.“

„Arsch hat fünf“, warf Hanno ein und grinste, wobei das elegante Managergehabe für einen Moment von ihm abfiel wie eine Maske.

„Ich spreche vom Kopf“, sagte Rita.

„Mag sein, mag alles sein, nur ist eines vollkommen unakzeptabel, und auch du wirst das einsehen: Niemand kann ohne Back-up arbeiten. Niemand kann die Informationen für sich behalten, denn wenn dir heute etwas passiert ...“

„... oder wenn mir der Fall entzogen wird ...“

Hannos Gesichtsausdruck sagte ihr, dass sie ins Schwarze getroffen hatte.

„Jedenfalls geht das so nicht. Abgesehen davon will ich wissen, was meine Leute anstellen. Schon wegen der Spesen. Das wäre Punkt zwei, aber bleiben wir noch ein wenig bei Punkt eins. Vertrauliche Informationen über den Lautsprecher zu verbreiten ist eine Sache, aber *wir* sind *deine* Firma. Ohne absolutes Vertrauen geht hier nichts. Wir sind unseren Kunden Rechenschaft schuldig, und der Kopf des Unternehmens muss wissen, was zum Teufel seine Leute anstellen und wo ein Fall Erfolg verspricht oder nicht.“

„Welchem Kunden sind wir bei einer Ermittlung wegen möglichen Versicherungsbetrugs Rechenschaft schuldig?“

„Wir ermitteln hier nicht wegen Betrugs, sondern wir versuchen ein abhandengekommenes Versicherungsobjekt, bei dem es sich zufällig um einen Menschen handelt, wiederzufinden, damit wir uns die

Prämie sparen." Allmählich geriet Hanno in Rage. „Ist das so schwierig zu verstehen?"

„Das heißt natürlich, dass du meine Ermittlungsergebnisse direkt an unsere Kundin weitergibst."

„Das lass mal meine Sorge sein. Auf deinem Niveau geht es allein darum, Ergebnisse zu erzielen."

„Auf meinem Niveau geht es darum, dafür zu sorgen, dass meinen vertraulichen Kontakten kein Zementlaster über den Fuß fährt."

„Komm, Rita. Du und deine ewigen Verschwörungstheorien. Damit kannst du nicht alles rechtfertigen."

„Keine Verschwörung, Hanno. Simple Realität, die mit der unseren hier nichts gemeinsam hat. Das haben auch die beiden norwegischen Schafsköpfe nicht kapiert, die von der Millionärin Gunderson auf den Weg geschickt wurden. Weißt du, wie die mit ihren Informationen umgegangen sind?"

Hanno hob den Zeigefinger. „Das waren Profis."

„Das waren *Vollidioten*."

„Vorsicht, Rita. Du stellst hier wieder Behauptungen auf ..."

„Was würdest du schlussfolgern, wenn dir ein marokkanischer Inspektor in einem Gespräch Details erzählt, die ihm offiziell nie mitgeteilt worden sind?"

„Warum sollte er das tun, dein Herr Inspektor?"

„Weil es ihnen dort scheißegal ist, ob das jemand herausfindet. Weil es seiner Karriere nicht nur nicht schadet, sondern ausgesprochen guttut, wenn er zwei nette norwegische Onkel, die sich als Detektive ausgeben, an der Nase herumführt. Weil ich ihn dazu bringe, zu plaudern. Wenn ich also davon ausgehe, dass Madame Gunderson *natürlich* die besten Leute auf den Weg geschickt hat, die ihr zur Verfügung standen, dann werde ich auf *meinem kleinen Niveau* verdammt scharf überlegen, mit wem ich meine Informationen teile und mit wem nicht. Denn manche Informationen könnten den Marokkanern wehtun. Und der marokkanische Staat hat die Angewohnheit, solche Schmerzen direkt an den Informanten weiterzuleiten. Haben wir nun verstanden, warum Rita keine seitenlangen Faxberichte mit allen Details abgeschickt hat?"

Hanno schwieg. Er fuhr sich mit dem Zeigefinger über die Nase und räusperte sich.

„Wenn du wirklich Beweise hast, dass die Polizei ausländischer Ermittler bespitzelt", sagte er schließlich, „wäre das ein Fall für einen diplomatischen Protest."

„Jawoll, nur zu, und das Ergebnis ist vorhersehbar: Du verärgerst die marokkanische Polizei so sehr, dass du dir für die nächsten zehn Jahre jede Kooperation in die Haare schmieren kannst. Denkt hier eigentlich niemand nach, bevor er meine Akte auf den Tisch knallt?"

Wieder ein paar Sekunden Stille, dann sagte Hanno: „Deine letzte Bemerkung habe ich nicht gehört."

„Schade", sagte Rita.

„Die Abteilung steht wegen dieses Falles unter erheblichem Druck."

„Erfolgsdruck, nehme ich an."

„Gibt es sonst einen?"

Rita breitete in einer hilflosen Geste die Arme aus und blies fauchend Luft aus.

Hanno wirkte nicht mehr so locker und vergnügt wie anfangs. Doch er verließ seinen Marschweg nicht, er fühlte sich noch immer wie ein Soldat, der auf einem Berg Munition saß, unbesiegbar. Nur dass ein Funke genügte, um den Berg unter seinem Hintern hochgehen zu lassen, sah er mal wieder nicht. Hanno, fand Rita, hatte ein Talent dafür, sich den Hintern zu versengen.

„Wir müssen uns also überlegen", sagte er, „wie wir vorgehen, damit das Ergebnis nicht ein derart kümmerlicher Bericht ist."

„Oh, nichts einfacher als das", sagte Rita. „Du engagierst Brenner und Rippenkroeger als Ghostwriter, und die machen aus dem Satz ‚Eva Gunderson wurde zum letzten Mal in Casablanca gesehen' eine 80 Seiten lange Dokumentation. Hast du den Bericht der beiden gelesen und auf Substanz abgeklopft? Saug die Schaumflocken ab und du hast ein A4-Blatt, auf dem ein einziger Satz steht: Marokko ist schwierig und Eva ist weg."

„Dein Zynismus führt zu nichts."

„Doch, er tut mir gut. Und die Totengräberblicke da draußen sagen mir, dass du mir heute noch etwas mitteilen wirst, was mir nicht gefällt und was ich als Einzige im Büro noch nicht weiß. Raus damit, Hanno. Du nimmst mir den Fall weg? Einverstanden, tu es. Aber bevor du das tust, bedenke eines: Ich finde das Mädchen vielleicht ohne deinen Auftrag, ohne das Geld oder die Zeit dieses Saftladens zu verschwenden." Und falls mir das gelingt, dachte Rita, ziehst du dir besser stramme Hosen an für den Arschtritt, der dir und deiner Karriere dann bevorsteht.

Hanno dachte wohl Ähnliches, denn er klammerte sich an seine Armlehnen, als würde der elegante Chefsessel plötzlich Achterbahn mit ihm fahren. „Du bist krank", stieß er hervor.

„Willst du wetten, Hanno? Wette deine Karriere, dass ich das Mädchen nicht finde. Los, mach schon. Zieh deine Show bis zum Ende durch, wenn du wirklich glaubst, ich hätte in Marokko Urlaub gemacht."

Hanno hob den Zeigefinger. „Vorsicht, Rita ...!"

Wieder ein Zeigefinger, der sich gegen sie erhob. Und das von einem Mann, dessen eigene Ermittlungen einer ähnlichen Erfolgsprüfung nie standgehalten hätten. Rita erinnerte sich an Yezaas Worte am letzten Tag: „Und ich dachte immer, *wir* seien die Verrückten." Irrtum, *cher ami*, verrückt sind wir alle, nur jeder auf seine Art.

„Na gut", sagte Hanno nach einer Denkpause, in der er zu dem Schluss kam, dass sein Berg Munition in Wahrheit nur ein kleines Häuflein Knallkörper war, bestenfalls geeignet für ein Feuerwerk. „Schließen wir das Kapitel vorläufig ab. Kommen wir zu Punkt zwei. Der Bericht unserer Buchhaltung über deine Abrechnung."

Hanno fingerte aus einer Schublade einen gehefteten Bericht, der deutlich umfangreicher war als Ritas Ermittlungsbericht.

„Gehen wir die Konfliktpunkte der Reihe nach durch. Du engagierst einen Assistenten für 150 Dirham pro Tag und lässt dir am Ende einen handgeschriebenen Wisch geben, ohne Steuernummer, ohne Identifizierungsnummer, ohne Angaben zur zuständigen Steuerbehörde ... Rita, so geht das nicht. Wenn wir solche Papiere zulassen, wird unsere Kontrolle zur Farce. Da lässt sich jeder Dokumente ausstellen und kassiert ab. Das ist nicht offiziell."

„Hanno, darf ich dir eine simple Frage stellen?"

„Werde nicht wieder zynisch ..."

„Ich wollte nur bemerken, dass ich in Nordafrika ermittelt habe. Der Mann war überhaupt nicht autorisiert, Rechnungen auszustellen. Er hatte keine Lizenz, keine Bewilligung, nichts."

„Warum hast du ihn dann engagiert?"

„Weil er *gut* war. Weil ich ihm vertrauen konnte. Das ist für Ermittlungen von der Art, wie ich sie geführt habe, wichtiger als alles andere. Er war ein miserabler Chauffeur, ein mittelmäßiger Dolmetscher und als Leibwächter wahrscheinlich ein Totalversager. Aber ich konnte ihm vertrauen. Ein einziges Mal bin ich mit einem offiziellen Privatermittler zusammengekommen, der offiziell Rechnungen ausstellen durfte, und ich kann dir sagen ..."

„Schon gut. Was tun wir also?"

„Dumme Frage: Entweder wir ändern das System oder wir nehmen keine Ermittlungsaufträge mehr für Länder wie Marokko an. Blödsinn: überhaupt keine Aufträge mehr. Was ist, wenn uns jemand gegen Bezahlung vertrauliche Unterlagen anbietet, die einen millionenschweren Versicherungsbetrug belegen? Die nehmen wir nur, wenn der Mann eine ordentliche Rechnung ausstellt? Hanno, sind die Kollegen in Paris noch bei Trost oder hat denen nie jemand erklärt, worin unsere Arbeit besteht?"

Hanno hielt seinen Blick in stummer Konzentration auf das Papier gerichtet. Dann räusperte er sich und sagte: „In dem von dir genannten Fall würde die Geschäftsführung einen Sonderfonds bereitstellen."

Nun sieht er zum ersten Mal in seinem Leben wie ein gewöhnlicher Buchhalter aus, dachte Rita. Wohin eine steile Karriere führen kann. „So wie ich den Laden kenne", ätzte sie, „ist der Fall verjährt, bevor dein Fonds bereitsteht."

Hanno reagierte nicht und machte mit seinem Kugelschreiber – ein vergoldeter Parker natürlich – eine Anmerkung.

„Und was ist das für eine Geschichte mit dem Mietwagen?"

„Ganz einfach: Ich setze mein Leben aufs Spiel, um einen möglichen Informanten fröhlich zu stimmen und der Firma drei Viertel des Tarifs zu sparen. Ihr wollt mir daraus hoffentlich keinen Strick knüpfen."

„Rita, wir brauchen offizielle Rechnungen."

„Ich dachte, ihr braucht Resultate. Aber bitte, mir hat noch niemand die neuen Geschäftsschwerpunkte erklärt."

„Soll ich dir die anderen strittigen Punkte erklären?"

„Hanno, lass es. Zieh mir von meinem Gehalt ab, was du willst. Ich bin es leid, um derart lächerliche Beträge zu streiten. Gott im Himmel, weißt du eigentlich, wie viel ein Dirham wert ist?"

De Mey machte ein verkniffenes Gesicht und schrieb in die Akte Rita Kleefman ein paar Anmerkungen. Dann rief er seine Sekretärin herein, offensichtlich, um Rita zu verstören. Die Sekretärin, eine blutjunge Braunhaarige, stöckelte ins Büro, und die Detektivin fühlte sich von ihrem glubschäugigen Verharren in der Tür an die unvergesslichen Worte des Gefängniswächters im Ort ohne Namen erinnert: *„Was, gar kein Blut?"* De Mey wollte ihr die Akte in die Hand drücken, beschloss dann aber, weitere Anmerkungen zu machen, und als er merkte, dass er die Akte weiter durcharbeiten musste, schickte er das Mädchen wieder hinaus.

Nach dieser merkwürdigen Vorstellung kratzte er sich eine halbe Minute lang an der Schläfe, bis er endlich sagte: „Und Anna?"

„Was Anna?"

„Wie geht es ihr? Du hast sie gesehen."

„Ich habe keine Anna gesehen."

„Da habe ich anderes gehört."

Rita sagte kein Wort. Peinliche Stille erfüllte den Raum, dann sagte Hanno: „Du willst nicht darüber sprechen?"

Super, dachte Rita. Er hat endlich verstanden.

Als Rita aus dem Chefbüro kam und an ihren Schreibtisch im Großraumbüro zurückkehrte, wurde es für einige Sekunden totenstill. Rembrandt kam später, um ihr zu sagen, dass es ihm leidtat und dass er gerne weiter mit ihr zusammengearbeitet hätte, und Rita verstand in diesem Augenblick, dass Hanno weit mehr vorgehabt hatte, als ihr den Fall wegzunehmen. Tatsächlich wirkte das ganze Team überrascht, als sie sich wieder an die Arbeit machte. Und Rembrandt murmelte nur: Jetzt versteh ich überhaupt nichts mehr.

Ihre Triumphgefühle über die Zähmung des wild gewordenen Managers Hanno de Mey hielten sich in Grenzen. Sie behielt zwar den Fall, musste dessen Bearbeitung in Marokko allerdings einem örtlichen Ermittler überlassen, der eigens für dieses Projekt engagiert wurde. „Wir haben einen Brief bekommen", sagte Hanno. „Ein Profi, er macht einen hervorragenden Eindruck, kennt das Land besser als du, wenn du mir die Bemerkung verzeihst, und ist nicht teuer. Mit dem wirst du in Zukunft arbeiten. Du gibst alle – und ich meine wirklich *alle*– nützlichen Informationen an ihn weiter. Du koordinierst das Projekt. Ich hoffe, du kommst gut mit ihm zurecht. Übrigens schreibt er, dass du bei ihm eine Rechnung offen gelassen hast. Wir haben natürlich bezahlt, im Sinne einer guten Zusammenarbeit und gegen eine offizielle, ordentliche Rechnung. Und wenn du deine Buchhaltung nicht in Ordnung bringst, Kollegin, gibt's eins auf die Rübe."

Youssef Amoun, du Aasgeier, dachte Rita. Dieses Honorar wird dich teuer zu stehen kommen.

23.

Regel Nummer eins auf dem Schlachtfeld Büro: Was
nicht geschrieben steht, ist nie geschehen. Worte wie
Vertrauen und Ehrlichkeit dienen in erster Linie dazu,
den möglichen Feind von morgen einzulullen. Was du
der Interpretation überlässt, wird im Zweifelsfall gegen dich interpretiert.

Lebensweisheiten des Archivars Frederick Loos, bei
dem Rita viele Stunden verbrachte, als noch keine
Manager mit gezückten Stoppuhren hinter jedem
Aktenschrank lauerten. Loos, ungekrönter König der
Gegenfrage und das diskrete Gedächtnis der Ermitt-
lungszentrale, fiel jenem Phänomen zum Opfer, das er
selbst erforscht und beschrieben hatte. Als er seinen
Archivraum zum letzten Mal hinter sich abschloss,
murmelte er: „Kein Aktenvermerk, kein einziger Aktenvermerk." Es war ja auch bizarr, dass ausgerechnet
ihm, der den Ermittlern mit seinem Drängen auf Ak-
tenvermerke jahrelang auf den Wecker gefallen war,
das Nichtverfassen solcher Papiere zum Verhängnis
wurde. Als Rita ihn Monate später auf der Straße traf,

wollte er über alles sprechen, nur nicht über den Strick, mit dem ihn Safee aufgehängt hatte.

Doch Rita hatte ihre Schlüsse gezogen: Die Einsparung von Frederick Loos war eine direkte Folge seiner Unsichtbarkeit in den Akten des Unternehmens. Kaum ein Ermittlungsbericht, in dem seine Arbeit Erwähnung fand, kein Wort der Anerkennung für den geduldigen Prospektor, der tagtäglich in seinen Papierminen nach Informationsgold schürfte, kein Hinweis darauf, dass ein Archiv ein lebendes Wesen ist und nicht ein Denkmal oder eine Grotte. Keine Einsicht schließlich in die Grundlage des funktionierenden Archivs: Jede Ansammlung von Informationen hat nur dann ihren Wert, wenn der präzise Zugriff gewährleistet ist und jemand existiert, der den Überblick behält. Eine Ansammlung von Daten ist noch kein Archiv. Computer haben nichts an dieser Wahrheit geändert, Chaos oder Ordnung haben lediglich ein anderes Erscheinungsbild angenommen.

Loos hätte über seine Dienstleistungen Buch führen sollen. Doch der fleißige Archivar, noch immer einem altmodischen Effektivitätsbegriff verpflichtet, konzentrierte sich mehr auf die Dienstleistungen als auf das Berichten darüber. Welch tödlicher Fehler. Rita wollte ihn nicht wiederholen. Ihr Motiv war freilich ein anderes.

Rembrandt, der gerade wieder erwog, Teile des Archivs zu verbrennen, um beim Aufräumen nicht wahnsinnig zu werden, nahm ihren Aktenvermerk mit gespieltem Desinteresse entgegen und legte ihn neben einen Papierhaufen, dessen oberstes Blatt die „gesammelten Berichte der Interpol über Kunstdiebstähle in Europa 1960–1970, geordnet nach Ländern und Objektkategorien" verkündete, ein Werk des Minenarbeiters Loos, der unter Garantie alle wieder aufgefundenen Stücke registriert und markiert hatte, mit Querverweisen auf die Daten des Fundes et cetera, et cetera.

„Lese ich später", sagte Rembrandt und wandte sich wieder seinem Bildschirm zu.

„Mir vollkommen egal", gab Rita unhöflich zurück. „Aber mach deinen Stempel auf meine Kopie." Sie hielt ihm ein weiteres Blatt vor die Nase.

Rembrandt verzog das Gesicht. „Kopie? Stempel? So kenne ich dich ja gar nicht. Ist das eine Kündigung?"

„Nein", sagte Rita und verkniff sich eine Erklärung. Der Aktenvermerk stellte sicher, dass der Nachwelt erhalten blieb, was die Detektivin von ihrem marokkanischen Kollegen Youssef Amoun hielt und warum sie dringend davon abriet, mit diesem Mann ein Geschäftsverhältnis einzugehen, zumal in einer delikaten Angelegenheit wie dieser. Aber wichtiger noch: Der Vermerk würde bestätigen, dass Hanno de Mey darüber Bescheid wusste.

Rembrandt öffnete drei, vier Schubladen, bis er seinen Stempel fand. Schwungvoll knallte er das Ding auf Ritas Kopie. Die Detektivin wollte das Büro verlassen, doch Rembrandt bellte: „Halt!"

Die Detektivin wandte sich um und fand den Vize-Abteilungsleiter nun doch in ihr Papier vertieft.

„Ja?"

Rembrandt wies auf den Sessel, dessen Umrisse unter einem Berg von Archivakten sichtbar waren. „Einen Moment."

Rita verzichtete darauf, Rembrandts Büro umzuräumen, und blieb an der Tür stehen. Der Archivar honoris causa beendete die Lektüre und funkelte sie an, das Papier in der erhobenen Hand. „Warum steht davon nichts in deinem Bericht?"

„Mein Bericht konzentriert sich auf die Ergebnisse der Ermittlungen. Persönliche Eindrücke ohne Belang habe ich rausgelassen. Aber ich kann gerne auch eine Restaurant- und Hotelkritik schreiben."

„Erhebliche Zweifel an der Seriosität eines Privatdetektivs, der in die Ermittlungen involviert war, sind nicht unerheblich."

„Die Norweger haben dasselbe getan. Amoun taucht im Bericht von Brenner und Rippenkroeger nicht auf, obwohl sie ihn kontaktierten. Und sie haben recht. Wenn du alle Leute erwähnst, die nichts zu deinen Ermittlungen beigetragen haben, kannst du Romane verfassen. Leiden wir neuerdings unter Aktenknappheit?" Rita warf einen demonstrativen Blick auf das Aktenchaos rund um Rembrandt.

„Der Boss wird sagen, du schreibst das nur, um einen Fehler deinerseits zu kaschieren."

„Ich lade ihn herzlich ein, zu sagen, was immer ihm durch den Kopf geht. Sonst noch was?"

Rembrandt schüttelte den Kopf. „Nichts. Nur ein Rat: Pass auf, wo du hintrittst."

„Danke. Wie geht es übrigens deiner Frau?"

Rembrandt pfefferte seinen Kugelschreiber auf den Tisch und blickte starr an die Wand vor ihm.

„Entschuldige", sagte Rita und fügte hinzu, während sie die Tür öffnete: „Dachte ich mir."

Rita plante ihre nächsten Schritte mit Bedacht.

Das erste Projekt, das sie ins Leben rief, nannte sie „Fès Express". Es kostete sie einen Nachmittag scharfen Nachdenkens und zwei Telefonanrufe. Zuerst rief sie Abdellah Yezaa an und bat ihn, jemanden aufzutreiben, der angeblich Eva Gunderson in Marrakesch gesehen hatte. Der Mann oder die Frau sollte brav eine erfundene Story erzählen, Details anbei, falls ein gewisser Youssef Amin oder sonst jemand eintraf, um für Safee Nachforschungen anzustellen. „Youssef Amoun?", fragte Yezaa. „Ich höre wohl nicht richtig."

„Youssef Amoun", bekräftigte Rita. „Der Kollege hat eine frenetische Werbeoffensive veranstaltet und mich nebenbei angeschwärzt, mit einer angeblich nicht bezahlten Rechnung."

„Und wer ist auf diesen Volltrottel hereingefallen? Dein Chef?"

„Derselbe."

Rita hörte Yezaa mit der Zunge schnalzen. „Und ich dachte immer, *wir* seien die Verrückten. Soll ich mich um Youssef kümmern?"

Die Detektivin, überrascht von dem Angebot, wusste nicht, was sie sagen sollte. Da taten sich ungeahnte Perspektiven auf.

„Ich weiß nicht", sagte sie. „Verzeih, aber das ist so Dritte Welt …"

„Eben", erwiderte Yezaa. „Das System hat auch seine Vorteile. Nutze sie."

„Na gut." Rita spürte, wie ihr ein breites Lächeln wuchs. „Aber nur ein bisschen, ja? Kein Zementlaster."

„Kein *was*?"

„Ich meine: Keine Gewalt."

„*Mon Dieu*, natürlich nicht, wir sind doch keine Wilden."

„Nur eine kleine Lektion, Abdellah. Versprich mir das. Er soll so blöd dastehen, dass es auch mein Boss mitbekommt."

„Das wird ein schönes Stück Arbeit. Aber du kannst sie als erledigt betrachten. Ich mag es nicht, wenn jemand meine Kollegin verarscht."

Ihr zweiter Anruf galt Youssef Amoun. Er war natürlich nicht im Büro. Dafür hob eine Frau ab, die unfreundlich klingende arabische Redewendungen ins Telefon schrie. Als der Schreierin klar wurde, wer da am Telefon war, gab sie sich als Sekretärin aus, während im Hintergrund Kindergeschrei zu hören war. Rita kündigte eine Postsendung mit vertraulichen Unterlagen an. Und das mit der Rechnung tue ihr leid.

Das zweite Projekt war namenlos. Es fand seinen Ausgangspunkt mit einem Anruf Yezaas, der nicht länger als fünf Minuten dauerte, jedoch Rita für zwei Tage in einen Zustand tranceartiger Nachdenklichkeit versetzte. Da Nachdenken in diesem Büro nicht als unmittelbar produktive Tätigkeit anerkannt wurde, platzierte Rita die Akte Eva Gunderson vor sich und blätterte diese mechanisch durch. Als sie zu einem Ergebnis gekommen war, suchte und fand sie nach wenigen Tagen eine Kontaktperson, mit der sie sich in einem billigen Lokal in einem der Außenviertel von Amsterdam traf. Die Kontaktperson hörte mit Staunen, was Rita zu sagen hatte, und versprach, das Gehörte weiterzugeben. Nach einer weiteren Woche kam die Antwort: Ein hochrangiger Vertreter seiner Organisation werde in wenigen Tagen in Brüssel eintreffen, um eine Pressekonferenz zu geben. Wenn Rita in die belgische Hauptstadt kommen könnte, wäre der Funktionär zu einem Gespräch hinter verschlossenen Türen bereit.

Rembrandt dazu zu überreden, sie für eine nebensächliche Aufgabe nach Brüssel zu schicken, kostete nicht die geringste Mühe. Der Operationsdirektor und Chefarchivar betrachtete Rita seit jenem „Gespräch unter vier Augen" mit Hanno de Mey als eine Art Investigationshexe mit magischen Kräften. Wenn jemand zu seiner laut und mehrfach angekündigten Hinrichtung in ein Chefbüro tritt und dort nicht nur lebend wieder herauskommt, sondern überdies den Fall behält, den er angeblich verpfuscht hat, muss man als Zwischenvorgesetzter auf der Hut sein. Deshalb wäre es ihm nicht im Traum eingefallen, Rita einen relativ bescheidenen Wunsch abzuschlagen. Bescheiden jedenfalls im Vergleich zu Hannos Dienstreisen.

Das Gespräch in Brüssel verlief glatt. Der hochrangige Funktionär und Rita verstanden einander sofort und wurden rasch handelseinig.

Inzwischen hatte Youssef Amoun – Projekt „Fès Express" – seine Ermittlungen aufgenommen. Mehrfach versuchte er nach Marrakesch zu reisen, wurde aber jedes Mal bei einer Polizeikontrolle aufgehalten und wieder nach Hause geschickt, weil irgendein lächerliches Detail in seinen Papieren nicht in Ordnung war. Anders als sonst waren die Gendarmen in seinem Fall nicht bereit, für ein kleines Trinkgeld darüber hinwegzusehen. Also bot Amoun mehr als ein kleines

Trinkgeld an. Bei jedem Versuch erhöhte Amoun das Angebot, bis er eines Nachmittags Besuch von einem Inspektor Abdellah Yezaa und einem breitschultrigen Kollegen namens Brahim erhielt. Es gebe da ein kleines Problem. Bestechungsversuch. Ähem. Ob Amoun bitte schön erklären könne. Amoun schüttete sein Herz aus. „Ermittlungen im Auftrag einer ausländischen Versicherung?", fragte Yezaa. „Ohne die Autorisierung der Abteilung für ausländische Ermittlungsangelegenheiten im Ministerium für Staatssicherheit?" Er habe nie von einer solchen Abteilung gehört, sagte Amoun. Er habe noch nie jemanden gesehen, der mit Amouns Delikten unter vier Jahren Haft davongekommen sei, sagte Yezaa. Die Untersuchung werde fortgesetzt, Amoun dürfe Fès nicht verlassen. „Bis zum nächsten Mal, Youssef, und keine Dummheiten mehr!"

Amoun kontaktierte den angeblichen Zeugen also telefonisch und übermittelte das mit erfundenen Details angereicherte Ergebnis der Befragung nach Amsterdam.

Rita ließ sich von einem der zahlreichen Freizeitgrafiker ihrer Abteilung ein orientalisch angehauchtes Deckblatt mit dem Titel „Youssef Amoun – Marokko" gestalten und legte eine Akte an. Erstes Beweisstück: Eine saftige Spesenrechnung über eine Dienstfahrt nach Marrakesch.

Abdellah Yezaa und Khaled Milah hatten ganze Arbeit geleistet.

Wenig später traf ein Paket ein, das eine fantastische Reise hinter sich hatte: per Post von Trondheim nach

Oslo, per Diplomatenkurier nach Rabat, per Diplomatenkurier zurück nach Oslo, per Post zurück nach Trondheim, per Post von Trondheim nach Amsterdam. Rita öffnete das Paket und las die ungekürzen Tagebücher der Julia Amundson. Am folgenden Tag bat Rita Rembrandt um eine Unterredung und legte einen Dienstreiseantrag auf seinen Schreibtisch. Rembrandt warf einen langen Blick auf das Papier und sagte: „Willst du uns verarschen?"

Rita legte den Zeigefinger auf Rembrandt an und sagte: „Genau."

24.

Die Wüste ist kein monochromes Sandmeer, vielmehr ein abstraktes Gemälde aus Steinen und Sand, fähig zu jeder Überraschung, zu jedem Farbton, nur gelegentlich verunziert von einer schnurgeraden Piste wie von einem Kratzer. Doch selbst aus 9.000 Metern Höhe inspiriert die Wüste Furcht und Ehrfurcht, und manche, die den Keim des Abenteurers in sich tragen oder einen Rest arabischer Gene, fühlen Sehnsucht mehr als alles andere. Absolute Stille ist für die einen Tod, für die anderen Sinfonie. Die absolute Einsamkeit der Wüste hält nur aus, wer sich selbst gute Gesellschaft ist. Da ist niemand und nichts, um seine Frustrationen zu projizieren. Die Wüste ist ein Ort, der keine Ausreden toleriert. Vielleicht ist sie deshalb so gefürchtet.

„Algerien", sagte Hanno de Mey und runzelte die Stirn, als machte er sich Sorgen um die brave Mitarbeiterin. „Ist das nicht gefährlich?"

„Höchstens der Flug mit Air Algérie", sagte Rita. „Sobald ich ankomme, bin ich in guten Händen."

„Was macht dich so sicher?", fragte Rembrandt.

„Die Leute sind um ihr Image besorgt", sagte Rita. „Die UNO bereitet eine Volksabstimmung vor, da benimmt man sich."

„Youssef Amoun?", warf Hanno ein.

„Out of bounds", beschied Rita. „Der kommt dort nicht hin. Ein marokkanischer Privatdetektiv in den Lagern der Polisario? Vergiss es."

Das Lager der Ölsucher sah von oben aus wie der Einschlagkrater nach einem Flugzeugabsturz. Ein dunkler Fleck, von einem chaotischen Kranz aus Zelten, Gebäuden und Fahrspuren umgeben. Das unerschöpfliche Raumangebot der Wüste schien wie ein Vakuum alle menschlichen Siedlungen auseinanderzuziehen. Sie überflogen eine Wüstenstadt, die sich ausgebreitet hatte wie die Flüssigkeit eines geborstenen Krugs. Der Mensch in ständigem Widerstreit seiner Gefühle. Wovor hatte er mehr Angst: vor anderen Menschen oder vor der Leere der Wüste?

Die Zivilisation, oder was man als solche bezeichnete, fand in diesem Teil der Welt vorrangig im Müll und in den Klimaanlagen Ausdruck. Und in Toyota-Geländewagen mit zerschlagenen Stoßdämpfern.

„Erklär mir noch einmal deine Theorie", sagte Hanno de Mey. „Ich verstehe noch immer nicht, warum du Eva Gunderson in Algerien vermutest. Wie ist sie dort hingekommen? Was tut sie dort? Wer hält sie fest?"

„Niemand weiß, ob sie festgehalten wird", sagte Rita. „Nach dem Überfall in Marrakesch stand sie in Kontakt mit einer Gruppe von saharauischen Separatisten.“

„Und die gingen mit ihr nach Algerien?“ Rembrandt schnaubte ungläubig. „Soweit ich mich erinnere, war vor einem Jahr noch Krieg.“

„Denkst du, sie hat sich den Kriegern angeschlossen?“, fragte Hanno. „Ein romantisches Guerilla-Abenteuer?“

„Keine Ahnung“, gestand Rita. „Vielleicht wurde sie tatsächlich gekidnappt. Wir wissen nicht einmal, ob sie noch am Leben ist. Diese totale Funkstille über all die Monate hinweg könnte bedeuten, dass Eva ums Leben kam und die Umstände für die Marokkaner oder für die Separatisten peinlich waren. Oder für beide. Und selbst wenn es nicht so ist: Es würde uns in jedem Fall weiterbringen, wenn wir diese Möglichkeit definitiv ausschließen könnten.“

„Und das können wir nur, indem wir dich da runterschicken.“ Hanno kniff die Augen zusammen und versuchte ein scharfsinniges Gesicht zu machen. „Das wäre so ungefähr deine Ansicht.“

„So ungefähr.“

Rembrandt schüttelte den Kopf. „Das klingt logisch und absurd zugleich.“

Rita grinste ihn an. „Hat jemand eine bessere Idee?“

Sahraui-Kinder auf dem Rückweg von Feriencamps im sicheren Europa. Sahraui-Erwachsene auf dem Rückweg von Orten, über die sie nicht sprechen wollten. Algerische Militärs. Das eine oder andere Bleichgesicht, vermutlich Abgesandte humanitärer Organisationen. Rita war noch immer nicht sicher, ob sie sich in Begleitung dieser bunten Gesellschaft dem Rätsel Eva Gunderson annäherte oder sich von ihm entfernte. Alles hing von der Kooperationsbereitschaft einer Befreiungsguerilla ab, die sechzehn Jahre lang Krieg gegen die Marokkaner geführt hatte. Der Repräsentant der Polisario in Brüssel hatte einen zivilisierten und vernünftigen Eindruck gemacht. Aber welche Guerillatruppe schickt schon wilde Gestalten zu PR-Touren ins Ausland?

Unter dem Flugzeug wurden symmetrische Strukturen sichtbar, Gräben, die sich quer durch die Wüste zogen, Hunderte quadratische und runde Löcher und Wälle, Reihen identischer Fahrzeuge, eine umgeackerte Wüste voller Narben.

Sie befanden sich im Landeanflug auf den Flughafen der algerischen Militärregion Tindouf.

„Logisch insofern, als es zumindest erklären würde, warum die marokkanische Polizei nicht in der Lage war, das Mädchen aufzuspüren", gab Rembrandt zu. „Eva hielt sich gar nicht mehr in Marokko auf. Das passt auch mit dem Bericht von Youssef Amoun zusammen."

„Was sagt Amoun genau?", fragte de Mey mit bohrendem Blick auf Rita.

„Amoun berichtet, er habe in Marrakesch mit Hamid Laouali gesprochen. Laouali sagt, Eva Gunderson habe eine Woche nach dem Überfall in Marrakesch die Grenze nach Algerien überquert."

De Mey wirkte gereizt. „Woher weiß er das, dieser Lalali?"

„Er war dabei. Angeblich."

Rita hoffte, dass die beiden Männer ihre Nervosität nicht bemerkten. Hamid Laouali war ihre Erfindung, Khaled hatte ihn mit großer Überzeugungsgabe verkörpert, als Amoun anrief. Die ganze Geschichte war ihre Erfindung. Sie hatte ein erfundenes Indiz benötigt, um nach Algerien reisen zu dürfen. Das wahre Indiz sollte ihr Geheimnis bleiben. Zone 44. Karim hatte genug Probleme.

„Und warum hast *du* ihn gefunden und nicht die marokkanische Polizei?"

„Laouali wollte mit der marokkanischen Polizei nichts zu tun haben. Laouali steht in Kontakt mit den Sahraui-Separatisten und hat kein Interesse daran, wegen Hochverrat zwanzig Jahre in den Knast gesteckt zu werden."

„Und *wie* hast du ihn gefunden?"

„Ich habe ihn nicht gefunden, dazu habt ihr mir keine Zeit gelassen. Amoun hat ihn gefunden. Ich habe nur seinen Namen gehört."

De Mey atmete tief durch. Er roch die Lüge, dachte Rita. Sie erinnerte sich an die Warnung von Anna Loeken: Unterschätze ihn nicht.

„Und *wo* hast du seinen Namen gehört? *Wie* bist du auf diese Figur gestoßen? Oder ist das wieder eine deiner furchtbar geheimen Geheimsachen?"

„Eva Gunderson hatte sich in einem speziellen Haus einquartiert."

„Ein *spezielles Haus!*" De Mey warf die Arme in die Luft. „Ein Hurenhaus? Ein Waisenhaus? Was für ein gottverdammtes spezielles Haus?"

Rita zuckte die Achseln. „Eine Art Theaterhaus."

Rembrandt, besorgt um das Gesprächsklima, setzte in fröhlichem Tonfall hinzu: „Amoun hat gute Arbeit geleistet, findest du nicht, Rita?"

„Gib dir keine Mühe, Rembrandt. Ich hätte diesen Trottel nicht engagiert."

„Und warum willst du jetzt nach Algerien fliegen, wenn du Amoun nicht über den Weg traust?"

Rita lachte auf. „Wo ist die Alternative? Ihr habt den Kerl losgeschickt, jetzt habt ihr ein Ergebnis, und konsequenterweise ziehe ich nun los, weil Amoun in Algerien nicht ermitteln kann. Im schlimmsten Fall komme ich nach einer Woche mit leeren Händen zurück. Ein Problem?"

„Die Spesen vielleicht", sagte Rembrandt mit einem Seitenblick auf de Mey.

„Spesen!?", rief Rita aus. „Leute, sobald ich in Tindouf ankomme, bin ich Gast der Polisario. Ich habe gar keine Gelegenheit, Geld auszugeben. Es gibt dort keine Shoppingmalls, keine Hotels, keine Telefonzellen. Das wird die billigste Ermittlungsreise aller Zeiten."

„Bis auf die *Spende*", sagte Rembrandt.

„Eine verdammte Bestechung ist das", sagte de Mey. „Und diesmal will ich eine Quittung, ist das klar?"

Eine kleine Spende, hatte der Polisario-Vertreter gemeint, wäre eine willkommene Geste. „Wir sind achtzigtausend Flüchtlinge und da unten wächst absolut nichts. Wir leben von dem, was die ‚Humanitären' in unsere Lager bringen. Bringen Sie etwas mit, Señora Kleefman. Das ist keine Bedingung, nur eine Bitte."

„In Ordnung", hatte Rita geantwortet. „Ich werde die Flexibilität unserer Buchhaltung testen."

Die Boeing von Air Algérie war die einzige Zivilmaschine auf dem Flughafen. Das Häufchen der Angekommenen verteilte sich rasch auf die verschiedenen Empfangsdelegationen. Ritas Empfangsdelegation hieß Malua, ein gut aussehender, schlanker Sahraui in Wüstenkriegeruniform, ohne Dienstgrade, ohne Orden, ohne Truppenabzeichen. Eine goldgerahmte Brille verlieh ihm das Aussehen eines Revolutionsprofessors. Malua begrüßte sie in perfektem Spanisch und derart herzlich, dass Rita ihn fragte: „Seid ihr alle so?"

Malua lachte. Er wirkte aufgekratzt wie ein kleiner Junge, der gerade sein erstes Fahrrad bekommen hatte. „In diesen Tagen, Señora, sind wir alle so." Er breitete die Arme aus und blickte zum Himmel. „Nach sechzehn Jahren Krieg bekommen wir unsere Volksabstimmung. Wir sind glücklich wie kleine Kinder."

Sie kamen zu einem beigen Toyota Pick-up mit Ladefläche. Malua war nicht zu bremsen in seinem Enthusiasmus. Er sprudelte vor sich hin, breitete seine Träume von der Saharischen Republik vor der Detektivin aus, während sie vorbei an den Kasernen, Erdwällen, Stacheldrahtverhauen, Flugabwehrradaren, Munitionsdepots und Feldwerkstätten der algerischen Streitkräfte die Peripherie von Tindouf-Stadt durchquerten und die Route nach Süden nahmen.

Bis 1975 war die Heimat Maluas eine spanische Kolonie gewesen. In den Tagen, als Franco und seine Diktatur ihren Atem aushauchte, kam Spanien endlich den langjährigen Forderungen der UNO nach und zog sich aus dem unglaublich öden, nicht sonderlich attraktiven Wüstenterritorium zurück. Das Abschiedsgeschenk an die Bevölkerung war allerdings

dubios: Die Westsahara wurde den Nachbarn zur Annexion angeboten. Marokko und Mauretanien nahmen sich jeder ihr Stück, und der Krieg entbrannte.
Die Polisario, die bis dahin gegen die spanischen Kolonialisten gekämpft hatte, vertrieb die mauretanische
Armee und lieferte den Marokkanern Jahre hindurch
einen für beide Seiten aufreibenden Kampf: Erfahrene
Wüstenguerilleros gegen eine hoch technisierte Armee, Letztere unterstützt von Amerikanern und Franzosen, denen Marokko unter Hassan II. ein strategischer Verbündeter am Eingang zum Mittelmeer und
ein wirtschaftliches Hoffnungsgebiet war.

Sechzehn Jahre später vermittelte die UNO einen
Waffenstillstand und eine politische Regelung. Die
Bevölkerung sollte über Unabhängigkeit oder Angliederung an Marokko abstimmen. König Hassan II.
hatte freilich seine eigene Vorstellung davon, was die
Abstimmung einzig und allein bezwecken dürfe. Ihm
zufolge sollte die Bevölkerung die „Marokkanität“ der
Westsahara „bestätigen“, Punkt. Die Volksabstimmung wurde demzufolge in der Palastsprache *Référendum confirmatoire* genannt, eine „Bestätigungs-
Abstimmung“. Selten wurde klarer demonstriert, wie
man ein demokratisches Instrument auch verbal zurechtbiegen kann, damit es in die vordemokratische
Mentalität einer nordafrikanischen Monarchie passt.

Jedenfalls herrschte in dem Monat, als Rita in Tindouf eintraf, Jubel in den Sahraui-Lagern. Malua plapperte ohne Ende, sprach über seine Familie, die nun
endlich ihre Heimat wiedersehen würde, über die
vielen Toten, die vielen Entbehrungen, das Leben in
den Wüstenlagern, den Kampf gegen die Marokkaner

– Rita dachte: Wen interessiert angesichts dieser Umwälzungen eine verschwundene Norwegerin?

Sie passierten den letzten algerischen Kontrollposten und gelangten in die Lagerzone. Beidseits der Asphaltpiste preschten Geländewagen über das steinige Gelände unsichtbaren Siedlungen zu, und Malua sang noch immer seine Jubellieder auf den Sieg, den der kleine Haufen saharauischer Krieger gegen die mächtige Armee des Königs errungen hatte, als die Detektivin das Drängende in Maluas Gebaren erkannte. Er bot Rita tatsächlich keine Gelegenheit, ihr Anliegen zur Sprache zu bringen, ohne sich dabei merkwürdig vorzukommen.

Der erste Kontrollposten der Polisario, Soldaten in Uniformen wie jene Maluas, ohne Abzeichen, ohne Dienstgrade, die Kalaschnikows hingen lässig an der Schulter, freundliches Grüßen, Winken, die Freude der Überlebenden sprach aus den Gesichtern, und Hoffnung, endlich Hoffnung, nach einem langen Marsch durch die Wüste.

„Dürfen Sie nicht über Eva Gunderson sprechen“, fragte Rita unvermittelt, „oder wollen Sie nicht?“

Malua wäre beinahe auf die Bremse gestiegen, das Auto machte einen kleinen Ruck, und der Sahraui kaschierte seine Verblüffung, indem er ein Ausweichmanöver vortäuschte. „Wie meinen Sie das?“, fragte er, noch immer dasselbe Strahlen im Gesicht.

„Es war nur eine Frage.“

Maluas gute Laune erlitt einen sichtbaren Rückschlag. „Ich wollte Sie keineswegs mit unserer Geschichte langweilen. Nur müssen Sie verstehen: Das ist unglaublich wichtig für uns. Wir erleben einen Moment, auf den wir lange gewartet haben.“

„Ich langweile mich überhaupt nicht, und ich freue mich ehrlich mit Ihnen. Es war nur eine Frage.“

„Wir können ruhig über Eva Gunderson sprechen“, beschied Malua, nun ganz ernst. „Das ist schließlich der Zweck Ihrer Reise.“

„Also sprechen wir darüber, wenn Sie nichts dagegen haben. Gibt es Neuigkeiten?“

„Ich will Sie nicht anlügen, Señora. Lügen ist nicht unsere Art. Deshalb bin ich ganz ehrlich mit Ihnen.“ Malua grinste sie an. „Ich darf darüber nicht sprechen. Aber Sie“, er gestikulierte elegant, „Sie dürfen darüber sprechen, so viel Sie wollen. Gibt es also Neuigkeiten, Señora Kleefman?“

Die Oase Tindouf und die sie umgebende Wüstenregion beherbergten gleich zwei Armeen. Die Algerier hatten diesen Winkel ihres riesigen Staatsgebietes in ein Militärlager verwandelt, weil Marokko hier noch immer Gebietsansprüche stellte und weil hier die Sahrauis – der Feind meines Feindes ist mein Freund – ihre rückwärtige Basis aufgebaut hatten. Geschützt von der algerischen Luftwaffe vegetierten hier 80.000 Flüchtlinge in vier immensen Zeltlagern und warteten auf die Rückkehr in ihre von Schlachten zernarbte, von Minen verseuchte, von Militärbulldozern umgegrabene Heimat.

In der Region von Tindouf unterhielten die Sahrauis ihre Militärschulen, ihre Hospitäler, ihre Werkstätten, ihre Nachschubbasis. Ein schmaler Streifen Westsahara stand noch immer unter ihrer Kontrolle. Im Rest des Territoriums begannen sich Marokkaner anzusiedeln, angelockt von Steuerprivilegien und gigantischen Investitionen.

Um ihre Besucher kümmerte sich die Polisario seit jeher mit ausgesuchter Höflichkeit. Den Spaniern hatte man den Verrat von 1975 schon verziehen, das sei schließlich Franco gewesen, nicht Spanien, und über die Konzessionen, die sich Spanien mit dem Westsahara-Deal erschlichen hatte – Fischereirechte vor der saharauischen Küste und das Stillhalten Marokkos in den Fragen der Besitzungen Ceuta und Melilla –, blickte man großzügig hinweg. In der Bevölkerung der Iberischen Halbinsel hatte sich ausreichend schlechtes Gewissen angesammelt, um einen nicht abreißenden Strom von Lastwagen voller Hilfsgüter auf die Reise zu schicken. „Caravana por la Paz" stand auf ihnen, und die Flüchtlinge lebten von nichts anderem. Die Region Tindouf ist mit dem Charme und der Fruchtbarkeit eines Steinbruchs gesegnet.

Rita wurde nicht mit den anderen Europäern im Empfangszentrum untergebracht, sondern von Malua direkt ins Lager Smara gebracht, eine ebenso armselige wie wohlorganisierte Ansammlung primitiver Zelte und Steinbauten, ohne Strom, ohne Wasser, ein echter Wüstenslum, doch auch hier die Menschen voller Enthusiasmus, weil die UNO gekommen war, weil sie bald über die Zukunft ihrer Heimat abstimmen würden.

Im Lager Smara, absurderweise mit einem Eingang samt Schlagbaum und Wachtposten versehen, obwohl von offener Wüste umgeben, brachte Malua die Detektivin bis zu einem Zelt, das sich in nichts von den anderen unterschied. Ein älterer Mann mit weißem Haar trat heraus und begrüßte sie. Er trug die traditionelle blaue Tracht der Sahrauis. Malua stellte ihn als Ibrahim vor und brachte Ritas Reisetasche ins Zelt. Frauen und Kinder kamen heran und bestaunten den Gast, unaufdringlich, ohne Betteln, ohne Geschrei. Rita war schlichtweg eine Neuigkeit, die interessiert betrachtet wurde.

Auch Ibrahim betrachtete Rita mit unverhohlener Neugier. Dann sagte er: „Willkommen in meinem bescheidenen Zelt. Bedaure, Fernseher haben wir leider keinen.“

Rita senkte die Augenbrauen. „Wie halten Sie das nur aus?“

„Indem wir ans algerische Fernsehprogramm denken. Glauben Sie mir, da sehe ich lieber meinen Ziegen beim Kacken zu.“

Ibrahim schlug den Zelteingang auf und bat Rita herein. Es war ein viereckig angelegtes, geräumiges Beduinenzelt, mit Teppichen ausgelegt, Kissen an den Zeltwänden, in der Mitte ein kleiner Gasheizer, auf dem bereits Wasser für den Begrüßungstee kochte. Eine Frau, auch sie in blaue Schleier gehüllt, erhob sich und rief laut: „*Welcome, Lady!*“

„Sie spricht Spanisch“, herrschte Ibrahim sie an.

„Dann spricht sie auch Englisch“, fauchte die Frau zurück. „Wo liegt das Problem?“

Ibrahim winkte ab. „Meine Frau Leila“, stellte er vor und rümpfte die Nase. „Sagen Sie mir Bescheid, wenn Sie ihr Gequatsche nicht mehr ertragen, ich heirate dann eine andere, das ist ganz einfach für einen Muslim. Wenn Sie einverstanden sind, werden Sie in diesem Zelt schlafen. Und wenn Sie nichts dagegen haben, übernachtet Malua vor dem Zelt.“

„Wieso vor dem Zelt?“

„Sie können ihn auch gerne einladen, *im* Zelt zu schlafen“, sagte Ibrahim und fügte, ohne mit der Wimper zu zucken, hinzu: „Wir sind eine Befreiungsarmee, keine Sittenpolizei.“

„Hören Sie nicht auf meinen Gatten, er hält sich für witzig“, rief die Frau, die Teegläser auf einem Tablett gruppierte. „Und setzen Sie sich endlich. Wenn Sie darauf warten, dass mein Gatte Sie dazu einlädt, können Sie auch gleich auf den nächsten Regen warten.“

Ibrahim verzog das Gesicht. „Sie hat ausnahmsweise recht. Verzeihen Sie meine Zerstreutheit und nehmen Sie bitte Platz. Sie müssen müde sein nach dieser Reise.“

„Mehr neugierig“, sagte Rita und ließ sich mit einem Seufzer auf die Kissen nieder. „Ich möchte Ihnen zunächst für Ihre Gastfreundschaft danken. Darf ich fragen, welche Funktion Sie in der Polisario bekleiden?“

„Tee trinken und reden“, informierte Leila sie. „Viel reden.“

„Weil wir vom Tee reden: Wird der irgendwann mal fertig?“

„Halt den Mund, ich bin kein Getränkeautomat!“

Ibrahim ließ sich seufzend neben Rita nieder. „Das Teekochen ist eine langwierige Zeremonie. Der Zucker soll sich lösen, das Aroma soll sich entfalten, und dann schüttet man den Tee noch ein wenig in dieses und in jenes Glas und dann wieder zurück in die Teekanne, weil der Brauch es so will. Es ist eine Art Meditation mit heißer Flüssigkeit. Auf einen Europäer muss das ziemlich merkwürdig wirken. Vor allem, wenn meine Frau den Tee macht." Ibrahim duckte sich, als erwartete er eine Kopfnuss, doch Leila machte nur: „Pfu!"

Rita lächelte. „Sie haben meine Frage noch nicht beantwortet."

Neben ihnen prustete Leila los. „Siehst du, Habibi, mit ihr funktionieren deine Tricks nicht! Er lenkt immer ab. Immer! Hält sich für sehr listig, der Herr."

„Manchmal", flüsterte Ibrahim, damit ihn seine Frau nicht hören konnte, „denke ich, Leila ist eine marokkanische Geheimwaffe."

„Was hast du gesagt?", tönte Leila. „Weißt du, wie der Tee schmeckt, wenn man ihn in einer schweren Kanne an den Schädel kriegt?"

„Was also ist Ihr Job bei der Polisario?", flüsterte Rita und zwinkerte Ibrahim vertraulich zu.

Er beugte sich zu ihr und flüsterte: „Geheimdienst."

Leila wusste natürlich Bescheid. Das ganze Lager wusste Bescheid. Zwanzigtausend Menschen kommen vielleicht ohne Fernseher aus, aber nicht ohne Tratsch. Ibrahim war Leiter des Nachrichtendienstes für die sogenannte südmarokkanische Kampfzone, ein dramatischer Name für jene Regionen Marokkos, in denen Sahraui-Stämme lebten, zwar außerhalb der Westsahara, doch mit Stammesbeziehungen. Einige dieser Stämme waren königstreu, andere sympathisierten mit der Polisario, waren jedoch gezwungen, mit ihrer Haltung äußerst diskret umzugehen. Militärische Gefechte spielten sich dort seit Jahren schon keine mehr ab, der Konflikt war auf eine subtilere Ebene abgewandert.

Die Marokkaner, die sich der Stammesbeziehungen bewusst waren und kein Risiko eingehen wollten, hatten die kritische Grenzregion in eine spezielle Militärzone verwandelt. Der Verteidigungswall, der sich quer durch die Westsahara erstreckte, um die Polisario an ihren Guerilla-Aktionen zu hindern, setzte sich weit über die nördliche Grenze des Territoriums fort.

Die speziellen Militärzonen waren in alle Richtungen abgeriegelt, um Infiltrationen durch die Polisario zu verhindern. Wie eine Besatzungstruppe im eigenen Land übte die marokkanische Armee eine eiserne Kontrolle über die Wüstenregion aus.

Eine dieser speziellen Militärzonen hieß Zone 44.

25.

Die einzigen Geräte, die abends noch ein wenig Lärm machten, waren batteriebetriebene Radios. Langsam verebbten auch deren Klänge und die Abendkühle kroch heran. Rita wäre fast auf Malua gestiegen, als sie, angelockt von dieser vollkommenen Stille inmitten des Lagers, vor das Zelt trat und einen Blick auf den Nachthimmel warf.

„Alles in Ordnung?", fragte Malua unter seiner Decke hervor.

Rita sagte: „Ja, ich will nur die Sterne sehen."

Zwanzigtausend zusammengepferchte Menschen und diese Stille. Nirgendwo ein Fernseher, nirgendwo eine Laterne, in der Ferne tastete sich ein Geländewagen durch die Wüste, sandte seinen tanzenden Lichtkegel voraus. Rita hatte zuvor schon ärmliche Zustände in Dritte-Welt-Ländern gesehen, deshalb war sie von der Sauberkeit, die in diesem Lager herrschte, nahezu schockiert. Vielleicht lag es daran, dass aus reiner Armut nichts weggeworfen, alles wiederverwertet wurde. Am Rand des Lagers hatte sie Verschläge für Ziegen gesehen, gefertigt aus allem Denkbaren, was sich dafür eignete: Autotüren, Plastiksäcke, Matratzen, die Wände ausgedienter Blechfässer.

Dann blieb noch die Frage: Was fraßen die Biester eigentlich? Leckten sie die Steine ab oder teilten die Sahrauis ihre „humanitären Konserven" mit ihnen?

Jeden Abend, wenn die Stille herabgesunken war wie unsichtbarer Nebel, trat Rita vor das Zelt und ging ein paar Schritte, vergaß dabei stets den allzu diskreten Malua, der auch immer wieder den Schlafplatz wechselte, als käme der Nomade in ihm sogar auf diesen wenigen Quadratmetern zum Ausdruck. Mit der Zeit gewöhnte sich Malua an Ritas Geistesabwesenheit und flüsterte: „Achtung, Malua!", wenn sie wieder einmal im Begriff war, auf ihren Begleiter zu treten, weil sie den Blick wie hypnotisiert auf den reingewaschenen Sternenhimmel gewandt hatte.

Die Dämmerung gehörte den Gesprächen mit Ibrahim. Rita hatte bald akzeptiert, dass die Polisario sich erst ein Bild von der Lage verschaffen wollte, bevor sie tatsächlich aktiv wurde. Dazu gehörte, dass Ibrahim zwei Wochen lang nur Fragen zum Fall stellte, niemals Antworten gab. Wenn er mit den Fragen fertig war, verwickelte er Rita in allgemeine Gespräche, in denen es häufig um ein ganz anderes Thema ging, nämlich den Kampf der Polisario um die Westsahara. Ibrahim war ein unideologischer Verfechter seiner Sache. Dass er Rita lange historische Vorträge hielt, gewürzt von ironischen Einflechtungen der stets aufmerksamen Leila, führte die Detektivin eher auf den Mangel an Unterhaltungsmöglichkeiten denn auf eine ernste Absicht zur Indoktrinierung zurück. Sie fühlte sich frei, mit dem Geheimdienstmann abseits orientalischer Empfindlichkeiten über die Probleme der sogenannten Zivilisation und der sogenannten Entwicklungsländer zu sprechen, denn sie hatte schon bald herausgefunden, dass nicht nur Ibrahim, sondern die Sahrauis im Allgemeinen weit empfänglicher für offene Worte waren als ihre geografischen und kulturellen Nachbarn. Ihr Bedürfnis, das Gesicht zu wahren, endete genau dort, wo dieses Bedürfnis mit der Realität in Konflikt geriet. Rita begann zu verstehen, wie dieser winzige Haufen eine 300.000 Mann starke Armee hatte in Schach halten können, sechzehn Jahre lang.

Dass niemand Dienstgrade führte, dass die Uniformen der Sahrauis die übliche militärische Eitelkeit verhöhnten, war nur äußerer Ausdruck für eine Geisteshaltung, die pragmatischer nicht sein konnte bei einem zutiefst religiösen, mit dem Rücken zur Wand stehenden Volk. Sahrauis klammerten sich nicht an überholte Methoden, wenn diese keinen Erfolg zeigten. Sie klammerten sich lediglich an ihren Traum von der Westsaharischen Republik.

Dass ihre informellen Diskussionen nicht Ibrahims reiner Lust am Debattieren und Teetrinken entsprangen, verstand Rita erst später. Hier genoss sie das Spiel der Gedanken in einer Umgebung, die ihre eigenen Gesetze hatte. Und obwohl sie zwei Wochen warten musste, bis sie eine Antwort auf ihre wichtigste Frage erhielt, fühlte sie sich nicht hingehalten. Ibrahim erklärte ihr, dass man „Nachforschungen" anstelle. Dass in Wahrheit Rita das Objekt dieser Nachforschungen war, wurde ihr gegen Ende der Wartezeit klar. Ibrahim, der lustige Genosse, der von seiner Frau pausenlos eins auf den Deckel bekam, war ein ausgefuchster Psychologe. Er nahm Rita unter die Lupe, um ihre Absichten zu prüfen, ihren Charakter, ihre Informationen.

Das ging nicht immer unauffällig vonstatten. Ibrahims kleine Nebenfragen, die nur vordergründig den Fall Eva Gunderson betrafen, in Wahrheit jedoch Rita selbst, ließen regelmäßig die wohlgeeichte Alarmanlage der Detektivin abgehen. Doch sie stieß sich nicht an der Situation. Am Ende war sie es ja, die etwas von den Sahrauis wollte.

So vertraute sie Ibrahim freimütig an, dass Safee über „modifizierte" Informationen verfügte, die nicht ganz der Wahrheit entsprachen. Dass Rita ihre eigene Firma hinters Licht führte, weil sie dem marokkanischen Ermittler nicht über den Weg traute und ihrem eigenen Chef auch nicht. (Ibrahim schien dafür verdächtig viel Verständnis zu haben). Auch dass sie mit einem Inspektor der marokkanischen Sûreté zusammenarbeitete, legte sie offen dar. Geständnis über Geständnis legte sie ab, auch manches unnötige, mit dem Ziel, Vertrauen zu erwecken. Der Weg zu Evas Gunderson, spürte Rita, führte über Ibrahim und führte über offene Worte.

Wenn der Geheimdienstmann von seiner Arbeit im Polisario-Hauptquartier heimkehrte, setzte er sich normalerweise für den Diskussionsabend in Ritas Zelt und blieb zwei, drei Stunden bei ihr. Nach etwa zehn Tagen begann Ibrahims Neugier merklich abzunehmen, als sei alles besprochen, als hätte er seine Mission erfüllt, als sei ab nun alles eine Frage der Zeit.

Fünf weitere Tage vergingen. Das abendliche Geplauder wurde dünner und dünner, bald hatte Ibrahims Auftauchen den Charakter einer Höflichkeitsvisite angenommen. Für einen Geheimdienstmann, dachte Rita, war er schrecklich leicht zu durchschauen.

Malua tat sein Bestes, um Rita bei Laune zu halten. Tagsüber unternahmen sie Ausflüge durch das Lager, besuchten seine zahlreichen Verwandten, und viele Stunden verstrichen mit der Sahraui-Version des Dame-Spiels, das Spielfeld in den Sand gezeichnet, und als Spielfiguren dienten kleine Kugeln staubtrockenen Kamelkots und Akaziendornen.

Am fünfzehnten Tag nach ihrer Ankunft erschien Ibrahim mit einem Gast. Es war ein klein gewachsener, dunkler Kerl, das Alter schwer zu schätzen, vielleicht dreißig, vielleicht vierzig. Eine furchtbare Narbe lief quer über seine Wange. Der unruhige Blick des Kombattanten schien die Umgebung konstant nach Gefahren abzusuchen. Er trug die gewohnte schmucklose Uniform und als Kontrast dazu ein riesiges rotes Barett, das in der Wüstensonne ausgebleicht war und nunmehr ins Rosa stach. Ohne die Narbe hätte der Mann komisch gewirkt, wie ein Fliegenpilz auf Beinen.

„Ich möchte Ihnen Bagdad vorstellen", sagte Ibrahim. „Er wird Sie in die Zone 44 bringen."

Rita blieb der Mund offen stehen. „Das heißt …?"

„Das heißt gar nichts", schnitt ihr Ibrahim mit ungewohnter Forschheit das Wort ab. „Wir können die Anwesenheit der von Ihnen gesuchten Person in Zone

44 weder bestätigen noch dementieren. Sie müssen selbst hinfahren, wenn Sie es wissen wollen."

„Können Sie mir wenigstens sagen, ob man mir nur ein Grab zeigen will oder ob ich eine lebende Person zu sehen bekomme."

Ibrahim fixierte sie mit kalten Augen. Sein Humor hatte sich ebenso verflüchtigt wie seine Frau Leila.

„Es tut mir leid, das kann ich Ihnen nicht sagen."

„Lohnt es sich? Ibrahim, ich vertraue Ihnen. Sagen sie mir nur, ob es sich lohnt."

Ibrahim grunzte unwillig und antwortete nach einigem Zögern: „Es könnte sein. aber das hängt nicht von uns ab."

Von wem dann? Wer war „uns"? Doch Rita begriff, dass sie keine Antwort erhalten würde, also wandte sie sich den organisatorischen Fragen zu. „Wann soll es losgehen?"

Ibrahim wechselte einige Worte auf Arabisch mit Bagdad. Der antwortete in leisem Singsang.

„Morgen früh beim ersten Licht", erklärte Ibrahim. „In der Nacht überquert ihr den marokkanischen Wall. Drüben habt ihr drei Tage. Einen Tag für die Hinfahrt, einen Tag für die Begegnung, einen Tag für die Rückkehr zum Wall. Fünf Tage insgesamt. Wollen Sie vorher Ihre Leute anrufen? Oder Ihr Testament machen?"

„Ich habe nichts zu vererben."

„Da haben wir schon wieder etwas gemeinsam. Sie packen jetzt zusammen und fahren mit Bagdad ins Camp unserer Leute. Und dann bitte ich Sie nur noch um eines."

„Das wäre?"

„Bauen Sie keinen Mist. Gehorchen Sie Bagdad bedingungslos. Von Ihrem Verhalten hängt das Leben meiner Leute ab. Abgesehen davon muss ich kaum erwähnen, was ein Zwischenfall am marokkanischen Wall zu diesem Zeitpunkt für uns bedeuten würde.“

„Ich werde keinen Mist bauen.“

„In Ordnung. Gutes Mädchen. Malua hilft Ihnen beim Zusammenpacken.“

Er wandte sich zum Gehen.

„Ibrahim!“

Er blieb im Zelteingang stehen und sah sie nachdenklich an. „Ja?“

„Ich danke Ihnen. Das ist ...“, Rita suchte nach den geeigneten Worten und breitete hilflos die Arme aus, „... sehr nobel von Ihnen.“

„*Nobel.*“ Ibrahim schien über das Wort nachzudenken. „Nein, nobel ist das nicht. Was *Sie* tun, ist nobel. Wir wollen nur überleben.“

Eineinhalb Stunden dauerte die Fahrt über eine derart steinige Piste, dass Bagdad zuweilen auf Schritttempo abbremsen musste, um nicht das Fahrgestell seines Toyotas zu vernichten. Wie er sich orientierte, war absolut unklar. Die Piste war in Wahrheit nicht mehr als eine Reihe von parallelen Reifenspuren, die sich mit anderen Reifenspuren kreuzten. Die flache, steinige Wüste bot nicht die geringsten Orientierungspunkte. Gelegentlich riss Bagdad das Lenkrad herum und schlug eine neue Richtung ein, ohne ersichtlichen Grund, ohne einen Kompass oder eine Karte zu konsultieren, doch mit einer Sicherheit, als würden riesige Hinweisschilder den Weg weisen.

Das Camp von Ibrahims Leuten wuchs in Ritas Fantasie zu einem befestigten Militärlager der Polisario-Spezialtruppen an, mit Stacheldraht, Minenfeld, ein paar soliden Geländewagen mit aufmontierten Maschinengewehren und einer Menge Soldaten mit rosa Barett, jeder mit einer dekorativen Gefechtsnarbe auf irgendeinem Körperteil. Als sie dann tatsächlich bei Ibrahims Leuten ankamen, standen sie mitten im Camp, bevor Rita es bemerkte. Das „Camp" bestand aus einem Beduinenzelt unter einem Akazienbaum. Die Spezialtruppen, zwei an der Zahl, saßen um ein Feuer und kochten Tee. Einer war um die fünfzig Jahre alt, hochgewachsen, schlaksig und hatte den langsamsten Blick der Welt. Der andere war klein wie Bagdad und hatte vorstehende Zähne wie ein Karnickel. Rita schätzte ihn auf achtzehn oder neunzehn Jahre. Keiner trug ein rosa Barett. Waffen waren nirgendwo zu sehen. Hinter der Akazie meckerten drei Ziegen.

Rita fühlte sich wie verprügelt, als sie aus dem Toyota stieg. Sie streckte ihre schmerzenden Glieder und sah die beiden Spezialtruppen herankommen. „Alkahira." Bagdad zeigte auf den Langen. „Alquds." Er zeigte auf den Jungen. „Alkahira kommt mit uns, Alquds bleibt hier und hütet die Ziegen."

Die beiden schüttelten höflich Ritas Hand. Die Detektivin verfolgte mit bangem Staunen die Bewegungen von Alkahira. Sie hatte das Gefühl, einen Film in Zeitlupe zu sehen. Mit diesem Mann wollten sie die marokkanische Zone 44 infiltrieren?

„Wollen Sie einen ...?", fragte Alkahira.

„... Tee, gerne, danke“, erwiderte Rita, nervös auf
einmal.

„... Becher Ziegenmilch. Frisch ...“

„... gemolken? Nein danke.“

„Also Tee.“ Alkahira nickte und wies Alquds an, den
Tee zu machen, was der Junge fast schon erledigt hatte, bevor Alkahira seinen Satz zu Ende gesprochen
hatte.

Bald saßen sie zu dritt um das Feuer und schwiegen
einander an. Bagdad stellte den beiden Kameraden hie
und da eine Frage, die jeweils von Alquds beantwortet
wurde, noch bevor es Alkahira gelang, den Mund zu
öffnen. Rita wurde nichts gefragt, offenbar wusste
Bagdad, was er wissen musste.

Doch bevor sie sich in ihre Decken einrollten, berief
der Kommandant mit dem rosa Barett eine Besprechung ein. Mit einem Stock zeichnete er einen Strich
in den Sand. „Hier ist der marokkanische Wall.“ Er
nahm ein kleines Stück Holz und steckte es neben den
Strich. „Hier ist unser Beobachtungsposten. Wir nä-
hern uns vorsichtig an und fragen, was sie beobachtet
haben.“ Dann zeigte Bagdad auf Alkahira. „Zeichne die
marokkanischen Stellungen ein.“ Alkahira nickte. In
seiner Hand hielt er kleine, grünbraune Kugeln ge-
trockneter Ziegenscheiße. Langsam platzierte er sie
auf der anderen Seite des Strichs, während Bagdad
wie im Schlaf dazu sagte: „Halbzug Infanterie, Halbzug Infanterie, leichte Geschütze, Vorsicht, Nacht-
sichtgeräte, hier ein Infanterieradar, hier eine mobile
Eingreifkompanie, leichte Jeeps. Hier das Bataillonskommando. Und wir gehen *hier* durch.“

Vor Ritas geweiteten Augen machte er einen Strich, der den Wall kreuzte und so knapp am Bataillonskommando der Marokkaner vorbeiführte, dass sie einen Reifenabdruck auf der Fußmatte der Kommandantenvilla hinterlassen würden. „Genialer Plan", murmelte sie.

„Machen wir immer so. Das ist ein Wadi, total vermint, niemand traut sich rein. Sind wir einmal drin, sieht uns niemand, hört uns niemand. Der kritische Punkt ist der Ausgang des Wadis auf der anderen Seite. Aber auch das ist kein Problem. Neben dem Haus des Kommandanten läuft normalerweise während der Nacht ein Generator, damit sich der Mann seine Videos ansehen kann. Bei dem Lärm hören uns die Wachtposten nicht. Und die Autoscheinwerfer haben wir dort natürlich ausgeschaltet."

„Und die verdammten Minen?"

Die drei grinsten breit. Bagdad zeigte auf Alkahira. „Er kennt jede einzelne."

„Persönlich?", fragte Rita, als Witz eigentlich.

Alkahira wollte erklären, doch Bagdad kürzte ab: „Er hat sie gelegt."

„Er hat *was*?"

„Mein Zwillingsbruder ist bei der marokkanischen Armee", sagte Alkahira. „Sergeant bei den Pionieren. Manchmal gehe ich rüber und spiele Sergeant."

„Und wissen die Marokkaner, dass du beim Feind mitspielst?"

Alkahira begann zu lachen. Bagdad erklärte: „Die wissen nicht einmal, dass sein Zwillingsbruder einen Zwillingsbruder hat. Pech für die Marokkaner, Glück für uns. *Bismillah!*

Rita blieb der Trip über die Grenze wie ein merkwürdiger Traum in Erinnerung. Als Bagdad sie um fünf Uhr wach rüttelte, war es noch dunkel, doch in Wahrheit ging die Sonne nie auf an diesem Tag. Es war einer der seltenen Wolkentage in der Sahara, und es hatte nichts mit dem verregneten Grau von Europa zu tun. Die Wolkendecke hing wie ein beigefarbenes Leichentuch über der Wüste, ein lauwarmer Wind trieb Schleier von Staub vor sich her, alle Elemente schienen sich dort, wo Rita, Bagdad und Alkahira mit einem Toyota über die steinige Ebene von Tindouf bretterten, zwischen Wolken und Erde, zwischen Algerien und Marokko, miteinander zu vermischen. Nichts war geblieben von dem vielfarbigen, abstrakten Gemälde, das sie vom Flugzeug aus bewundert hatte. Die Romantik hatte sich vollständig in einem Brei aus Staub, Wind und Wolken aufgelöst.

Zweimal begann es zu regnen, ein seltsamer, geiziger Regen, von dem die Sahrauis sagen, er befeuchte die eine Hornspitze der Antilope und lasse die andere trocken. Es war, als würden sie von halbwüchsigen Göttern mit einzelnen Tropfen beworfen. Bagdad steuerte den Geländewagen routiniert an den tückischen, mit Akazien und Dornbüschen bewachsenen Sandstreifen vorbei, bis sie zu Stellen kamen, wo Reifenspuren zeigten, dass ein gefahrloses Queren möglich war. Wann immer Rita glaubte, nun würden sie endlich im Sand stecken bleiben, mogelte Bagdad das Gefährt dank seines eleganten Spiels mit Lenkrad und Gaspedal ans andere Ufer, schwankend und schaukelnd wie ein Boot bei schwerem Seegang.

Lange vor Mittag gelangten sie zu dem Beobachtungsposten, oder was Bagdad als solchen bezeichnete. Ein Haufen Steine, zwei Sahrauis erschienen wie aus dem Nichts. Bagdad und Alkahira palaverten ausführlich mit ihnen. Dann setzten sie sich hin, um Tee zu trinken.

„Die Marokkaner waren in unserem Wadi“, erklärte Bagdad seiner Passagierin. „Aber ohne Gerät, das heißt, sie haben keine neuen Minen gelegt. Wahrscheinlich ist eine hochgegangen, und sie kamen nachsehen. Manchmal steigen Tiere auf eine Mine. Manchmal gehen sie von selbst hoch.“

Er nahm einen Schluck aus dem winzigen Teeglas und blickte mürrisch zum Himmel, der sich auf ein paar Dutzend Meter dem Boden angenähert hatte. „Hier hat es geregnet. Das könnte ein Problem für unseren Wagen werden. Wir können nicht riskieren, dass er abrutscht. Wir müssen ganz genau auf dem Weg bleiben, den Alkahira frei gelassen hat, als er die Minen legte.“

Bagdad stockte, als habe er sich bei einer Dummheit ertappt. Beruhigend legte er seine Hand auf Ritas Arm und sagte: „Aber *no problem*, wirklich. Alkahira ist die Strecke schon hundertmal gefahren.“ Um Rita auf andere Gedanken zu bringen, fügte er hinzu: „Wollen Sie wissen, warum ich dieses Barett trage? Das gehörte einem marokkanischen Fallschirmjäger.“

„Und der braucht es nicht mehr“, mutmaßte Rita.

Bagdad runzelte die Stirn. „Nein.“ Der Krieger strich über sein riesiges Barett. „Obwohl er die richtige Kopfgröße hatte.“

Sie blieben den ganzen Nachmittag bei den Männern vom Beobachtungsposten. Bagdad ging einige Male nach vorn, um selbst einen Blick durchs Fernglas zu werfen. „Alles ruhig", erklärte er jedes Mal, wenn er zurückkam.

Die Stunden verrannen. Alkahira reparierte Kleinigkeiten am Wagen, prüfte, ob alles in Ordnung war, sagte kein einziges Wort mehr. Manchmal sah Rita ihn beim Toyota sitzen, den Rücken an ein Rad gelehnt, die Augen geschlossen, nahezu unmerklich den Kopf wiegend. Vermutlich durchfuhr er das Wadi, und Rita hatte plötzlich den Verdacht, die von Bagdad erwähnten hundert Durchquerungen hätten sich alle in Alkahiras Kopf abgespielt.

Die Dunkelheit ließ von dem unfreundlichen Wetter nur den Wind übrig. Wann immer Rita einen Schluck Tee trank, knirschten danach Sandkörner zwischen ihren Zähnen. Bagdad war wieder vorn beim Beobachtungsposten und Alkahira war zum Autisten geworden, also legte sich Rita auf die Ladefläche des Wagens und klammerte sich an ihre Decke, damit die nicht davongeblasen wurde.

Sie hatte den Eindruck, gerade erst eingeschlafen zu sein, als sie wach gerüttelt wurde. Zwei Uhr morgens. „Bis vier Uhr müssen wir drüben sein", sagte Bagdad. „Um vier Uhr wacht die Armee auf."

„Und die Reifenspuren?", fragte Rita.

Bagdad schnitt mit der Hand horizontal durch die Luft. „Alles Steine. Der ideale Übergang. Der gefährlichste Moment ist der Einstieg ins Wadi. Sie dürfen uns nicht hören."

Alkahira hatte die Scheinwerfer mit einem Gebilde aus Tüchern, Klebestreifen und Plastik bedeckt, sodass der Lichtstrahl nur die ersten Meter vor dem Fahrzeug beleuchtete. Als er sich ans Steuer setzte und das Licht einschaltete, sahen sie zunächst gar nichts. Alkahira wartete, bis sich seine Augen an die Dunkelheit gewöhnt hatten, dann legte er den Gang ein und fuhr mit einer Sanftheit los, die einem Luftkissenboot zur Ehre gereicht hätte.

Sie überquerten die niederen Hügel, in denen sich der Beobachtungsposten verbarg, und gelangten in eine steinige Ebene.

„Was passiert, wenn sie uns hören?", flüsterte Rita.

„Wenn sie dumm sind, schießen sie Leuchtkugeln, und wir kehren einfach um. Wenn sie gescheit sind, reagieren sie gar nicht und warten einfach am anderen Ende des Wadis auf uns."

„Und sie haben euch noch nie gehört?"

„Natürlich nicht. Das hätten wir zu spüren bekommen."

Rita würde den Anblick Alkahiras am Lenkrad des Toyotas bis ans Ende ihres Lebens in Erinnerung behalten, denn eine gute Stunde lang, während der Durchquerung dieses verminten Wadis in der Sahara, hielt sie ihren Blick auf den alten Krieger gerichtet. Er saß nach vorn gebeugt, mit weit aufgerissenen Augen und einem offenen Mund, der hie und da Beschwörungsformeln artikulierte. Bagdad ließ jeweils nach dem Passieren besonders heikler Stellen ein verhaltenes *Bismillah* hören, „dem Schöpfer sei Dank". Und um Rita zu beruhigen, sagte er alle fünf Minuten: „Gleich haben wir es geschafft. Nur noch ein Stück.“

So reihte sich ein Nur-noch-ein-Stück ans andere, es war ein nicht enden wollender Albtraum, ein ewiges Warten auf den großen Knall einer Minenexplosion oder den kleineren einer Leuchtkugel, die das Empfangskomitee illuminieren würde, eine Hundertschaft, bis an die Zähne bewaffnet, auf beiden Seiten des Wadis aufgereiht, hundert Gewehrläufe auf sie gerichtet, ein einziges Wort des Kommandanten und vorbei wäre die Suche nach Eva Gunderson, verewigt das Rätsel um ihr Verschwinden.

Alkahira und Bagdad taten danach, als sei die Durchquerung eine Routineangelegenheit gewesen. Vermutlich ein kalkulierter Selbstbetrug, denn die beiden würden die Route noch öfter fahren müssen.

Sie verließen das Wadi und legten eine Pause ein. Alkahira nutzte diese, um mit einer Schaufel zwei Nummernschilder auszugraben und am Toyota zu befestigen. Es waren marokkanische Kennzeichen. „Im Wadi werden wir besser nicht damit erwischt“, sagte Bagdad und riss sich die Uniform vom Leib. „Agenten werden normalerweise erschossen.“

Alkahira und Bagdad vergruben ihre Uniformen, und als am Horizont der erste Lichtschimmer sichtbar wurde, brauste ein beigefarbener Toyota mit drei Zivilisten durch die marokkanische Militärzone 44.

26.

Der Sahraui hatte sich mit dem unwahrscheinlichen Namen Victor vorgestellt. Die anderen Anwesenden, hauptsächlich Frauen, wohnten der Versammlung anonym bei. Zusammen mit Rita saßen sie alle in einem Beduinenzelt inmitten dessen, was sie als *Cité* bezeichneten, als „Stadt". Die *Cité* bestand aus einem Dutzend Zelten und einem rostigen Container, auf den jemand mit weißer Farbe *Pharmacie* geschrieben hatte; angeblich ein Geschenk der marokkanischen Armee, um die Herzen der Sahrauis zu gewinnen.

Victor strahlte Autorität aus, obwohl er nicht älter als dreißig zu sein schien. In seinem schwarzen Haarschopf manifestierten sich die verschiedenen Windrichtungen, denen er im Verlauf des Tages ausgesetzt gewesen war. Seine Füße waren riesig, aber nicht klobig. Victor machte einen gebildeten Eindruck, auch wenn er keine Brille trug und Rita nirgendwo Bücher entdecken konnte. Er wirkte zugleich weltmännisch und in seiner Beduinentracht zu Hause. Er wirkte weich, wenn er Antworten gab, und hart, wenn er Fragen stellte. Seine Augen waren zwei quicklebendige Kastanien, die warben, drohten, fragten, alles zugleich. Victor war ein Widerspruch in sich, doch war auch ihr Gespräch dazu geeignet, Rita in einen mentalen Schwebezustand zu versetzen, abgehoben von den Realitäten, mit denen sie in den vergangenen zwei Wochen konfrontiert worden war. Hatte sie ein minenverseuchtes Wadi durchquert, nur um mit einem charmanten Sahraui über Philosophie zu diskutieren?

Die Sonne stand bereits hoch am Himmel, eine der Frauen kochte unablässig Tee, vollführte das merkwürdige Ritual des Gießens von einem Teeglas ins andere, zurück in die Kanne, zurück in die Gläser, bis die bittersüße Brühe fertig war und jeder in der Runde sein klebriges Glas in den Händen hielt. Unauffällig blickte Rita auf ihre Uhr. Sie hatte genau 24 Stunden, um an diesem letzten Punkt der Reise Antworten auf ihre Fragen zu finden. Wenn sich Eva Gunderson auch hier als Phantom erwies, konnte sie die Suche von Neuem beginnen. In Marrakesch oder gar in Essaouira. Und warum nicht gleich in Trondheim?

Victor ließ das Gespräch zwischen Banalitäten und tiefen Einsichten pendeln und sparte das eigentliche Thema aus, als wollte er Rita auf eine Geduldsprobe stellen. Nicht einmal seine eigene Sippe schien diese Probe zu bestehen, immer wieder erhob sich eine der Frauen seufzend und verschwand für eine Viertelstunde oder für den Rest des Tages.

Ob auch sie zivilisationsmüde sei, fragte Victor. Ob auch sie sich fühlte, als sei sie von der Natur ausgesperrt worden. Rita unterdrückte ein Gähnen und erwiderte, dass sie von den großen Städten in der Tat zuweilen die Nase voll habe, ihre Zivilisationsmüdigkeit hingegen nie so weit gehe, die Dienste eines Zahnarztes abzulehnen oder die Heizung nicht einzuschalten, wenn draußen ein arktischer Wind die Schneeflocken waagrecht durch die Straßen peitscht. Zivilisation, erklärte Rita, sei ein Wort, das für jedes Individuum etwas anderes bedeute, darum übe sie Vorsicht mit modischen Zivilisationsverdammungen. Zivilisation sei auch Demokratie …

„Wie eine Volksabstimmung", warf Victor ein, Triumph in seinen Kastanienaugen.

„*Voilà*", sagte Rita. „Freie Wahlen."

„Die freie Wahl", präzisierte Victor. „Die Wahl jedes Einzelnen, sein Schicksal selbst zu bestimmen."

„In gewissen Grenzen", sagte Rita.

Victor fixierte sie prüfend. „Erklären Sie mir die Grenzen."

„Egotrip", erklärte Rita. „Das Abwerfen jeglicher Verpflichtungen, der Abschied von der solidarischen Gemeinschaft, bis man als freies Individuum in Schwierigkeiten gerät und sich wieder eingliedert, weil das angenehmer ist oder weil es anders nicht mehr geht. Das Herauspicken aller Vorteile und Ablehnen all dessen, was damit einhergeht."

„Das klingt sehr moralisch", sagte Victor. „Fast religiös."

„Moral gibt es auch außerhalb der Religion."

„Wenn Sie es sagen. Geben Sie mir ein Beispiel für den Egotrip."

Eine Schlüsselfrage, spürte Rita. In Wahrheit wollte Victor ergründen, wie sie zu Evas kleinem Egotrip stand. Also wählte sie ein Beispiel, das Lichtjahre von der Norwegerin entfernt war.

„Paradebeispiel westlicher Konsument", sagte Rita.
„Er verteidigt mit Zähnen und Klauen seinen Lohn,
seine 35-Stunden-Woche, seine Privilegien. Derselbe
Mann kauft ohne Bedenken das billigste Produkt auf
dem Markt, obwohl es wahrscheinlich in Ländern
erzeugt wurde, wo niemand derartige Privilegien ge-
nießt. Das teure Produkt seiner Landsleute lehnt er ab,
obwohl es nur deshalb so teuer ist, weil seine Herstel-
ler westlichen Lohn, 35-Stunden-Woche und Privilegien in den Preis einkalkulieren müssen. Aber, Victor,
ich kann Ihnen gerne auch Beispiele aus Ländern süd-
lich des Mittelmeers nennen."

„Nur zu", sagte Victor, „wir sind lernfähig."

„Beispiel Sie."

„Ich?" Der Sahraui fletschte seine perfekten Zähne.
„Was wissen Sie über mich?"

„Gar nichts", sagte Rita. „Und trotzdem genug. Sie
genießen das freie Leben eines Beduinen ohne die
Einschränkungen der sogenannten westlichen Zivilisation. Mehr noch: Sie lehnen die westliche Zivilisation ab. Zugleich wollen Sie bestimmte Annehmlichkei-
ten dieser Zivilisation in Anspruch nehmen und sehen
keinen Widerspruch darin."

„Wie zum Beispiel?"

„Zum Beispiel moderne ärztliche Betreuung. Oder
zum Beispiel einen Allrad-Toyota."

„Ich habe keinen Allrad-Toyota."

„Einen Nissan vielleicht? Einen Ford? Sagen wir: Einen Geländewagen, mit dem Sie in der Nacht vom 23.
auf den 24. September Marrakesch fluchtartig verlassen haben und querfeldein in Ihre Heimat zurückge-

kehrt sind, die bestimmt auch noch einen netteren Namen hat als Zone 44.“

„Interessante Behauptung“, sagte Victor.

Du hast recht, dachte Rita. Eine Behauptung. Ich habe keine Ahnung, ob das wirklich du warst, Kastanienauge. Trotzdem gehe ich einen Schritt weiter. „Noch interessanter war Ihr Passagier.“

Der Sahraui lächelte, doch diesmal war seine Miene reine Fassade. „Wollen Sie diesem Passagier etwas mitteilen? Haben Sie eine Nachricht für ihn? Und von wem?“

Rita legte den Kopf schräg. „*Eine* Nachricht? Einen ganzen Koffer voll. Aber die wichtigste Nachricht kommt von mir selbst. Ich weiß mittlerweile genug über den Fall, um die Affäre hochgehen zu lassen. Und ich werde es nicht tun, wenn man mir einen guten Grund nennt. Oder mehrere.“

„*Affäre*, hm?“ Nun war es Victor, der seufzte und unbehaglich sein Gewicht verlagerte. Er begann gedankenverloren mit seinem Teeglas zu spielen.

„Missverstehen Sie nicht meine Wortwahl“, sagte Rita.

„Ich missverstehe Sie absolut nicht, keine Angst“, sagte Victor. „Das Einzige, was mir Sorgen bereitet, sind Sie. Ich habe von einem Moment zum anderen den Eindruck, dass Sie mehr über diese *Affäre* wissen als ich. Das ist beunruhigend. Wollen Sie mir einen kleinen Hinweis geben, um Ihre Behauptung zu untermauern?“

„Wenn Sie wollen, gebe ich Ihnen drei: Die unzensierten Tagebücher von Julia Amundson. Der unzensierte Bericht eines marokkanischen Jungen namens

Karim. Und eine Marmorfabrik bei Marrakesch, wo nicht nur Marmor geklopft wird. Ein Joint Venture übrigens zwischen einer marokkanischen und einer norwegischen Firma. Reicht das?"

Die Kastanien erloschen. Victor, erkannte Rita, hatte keine Ahnung, wovon sie sprach, doch er spürte, dass sein „Passagier" mit diesen Informationen sehr wahrscheinlich etwas anfangen konnte. Wenn Eva in der Nähe war, musste er sie konsultieren. Würde er das Zelt verlassen, um Absprache zu halten und das Spiel fortzusetzen? Rita wusste, dass sie hoch pokerte. Den Sahrauis blieb noch immer die Wahl, einen kleinen Minenunfall zu inszenieren und den Störfaktor Rita ein für alle Mal aus der Welt zu schaffen. Immerhin befand sie sich auf marokkanischem Boden. Mehrere Dankschreiben aus verschiedenen Teilen der Welt wären den Wüstenkriegern gewiss, doch Rita baute auf die Worte Yezaas: Das ist nicht der Stil der Sahrauis. Und hoffte, dass die Polisario in all den Jahren nicht ihren Stil geändert hatte.

Victor blickte in die Runde. Manche der Frauen hielten den Blick gesenkt, andere blieben unbewegt. Einige waren verschleiert. Victor sprach ein paar Worte auf Hassania und eine der Frauen antwortete.

Dann vollführte er eine Geste, als sei die Gesprächsrunde aufgehoben. Er wirkte auf einmal entspannt. „*Bueno*", sagte er. „Dann wollen wir Sie allein lassen."

Victor erhob sich und bedeutete Rita, sitzen zu bleiben. Rund um die Holländerin bewegten sich die Frauen, räumten das Teegeschirr ab, raunten einander Bemerkungen zu und verließen das Zelt. Die Veranstaltung war beendet.

Am Ende saß neben Rita nur noch eine Frau im Zelt, die ihren blauen Schleier um ihr Gesicht geschlungen hatte. Der Klang der plappernden Frauen entfernte sich, bald herrschte vollkommene Stille. Die andere räusperte sich. Auch Rita spürte einen Kloß im Hals. Die Luft erschien ihr plötzlich zum Schneiden dick. Dann sagte sie leise: „Eva, bist du das?"

Das leise Nicken des verschleierten Mädchens rief in Rita eine Reaktion hervor, auf die sie vollkommen unvorbereitet war. Sie saßen wohl minutenlang keine drei Meter voneinander entfernt, Eva Gunderson in einem Winkel des Zeltes kauernd, Rita noch immer in dessen Mitte, und waren unfähig, auch nur ein Wort hervorzubringen. Eva ließ ihren Schleier sinken und blickte Rita an, prüfend, suchend, am Ende flehend, ihre blauen Augen wie Diamanten.

„Je n'existe plus", sagte Eva leise und wiegte den Kopf wie unter Schmerzen. *„Je suis morte."*

Ich existiere nicht mehr. Ich bin tot.

Rita, die Abgebrühtheit zu ihren Tugenden zählte, versuchte sich noch zu kontrollieren. Als sie spürte, dass ihr die Tränen über die Wangen liefen, jagte sie die abgebrühte Detektivin zum Teufel, nahm die Norwegerin in ihre Arme und ließ das Mädchen erst einmal heulen. Und sich selbst.

Gemeinsam zu weinen, dachte sie, ist kein schlechter Auftakt für eine Vertrauensbeziehung.

„Entschuldige, Eva, ich habe keine Papiertaschentücher dabei."

Eva lachte bitter auf. „Taschentücher. Nie hat jemand Taschentücher für mich, wenn ich sie brauche."

Rita fuhr sich mit dem Handrücken über das Gesicht. „Und auch keine Zeitungen aus Oslo. Nicht einmal einen Brief. Kein Mensch glaubte daran, dass ich dich finden werde."

„Hast du meinen Vater getroffen?"

Rita nickte.

„Wie geht es ihm?"

„Schlecht. Er sitzt in einem dunklen Raum und wartet darauf, dass sein Licht zurückkehrt."

Eva nickte und vergrub das Gesicht in ihren Händen. „Es tut mir so leid. Es tut mir alles so leid. Wenn ich nur die Wahl hätte."

„Victor ist dein Freund?"

Eva nickte.

„Er hat dich beschützt, damals in Marrakesch, nicht wahr?"

„Er hat mich immer beschützt."

„Warum bist du mit ihm gegangen?"

„Ich wollte sterben. Ich wollte mit jemandem sterben, den ich lieben konnte."

„Und dich verstecken."

„Und mich verstecken." Eva löste sich aus Ritas Armen und nahm ihren Schleier ab. Ihr langes, blondes Haar fiel über ihre Schultern. Rita staunte, wie natürlich sie in der Sahraui-Tracht wirkte. Ihre Hände und Füße waren braun gebrannt, auch ihr blasses Gesicht hatte eine Verwandlung vollzogen. Sie sah aus wie ein Sahraui-Mädchen, dem die Gene durcheinandergekommen waren. Doch sie sah tatsächlich aus wie eine Sahraui.

„Verstecken klingt idiotisch, aber wenn Julia über unsere Reise so Tagebuch geführt hat, wie sie normalerweise Tagebuch führt, dann muss ich dir nicht erklären, wovor ich weggelaufen bin." Eva verzog den Mund. „Weglaufen. Auch das klingt wie Kinderkram. Mein Handeln ist offenbar nur mit infantilem Vokabular zu beschreiben. Irgendwas muss dran sein an dem, was Mutter sagt."

„Du bist verdammt reif für dein Alter."

„Mehr verdammt als reif. Ich möchte dir ein Versprechen abnehmen, Rita Kleefman. Ich habe Victor gesagt, man sollte dich nur herbringen, wenn wir absolutes Vertrauen erwarten können."

„Ich kann dich beruhigen, Ibrahim hat deine Bitte sehr ernst genommen."

„Das freut mich. Versprich mir also, dass du nichts tun wirst, was meinen Gastgebern schaden könnte."

„Versprochen. Langsam verstehe ich. Die Geisel bist nicht du." Rita kaute eine Weile auf ihren Lippen, bevor sie sagte: „Die Geisel sind Victor und Konsorten."
Eva nickte.
„Damit wird meine Arbeit wertlos. Du musst hierbleiben, ich kann niemandem über deinen Aufenthalt berichten. Du wirst für tot erklärt und meine Versicherung wird nach Ablauf des vertraglich festgelegten Jahres zwei Millionen Dollar an deine Familie überweisen. Das ist ziemlich skurril und für mich als Detektivin ziemlich unbefriedigend. Aber versprochen ist versprochen. Die einzige Gegenleistung, die ich dafür verlange, ist dein vollständiger Bericht darüber, was geschehen ist. Und sollte ich je eine Möglichkeit finden, dich hier rauszuholen ..."

Eva hob die Rechte und wollte widersprechen, doch Rita beharrte: „Natürlich mit allen Garantien für deine Freunde ...“

„Unmöglich“, sagte Eva. „Das Netz ist perfekt geflochten.“

„Das haben schon viele Fischer gesagt und dann mit Staunen ein Loch erblickt, das größer war als ihr ganzes Netz.“

„Ich will mir keine Hoffnungen machen. Ich fühle mich recht wohl in der Resignation.“

„Und in der Zone 44.“

„Auch wenn es seltsam klingt: Ja. Die Menschen hier sind wundervoll.“

„Aber freiwillig würdest auch du nicht dein ganzes Leben hier verbringen. Sieh dir Victor an. Auch er hat höhere Ziele als Ziegenhüten.“

Eva senkte den Blick.

„Oder willst du ohne ihn nicht weg?“

„Wir sind kein Paar. Er liebt mich und beschützt mich. Alles andere ist ein Traum. Das weiß er sogar besser als ich.“

„Dann ist auch Victor verdammt reif für sein Alter. Und für einen Mann.“ Rita blickte auf die Uhr. „Eva, ich habe nicht viel Zeit. Bagdad und Alkahira haben es eilig, wieder durch ihr Minenfeld zu fahren. Interessant, dass du auch diesen Fluchtweg nie in Betracht gezogen hast. Es kann sich also nur um Erpressung handeln.“

„Du bist nah dran.“

„Dann befreie mich von all den Fragezeichen. Erzähle mir alles. Erzähle mir über den ‚Marrakesch Ex-

press' und das Treffen mit deiner Mutter im vornehmen Hotel Mamounia."

27.

Karim hatte keine Ahnung, in welchem Netz er von Anfang an zappelte. Auch Eva schöpfte erst Verdacht, als sie dem „Marrakesch Express" den Rücken kehrte, allein durch die nächtliche Medina irrte und trotzdem stets das Gefühl hatte, überwacht zu werden. Selbst die Gesichter der beiden jungen Männer, deren Wege sie gelegentlich kreuzte, kamen ihr bekannt vor. Dann erinnerte sie sich, dass die Kerle ihr schon in Essaouira begegnet waren. Und als sie weiter in ihren Erinnerungen grub, glaubte sie zumindest in einem der beiden einen Gast der Jugendherberge von Casablanca wiederzuerkennen.

In jeder Stadt hatten ihr junge Marokkaner nachgestellt, es gehörte dazu und beunruhigte sie nicht mehr. Neu war die Verfolgung von einer Stadt zur anderen. Eva registrierte den Umstand mit mehr Erstaunen als Angst. Sie hatte ihre Erwartungen an die menschliche Spezies so weit heruntergeschraubt, dass ihr selbst das Theater im „Marrakesch Express" keine Enttäuschung bereitet hatte. Rührend fand sie dann doch, wie ihr

Karim hinterherjagte und alle Eide schwor, sich von nun an wie ein perfekter Gentleman zu benehmen.

Zu seinem Unglück hatte er bald Gelegenheit, die Ernsthaftigkeit seiner Eide unter Beweis zu stellen, und wenn Eva es recht bedachte, hatte sie in jener dunklen Gasse am Bab al Bayda in der Medina von Marrakesch der Geburt eines echten Gentleman beigewohnt. Als die beiden Angreifer auftauchten, warf sich Karim mit Löwenmut dazwischen und brachte es sogar fertig, mitten im Getümmel Seitenblicke auf Eva zu werfen, um sich zu vergewissern, dass sie diese Charakterprobe nicht versäumte.

Armer Karim. Die Schläger waren keine Rowdies, sondern Profis, und sie waren zu zweit. Immerhin machte der unterlegene Beschützer in seiner Verzweiflung genügend Krach, um das halbe Viertel aufzuwecken. Als die Gasse plötzlich voller dunkler Gestalten war, die den beiden Angreifern die Mütze über den Kopf zogen, hatte Eva erneut den Eindruck, es mit Professionellen zu tun zu haben. Nein, sie habe keine Adresse, erklärte sie auf die höfliche Frage des Anführers jener Gruppe von Unbekannten. „Darf ich bei euch bleiben? Ich glaube, die zwei Männer sind seit Casablanca hinter mir her."

Verwunderung, Verlegenheit. Der Anführer sagte: „Komm mit und erklär uns, was passiert ist. Dann entscheiden wir."

Ein dunkler Raum in einem halb verfallenen Gebäude. Einzig der Garten ist eine Pracht, voller Orangenbäume, in der Mitte ein Brunnen. Wer pflegt diesen Garten inmitten der Ruine?, fragt sich Eva.

Dann erzählt sie ihre Geschichte. Ihre Flucht aus dem Haus des ehrenwerten Rahmani, der sich in sie verliebt hatte, wie sich ein Mächtiger eben verliebt, weniger zärtlich als besitzgierig, und dann stockbeleidigt, als Eva die Zudringlichkeiten des Millionärs zurückweist. Eines Nachts lässt sich Rahmani nicht mehr abweisen und es kommt zum Eklat. Der Saft steht ihm bis zum Hals, er will seinen Kopf zwischen diese weißen Schenkel graben, er will dieses blonde Haar liebkosen, er will diesen Körper unter seinen Lenden spüren, will ihr zeigen, wie ein echter marokkanischer Mann liebt, nein, fickt. Zu lange schon tanzt das Traummädchen vor seinen Augen, provozierend durch ihre bloße Existenz, ihre bloße Anwesenheit, ihre nördlich-exotische Schönheit.

Als Rahmani sie unter cineastischen Vorwänden in den Kinoraum lockt und ihr statt „Casablanca" einen Softporno zeigt, damit auch sie endlich heiß wird, damit sie endlich die Beine aufmacht wie all die blonden Weiber in den Pornos, hat Eva keine Wahl. Um einer Vergewaltigung zu entgehen, muss sie handgreiflich werden, und Rahmani hat bei der Tochter eines Geschäftspartners dann doch Hemmungen, mit der gebotenen Härte zurückzuschlagen. Eva packt mitten in der Nacht ihren Rucksack und marschiert davon, quer durch Rabat, und quartiert sich im erstbesten Hotel ein, das um diese Uhrzeit noch Gäste aufnimmt und Sicherheit garantiert.

Aus dem Hyatt Regency ruft sie ihre Mutter an. Eva weiß nicht, was schlimmer war: Rahmanis permanente Zudringlichkeit oder die Reaktion der Millionärin Gunderson im fernen Gauklia. Zuerst Drohungen:

„Wehe, wenn du mit deinem schwachsinnigen Flirten unsere Geschäftsbeziehungen beschädigt hast. Weißt du, wie viele Arbeitsplätze an der guten Laune von Rahmani hängen, in Marokko wie Norwegen? Hat dich das Schicksal der anderen je interessiert? Arbeiter, die gerade genügend Geld haben, um einigermaßen würdig über die Runden zu kommen.“

„Soll ich mich prostituieren?“, schreit Eva ins Telefon. „Was verlangst du von mir?“

„Reifes Verhalten, nicht mehr und nicht weniger. Du gehst *sofort* zurück ins Haus der Rahmanis und entschuldigst dich. Und wenn du dort nicht bleiben willst, nimmst du das nächste Flugzeug nach Europa. Ich warne dich davor, dich weiter wie eine Verrückte zu benehmen. Die ganze Reise war eine verrückte Idee, ich habe es kommen sehen. Du bist einfach noch nicht reif, Eva. Du weißt nicht einmal, was Reife ist. Denkst du eigentlich nie an deinen Vater? Er wird wahnsinnig vor Sorge, wenn ich ihm erzähle, was passiert ist. Soll ich es ihm erzählen?“

„Wenn du dich strikt an die Wahrheit halten würdest“, erwidert Eva, „habe ich absolut nichts dagegen.“

Der Dialog zwischen Mutter und Tochter degeneriert wie jeder Abtausch zwischen Menschen, die einander allzu gut kennen, die wunden Punkte inklusive, und von denen einer definitiv am längeren Hebel sitzt. Also wird auch eine Menge schmutziger Wäsche gewaschen. „Es würde zu sehr ins Detail gehen, liebe Freunde“, sagt Eva zu den Unbekannten, „und wenn ich an euer Familienleben denke, muss euch das alles wie der helle Wahnsinn erscheinen. Oder etwa nicht?“

Stummes Nicken in der Runde, große Augen. Eine Kerze brennt, einer der Männer hat ein Funkgerät ans Ohr gepresst und flüstert dem Anführer gelegentlich eine Nachricht zu. Der bekundet wider Erwarten Verständnis für Evas Familienzwist. „Wir sind nicht so schrecklich anders", meint er. „Auch bei uns gibt es Familientragödien. Nur enden die selten im Hyatt Regency. Erzähl weiter, Mädchen."

Dort, im Hyatt Regency, klopfen mittlerweile Zimmernachbarn gegen die Wand und Eva, die Stimme heiser von ihrem Flehen um Verständnis, von ihrem Anschreien gegen die geballte Abschätzigkeit ihrer Mutter, legt auf und weiß in diesem Moment, dass sie nie mehr mit Birte Gunderson reden wird.

Was ein Irrtum ist. Natürlich.

Sie kehrt nicht zur Villa der Rahmanis zurück, sie nimmt nicht den nächsten Flug nach Europa. Natürlich nicht.

Sie ist zu einem Mädchen ohne Familie geworden, ohne Halt, ohne Zukunft. Ihre Stimmung, seit Anbeginn der Reise von einer gefährlichen Gleichgültigkeit geprägt, kippt ins nahezu Selbstmörderische. Doch bei Weitem zu intelligent, um aus dem Fenster des Hyatt Regency zu springen oder sich in der Badewanne die Pulsadern aufzuschneiden, kommt Eva zu dem Schluss, dass das Leben zu wertvoll und vor allem zu interessant ist, um es einfach wegzuwerfen. Wenn ihr am eigenen Leben nichts mehr liegt, kommt dies einem Freibrief gleich, sich in jedes beliebige Abenteuer zu stürzen, eine weit originellere Art von Selbstmord, und falls sie es überlebt, wird damit vielleicht ein neuer Sinn geboren. Es ist wie ein Pokerspiel. Je höher der Einsatz, umso höher der Gewinn.

„Du musst nicht weinen, Mädchen", sagt der Anführer. „Wir verstehen dich besser, als du glaubst. Du bist heimatlos, ohne Familie. Vielen von uns ist es ähnlich ergangen, freilich aus politischen Umständen heraus. Manche sind seit fünfzehn Jahren von ihren engsten Verwandten getrennt, die einen leben in den Flüchtlingslagern in Algerien, die anderen unter marokkanischer Kontrolle. Die Umstände bei dir sind anders, aber sie sind vergleichbar."

Dann erklärt er, dass sie einem Sahraui-Stamm angehören, dem die Gewährung von Asyl eine heilige Verpflichtung ist. Wenn Eva wolle, könne sie den Schutz des Stammes in Anspruch nehmen. Sie sei zwar keine Sahraui und die Gründe ihrer Flucht seien nicht politisch, doch sie befinde sich zweifelsohne in einer verzweifelten Lage. Dazu komme, dass die beiden Männer, die sie attackiert hatten, vermutlich von Rahmani bezahlt würden. Und wenn Rahmani tatsächlich so wohlhabend und einflussreich sei, wie Eva ihn beschreibe, dann brauche sie ein gutes Versteck. „Nur musst du schnell entscheiden, Mädchen. Wir müssen hier weg. Diese Straßenkeilerei hat wahrscheinlich unsere Tarnung auffliegen lassen."

Eva überlegt keine Sekunde und sagt: „Ich komme mit."

Der Anführer streckt seine Hand aus. „Willkommen in unserem Stamm. Mein Name ist Victor und ich erkläre mich persönlich für deinen Schutz verantwortlich."

Dann blickte der Sahraui seine Leute an und sagte: „Nichts wie weg aus Marrakesch.“

Noch in derselben Nacht preschten zwei Geländewagen auf Feldwegen davon, quer durch die Plantagen, die sich wie ein grüner Teppich rund um die Oase Marrakesch erstrecken, bis zu einem Dorf in den Bergen, wo die Gruppe einen ersten Halt einlegte.

Zwei Tage und zwei Nächte dauerte die Reise. Deren heikelster Part war die Rückkehr in die Zone 44. Nur zwei der elf Männer hatten die Militärzone mit offizieller Genehmigung verlassen, die anderen und Eva mussten sich durchschmuggeln.

„Warum der Überfall in der Medina?“, fragte Rita.

„Eine Inszenierung“, sagte Eva mit der Sicherheit, die langes Nachdenken verleiht. „Ganz offensichtlich eine Inszenierung, um mich zur Vernunft zu bringen. Der Angriff war eine Farce, ein dritter Mann stand bereit, um mich zu ‚retten‘. Sie gehörten alle zur selben Crew. Alles Rahmani.“ Vielleicht hatte er ein schlechtes Gewissen. Vielleicht hatte er Angst, ihre Mutter würde sich hinter sie stellen und Rahmani eins aufs Dach geben. Welch unbegründete Sorge!

„Wie hat Rahmani deine Spur aufgenommen, nachdem du mit Victor abgehauen bist?“, fragte Rita.

„Victor meint, Rahmanis Leute sind mit der Sûreté zum Bab al Bayda zurückgekehrt und haben rasch herausgefunden, dass sich dort ein Safehouse der Sahrauis befand. Und wo kann eine Gruppe von Sahrauis schon hin, wenn sie auffliegt? Zurück in die Sahara natürlich.“

Die Kommandanten der Militärzonen haben ein enges Netz geflochten. Eva kann sich vor ihm nicht verbergen. Das erfährt sie jedoch erst viel später. Vorläufig lebt sie mit Victor und dessen Familie glücklich in der *Cité*, während sich über ihr ein Gewitter zusammenbraut, angerührt im fernen Trondheim. Eines Tages erscheint ein Marokkaner und übergibt Victor ein Kuvert mit einer Nachricht für Eva. „Alles vergessen, kehre zurück, Gruß und Kuss von Mutter."

Es ist offensichtlich: Rahmani hatte der renitenten Norwegerin „verziehen" und von Sippenhaft abgesehen. Die Geschäfte der Gundersons sind von dem Eklat nicht berührt worden. Ebenso offensichtlich ist, dass Birte von Rahmanis Spionage wusste. Eva sendet einen Brief ab: „Ich habe eine Familie gefunden, ich bleibe. Es grüßt dich deine ehemalige Tochter."

Im selben Kuvert ein langer Brief an ihren Vater. Naiv von ihr. Sie hätte begreifen müssen, dass sie Birtes Mutterliebe oder dem, was davon übrig war, den Todesstoß versetzt. Die Rache lässt gerade so lange auf sich warten, wie der Brief benötigte, um nach Trondheim zu gelangen. Evas Vater bekommt das Schreiben natürlich nie zu sehen. Eva war mithin „verschwunden".

Rita nickte, alles ergab einen Sinn. In Tanger setzten sich die Herren Brenner und Rippenkroeger in Bewegung und in Rabat wurden Abdellah Yezaa und seine Leute mit dem Fall betraut. Als beide Teams die Ermittlungen ergebnislos abbrachen, war der Weg frei für das Schachmatt. Wieder erschien ein Marokkaner mit einem Kuvert. Diesmal war die Botschaft eine andere: „Bitte um dringende Aussprache in Marrakesch. Mutter."

Eine Reise, die anders verlief. Eine komfortable Geländelimousine, Klimaanlage, leises marokkanisches Gedudel aus der Hi-Fi-Anlage und höfliches Durchwinken bei den Straßensperren, wenn der Fahrer und einzige Begleiter seinen Ausweis aus dem Fenster streckte.

Dieser Fahrer und einzige Begleiter war ein merkwürdiger Geselle. Kein gewöhnlicher Chauffeur, kein Leibwächter, kein Polizist, er wirkte wie ein reicher Mann, der diesen Job als Hobby betrieb, durchaus ernsthaft, doch ohne jene Grundspannung, die sich bei existenzsichernden Tätigkeiten einstellt und die Eva als Tochter einer sehr reichen Familie früh zu orten gelernt hatte. Seinen Namen hat er nie genannt, und wenn sie es recht bedachte, hat er fast nichts gesprochen. Nur als er sie in der *Cité* abholte, unter den misstraurischen Blicken Victors und seiner Leute, empfahl er mit schönen Grüßen von Birte Gunderson, sie möge sich etwas Eleganteres anziehen, ihre Mutter erwarte sie in einem sehr teuren Hotel und würde sich vermutlich schämen, wenn sie in einer blauen Sahraui-Kluft auftauchte.

Eva kam diesem Wunsch ihrer Mutter nach, wie man dem Wunsch eines zum Tode Verurteilten nachkommt: bereitwillig, fröhlich fast, denn der wesentlich wichtigere Wunsch Mutters würde nicht in Erfüllung gehen. Sie würde betteln, sie würde flehen, doch Eva würde hart bleiben: keine Rückkehr, unter keinen Umständen. Die ganze Reise nach Marrakesch war durchwoben von Fantasien über das bevorstehende Treffen, während der dunkel gekleidete Mann am Steuer kein Wort sprach, nicht einmal, wenn er die Geländekarosse gelegentlich an den Straßenrand lenkte und vor Evas Augen urinierte, als ob sie nicht existierte. Später verstand sie, dass der Mann ein Eingeweihter war. Er wusste, dass Eva tatsächlich nicht mehr existierte.

Doch Eva ahnt von alldem nichts, als der namenlose Begleiter sie mit einem unergründlichen Lächeln am Portal des Mamounia abliefert und mit leiser Stimme sagt: „Zimmer 4044. Ich warte hier."

In ihrem Kopf ist alles, was sie ihrer Mutter sagen will, ausformuliert. „Ich habe zum ersten Mal eine Familie, arm wie die Nacht, in einem Kaff, für das sogar diese Bezeichnung noch beschönigend ist, in einem Klima, das dir an manchen Tagen die Eingeweide zum Kochen bringt. Statt dunkelgrüner Wälder und bunter Gärten nur ein paar stachelige Akazien, aber in diesem Moment erscheint mir der schäbigste Dornbusch schöner als der prachtvollste Schlossgarten. Ich habe Menschen entdeckt, die mich lieben, ohne das Geringste dafür zu verlangen. Ich habe Menschen entdeckt, die mich nicht verurteilen, obwohl ich ihnen vollkommen fremd bin. Ich habe ein Leben entdeckt, in dem die Zeit nicht in Stücke zerhackt wird, und ein Glück, das in den einfachen Dingen liegt. Was habt ihr *dagegen* zu bieten?"

Eva bewegt sich durch das luxuriöse Hotel wie eine Schauspielerin zur Bühne, zum Auftritt ihres Lebens. Der zur Schau gestellte Reichtum, das eilfertige Personal, die Gänge, das Geflüster, die schweren Türen, alles erscheint ihr lächerlich, und jene, die es bewohnen, tun ihr leid. Die *Cité*, sagt sich Eva, ist tausendmal wertvoller, tausendmal luxuriöser, was ich dort gefunden habe, kann sich keiner von denen kaufen.

Also liegt ein Lächeln auf ihrem Mund, zwischen Glückseligkeit und Trotz, als sie an die Tür des Zimmers 4044 klopft. Dass ihr Auftritt vollkommen anders ablaufen wird als erwartet, wird ihr bereits klar, als sich die Tür öffnet. Evas Grübeln darüber, wie sie ihre Mutter begrüßen soll – Kuss gewähren oder verweigern? Was tun, wenn sie umarmt wird? –, stellt sich als Zeitverschwendung heraus. Birte Gunderson, gekleidet in einen pechschwarzen Hosenanzug von strenger Eleganz, blickt sie nur kurz an, schließt die Tür hinter Eva und weist wortlos auf einen Stuhl.

Das Mädchen lässt sich auf dem Stuhl nieder und fühlt einen Kloß in ihrer Kehle, der sie fast am Atmen hindert. Da ist keine Mutterliebe mehr, die sie zurückweisen kann, mit der sie spielen und Druck ausüben kann. Die Situation hat sich ins Gegenteil verkehrt, eine Konstante hat sich unerwartet als Variable entpuppt und ein Gedankengebäude bricht zusammen. An seine Stelle treten Ratlosigkeit und Angst. Auf dem Tisch zwischen ihr und jenem Sessel, auf dem nun Birte Gunderson Platz nimmt und eine Zigarette anzündet, liegt wie hingeworfen ein Blatt Papier. Evas Brief. *Ich habe eine Familie gefunden, ich bleibe. Es grüßt dich deine ehemalige Tochter.*

Minutenlang sprechen beide kein Wort. Birte Gunderson raucht ihre Zigarette, auch ihre Ruhe ist gespielt, doch in ihrer Nervosität spiegeln sich keine

Zweifel wider, eher die Größe des Augenblicks und das Monströse dessen, was zu sagen sie sich vorgenommen hat. Immerhin sitzt da eine junge Frau, die sie neun Monate lang in ihrem Leib getragen hat. Dort sitzt die Frau, *der sie das Leben geschenkt hat.* Gab es ein wertvolleres Geschenk?

Nun spürt Eva die Wut in Birtes Gesten, das Ziehen an der Zigarette wird energischer, das Ausblasen lauter, am Ende drückt die norwegische Millionärin die Zigarette in einem reich verzierten Aschenbecher aus und sagt mit brüchiger Stimme, doch ohne sich zu räuspern: „Ich bin nicht hergekommen, um dich anzubetteln. Ich bin keine Bettlerin, Eva, bin nie eine gewesen. Hast du jemals darüber nachgedacht? Du hättest es tun sollen.“

Birtes Kopf ist hochrot angelaufen, doch sie sammelt sich und fährt in der Art einer Buchhalterin fort: „Ich war immer der Ansicht, dass jeder Mensch das Recht hat, nach seiner Art glücklich zu werden, vorausgesetzt, er ist in gleichem Maße dazu bereit, die Konsequenzen seines Tuns zu tragen. Du warst zeit deines Lebens eine Expertin in der Kunst, dich im Sinne des ersten Teils meines Satzes zu verwirklichen. Was den zweiten Teil betrifft – Verantwortung, Konsequenz –, nun ja, wir hatten zahlreiche Diskussionen darüber und konnten uns nie wirklich einigen. Dein letzter Brief allerdings hat die Dinge klargestellt. Ihm entnehme ich, dass du endlich beschlossen hast, die Konsequenzen deines Tuns in vollem Umfang zu tragen. Oder uns davon zu entlasten. Inwieweit deine neue Familie mit deiner Lebenseinstellung zurechtkommt, interessiert mich nicht. Jedenfalls nicht, solange es nicht mehr *wir* sind, die deine Verücktheiten ausbaden müssen."

Eva ist die Kehle ausgetrocknet. In ihrem Magen hat sich ein tonnenschwerer Mühlstein festgesetzt. Sie hat augenblicklich begriffen, dass sie ihre eigene Mutter falsch eingeschätzt hat.

All die unterwegs vorbereiteten Erklärungen, Rechtfertigungen und Vorwürfe sind wie fortgeblasen. In ihrer Verwirrung bringt Eva nur einen Satz heraus: „Wie geht es Vater?"

Zum ersten Mal verziehen sich Birte Gundersons Lippen zu einem Lächeln. „Ich nehme an, du beziehst dich auf deinen biologischen Vater, da du nun ja einen Adoptivvater irgendwo in der Wüste hast." Sie begleitet die Worte „irgendwo in der Wüste" mit einem abschätzigen Handwedeln Richtung Fenster. „Deinem biologischen Vater geht es schlecht. Ich habe ihm selbstverständlich nichts von deiner Entscheidung gesagt. Es würde ihn vernichten."

„Du hast ihm meinen Brief nicht gegeben?"

Birte Gunderson zuckte die Achseln, noch immer dieses merkwürdige Lächeln auf den Lippen. Ihr Blick sagte: Was erwartest du von mir?

„Damit kommst du auf Dauer nicht durch", sagte Eva. „Niemand kann mir verbieten, mit meinem Vater Kontakt aufzunehmen. Ich könnte jetzt zum nächsten Telefon gehen und ihn anrufen. Wahrscheinlich werde ich das tun."

Eva hält den Atem an, denn ihre Mutter wirkt nicht im Mindesten beunruhigt. Eva spürt, dass das Wichtigste noch nicht gesagt ist. Etwas Unfassbares lauert im Hintergrund, anders lässt sich Birte Gundersons

Verhalten nicht erklären. Die wirkt nun vollkommen ruhig, wenngleich konzentriert, selbstbewusst und kalt wie ein Geschütz, das sich ohne jede Eile auf Eva richtet. Das Mädchen spürt, dass es in eine ausweglose Situation geraten ist, dass nicht einmal Weglaufen eine Lösung darstellt. Wie gefesselt sitzt Eva auf dem Luxussessel im Luxuszimmer des Luxushotels und verfolgt gebannt jeden Atemzug, jede Regung dieser Frau, die ihre Mutter war.

„Wie oft bin ich mir wie der letzte Trottel vorgekommen, wenn es darum ging, hinter dir die Trümmer wegzuräumen. Wir oft hast du mich vor den Augen deines Vaters gedemütigt. Oder schlimmer noch: vor den Augen des Personals. Wie oft hast du meine Sorge um deinen Lebenswandel vor aller Augen zur Besessenheit einer dummen alten Frau erklärt. Wie oft bist du zu Leif gerannt und hast seine Schwächen gegen mich ausgespielt. Ja, *Spielen* ist wohl das richtige Wort." Birte sieht nun zufrieden aus, voller Genugtuung darüber, das richtige Wort gefunden zu haben, und ihre Augenbrauen gehen in die Höhe. „Ein Spiel war es, das du mit uns getrieben hast. Doch wie jedes Spiel geht auch dieses zu Ende. Ich dachte eigentlich, es würde wie in normalen Familien zu Ende gehen: Das Kind verlässt das Elternhaus und baut sich eine eigene Existenz auf."

„Wie Rob", stichelt Eva.

„Diese dumme Eifersucht", sagt Birte und schüttelt den Kopf. „Ewig diese dumme Eifersucht. Ewig dasselbe Argument: Rob wird bevorzugt, du erlaubst Rob mehr, als du mir erlaubst, von Rob verlangst du dieses oder das nicht. Kommst du dir nicht jämmerlich vor?

Seit wann bin ich dir Rechenschaft darüber schuldig, wie ich deinen Bruder behandle? Und wo steht geschrieben, dass ich beide Kinder exakt gleich behandeln soll? Ihr seid Individuen, und ich habe auf euch stets individuell reagiert. Wollt ihr nicht alle wie etwas Besonderes behandelt werden? Und dann soll ich euch alle wieder in einen Topf schmeißen, je nachdem, was Vorteile bringt? Das ist lächerlich. Rob hat im Unterschied zu dir eine Richtung eingeschlagen, und wenn er auch manchmal stolpert, marschiert er doch zielstrebig voran. Wir unterstützen ihn natürlich, so, wie wir auch dich in allem unterstützt haben, bis die erstaunliche Mitteilung kam, dass du endlich eine Familie gefunden hast. Das eine wollte ich dir noch sagen: Von allen Unverschämtheiten in deinem Leben ..." Nun verliert Birte doch die Selbstbeherrschung, sie ringt mit großen Augen nach Atem und fasst sich an die Brust. „Du hast keine Ahnung, wie sich so etwas für Eltern anfühlt, die sich jahrein, jahraus um ihre Kinder gesorgt haben, die Opfer gebracht haben, die Freud und Leid mit ihren Kindern empfunden haben. Ein Faustschlag ins Gesicht ist das, ein Messerstich direkt ins Herz. Wenn ich in deinem Brief nur den Versuch einer Erklärung gefunden hätte, als ein letztes minimales Zeichen des Respekts, hätte ich mir meine Schritte noch einmal überlegt. Aber du hast mir keine Wahl gelassen."

„In meinem Brief an Vater ..."

„Ich habe ihn selbstverständlich nicht gelesen, so wie ich niemals – entgegen deiner häufigen und zum Teil öffentlichen Beschuldigungen – deine Briefe an Vater gelesen habe, es sei denn, er bat mich, sie ihm vorzulesen. Leif befindet sich in einer Krise, aus der er vermutlich nie wieder herausfinden wird. Er hat jeden Lebensmut verloren. Er sitzt in seinem Zimmer und spricht den ganzen Tag kein Wort. Ich werde nichts tun, was seine Gesundheit riskiert. Verstehst du? Nichts!"

Eva spürt, wie ihr Tränen in die Augen quellen.

„Ja, weine jetzt, das tut gut. Mach dir weiter vor, eine gute und liebende Tochter zu sein, obwohl wir das Gegenteil mittlerweile sogar schriftlich vorliegen haben." Birte weist auf das Blatt Papier auf dem Tisch.

„Wenn ich eifersüchtig auf Rob war, was bist dann du?", schluchzt Eva. „Jede Gelegenheit hast du genutzt, um mich von Vater zu trennen. Um die halbe Welt hast du mich geschickt, unter dem Vorwand, ich sollte was lernen und mich vergnügen!"

„Was soll mich noch überraschen, Eva? Dass du meine Bemühungen um deine Zukunft ins Gegenteil verkehrst, dass du ein Privileg, wie es nur wenige genießen, in deiner krankhaften Fantasie zu einem Käfig umbaust, dass du die Millionen und Abermillionen Kronen, die wir für dich ausgegeben haben, mit einer zornigen Handbewegung vom Tisch fegst, als wäre das alles Dreck – mich verblüfft absolut nichts mehr! Wenn du jetzt eine Pistole aus deinem Rock hervorholen und sie auf mich richten würdest, ich schwöre dir, du würdest nur ein müdes Seufzen von mir hören und vielleicht noch die Worte: ‚Auch das noch.' Aber eine Überraschung? Kind, du bist ein Weltrekord!"

„Das war wohl auch ein Weltrekord, als ich mit vierzehn Jahren ins Ausland geschickt wurde, angeblich für einen Sommer, und dann bis zu meinem siebzehnten Geburtstag ganze zehn Wochen in Trondheim verbrachte."

„Zehn waren das?" Birte klingt amüsiert.

„Ich habe sie gezählt! Kannst du dich daran erinnern, wie ich dich angefleht habe, mich nach Hause kommen zu lassen? Und wenn ich nach Hause kam, fand ich schon das nächste Flugticket in meinem Zimmer, jedes Mal mit einer anderen Ausrede. Du wolltest mich weg haben, von Anfang an!"

„Von Anfang an? Nein. Und kannst du dich daran erinnern, wie oft wir dich besucht haben, ganz egal, wo du warst?"

Evas Tränen trocknen auf ihren Wangen, eine merkwürdige Ruhe breitet sich in ihr aus. Die Dinge werden klarer und sie hört sich sagen: „Der längste dieser Besuche dauerte drei Tage. Der kürzeste eine halbe Stunde. Es war in der Schweiz. Ich habe zwei Monate lang jede Nacht geheult. Warum hast du mich von meinem Vater ferngehalten? Du warst eifersüchtig, gib es zu. Du bist eifersüchtig bis zum heutigen Tag. Krank vor Eifersucht."

„Eigentlich", sagt Birte, zündet sich mit großer Geste eine Zigarette an und bläst die Luft nach oben, „hatte ich mir vorgenommen, dir bestimmte Einzelheiten unseres Familienlebens zu ersparen. Doch ich sehe, dass du mich zu einer schmerzhaften Klarstellung zwingst. Deine Arithmetik ist unbestechlich, du hast in der Tat wenig Zeit in unserem Haus verbracht. Vielleicht ist dir auch aufgefallen, dass Vaters und meine Besuche selten eine Übernachtung beinhalteten. Es tut mir leid, Kind, aber das hatte einen guten Grund. Wir alle sind schwach, ich nehme mich selbst nicht aus, und auch Männer haben Schwächen und Instinkte, die sie nur sehr schwer unter Kontrolle halten können. Dafür habe ich bis zu einem gewissen Grad Verständnis. Dein Vater – ich meine deinen biologischen Vater – stammt aus einem Elternhaus mit strenger katholischer Erziehung und höchst problematischer Sexualmoral. Das hat ihn beschädigt und anfällig gemacht. Ich kürze die Geschichte ab und erspare dir die Anekdoten, die er selbst mir erzählt hat. Kommen wir direkt zum Punkt: Dein biologischer Vater entwickelte in der Zeit deiner Pubertät ein sexuelles Verlangen nach dir, etwas absolut Normales übrigens und ein riesiges Tabu natürlich. Dieses Verlangen hätte kein Problem dargestellt, hättest du auf meinen Einfluss positiv reagiert und dein verdammtes Kokettieren, das dich überall in Schwierigkeiten bringt, ein wenig eingeschränkt."

„Das kann ich nicht glauben", bringt Eva kraftlos hervor. „Du ziehst auch die Liebe meines Vaters in den Dreck. Dir ist nichts heilig. Hast *du* vielleicht eine Pistole? Ich würde mich gerne erschießen, um dieser absurden Unterhaltung ein würdiges Ende zu bereiten. Du hast keine? Wir könnten eine bestellen, beim Zimmerservice, in so einem tollen Hotel haben sie bestimmt *alles.*"

„Die Wahrheit tut weh, Eva. Wusstest du, dass früher auf Kreta Mädchen von ihrer Geschlechtsreife an dem Vater jahrelang nicht unter die Augen treten durften?"

„Komm mir nicht mit Geschichten aus der Steinzeit. Du bist wahnsinnig, Mutter. Vollkommen wahnsinnig."

„Nenn mich nicht Mutter. Dieses Kapitel haben wir *auf deinen Wunsch hin* abgeschlossen. Und was die Steinzeit betrifft: Wir haben heute weniger Haare am Körper und sind besser organisiert, doch ansonsten haben wir uns ja nicht so stark verändert."

„Bestimmte Menschen gar nicht."

„Dein altes Problem: Du lässt dich von objektiven Argumenten nicht beeindrucken und ziehst dich heulend in dein Märchenschloss zurück. Wie eine zehnjährige Göre. Die Wüste wird dir guttun."

„Wirst du mir jetzt verbieten, nach Trondheim zurückzukehren?"

„Wir wollen nicht kindisch sein, Eva. Lass uns ein einziges Mal wie zwei Erwachsene miteinander sprechen."

„Du hast mich nie wie eine Erwachsene behandelt."

„Weil du nie eine warst. Das einzig Erwachsene an dir sind deine Titten und dein Hintern. Aber damit kommt man ja auch weiter, wenn man die entsprechende Einstellung hat."

„Im Haus deines Freundes Rahmani wäre ich damit sehr weit gekommen, Danke für die Erinnerung."

„Werd nicht wieder hysterisch, ich habe genug von deinem Geheule."

„Ich bin ganz ruhig. Ich höre mir den größten Schwachsinn, der mir in meinem Leben untergekommen ist, mit vollkommener Ruhe an. Werd los, was du sagen willst, mir wird langsam schlecht, ich will an die frische Luft."

„Davon wirst du jede Menge haben, Eva. Ich habe dich hierherbestellt, um dir mitzuteilen, dass Eva Gunderson nicht mehr existiert."

„Interessant. Ist der Mann im Geländewagen draußen ein Auftragskiller? Bringt er mich nachher zu
einem Steinbruch?“

„Eva, dein Gewäsch tut mir weh. Du solltest wissen,
dass unsere Familie bei allen Problemen noch immer
Stil bewiesen hat. Der Mann im Geländewagen draußen ist ein guter Freund, der dich nach deinem Theater in Rabat nicht aus den Augen verloren hat.
Rahmani hat sich um dich gesorgt und wollte verhindern, dass dir etwas zustößt. Unser guter Freund hat
dabei einige Entdeckungen gemacht, die es mir erlauben, auf deinen Brief so zu antworten, wie ich es für
richtig halte. Machen wir es kurz, kleine Eva: Du wirst
bis an dein Lebensende in der *Cité* bleiben. Du wirst
bis an dein Lebensende bei deiner neuen Familie bleiben. Deinen norwegischen Pass wirst du unserem
Freund im Geländewagen aushändigen, wenn er dich
zurück in die Wüste bringt. Und denk dir schon mal
einen neuen Namen aus. Passenderweise einen marokkanischen.“

Eva blieb der Mund offen stehen, dann kroch ihr ein
fiebriger Lachkrampf den Hals hinauf. „Das ist verrückt. Du spinnst.“

„Wir haben ein Arrangement mit dem Kommandanten der Region. Ich habe, wie du weißt, trotz deines
Verhaltens in Rabat noch immer sehr gute Beziehungen in Marokko. Hier lässt sich eine Menge auf eine
Art erledigen, die in Norwegen undenkbar wäre. Im
Wesentlichen ist alles eine Frage des Vertrauens und
natürlich auch des Geldes. Hier kann ich dich endlich
dazu zwingen, die Folgen deiner eigenen Worte zu

tragen. Frische Luft, Eva, ist dir bis an dein Lebensende garantiert."

„Wie willst du mich zwingen?"

„Unser Freund kennt Victor und seine Machenschaften. Solltest du einen Versuch unternehmen, die Wüste zu verlassen und nach Norwegen zurückzukehren, oder solltest du auf die tollkühne Idee kommen, dich an die norwegische Botschaft zu wenden oder irgendjemandem von unserer Abmachung zu erzählen, wird unser Freund dafür sorgen, dass deine neue Familie bis ans Ende ihrer Tage in einem Loch ohne Fenster schmachtet."

Eva bringt kein Wort mehr hervor. Sie starrt auf ihre Mutter, die elegant ihre Zigarette in die Höhe hält, bis sich ihr Blick an einem Gemälde an der Wand hinter der Millionärin festfrisst, auf dem eine Karawane bei der Wüstendurchquerung zu sehen ist. Das Gesicht der Mutter verschwimmt und immer deutlicher treten die Umrisse der Kamele und Menschen hervor. Birtes Worte kommen plötzlich von weit her.

„Das Schöne ist: Deine neue Familie liefert uns den idealen Angelpunkt für unser Arrangement, weil sie bis zum Hals in streng verbotene Kontakte mit der Polisario verwickelt ist. Rahmani weiß über sie Bescheid. Und als guter Geschäftsmann setzt er sein Wissen in Geld um."

„Rahmani ist ein Schwein. Warum heiratest du nicht dieses Schwein, ihr wärt ein echtes Traumpaar."

Nun läuft Birte rot an, atmet ein paarmal tief durch, den starren Blick auf ihre Tochter gerichtet. Dann sagt sie: „Du weißt ja, Eva, wenn es um die Sahara geht, kennen die Marokkaner keine halben Sachen. Deine

Familie würde komplett von der Bildfläche verschwinden, vom Greis bis zum Säugling. Das wollen wir tunlichst vermeiden. Es liegt alles an dir. Sei brav, Kind, dann wird niemandem etwas zustoßen."

„Irgendwie habe ich das Gefühl, ich sehe einen Horrorfilm und plötzlich taucht meine eigene Mutter in der Hauptrolle auf."

„In diesem Horrorfilm spielst du die Hauptrolle, Eva. Der Vergleich ist übrigens gut. Glaube nicht, dass mir mein Handeln leichtfällt. Aber wenn es um die Integrität meiner Familie und die Gesundheit meines Gatten geht, werde ich zur Löwin."

„Zur Mörderin."

„Tobe dich noch ein wenig aus, Eva. Los, beleidige mich noch einmal, schöpfe aus dem Vollen. Mit jedem deiner Worte räumst du meine letzten Zweifel aus."

„Ich glaube, du bluffst. Das kann alles nicht dein Ernst sein."

„Versuche es. Geh zu einem Telefon und ruf deinen biologischen Vater an. Von hier, wenn du willst. Hier steht ein Telefon. Ich werde dich nicht daran hindern. Danach mache ich meinen Telefonanruf und dein Clan wandert noch heute in eines dieser marokkanischen Spezialgefängnisse. Wir könnten auch eine kleine Tour organisieren, solltest du Zweifel hegen. Willst du das Gefängnis sehen? Unser Freund würde es dir zeigen. Alles kein Problem."

„Und wenn sich in einem Jahr die politische Lage ändert? Was dann, Birte Gunderson? Dann taucht eine blonde Frau aus der Wüste auf und hat eine unglaubliche Geschichte zu erzählen."

„Unglaublich ist das richtige Wort, mein Kind. Niemand würde dir glauben. Und rede dir nicht ein, mit den politischen Verhältnissen würden sich auch die Machtverhältnisse ändern. Das war schon immer so eine Theorie von weltfernen, linken Träumern, die das weltweite Heil abwechselnd in Molotowcocktails und in Gewaltfreiheit suchen. Die Verhältnisse ändern sich an der Oberfläche, die Substanz bleibt dieselbe. Ich habe volles Vertrauen in dieses Königreich und in meine Geschäftspartner, die im Übrigen trotz gelegentlich kritischen Gefasels die volle Unterstützung der westlichen Regierungen genießen. Und ich habe Vertrauen in deine Intelligenz, obwohl du diese bisher immer missbraucht hast. Du wirst nirgendwo eine Tür mit der Aufschrift ‚Exit‘ finden. Das Arrangement ist perfekt und eine Menge Geld sorgt dafür, dass es so bleibt. Du verschwindest spurlos während deiner Reise durch Marokko. Privatdetektive und die marokkanische Polizei haben nach dir gesucht, und sie haben dich nicht gefunden. Der ist Fall abgeschlossen. Eva Gunderson existiert nicht mehr. Sie hat sich auf eigenen Wunsch in ein staubiges Sahrauimädchen verwandelt. Und denk daran: Ich erfülle dir nur deinen eigenen sehnsüchtigen Wunsch. Ich danke Gott, dass ich die Macht habe, auf deinen Brief so zu reagieren, wie ich es für gerecht halte. Gleichzeitig bezweifle ich, dass es viele Eltern gibt, die von ihrer Tochter jemals in diesem Ausmaß beleidigt und herabgewürdigt wurden. Ich hoffe, deine neue Familie bringt dir Manieren bei. Respekt vor den Eltern zum Beispiel. Ich hoffe, sie machen einen besseren Job als Leif und ich.“

„Das dürfte ihnen leichtfallen.“

Birte breitet ihre Arme aus. „Diskussion beendet? Alles geklärt?“

Eva antwortet nicht.

„Du kannst gehen, Eva. Oder hast du noch Fragen? Bitte, wenn du noch mal ein wenig deine Tränentaktik ausspielen willst ...“

Eva schüttelt den Kopf. „Das war nie eine Taktik“, schluchzt sie. „Ich funktioniere nicht so wie du.“

„Wenn du nur halb so anständig wärst wie hübsch ...“

„Ich kann nichts dafür, dass ich hübsch bin. Ich kann nichts dafür, dass ich geboren wurde. Trotzdem bitte ich dich um Verzeihung für beides. Du bist eine arme Frau, Mutter. Eine bettelarme Frau.“

„Wie du meinst. Könntest du jetzt gehen? Ich habe noch etwas vor heute.“

Blind vor Tränen erhebt sich Eva und wankt zur Tür, wischt sich mit dem Ärmel Rotz und Wasser aus dem Gesicht, wendet sich ein letztes Mal um. „Hast du ein Taschentuch?“

„Kauf dir eines, Eva. Werd *endlich* erwachsen.“

Der namenlose Begleiter absolvierte die Strecke mit der immer selben Fröhlichkeit eines Mannes, der seine Arbeit zum Hobby gemacht hat, der nur tut, was er gerne tut, der mit sich selbst und seinem Wirken im Einklang lebt. Ein glücklicher Mensch. Es gibt so viele Arten, glücklich zu werden, dachte Eva. Und kaum eine, die ihr pathetischer erschien als die ihres Begleiters. Eva ignorierte die höflich geöffnete Tür und setzte sich auf den Rücksitz. Sie weinte während der ganzen Fahrt, und der namenlose Begleiter stellte das

Radio lauter und öffnete das Fenster, machte mit kleinen Gesten klar, dass ihn an der Situation einzig der Lärm störte, den Eva machte. Bei den Straßensperren befahl er Eva, sich zu beherrschen, und sie gehorchte widerspruchslos. Spät nachts in der *Cité* stieg sie aus und marschierte grußlos davon, direkt zum Zelt von Victor, der, geweckt vom Fahrzeuglärm, mit fragender Miene davorstand. Eva wollte in dieser Nacht nur umarmt werden und keine Antworten geben. Erst am nächsten Tag erklärte sie: „Meine Familie hat mich verstoßen. Für immer.“

Victor dachte eine Weile über das Gehörte nach und zuckte dann die Achseln. Er wusste nicht recht, was er darauf sagen sollte, also sagte er nur: „*Welcome.*“

Rita blickte durch den Zelteingang hinaus. „Es ist dunkel geworden. Ich muss bald zurückkehren.“

„Bevor du gehst“, sagte Eva, „erzähle mir, wie du mich gefunden hast.“

„Das ist schnell erzählt. Als ich deine Mutter besuchte, ließ sie mich in einem Zimmer voller Familienfotos warten. Dort hatte ich eine Art Eingebung, gleich zu Beginn, noch bevor ich Birte Gunderson kennenlernte.“

Eva nickte. „Das Daumenzimmer. Wir nennen es so, weil sich Bugge einmal fürchterlich den Daumen verletzt hat, als er einen Nagel einschlug. Mutter lässt in dem Zimmer Verkäufer, Lieferanten und weniger wichtige Gäste warten.“ Eva machte eine verlegene Geste. „Verzeih, aber das ist die Wahrheit. In Familien wie der unseren war es immer eine wichtige Sache, welche Gäste wichtig sind.“

„Ich habe kein Problem damit. In gewissem Sinne
bin ich ja ein Lieferant der Familie Gunderson. Und
ich hatte dank meiner Unwichtigkeit Zeit, die Fotos
eingehend zu betrachten. Ein Glücksfall. Die Bilder
haben mir den Weg gewiesen.“

„Wie konnten sie das tun?“

„Die Fotos haben mir verraten, dass es in eurer Familie ein Problem gibt. Fast hundert Fotos habe ich gezählt, eine ganze Wand voll. Auf den meisten sind
beide Eltern mit einem oder beiden Kindern zu sehen.
Auf keinem einzigen berührt dich deine Mutter. Auf
jedem berührst du deinen Vater. Und wenn man lange
genug hinsieht, beginnen auch die Gesichter zu sprechen. Es ist schwer, sich hundertmal für ein Foto zu
verstellen. Vor allem die Schnappschüsse sind verrä-
terisch. Niemand hatte Zeit, sich vorzubereiten und
nur die Gefühle zu zeigen, die für die Öffentlichkeit
bestimmt waren.“

Eva blickte sie lange an, dann sagte sie, als sei das
eine überraschende Erkenntnis: „Du bist eine gute
Detektivin.“

„Ich kann nicht viel, Eva, aber darin bin ich gut. Und
die Fotos waren nur ein erster Hinweis. Da waren
auch die unvollständigen Kopien von Julias Tagebüchern. Man musste sie nur mehrmals durchlesen und
dabei ein wenig nachdenken, dann zeigten sich Lücken so groß wie Scheunentore. Ich machte also eine
Rechnung auf: Mutter hasst Tochter, Tochter liebt
Vater, Tochter verschwindet, Vater wird neutralisiert,
Mutter kontrolliert die Ermittlungen und verschweigt
ein wichtiges Problem der Familie. Zensierte Tagebücher, ein zweifelhafter Geschäftsfreund der Familie,

eine Krise, dein Verschwinden und ein merkwürdiger Besuch der Birte Gunderson in Marrakesch. Mein einziges Problem war, dass ich meine Schlussfolgerungen von Anfang an für verrückt hielt. Und mein größtes Problem war bis heute, dass ich keine Ahnung hatte, was tatsächlich vorgefallen war, ja nicht einmal eine Theorie. Ich hatte das Verbrechen, ich hatte das Motiv, ich ahnte mit der Zeit, wo ich dich finden würde, aber ich konnte zwischen all dem keine logische Verbindung herstellen.“

„Die Verbindung ist kerzengerade und von unbarmherziger Logik. Und du erinnerst dich an dein Versprechen. Ich liebe die Menschen hier und fühle mich wohl unter ihnen. Mein Hiersein ist nicht wirklich ein Opfer.“

„Dein Hiersein bestimmt nicht. Eher dein Hierseinmüssen.“

„Was ihnen droht, wenn die Sache ans Licht kommt, ist weitaus schlimmer. Es tut mir leid, Detektivin, das muss sehr frustrierend für dich sein. Du bist weit gereist und hast keine Mühen gescheut. Und nun sitzt du in diesem Beduinenzelt mitten in der Wüste, ringsum wimmelt es von marokkanischen Soldaten, der Rückweg führt quer durch ein Minenfeld und du weißt endlich über alles Bescheid. Nur kannst du absolut nichts ausrichten. Wie wirst du das aushalten?“

„Vermutlich gar nicht. Aber wer sagt, dass man alles aushalten muss?“

„Wirst du dein Versprechen halten?“

„Solange es keine andere Lösung gibt – natürlich.“

„Es gibt keine andere Lösung. Gute Heimreise, Detektivin.“

28.

Elena und Hans Kleefman lebten in einem Reihenhaus am Rande eines außerstädtischen Wohndorfes. Unlängst hatte Rita erkannt, dass ihre Eltern grundsätzlich am Rande von allem lebten. Die Reihenhaussiedlung lag am Rande des Wohndorfes und das Reihenhaus lag am Rande der Reihenhaussiedlung. Als Elena und Hans noch gelegentlich Konzerte besuchten, wählten sie stets Sitzplätze am Rand. Wenn sie eingeladen waren, saßen sie immer ein wenig abseits, und wenn Hans eine Zeitschrift las, füllte er die Seiten mit Randnotizen. Auf dem Parkplatz, vor der Supermarktkasse, immer schlichen Elena und Hans am Rand herum, als hätten sie Angst, erkannt und beachtet zu werden. Dabei führten sie ein reges Sozialleben und pflegten Freundschaften, doch waren deren Protagonisten, die Rita bei seltenen Gelegenheiten kennenlernte, Randfiguren. Und wenn sie es recht bedachte: War sie nicht selbst eine?

Rita hatte jahrelang allergisch auf Mutters Verkuppelungswahn und Vaters Gefühlsleere reagiert, doch schliffen sich die Kanten ab. Als sie aus Algerien zurückkehrte und sich der spöttischen Dankbarkeit des Mittelmaßes ausgesetzt sah, weil sie niemanden mit einem Erfolg beleidigt hatte, spürte sie zum ersten Mal seit langer Zeit ein echtes Bedürfnis, ihre Eltern zu besuchen.

Die hatten sich mittlerweile damit abgefunden, dass Rita aus reinem Pflichtgefühl hin und wieder an die Tür des Reihenhauses klopfte, und waren somit auf ihren Enthusiasmus nicht gefasst. Vater reagierte misstrauisch (brauchte Rita vielleicht Geld?), während Mutter in die Konversation ständig Türen einbaute, damit sich die Tochter verabschieden konnte, wann immer sie wollte – zu oft hatte diese spüren lassen, dass sie lieber woanders wäre, zu oft war ein bitterer Nachgeschmack geblieben, wenn Rita das Haus verlassen hatte.

Rita fragte sich dann auch, ob sie ihre Mutter erst mit Birte Gunderson vergleichen musste, um zu der Erkenntnis zu gelangen, dass Elena Kleefman bei allem Mangel an Intellekt und bei allen Fettnäpfchen, in die sie mit großer Zielsicherheit trat, eine gute Mutter war und eher unfähig als unwillig.

Gleich zu Beginn ihres Besuches – Vater sah ein Fußballspiel im Fernsehen und ließ eine Viertelstunde lang verlauten, er komme gleich – kramte Mutter ein Paket hervor. „Ein Geschenk, sagte sie. „Damit du nicht frierst."

Rita beschloss, nichts über ihre Reisen nach Marokko und Algerien zu erzählen, und bestaunte nach dem Auspacken einen knallgelben Skianorak. Weder fuhr sie Ski noch bevorzugte sie knallbunte Kleidung – eine Randfigur kleidet sich stets in unauffälligen Farben –, doch Rita sah in dem sinnlosen Geschenk kein Ärgernis, sondern eine hilflose Geste der Zuneigung. Mutter wurde von ihrer Umarmung vollkommen überrascht, und Vater fand nichts Komisches, aber auch nichts Anstößiges dabei, als Rita sich mit übergezogenem Anorak neben ihn auf das Fernsehsofa setzte und fragte, ob noch Knabberstangen übrig seien.

Als Rita zwei Tage später erfuhr, dass sie nach Norwegen reisen sollte, dachte sie: Mütter ahnen so etwas vielleicht, daher der Anorak. Dass Mutters Vorahnung nicht weit genug ging, ahnte wiederum Rita nicht.

Ein Autobus, eine Überlandstraße an endlosen Wäldern entlang, Tankstellen mit Blockhütten voller Souvenirs und Sandwiches. Und dieses Grün: Norwegische Wiesen und Tannen im Herbst, viel grüner konnte ein Grün kaum noch sein. Das letzte Mal war ihr das nicht aufgefallen, doch auf dieser Reise trank sie das Grün mit all ihren Sinnen und spülte das trockene Braungelb der Wüste aus ihrem Kopf.

Der Bus war mit einem Dutzend Passagieren besetzt und brummte ruhig seinem Ziel entgegen. Nach Marokko und Algerien schien das Leben hier unaufregend und steril. Jeder Fußgänger hatte ein klares Ziel, jedes Fahrzeug trug seine Inspektionsplakette, alle Nahrung war amöbenfrei in Plastik verpackt, und wenn die Leute sprachen, taten sie es lediglich in der unbedingt notwendigen Lautstärke, manchmal sogar darunter.

Dieses Mal würde niemand Rita vorwerfen, den Bus statt das Flugzeug nach Trondheim genommen zu haben, denn es herrschte keine Eile mehr. Und Safee musste sparen: Der Fall Eva Gunderson war abgeschlossen, in ihrer Tasche hatte Rita Kleefman einen bankbestätigten Scheck über zwei Millionen Dollar (abzüglich Ermittlungsspesen), ausgestellt auf Leif Gunderson. Das vertraglich festgelegte Jahr war vergangen, Eva war versicherungstechnisch betrachtet tot.

Hanno de Mey hatte bei ihrer Rückkehr aus Algerien genussvoll getobt. Die Genugtuung über Ritas Fehlschlag sprühte ihm aus den Augen, und als er merkte, dass sein Theater vollkommen wirkungslos an der Detektivin abperlte, dass sie nicht einmal deprimiert zu sein schien, nicht demütig den Kopf senkte, nicht mit leiser Stimme um einen Besen bat, um ab sofort das Büro zu kehren, statt komplizierte Fälle zu bearbeiten, unternahm er eine ehrliche Anstrengung, sie weichzuklopfen. Erste und vorhersehbare Maßnahme: Rita wurde zur Archiv-Assistentin „umpositioniert", im Klartext: degradiert. Zweite Maßnahme und schon origineller: Hanno bestimmte, dass die Versicherungssumme den Gundersons nicht überwiesen, sondern persönlich per Scheck überbracht werden sollte. „Das ist ein wichtiger symbolischer Akt, mit dem wir den Angehörigen – wichtige Kunden! – auch unser menschliches Bedauern über den Fehlschlag unserer Bemühungen zum Ausdruck bringen. Darüber hinaus geben wir der Familie Gelegenheit, die verantwortliche Ermittlerin direkt zu befragen. Für die Buchhaltung: Die Spesen für diese Reise werden *nicht* von der Versicherungssumme abgezogen."

So stand es in einem Schriftstück, das Rita samt Flugticket nach Oslo auf ihrem Schreibtisch vorfand.

Schriftliche Anweisungen waren die neue Mode in der Abteilung. Hanno hasste vorwitzige Antworten, schwierige Gegenfragen und freche Blicke. Hanno wollte nur austeilen, nicht einstecken, als Chef stand ihm das zu, fand er.

Rita ließ niemanden spüren, dass sie das Archiv durchaus schätzte und dass sie auch an der als Demütigung konzipierten Reise nichts auszusetzen hatte. Sie gab sich nicht gleichgültig, sondern gepanzert. Ihre Gedanken waren freilich woanders. Ihre Gedanken waren in einem Beduinenzelt in Südmarokko. Dass sie wie eine Versagerin behandelt wurde, obwohl sie einen der schwierigsten Fälle ihrer Laufbahn gelöst hatte, störte sie zu ihrer eigenen Überraschung nicht sonderlich. Manchmal, wenn wieder ein Giftpfeil aus Hannos Köcher in ihre Richtung flog oder das Büro ein bisschen Mobbing veranstaltete, wuchs ihr ein spöttisches Lächeln im Gesicht, das sie selbst erst aufgrund der Reaktion ihrer Kollegen bemerkte.

Der Einzige, der sie durchschaute, war Rembrandt. Er beteiligte sich nicht an dem geheuchelten Gejammer über diesen „schrecklichen Fehlschlag", von ihm kam kein Wort der Kritik. Dass Rita Kleefman schlichtweg seltsam war, hielt er für eine ungenügende Erklärung ihres Verhaltens. Sie ertappte ihn oft bei einem nachdenklichen Blick, der ihr beim Gang durchs Büro folgte. Und er ließ sich gerne ertappen, als ob er es darauf abgesehen hätte. Rembrandt versuchte auf einer neuen Ebene Kontakt mir ihr aufzunehmen und eine Reaktion zu provozieren. Rita ging vorläufig nicht darauf ein.

Denn vorläufig konzentrierte sie sich ganz auf ihre Aufgabe als Geld- und Unglücksbotin. Sie hoffte, dass ihr die Reise Gelegenheit gab, der Familie noch einmal auf den Zahn zu fühlen. Mit ihrem eigentlichen Fehlschlag, von dem nur Rembrandt etwas ahnte, würde sie sich nie abfinden. Noch nie hatte sie einen Versicherungsbetrug entlarvt und war danach gezwungen worden, dem Betrüger persönlich einen Millionenscheck zu überbringen. Die Situation erschien ihr dermaßen skurril, dass Rita eine Steigerung für unmöglich hielt.

Womit sie wieder einmal unterschätzte, wozu eine Mutter fähig war.

Rita bezog wieder in demselben Dreisternehotel Quartier, blickte auf denselben Nidelva-Fluss und fand morgens im Restaurant dasselbe norwegische Holzfällerfrühstück vor, mit genügend Cholesterol, um ein ganzes Altersheim leerzufegen. Nur hatte sie diesmal mehr Zeit, denn Privatsekretär Bugge hatte ihr die Limousine für zehn Uhr vormittags angekündigt. „Bitte pünktlich sein", sagte er noch, „denn um elf Uhr beginnt eine Zeremonie." Sie möge sich warm anziehen, in Fernsehen sei kaltes, windiges Wetter vorhergesagt worden.

Danke für den Anorak, dachte Rita. Erst nachher fragte sich die Detektivin: Was für eine gottverdammte Zeremonie und was hatte *sie* dabei zu suchen?

Der Regen blieb aus, und was die norwegische Herbstsonne vom Tag übrig ließ, konnte als strahlend bezeichnet werden, obwohl ein starker Wind blies, der deutlich nach Winter roch. Um zehn Uhr stand keine

Limousine vor der Tür, sondern der Land Rover. Am Steuer saß der Allround-Hausdiener Knut in ungewohnt eleganter Kleidung.

Erst als sie Trondheim hinter sich gelassen hatten, fiel Rita auf, dass seine Kleidung nicht nur elegant war, sondern auch von oben bis unten schwarz. „Was ist das für eine Zeremonie?", fragte sie wie nebenbei.

„Oh, hat man Ihnen das nicht gesagt?", erwiderte Knut. „Evas Beerdigung."

Beerdigung war freilich nicht das richtige Wort. Auf dem zweisprachigen „Zeremonienblatt", das Knut aus dem Handschuhfach hervorkramte und der vollkommen perplexen Rita vor die Nase hielt, fand sich ein kurzer Text, der den Zweck der Zeremonie beleuchtete. „Wir kommen heute im engsten Kreis zusammen", sagte dieser, „um Abschied zu nehmen von unserer Tochter Eva und in diesem Abschied jenen Trost und jene Kraft zu finden, welche die Situation von uns erfordert. Das Geheimnis um ihr Schicksal befrachtet die Familie mit einer Last, die nicht alle tragen können. Wir greifen mangels sterblicher Überreste auf die theoretische Gewissheit zurück, die ein Jahr unablässiger und erfolgloser Suche zu bieten imstande ist. Somit tragen wir heute nicht Eva zu Grabe, sondern die Hoffnung."

Auf der Rückseite dann Evas Konterfei und ein norwegisches Gedicht, das offenbar von einem poetisch unbegabten Übersetzer juristischer Vertragstexte ins Englische transmassakriert worden war.

Zu Ritas Entsetzen – sie hätte sich gerne noch einen dunklen Anorak ausgeborgt – steuerte Knut nicht die

Gunderson-Villa an, sondern einen Hügel in der Nähe, auf dem drei Eichen standen. Der Hügel war von einem Dutzend dunkler Karossen umzingelt, die Szene hatte den Anstrich eines Treffens von Mafiabossen, und Rita und Knut waren die letzten Ankömmlinge. Leif Gunderson kauerte in einem Rollstuhl, verschluckt von einem dicken Pelzmantel, aus dem sein schmales und bleiches Gesicht wie aus einem Tunnel starrte. Birte Gunderson, gekleidet in teuerste Trauermode, die in Polarkreisnähe getragen werden konnte, begrüßte Rita mit einem kurzen Nicken und ließ ihren Blick lange genug auf deren knallgelbem Anorak ruhen, um auch die anderen Gäste auf das chromatische Verbrechen der Detektivin aufmerksam zu machen. Der Einzige hingegen, der es in diesem Moment tatsächlich fertigbrachte, laut aufzulachen, war Rob Gunderson. Seine langen blonden Haare wurden vom eisigen Wind zerzaust, als hätte Alfred Hitchcock persönlich die Windmaschine aufgestellt. Die phlegmatische Reaktion der Anwesenden auf seine Entgleisung machte klar, dass man derlei gewohnt war und zu ertragen gelernt hatte. Rita erkannte noch den Sekretär Bugge und eines der Hausmädchen. Ebenfalls zugegen war ein Ehepaar mit einer jungen Frau, ungefähr in Evas Alter, vermutlich die Tagebuchschreiberin Julia Amundson mit ihren Eltern, denn Vater und Tochter mieden jeden Blickkontakt mit Rita.

Alle standen rund um einen verhüllten Stein von der Größe einer Waschmaschine. Privatsekretär Bugge hatte Mühe, das verhüllende Tuch am Fortfliegen zu hindern, und hielt das Ding wie eine Spinne umklammert.

Zuerst zwang Birte ihren Sohn dazu, das Gedicht vorzulesen, womit sie hart an der Grenze seiner Opferbereitschaft lavierte. Dann sagte die Mutter mit dünner Stimme – ihre Worte wurden vom Wind in alle Richtungen geblasen, sodass bei jedem der Anwesenden ein anderes Bruchstück ihrer Rede ankam –, dass es in der Tat ein kalter Tag sei und dass Eva immer sehr gefroren habe, als sei sie nicht für diese geografischen Breiten geboren worden. Auf der Suche nach der Wärme habe sie sich dann verbrannt. Es solle allen zum Trost gereichen, dass sie für ihr junges Alter ein sagenhaft interessantes Leben geführt habe, ein Leben, das andere nicht in sechzig oder siebzig Jahren zusammenbrächten. Doch sei dies all denen, die Eva Gunderson wirklich geliebt haben, natürlich kein Trost, könne nie einer sein. Dieser Abschied möge die Seelen reinigen, möge den Schmerz lindern, möge das Akzeptieren des Schicksals erleichtern. Der Stein sei ein Werk eines bedeutenden isländischen Künstlers, dessen Name schwer auszusprechen sei, aber auf dem Zeremonienblatt unten auf der Rückseite sei er vermerkt, für Interessenten. Eva weile nun in einer besseren Welt, wir müssen unsere Herzen an dieser Erkenntnis aller gläubigen Christen – nun hustete Birte – aller, Pardon, gläubigen Christen erwärmen. Auch das Verzeihen sei Teil der christlichen Botschaft, so sei alles verziehen, was sich je zwischen Eva und jeden der Anwesenden gestellt habe. Niemand solle sich schuldig fühlen, niemand solle sich die Frage stellen: Was wäre geschehen, wenn ...

„Wir sagen mit schwerem Herzen: Lebe wohl, liebe und geliebte Eva.“

Birte gab Bugge ein Zeichen und der löste die Umklammerung, trat mit dem Tuch zurück und gab den Blick frei auf eine Art eiförmigen Meteorit auf quadratischem Sockel, in dessen pockennarbiger Oberfläche die Buchstaben EVA eingemeißelt waren. Jemand begann zu klatschen, hörte aber sofort wieder auf. Der eisige Wind sorgte dafür, dass alle Anwesenden sehr ernste Gesichter machten. Als Leif Gunderson laut zu wimmern begann, erklärte Birte die Veranstaltung für beendet und lud zu einem „bescheidenen Trauerbüfett" nach Gauklia ein.

Die Gäste, hungrig nach Wärme und Trauernahrung, stoben in alle Richtungen den Hügel hinunter zu ihren Fahrzeugen, während Rob Gunderson und Privatsekretär Bugge den Rollstuhl des gebrochenen Vaters durchs Gelände bugsierten, ständig in Sorge, das Ding könne unkontrolliert zu Tal rasen.

„Wenn Sie mir bitte folgen wollen", sagte Knut und berührte Rita am Arm. „Sie haben jetzt einen kurzen Termin bei Frau Gunderson, dann bringe ich Sie nach Trondheim zurück."

„Verstehe", sagte Rita. Kein Trauerbüfett für sie.

Als sie bei den Fahrzeugen waren und Knut bereits im Land Rover saß – Wagentüren wurden nur den wichtigen Gästen geöffnet –, wurde Rita auf einen Mann aufmerksam, der an seinem Wagen lehnte und sie amüsiert zu betrachten schien. Seiner Hautfarbe nach zu schließen war er kein Norweger. Die Detektivin bedeutete Knut, er möge einen Augenblick warten, und ging zu dem Unbekannten, der geduldig ihr Herannahen abwartete.

„Sind Sie ein Geschäftsfreund der Familie?“, fragte Rita.

Der Mann nickte. Er trug eine randlose Brille und wirkte wie ein Wissenschaftler, dem gerade eine bedeutende Entdeckung gelungen war. „Ja, ich kümmere mich um die Interessen der Gundersons in Marokko. Und Sie sind ...?“

„Rita Kleefman. Ich bin heute zufällig hier. Ich bin einer der erfolglosen Detektive, die nach Eva gesucht haben.“

„Erfolglos?“ Der Mann grinste.

„Wie, sagten Sie, war Ihr Name?“, fragte Rita.

„Ich habe ihn nicht erwähnt. Mein Name ist Salah Eddine Ben Saada. Hocherfreut.“

Rita nickte und blickte sich um. Birte war auf der anderen Seite des Hügels, Bugge und Rob kämpften noch mit dem Rollstuhl des alten Gunderson.

„Welche Art Geschäfte betreiben Sie?“

„Das klingt, als würden Sie noch ermitteln.“

„Im Gegenteil, Monsieur Ben Saada, ganz im Gegenteil. Der Fall ist abgeschlossen, ich überreiche der trauernden Mutter in wenigen Augenblicken einen Scheck mit der Versicherungssumme. *Rien ne va plus.*“

„Würden Sie das als Happy End bezeichnen, Madame Kleefman?“

Rita zuckte die Achseln. „Kaum.“

Ben Saada nickte. „Ganz meiner Ansicht.“

Rita dachte einen Moment nach, dann sagte sie: „Und wie laufen die Geschäfte in Marokko? Sind Sie zufrieden?“

Er hob die Arme. „Leidlich. Mal besser, mal schlechter. Sie wissen, wie das ist.“

„Ich bin keine Geschäftsfrau, nur Detektivin.“

Ben Saada lächelte. „Sie sollten gelegentlich das Fach wechseln, Madame. Ich bin davon überzeugt, Sie würden als Geschäftsfrau eine gute Figur machen.“

„Und worin soll ich investieren?“

„Zukunftswerte. Futures.“

„Dazu braucht man wahrscheinlich eine Menge Geld.“

„Natürlich. Mit Peanuts dürfen Sie nicht einsteigen, wenn Sie Resultate wollen.“

„Und auf welchem Markt würde sich eine Investition Ihrer Ansicht nach lohnen?“

„Probieren Sie doch Marokko. Das ist ein Zukunftsmarkt.“ Nun lachte Ben Saada und hieb mit der Hand auf die Kühlerhaube seines Wagens.

„Und wie viel ungefähr ...?“

„Madame, in der Geschäftswelt gilt: Nichts überstürzen und keine unnötigen Risiken eingehen. Sprechen wir doch ein andermal weiter. Es war mir ein Vergnügen, Sie kennenzulernen.“

Birte Gunderson empfing Rita im sogenannten Daumenzimmer. „Ich habe nicht viel Zeit, da ich mich um meine Gäste kümmern muss“, sagte sie, anstatt die Detektivin zu begrüßen. „Haben Sie den Scheck?“

„Bitte.“ Rita überreichte ihr das Kuvert.

Frau Gunderson holte den Scheck aus dem Kuvert, studierte ihn sorgfältig und sagte dann: „Wir sind übereingekommen, jene Spesen, für die Sie keine ordentlichen Belege vorweisen konnten, nicht in unser

Arrangement einzubeziehen. Ist das die korrekte Summe?"

„Herr de Mey hat mich über diesen Punkt informiert, ich nehme also an, dass die Summe korrekt ist. Die Dokumentation wird Ihnen per Post zugeschickt."

„Sehr gut. Erlauben Sie mir ein paar letzte Fragen, Frau Kleefman, bevor wir diese Angelegenheit ein für alle Mal zu den Akten legen. Haben Sie alle Möglichkeiten ausgeschöpft, um meine Tochter zu finden?"

„Im Rahmen der zeitlichen Einschränkungen: gewiss."

„Sehen Sie eine Wahrscheinlichkeit, dass Eva noch am Leben ist?"

Rita bemühte sich um den unschuldigsten und nüchterndsten Gesichtsausdruck, der ihr möglich war, und sagte: „Gewiss."

Birte Gunderson stand wie angefroren. „Worauf gründet sich Ihre Einschätzung?"

Rita zuckte die Achseln. „Solange niemand ihre Leiche gesehen hat, besteht grundsätzlich eine Wahrscheinlichkeit. Das ist keine persönliche Einschätzung, sondern das ist einfach so."

„Erzählen Sie mir über Ihre Reise nach Algerien. Ich schätze übrigens sehr, dass Sie diese Reise auf sich genommen haben, auch wenn nichts dabei herausgekommen ist. Nur habe ich nie ganz verstanden, *warum* sie dort hingeflogen sind."

„Wir hatten einen Hinweis, der sich als falsch herausstellte. Und wir hatten einen Informanten, der sich als unseriös erwies."

„Hätte man das nicht vorher wissen müssen?"

„Natürlich, Frau Gunderson. Ich habe Herrn de Mey meine Bedenken gegenüber dem Informanten sogar schriftlich mitgeteilt."

„Haben Sie das? Interessant. Na gut. Danke für Ihre Mühe." Birte Gunderson streckte ihre Hand aus. „Und nehmen Sie sich den Fehlschlag nicht zu Herzen. Wer hätte auch erwarten sollen, dass Sie erfolgreich sind, wo die marokanische Polizei und unsere Detektive versagt haben. Wobei Versagen wohl nicht das richtige Wort ist. Merkten Sie, wie ruhig ich da oben auf dem Hügel war? Es hat mich Monate gekostet, das Verschwinden meiner Tochter zu verarbeiten. Doch die Klarheit, die nun herrscht, hilft uns allen, mit unserem Leben normal fortzufahren. Mit Ausnahme meines Gatten natürlich. Er sieht mit jedem Tag schlechter aus. Ich habe diese Zeremonie eigentlich nur für ihn organisiert. Ich dachte, sie würde ihm helfen, aus seiner Depression herauszufinden. Ein Trauerakt hat immer eine reinigende Wirkung, finden Sie nicht? Die nächsten Tage und Wochen werden zeigen, ob ich darin erfolgreich war. So, jetzt muss ich mich wirklich um meine Gäste kümmern. Knut bringt Sie zurück. Sagen Sie ihm, er soll nachher zur Post fahren und bei Klement die neuen Bettbezüge abholen. Gute Reise, Frau Kleefman."

„Gleichfalls", erwiderte Rita leise und blieb allein im Daumenzimmer zurück. Noch einmal betrachtete sie die Fotos der Millionärsfamilie. Der Kreis hatte sich geschlossen. Rita befand sich wieder am Ausgangspunkt der Geschichte, Eva noch immer am Endpunkt, und Leif Gunderson saß wahrscheinlich wieder in seinem Raum, die Vorhänge zugezogen, die Gespräche

der Gäste als fernes Gemurmel im Ohr. Nichts hatte
sich verändert, mit einer Ausnahme: Safee Securities
war um 1.967.200 Dollar leichter, die Familie Gunderson um denselben Betrag reicher.

Und ein Schatten hatte Gestalt angenommen: Salah
Eddine Ben Saada.

29.

Die Reise nach Lanzarote war Yezaas Idee. Monatelang hatte sie nichts von ihm gehört, dann rief er plötzlich an und sagte: „Wie wär's mit Lanzarote? Du hast sicher noch ein paar Tage Urlaub gut, von damals, als sie dich direkt aus deinem Kuraufenthalt nach Trondheim schickten. Warum nicht Lanzarote diesmal?"

„Warum nicht?", erwiderte Rita, die aus ihrer Archivarbeit ins Leben zurückkehrte wie ein U-Boot an die Oberfläche nach monatelanger Tauchfahrt. Sie hatte Eva Gunderson verdrängt, Marokko und Yezaa, indem sie mit Daten hantierte, die ihr nichts bedeuteten. Sie musste an ihrer Armbanduhr das Wecksignal einstellen, damit sie den Büroschluss nicht versäumte. Ihr Übereifer könnte verdächtig werden. Wenn Hanno de Mey dahinterkam, dass er ihr mit der Ernennung zur Archivarin einen Gefallen getan hatte, dass die Arbeit im Archiv eine fantastische Therapie war nach diesem „letzten großen Fall" (Rembrandt), diesem „peinlichen Fehlschlag" (de Mey), dieser „Geschichte" (Rita Kleefman), dann würde es bald vorbei sein mit der Therapie.

Ein Blick auf die Landkarte. In der Tat: Lanzarote lag nur wenige Flugminuten vor der marokkanischen Küste. Wenn Yezaa sie auf neutralem Boden treffen wollte, bot sich die Insel an. Freilich hätte sich auch Gran Canaria angeboten oder Teneriffa. Was nun ausgerechnet für Lanzarote sprach, war Rita nicht klar, doch sie wagte es nicht, Fragen zu stellen. Yezaa schien Probleme damit zu haben, konkret zu werden. Vielleicht gefiel ihm, dass die Insel klein war und nicht sehr prominent. Vielleicht geisterten in Gran Canaria zu viele Marokkaner herum. Oder Sahrauis.

Rembrandt zeigte Verständnis, obwohl er Rita am selben Nachmittag noch einmal zu sich rief und fragte: „Liegt diese spanische Insel nicht verdammt nah an Marokko?"

Rita zuckte die Achseln und sagte: „Die haben nicht mal eine direkte Flugverbindung. Und mir gefällt das Klima in der Gegend."

„Nach Marokko willst du nicht zurück?"

„Will ich nicht und darf ich nicht."

„Bestimmt nicht?"

„Bestimmt nicht."

„Ehrlich?"

„Ehrlich."

Rembrandt musterte sie scharf. „Urlaub genehmigt", sagte er und klappte mit einem lauten Knall das Personalplanungsbuch zu.

Rita erschien es logisch, dass sie Yezaa nicht anrief, sondern auf seinen Anruf wartete. Der kam einige

Tage später und sie fixierten das Datum. Eine Woche auf Lanzarote. Wieder blieb die Verabredung wenig konkret. Sie möge sich in einem Landhotel in Yaiza ein Zimmer nehmen, schlug er vor. „Und vergiss nicht, ein Auto zu mieten."

„Yaiza, Mietauto, kein Problem", murmelte Rita. Sie wollte fragen, wo sie einander treffen würden, ob Yezaa im selben Hotel ein Zimmer nehmen wolle, doch eine unbestimmte Scheu hielt sie davon ab, diese Fragen zu stellen, so, als ob das Schöne und Magische im Leben mit seiner bloßen Erwähnung entzaubert würde. Ein analytischer Restbestand, der Ritas Kopf geblieben war, rätselte dann doch, was sich an Yezaas Situation verändert hatte. Scheidung? Persönliche Krise? Oder wollte er nur eine platonische Woche an ihrer Seite verbringen, ein moralisch sauberes Abenteuer erleben, er, der um viele Jahre betrogen worden war, um seine besten?

Das war es wohl, sagte sie sich, während der Kalender die Tage nur noch unwillig preisgab, das ersehnte Datum immer langsamer statt schneller näher rückte. Häufig versank Rita beim Studium von Archivpapieren in fröhliches Grübeln, sie ließ ihre Begegnungen mit Yezaa Revue passieren und gelangte immer wieder zu ihrer schüchternen Umarmung vor dem Abflug, dieser stummen Liebeserklärung eines Mannes, den sie zum anständigsten aller Verräter ernannt hatte.

Während Rita mit einem Direktflug auf die winzige Insel vor Marokkos Küste gelangte, musste ein Marokkaner eine halbe Weltreise unternehmen. Vermutlich hatte Yezaa ein Flugzeug versäumt, dachte sie, als sie eine erste einsame Nacht in dem Landhotel verbrachte, umgeben von schwarzen Basaltböden, aus deren Spalten Kakteen, Palmen und Weinreben sprossen. Sie wartete bis zum Mittag des nächsten Tages und fuhr dann mit ihrem Mietwagen ein wenig auf der Insel herum. Das Klima war frischer als in Marokko. Auf einem Hügel drehten sich Windräder und um die wenigen Sandstrände drängten sich die Hotels. Lanzarote war klein, handlich und sympathisch. Keine Armut, aber auch keine Autobahnen. Ein Paradies im Spielzeugformat.

Bei ihrer Rückkehr fand sie an der Rezeption eine Nachricht vor: Jameos del Agua, 21 Uhr.

Nun übertrieb er ein wenig, fand Rita. Yezaa hätte ruhig etwas Persönliches anfügen können. Nichts Dramatisches, aber so etwas wie: „Freue mich auf unser Wiedersehen" oder zumindest „Bis bald".

Jameos del Agua, fand die Detektivin anhand ihres Reisehandbuchs heraus, war eine psychedelische Vulkangesteinshöhle, die bis in die Sechzigerjahre als Müllkippe gedient hatte und dann von einem lokalen Künstler zu einem unterirdischen Kultur- und Freizeitzentrum umgestaltet worden war. Mit Restaurant. 21 Uhr. Meinetwegen, dachte Rita. Abendessen in der Höhle – wenn das nicht diskret war.

Im Nachhinein erschien dann alles wieder so logisch, aber es ist immer dasselbe, wenn das Hirn von Emotionen vernebelt wird. Jameos del Agua war ein idealer Treffpunkt, wenn man unangenehme Überraschungen vermeiden wollte. Der Gebäudekomplex mit dem angeschlossenen Höhlensystem lag weit entfernt von allen Siedlungen, inmitten eines Lavafeldes an einer menschenleeren Küste. Als Rita ankam, war sie fast allein – bestenfalls ein Dutzend anderer Besucher verlor sich in dieser merkwürdigen Touristenattraktion – und wandelte staunend und einsam durch eine Grotte, an deren Ende ein Restaurant mit hundert leeren Tischen auf den Besucheransturm wartete.

Rita wählte einen Platz mit Blick auf den Grottensee und dachte: Wenn alles schiefgeht, habe ich wenigstens einen verrückten Ort kennengelernt. Sie bestellte ein Tonic und studierte die Speisekarte, als sich ein Kellner näherte und leise sagte: „Señora, entschuldigen Sie."

Rita winkte ab. „Ich brauche noch ein Weilchen, danke."

„Señora, Verzeihung. Ein Caballero würde Sie gerne an seinen Tisch einladen. Der Herr dort drüben."

Rita betrachtete verwundert den ausgestreckten Zeigefinger des Kellners und folgte der unsichtbaren Linie, die von ihm ausging. An ihrem Ende ein Lächeln und ein Winken. Die Detektivin fühlte sich nach Norwegen transportiert, an den Fuß eines Hügels, in den Windschatten einer teuren Limousine, in das Labyrinth eines Gesprächs voller Andeutungen. Wie konnte sie nur so naiv sein? Da saß sie, auf der Insel Lanzarote, Flug selbst bezahlt, Hotel auf ihre Kosten, kein Mensch würde ihr die Spesen rückerstatten, und doch hatte der „letzte große Fall" (Rembrandt), der „peinliche Fehlschlag" (de Mey), die „Geschichte" (Rita Kleefman) sie wieder eingeholt. Hanno de Mey würde sich kranklachen, würde er je davon erfahren.

Rita schüttelte den Kopf, erhob sich langsam und sagte auf Holländisch zu sich selbst: „Du bist doch der größte Trottel weit und breit."

Der Kellner starrte sie entgeistert an. Ach ja, spanische Kellner. Die verstanden manchmal auch Holländisch.

Salah Eddine Ben Saada trug einen leichten, beigen Sommeranzug mit einer bunten Ferienkrawatte. In seiner Kleidung spiegelte sich das unablässige Bemühen eines Dritte-Welt-Millionärs um Stil wider. Auch in der Freizeit macht es dort, wo er herkommt, einen Riesenunterschied, wie man daherkommt. Ben Saada erhob sich und vollführte einen eleganten Handkuss, kein Kontakt, nur eine Andeutung, seine Lippen verharrten für eineinhalb Sekunden eineinhalb Zentimeter vor Ritas Handrücken.

„Überraschung?", fragte er.

„Ja und nein", erwiderte Rita. Ihre Enttäuschung über Yezaas Abwesenheit wurde von einer unbestimmten Erregung weggeschwemmt. Ben Saada war unter Garantie nicht nach Lanzarote gereist, um mit ihr Small Talk zu machen.

„Auf den Kanarischen Inseln isst man guten Fisch", sagte Ben Saada, die Speisekarte in der Hand. „Wahrscheinlich an unseren Küsten gefangen. Die Spanier fischen immer an unseren Küsten. Wir haben die reichsten Fanggründe der Welt, die Spanier haben die Netze."

„Die Welt ist ungerecht", sagte Rita.

„*Naturellement*", bekräftigte Ben Saada. „Die Welt ist ungerecht, anders würde sie nicht funktionieren.

Schon die Evolution ist ungerecht. Aber sie funktioniert. *C'est la vie.*" Er lächelte sie an. „Bestellen wir Fisch? Seehecht?"

„Einverstanden."

„*Voilà.*" Ben Saada rief einen Kellner herbei und bestellte. Befehlen schien ihm ebenso viel Spaß zu bereiten wie Gehorchen. Der Kellner war entzückt. Das Getue von Touristen, die sich pausenlos für ihre Existenz entschuldigen und nie wissen, was sie wollen, ging ihm auf die Nerven.

Ben Saada wusste, was er wollte. Doch er hatte keine Eile. Er befragte Rita über ihre Reise, ihr Hotel, ihre Meinung über Lanzarote. Aufmerksam folgten seine Augen jeder ihrer Gesten. Keine Panik, dachte sie spöttisch. Ich fummle nicht am Tonbandgerät herum. Yezaa, der alte Verräter, hat nichts verraten.

„Ich bin hier", sagte Ben Saada schließlich, „um Ihnen einen geschäftlichen Vorschlag zu unterbreiten."

„Im Auftrag von Monsieur Rahmani?"

Der Marokkaner winkte ab. „Sagen wir: im Auftrag eines Geschäftsmannes. Mein guter Freund Abdellah Yezaa hat mir zu verstehen gegeben, dass Sie dieser unangenehmen Affäre mit dem norwegischen Mädchen tatsächlich auf den Grund gegangen sind. Dabei haben Sie Diskretion und Intelligenz bewiesen, und das hat meinen Auftraggeber auf den Gedanken gebracht: Warum reden wir nicht mit Rita Kleefman, um diese absurde Situation zu bereinigen? Vielleicht gelangen wir zu einem Abkommen, das beiden Seiten zum Vorteil gereicht."

„Mit allen Garantien."

„Selbstverständlich. Für Sie und für uns. Offen gestanden nützt es in diesem Augenblick niemandem, die Dinge zu belassen, wie sie sind. Und Sie, Madame Kleefman, scheinen die einzige Person zu sein, die dazu fähig ist, Bewegung in die Affäre zu bringen. Sie haben Marokko kennengelernt, Sie wissen, wie das Land funktioniert, und Sie haben Ihre Schlüsse gezogen. Kurz: Wir vertrauen Ihnen.“

„Das ehrt mich. Obwohl Sie dieses Treffen mit großer Vorsicht organisiert haben.“

„Reine Routine, Madame.“ Ben Saada zuckte die Achseln. „Man kann aus seiner Haut nicht heraus. Das verstehen Sie.“

„Gewiss.“

„Kommen wir also zum Punkt: zwei Millionen Dollar.“

Rita blieb kurz der Atem stehen. „Zwei Millionen“, sagte sie leise. „Das ist kein Sonderpreis, wie?“

„Der Preis ist festgelegt. Immerhin besteht für meinen Auftraggeber ein gewisses Restrisiko. Doch wenn wir an den finanziellen Hintergrund der Familie denken und daran, was für das Mädchen auf dem Spiel steht ... zwei Millionen, und Eva kann gehen, wohin sie will.“

„Außer Norwegen.“

Ben Saada nickte. „Sie sagen es. Und es funktioniert nur, wenn die Familie nie etwas davon erfährt.“

„Eine neue Identität?“

„Marokkanischer Reisepass.“

„Damit kommt man nur schwer nach Europa.“

„Das wäre *Ihr* Problem, Madame. Sie organisieren das. Vielleicht laden Sie das Mädchen nach Holland ein. Verschaffen ihm einen Job. Holland ist ja freizügig, dort leben jetzt schon eine Menge Marokkaner. Aber wir können sie auch mit einem Boot nach Spanien bringen, ohne die Zöllner zu belästigen. Das käme dann allerdings ein wenig teurer."

„Was geschieht mit Victors Leuten?"

„Den Sahrauis? Gar nichts. Die bleiben, wo sie sind. Mein Auftraggeber hat alle Informationen, die er braucht, um sie in ein Loch schmeißen zu lassen, doch er hält sie zurück. Mein Auftraggeber macht lieber Geschäfte als Politik. Er verdient lieber Geld, als eine Handvoll staubiger Beduinen in ein Gefängnis werfen zu lassen."

„Wie unpatriotisch."

Ben Saada schüttelte den Kopf. „Eine Frage der Einschätzung. Jetzt, wo die UNO hier ist, haben sich die Spielregeln geändert."

„Und wenn sich die Sahrauis für die Unabhängigkeit entscheiden?"

„Ganz offen gesprochen und ganz unter uns: Diese Gefahr besteht nicht. Zur Volksabstimmung wird es nie kommen. Das Friedensabkommen ist in Wahrheit Teil einer neuen Strategie, mit der unser König den politischen Druck auf unser Land abschwächen will. In der westlichen Welt sind gewisse Tendenzen en vogue, auf die Marokko Rücksicht nehmen muss. Aber die Westsahara hergeben? Wer das ernsthaft glaubt, kennt Marokko nicht, kennt den König nicht und kennt nicht die marokkanische Armee. Seien Sie also unbesorgt: Victor und seine Leute sind und bleiben unsere Garantie."

„Ihre Geiseln, mit anderen Worten."

„Die Welt ist ungerecht. Aber das haben wir bereits besprochen."

„Wie viel Zeit habe ich? Zwei Millionen Dollar sind eine Menge Geld."

Ben Saada breitete die Arme aus. „Sie haben alle Zeit der Welt. In Ihrer Papierserviette finden Sie eine Kontonummer. Sobald das Geld ankommt, setzen wir die Operation in Gang."

„Genial. Sie kassieren für dieselbe Geschichte zweimal. Hat Frau Gunderson Ihrem Auftraggeber nicht dieselbe Summe gezahlt, um Eva festzusetzen?"

Der Kellner brachte ihre Speisen und schenkte Wein nach. Ben Saada hielt seinen Blick auf die Detektivin gerichtet. Als der Kellner sich entfernte, sagte er: „Madame, nun überschätzen Sie meine Vertrauensseligkeit."

Langsam begann sich das Restaurant zu füllen. Ein Schwall rot gebrannter Nordländer mit kurzen Hosen, Sandalen und umgehängten Kompaktkameras verriet die Ankunft eines Busses.

Rita betrachtete ihr Gegenüber. Ben Saada und sein Auftraggeber, zweifelsohne Rahmani, hatten nichts zu befürchten. Sie saßen unverwundbar in einem Geflecht, das kein Außenstehender und kein Ausländer durchschaute, und zogen eine norwegische Millionärin und deren Tochter gleich zweimal über den Tisch. Kein Gesetz, kein Richter kam an sie heran. Ein Happy End würde es nur zu ihren Bedingungen geben.

„Ich habe da ein kleines Problem ...", begann Rita, während sie die Papierserviette entfaltete und auf ihrem Schoß ausbreitete. Eine Kontonummer, der

Name einer Bank in Liechtenstein. Nur nicht vollkleckern. Sie faltete die Serviette wieder und ließ sie in ihrer Tasche verschwinden.

Ben Saada nickte verständnisvoll. „Die zwei Millionen."

Rita zeigte ihre leeren Hände. „Ich habe keine Ahnung, wo ich die hernehmen soll. Der Vater würde sie bestimmt bezahlen, aber bei seinem Zustand muss man auf jede Reaktion gefasst sein. Er ist unberechenbar. Möglicherweise lässt er die ganze Geschichte auffliegen, und dann haben wir alle ein Riesenproblem."

„Das war uns klar." Ben Saada klang nun wie ein loyaler Berater. Samt in der Stimme, vollkommene Übereinstimmung. „Wir haben diesen Schritt ...", er deutete auf die Höhle, auf die Touristen, die sich rund um sie an die Tische setzten und begannen die Speisekarten und die Preise zu diskutieren, „... in Ihre Richtung, Frau Kleefman, auch nur getan, weil wir für dieses Problem eine Lösung anbieten können."

Der Marokkaner langte in seine Sakkotasche, holte ein Kuvert hervor und legte es auf den Tisch.

Rita schnitt eine Grimasse. „Fotos?"

Ben Saada nickte.

„Gibt es ein magisches Wort? Ein ‚Sesam, öffne dich!'?"

„*Casa Vainilla*."

„Und wen nagle ich damit fest, bis er zwei Millionen ausspuckt?"

„Das schwächste Glied der Kette, würde ich vorschlagen."

Rita verstand. Ihr nächstes Reiseziel war Oslo.

30.

Die Wahrscheinlichkeit, an einem Schnee- oder Regentag in Oslo anzukommen, liegt bei circa 50 Prozent. Dass die Stadt trotzdem nicht grau wirkt, verdankt sie den skandinavischen Pullovern, den Straßenbahnen und den Norwegern selbst. Dann ist da noch der Fjord, der jeden Sonnenstrahl wie eine riesige Kopiermaschine vervielfältigt, und dann sind da noch die Parks.

Rita hatte Rembrandt ein Wochenende in Paris vorgelogen und sich in ein Flugzeug nach Oslo gesetzt. Wieder ein Vorteil ihres Archivjobs: Sie konnte sich Urlaub nehmen, wann sie wollte. Da sie keine Fälle mehr bearbeiten durfte, konnte kein „dringender Fall" sie davon abhalten. „Übertreib nicht, Hanno wird langsam sauer", warnte Rembrandt am Tag vor ihrem Abflug. Rita zuckte die Achseln und fragte: „Wie geht es deiner Frau?" Und Rembrandt sagte: „Das geht dich einen Dreck an."

Rob Gunderson bewohnte ein nettes Appartement in Uranienborgveien, einer Straße, die direkt zum Schlosspark führte. Er stand im Telefonbuch, doch war der fröhliche Student nie zu Hause. Zwei Tage lang versuchte Rita vergeblich, ihn zu erreichen. Sie fürchtete schon, die vier teuren Tage in der norwegischen Hauptstadt auf ihre wachsende Liste ewig unbezahlter Spesen setzen zu müssen, als ihr Anruf ganz unerwartet am Samstagabend entgegengenommen wurde.

Rita traf keine Vorsichtsmaßnahmen. Sie verstellte nicht ihre Stimme und später trug sie denselben grellfarbenen Anorak wie bei Evas Phantombegräbnis. Rob reagierte abweisend, bis die Erwähnung von *Casa Vainilla* ihre magische Wirkung tat. Rita spürte, dass Rob von diesem Augenblick an auf ihren Befehl sogar durch ein geschlossenes Fenster gesprungen wäre, alles nur wegen *Casa Vainilla*. Also befahl sie ihm ein Treffen in fünf Minuten auf einer Bank beim Schlosspark. Fünf Minuten ließen keine Gelegenheit zum Nachdenken oder zum Auskochen schmutziger Tricks. Fünf Minuten ließen dem Millionärssohn gerade genug Zeit, um sich einen Mantel überzuziehen, zu Fuß zum Schlosspark zu gelangen und seinen mentalen Zustand von Schock auf ratlose Verzweiflung abzumildern.

Rita erkannte den Blondschopf von Weitem, seinen zornigen Schritt, seine raumgreifende Art, sich zu bewegen. Alle Fröhlichkeit war von ihm gewichen. Er ließ sich grußlos neben Rita auf die Bank fallen und sagte rau: „Was wollen Sie von mir?"

Casa Vainilla war ein entzückender alter Stadtpalast in Meknès. Auf einer Party – „Nicht bei meinem Auftraggeber", hatte Ben Saada erklärt, obwohl Rob bei ihm zu Gast gewesen war, doch diese Geschichte sei

„extern organisiert" worden, damit „gewisse Beziehungen" keinen unnötigen Schaden nehmen – lernte der junge und für jede Art Vergnügen empfängliche Millionärssohn einen jungen und gleichermaßen aufgeschlossenen Marokkaner namens Michel kennen, der ihm nach einem gemeinsamem Joint anvertraute, dass es nur einen Ort der wahren Ekstase gebe auf diesem Planeten, und der nenne sich – „Erraten, Madame Kleefman", hatte Ben Saada gesagt – *Casa Vainilla* und befinde sich in Meknès. „Komm mit und überzeuge dich selbst", sagte der junge Mann, der ihm, Rob Gunderson, als Sohn einer guten Familie vorgestellt worden war, als vertrauenswürdig, als idealer Reisegefährte, mit dem man Städte wie Fès und Meknès und Marrakesch besuchen und vor allem *genießen* könne.

Gewiss auch Stätten wie *Casa Vainilla*, mochte Rob Gunderson gedacht haben. Also ging es dorthin. Der Abend begann mit einem köstlichen Mahl in einem andalusischen Garten, durch die Kehlen floss köstlicher Wein aus Meknès, und irgendwann zwischen *Djaja Kmamma* – Hühnchen in Tomatenkonfitüre – und Nachspeisen aus Mandelteig und Honig wanderten auch die Haschisch-Joints um den Tisch, womit sich die Sinne der Sinnlichkeit öffneten. Rob waren sie bereits aufgefallen, die hübschen, blutjungen, mandeläugigen Mädchen, die da servierten, aber waren sie nicht ein bisschen *sehr* jung? Andererseits, man war in Marokko und hier galten andere Regeln ...

„My frieeend", erklärte Michel mit rauchiger Stimme, „genau darum geht es. Mit Aids und *political correctness*, wem kann man da noch über den Weg trau-

en, wo kann der Mann seine Instinkte ausleben, ohne Grenzen, ohne schlechtes Gewissen?" Die Antwort war offensichtlich: Nur hier, in Marokko, in Meknès, in der *Casa Vainilla.*

Also bat Michel eines der Mädchen, als es ein paar Teller abräumen wollte, sich zu ihnen zu setzen, um dem Norweger zu demonstrieren, wie sauber, wie unschuldig, wie köstlich die Liebe sein kann, wenn man die richtige Adresse kennt. Sie waren ja tatsächlich allein, das war kein Puff, *mon Dieu,* niemals ginge er in so ein schmutziges Low-Budget-Bordell mit kaputtgeschminkten Libanesinnen, Tunesierinnen und Berberinnen. *Casa Vainilla* war ein „Haus von guten Freunden", und die Mädchen hier waren „ausgesuchte Ware", Marke Unschuld vom Lande, der Traum eines jeden richtigen Mannes.

„Woher kommst du, kleine Taube?", fragte Michel und zog der Taube den Rock hoch, damit Rob sehen konnte, wie zart und gerade die Beine von marokkanischen Mädchen wachsen und was sich unter der traditionellen *Djellaba* sonst noch alles verbirgt. Dann streichelte er ihr den Kopf und später über einen anderen, noch zart behaarten Körperteil, und die Taube schmiegte sich anmutig an den jungen Reisegefährten und bedachte Rob mit einem fragenden Blick, der zu allem einlud, was zu Hause verboten war.

Irgendwann, erinnerte sich Rob, ließ er sich dazu überreden, in einen der *Räume* mitzugehen. Marokkanisches Dekor, leise Musik im Hintergrund, dezente Beleuchtung – jedenfalls zu Beginn – und immer war da noch ein Glas Wein in der Nähe, stets gefüllt, und da glomm auch immer ein Joint im Halbdunkel und füllte die Luft mit köstlicher Vorahnung. Michel war plötzlich weg, und manchmal hatte Rob das Gefühl, dass das Licht wohl zu hell war, und beschwerte sich, doch in Wahrheit kamen die zwei oder drei oder vier Mädchen – oder wie viele waren es nun wirklich?, und sie schienen ja auch immer jünger zu werden – willig all seinen Wünschen nach. Auch denen das Licht betreffend, immer wieder.

Auf der Parkbank in Oslo, an seiner Seite eine unbekannte Frau, deren Anorak ihm schon einmal aufgefallen war, irgendwo, sah er seinen Besuch in der *Casa Vainilla* in noch viel klarerem Licht. Dass ihn die Fotos beim Liebesakt mit Mädchen von zehn, elf Jahren zeigten, überraschte ihn dann doch. Irgendwann hatte er wohl die Orientierung verloren, auch die sexuelle, denn da waren auch ein paar Bilder mit Jungen. Richtig, erinnerte sich Rob. Dagegen hatte er sich gewehrt, aber erst, als er es gemerkt hatte, und ein wenig halbherzig auch. Denn zwischendurch war es ja auch wieder teuflisch dunkel, und die Mädchen hatten ihn so auf Touren gebracht, dass er sich ein Weilchen auch die Behandlung durch diese Jungen gefallen ließ, von denen einer plötzlich unter ihm lag, ohne dass sich Rob erklären konnte, wie er dahin gekommen war, doch wer verlangte schon Erklärungen in diesen Augenblicken? Und was war danach geschehen? Wohin war Michel verschwunden? Wie war diese Frau an die Fotos gekommen? Und was faselte sie nun von zwei Millionen Dollar? Und davon, dass er sich Zeit nehmen möge – die Mutter anpumpen, Spielschulden vortäuschen (*die muss ich nicht vortäuschen, verdammte Klugscheißerin*), einen Kredit aufnehmen, das flotte Auto verkaufen, bis auf diesem Konto – die Frau zwang ihn, ein Stück Papier aus einem Mistkübel zu angeln und die Bankdaten darauf selbst zu notieren, eine verdammte Professionelle – zwei Millionen liegen. Dann ist alles wieder gut. Vorsicht beim nächsten Marokko-Besuch. Das mit dem Kinderschänden wird langsam ein Thema. Viel Glück mit dem Studium, Rob. Hat mich gefreut.

Rob blieb noch lange sitzen, nachdem die Unbekannte gegangen war. Er wandte seinen Kopf und nahm die Umrisse des Königsschlosses wahr. „In Marokko“, dachte er, „sind wir noch frei. In Marokko wäre mir das nie passiert.“

Es geschah alles am selben Tag. Merkwürdig, wie monatelang nichts und dann alles auf einmal passiert. Ein Anruf Yezaas. Er war noch immer verlegen wegen Lanzarote, aber auch aufgeregt. „Alles organisiert, sie braucht nur noch das Visum. Sie wohnt in einem Hotel keine dreihundert Meter von hier.“ „Wirkt sie glücklich?“, fragte Rita. Da musste der Inspektor kurz nachdenken, bevor er sagte: *„Comme ci, comme ça.“* Mehr oder weniger.

Dann vergingen noch einmal die Tage und Wochen, bis Yezaa Rita den Flug durchgab. Am selben Nachmittag, als Rita sich aufmachte, um am Flughafen Schiphol dem merkwürdigsten Happy End ihrer Detektivkarriere beizuwohnen – war es überhaupt eines? –, rief Rembrandt an und bat mit müder Stimme um eine private Unterredung. Sie trafen einander in einem kleinen Café, er die Augen auf Rita, Rita die Augen auf die Uhrzeit gerichtet. „Es geht mir dreckig“, sagte er. „Meine Frau treibt es mit de Mey. Du hast davon gewusst, Rita."

„Mehr gespürt", sagte Rita.

„Du hast mich dauernd nach meiner Frau gefragt. Warum?"

„Um dich zu sensibilisieren", sagte Rita. „Um deine Sensoren zu stärken. Das war die einzige Chance. Wenn deine Frau eine glückliche Ehefrau gewesen wäre, so wäre Hanno de Mey vielleicht abzuwenden gewesen."

„Und warum bist du nie konkret geworden?"

„Ich hatte keine Beweise, es war nur eine Vermutung", sagte Rita, die sich müde zu fühlen begann. „Und wie konkret", fragte sie, „muss man eigentlich werden? Ich dachte, du bist Ermittler?"

„Ich bring mich um", sagte Rembrandt. „Und was führst du im Schilde? Du führst schon wieder etwas im Schilde. Jedes Mal, wenn du plötzlich Urlaub nimmst, denke ich an Marokko. Warum nur?"

Nun musste Rita lächeln. Sie griff nach Rembrandts Hand. Er wirkte erschrocken. „So viel Sensibilität", sagte sie. „Und alles nur für den Job. Ich muss los. Ich hole eine Freundin vom Flughafen ab."

„Erzähl mir über deine Freundin. Ist sie verheiratet? Wäre sie eine gute Frau für mich?"

Rita begann zu lachen. Und sie begann zu lachen, als sie am Flughafen Eva Gunderson erblickte und umarmte und ihr sagte: „Du hättest dir wenigstens die Haare färben können. Was hat der Zöllner gesagt?"

„Zuerst gar nichts", erwiderte Eva. „Dann sagte er: ‚Sie sind die blondeste Fatima, die mir je begegnet ist.'"

Auf dem Weg nach Amsterdam sprach Eva eine Viertelstunde lang kein einziges Wort. Es war ein schöner Tag mit blauem Himmel und weißen Wolken. Amsterdam wirkte sympathisch und die Verkehrsstaus hielten sich in Grenzen. Doch es war zu viel für Eva, zumindest an diesem Tag. Sie bat Rita um Verzeihung für ihre Stimmung. Sie begann davon zu sprechen, dass sie Rahmani mit der „Befreiungsaktion" in Wahrheit einen Gefallen getan hätten. Die ganze Affäre sei jetzt nicht mehr als eine Story, die man leugnen konnte. Als Eva noch in der *Cité* lebte, sei das Risiko, dass der Deal aufflog, für Rahmani und Ben Saada (und Birte Gunderson) weit höher gewesen. Ein Unfall, eine Begegnung, ein vertrottelter Soldat ... Rahmani hätte es in Wahrheit eilig gehabt, Eva loszuwerden.

„Und dein marokkanischer Pass?", fragte Rita.

Eva winkte ab. Bestimmt eine gute Fälschung, die man den „saharauischen Separatisten" in die Schuhe schieben könne.

Die Norwegerin schwieg wieder. Sie saß auf dem Beifahrersitz, die angezogenen Beine umschlungen, und blickte fassungslos auf die lärmenden Fahrzeuge, die schreienden Werbeplakate, die schweigenden Wohnblöcke und die alten Leute, die ihre Dackel spazieren führten. Dann schüttelte sie den Kopf und sagte leise: „Rita, bitte sei mir jetzt nicht böse. Du hast so viel für mich getan. Aber ich frage mich auf einmal, warum ich hergekommen bin. Was zum Teufel habe ich hier verloren?"

Rita griff nach ihrer Hand, um zu signalisieren, dass sie verstand. „Keine Sorge, das geht vorbei." Und sie dachte: Willkommen in *unserer* Wüste, Mädchen.

Danksagungen

An Alia Llordén für ihre Mithilfe in der Konzeptionsphase und die hervorragende Auswahl von Recherche-Literatur.

An Kirsten Lehmkuhl und Heide Wetzel-Zollmann für die kritische Durchsicht des Manuskripts.

Wichtige Einblicke in die Gesellschaft und speziell das Herrschaftssystem des marokkanischen Königreichs zur Regierungszeit von Hassan II. sind den folgenden Büchern entnommen:

- „La Prisonnière" von Malika Oufkir und Michèle Fitoussi (Éditions Grasset & Fasquelle, 1999).
- „Le Maroc à nu" von Michel van der Yeught (L'Harmattan, 1989).

Zu einem erheblichen Teil wurde dieser Roman von einer Rucksack-Reise des Autors durch Marokko im Winter 1991/1992 sowie von einem zwölfmonatigen Einsatz als UN-Offizier bei Minurso, der UN-Mission in der Westsahara, in den Jahren 1997/1998 inspiriert.